Linea Harris
Bitter & Bad
Dunkle Legenden

Linea Harris

BITTER & BAD

Dunkle Legenden

Lesen was ich will!
www.lesen-was-ich-will.de

Von Linea Harris liegen im Piper Verlag vor:
Bitter & Sweet. Mystische Mächte
Bitter & Sweet. Geteiltes Blut
Bitter & Sweet. Verlorene Welt
Bitter & Bad. Dunkle Legenden

MIX
Papier aus verantwortungsvollen Quellen
FSC® C083411
FSC
www.fsc.org

Originalausgabe
ISBN 978-3-492-70437-3

Satz: Kösel Media GmbH, Krugzell
Gesetzt aus der ITC Mendoza Roman
Druck und Bindung: CPI books GmbH, Leck
Printed in Germany

Für meine Mutter – die das Unmögliche möglich macht

Prolog

Als Henry Cole in sein Büro kam, schwirrte ihm der Kopf. Erschöpft ließ er sich in seinen Drehsessel fallen und stützte die Stirn auf die Hände.

Was für ein Tag. Langsam spürte er das Alter in den Knochen, dabei war er nicht einmal fünfzig. Die Papiere unter seinem Ellenbogen raschelten, doch er würde die Berichte später einsehen. Für heute hatte er genug, was ihm Kopfzerbrechen bereitete.

Diese Konferenz, in der er eben gewesen war, war mehr als nur aufschlussreich gewesen. Tagelang hatte sein Team sich darauf vorbereitet, einen waschechten Dämon zu beschwören. Und das mitten in der Verborgenenorganisation in London. Vor ein paar Jahren noch wäre so etwas nicht denkbar gewesen. Die Verborgenenorganisation, kurz VO, war so etwas wie die zentrale Verwaltung aller Angelegenheiten übernatürlicher Wesen und nahm gleichzeitig eine Funktion ähnlich der Polizei der Normalsterblichen ein. Man kümmerte sich um kleinere und größere Verbrechen von Hexen, Werwölfen und Vampiren. Zudem schützte man die Menschen vor den gefährlichen Halbdämonen, den Mairas. Aber einen Dämon direkt ins Haus holen? Man hatte das Ritual bis ins kleinste Detail erforscht und durchgezogen, denn ein einziger Fehler konnte verheerende Auswirkungen haben. Die besten Männer hatte er um sich geschart, zusammen mit einigen Professoren in weißen Kitteln, die mit ihren Messinstrumenten nach Informationen gegiert hatten. Es war eine kleine Sensation gewesen, in die man nur eine ausgewählte Handvoll Leute eingeweiht hatte.

Und dann war der Dämon in dem Beschwörungskreis aufgetaucht, zugegeben anders, als Henry ihn sich vorgestellt hatte. Der Mann hatte einen Anzug getragen und war so kultiviert dahergekommen, dass Henry fast auf ihn hereingefallen wäre. Lackschuhe und Krawatte, also wirklich. Wen wollte er damit täuschen? So schnell würde Henry nicht vergessen, zu was diese Dämonen fähig waren.

Umso entsetzter war er darüber gewesen, wie seine Berater auf den Vorschlag des Dämons reagiert hatten - nämlich durchaus positiv.

Die Integration der Dämonen aus der Unterwelt in die Realität. Das war doch lächerlich! Doch er würde ihnen schon den Kopf waschen. Er war der Leiter der Verborgenenorganisation, sie unterstanden ihm alle. Eine Veränderung dieser Art kam nicht infrage. Die Dämonen sollten bleiben, wo der Pfeffer wächst. Hexen, Werwölfe und Vampire in Schach zu halten und zu gewährleisten, dass ihre Existenz vor den Normalsterblichen verborgen blieb, war kein leichtes Unterfangen. Es erforderte genug Energie, Durchsetzungsvermögen und Entschlossenheit - alles Dinge, die ihm in die Wiege gelegt worden waren und ihm seit zehn Jahren den Posten des VO-Leiters sicherten.

Allerdings konnte man die Vorteile, die der Dämon aufgezeigt hatte, nicht von der Hand weisen. Dämonen konnten mit Hexen Kinder bekommen. Bisher gab es nur einen einzigen ihm bekannten Fall eines Halbdämons - Jillian Benett. Den Dämonen den Weg in die Realität zu ebnen, würde auf Dauer dazu führen, dass sich die Blutlinien vermischten. Das wiederum würde eine Stärkung der Spezies bedeuten. Ein äußerst interessanter Punkt, wie er fand. Außerdem waren Dämonen, die unter seinem Kommando standen, eine sehr wirksame Waffe.

Der Dämon hatte ja nicht davon gesprochen, sofort eine Pforte zu öffnen, die es allen Dämonen möglich machte, aus der Unterwelt zu fliehen. Man hatte von vereinzelten Dämonen gesprochen, einer kleinen Auswahl an Männern und Frauen, die sich über die Jahre hinweg bewährt hatten und denen der Dämonenfürst Baal vertraute. Dämonen, die sich Henrys Befehlen beugen würden. Konnte das gut gehen?

Womit er wieder bei der Frage war, was er von Baal halten sollte. Henry erinnerte sich noch gut daran, was vor drei Jahren passiert war, als einer seiner Mitarbeiter dem falschen Dämon vertraut hatte. Baals Konkurrent Leviathan war mit einer Armee von Dämonen in die Realität gedrungen und hatte halb London in Schutt und Asche gelegt, bis die VO sie besiegte.

Doch hatte der Dämon Baal nicht dabei geholfen, London zu retten? Zudem war er Jillians Vater, sie vertraute ihm. Und hatte er selbst nicht Jillian Benett in seinen Diensten, die eine seiner vertrauensvollsten Mitarbeiterinnen war? Allerdings war sie nur ein Halbdämon und in der Realität aufgewachsen. Man konnte ihr Gemüt nicht mit dem eines richtigen Dämons vergleichen.

Wie er es auch drehte und wendete, es blieb ein zu großes Risiko, sich mit einem Dämon einzulassen, egal ob er behauptete, auf der guten Seite zu stehen. Dämonen waren gefährlich. Sie waren unberechenbar. Und sie waren skrupellos.

Kapitel 1

Der Eisregen fühlte sich an wie kleine Nadelstiche auf der Haut. Ich zog die Kapuze meines Mantels tiefer ins Gesicht und verschränkte die Arme, während ich an der Hausmauer gegenüber einer heruntergekommenen Bar lehnte und den Blick zu dem nachtschwarzen Himmel wandern ließ. Irgendwo unter dieser undurchdringlichen, grauen Wolkendecke musste der Mond aufgegangen sein.

Ich hasste den Vollmond. Er bedeutete nichts als Ärger. Vor nicht einmal zehn Minuten hatte mich mein Chef, Henry Cole, angerufen und zu diesem Auftrag geschickt. Seufzend ignorierte ich die Kälte, die in meine Knochen fuhr, und wartete schweigend. Außer dem entfernten Geräusch von Motoren und dem Prasseln der Regentropfen auf meiner Haut war nicht viel zu hören. Die Straße war abgelegen und nur eine Laterne spendete sanftes Licht. Zu viele Schatten. Es war keine gute Gegend, um sich nachts allein aufzuhalten. Doch ich wusste mich zu wehren und spürte nicht den geringsten Anflug von Nervosität.

Jeden Moment musste eine Gruppe Werwölfe um die Ecke kommen, die gerade erst die Kneipe hinter sich ließ, in der sie randaliert hatte. Ein Gast hatte gehört, in welche Bar sie als Nächstes ziehen wollte, und prompt hatte man mich dazu genötigt, sie dort festzunehmen. Vor genau dieser Bar stand ich nun, müde und frierend. Aus der heruntergekommenen Spilunke ertönte gedämpfte Musik, doch durch die verhangenen Fenster ließ sich nicht viel erkennen.

Je schneller die Werwölfe auftauchten, damit ich sie festnehmen konnte, umso besser war es. Ich wollte endlich nach Hause und meinen Feierabend genießen.

Wieder warf ich dem versteckten Vollmond einen grimmigen Blick zu. Es war jedes Mal dasselbe. Die runde Scheibe strahlte am Himmel und schon spielten alle verrückt. Werwölfe wurden aggressiv und unruhig, Vampire durstiger und Hexen mächtiger. Keine gute Grundlage, unsere Existenz weiterhin vor den Normalsterblichen zu verbergen.

Wir Übernatürlichen lebten wie normale Menschen, gingen anständiger Arbeit nach und integrierten uns in die Gesellschaft. Meistens jedenfalls. Wie auch bei den Normalsterblichen gab es unter den Verborgenen einige, die aus der Reihe tanzten und es schwer machten, unsere Existenz geheim zu halten. Für solche Fälle war die Verborgenenorganisation, die Polizei der Übernatürlichen, unter der Leitung von Henry Cole zuständig. Und hier kam ich ins Spiel, denn seit drei Jahren arbeitete ich für ihn, wenn auch normalerweise mit aufregenderen Aufträgen als diesem.

Dass ich ausgerechnet eine Dämonenjägerin geworden war, hatte einen nicht unerheblichen Hauch von Ironie. Eine Zeit lang hatte ich mich zu den Hexen gezählt. Mittlerweile wusste ich jedoch, dass ich gar keine Hexe war, sondern ein Halbdämon. Meine Mutter war eine Hexe gewesen, mein Vater einer der einflussreichsten Dämonenfürsten der Unterwelt.

Dämonen waren Gott sei Dank in der Unterwelt gefangen, mein dämonischer Vater eingeschlossen, auch wenn ich ihn tatsächlich ins Herz geschlossen hatte. Das hieß aber nicht, dass ich in meinem Job als Dämonenjägerin nichts zu tun hatte. Denn obwohl die Realität für die Bewohner der Unterwelt verschlossen war, hatten sie einen Weg gefunden, uns das Leben schwer zu machen.

Umso mehr ärgerte es mich, dass man mich mal wieder zu einem dieser ungeliebten Aufträge gerufen hatte. Ich hätte irgendwo dort draußen in den Wäldern sein müssen, um Mairas zu jagen. Sie waren todbringende, Albtraum verursachende Kreaturen, die sich von Blut und Angst ernährten. Die Jagd auf Mairas war eine ehrenvolle und gefährliche Sache, der ich mein Leben verschrieben hatte. Doch stattdessen wurde ich in Londons Straßen vom Eisregen durchnässt und musste ein paar halbstarke Werwölfe festnehmen, die einen über den Durst getrunken hatten. *Was für ein Sprung in meiner Karriere.*

Ein Kälteschauer durchzog meinen Körper und ich verlagerte das Gewicht. Wenn ich noch länger hier stehen musste, würde ich festfrieren. Um mir die Zeit zu vertreiben, bereitete ich mich auf die Festnahme vor. Ich würde Magie verwenden müssen, darauf lief es meistens hinaus. Ich schloss die Augen und konzentrierte mich auf mein Inneres.

Wie üblich spürte ich das Pulsieren der Magie in meiner Brust. Alle Lebewesen besaßen eine Prana, die Lebensenergie. Bei Normalsterblichen war sie kaum vorhanden, bei Vampiren dagegen bewirkte sie Stärke und Schnelligkeit sowie einen kaum zu bändigenden Blutdurst. Bei den Mondkindern, den Werwölfen, verursachte die erhöhte Menge an Prana, dass sie nicht nur schnell und wendig waren, sondern auch einige tierische Eigenschaften annahmen. Die Hexen waren die Einzigen, die ihre Prana in Form von Magie nutzen konnten. Und ich als Dämon natürlich auch.

Vor meinem inneren Auge sah ich das Geflecht aus wild durcheinanderwirbelnden Energiesträngen, die mitternachtsblau aufleuchteten und wie flüssige Bindfäden in meinen Adern tobten. So durcheinander und gelöst störten sie mich nicht, waren aber auch zu nichts zu gebrauchen.

Mit einem kleinen Gedankenstoß brachte ich sie dazu, sich zu ordnen und zu einer einzigen, leuchtenden Kugel zusammenzufließen. Die damit geschaffene Energiequelle brannte warm in meiner Brust und erfüllte mich mit Macht.

Man konnte diesen Vorgang mit einfacher Elektrizität vergleichen. Wäre ich eine gewöhnliche Hexe gewesen, hätte ich diese Energiequelle wie eine Steckdose anzapfen können, um meine Gedanken zu verstärken. Als Hexe hatte man nur ein magisches Spezialgebiet. Manche Hexen konnten Dinge gefrieren lassen, andere einen Wind heraufbeschwören oder die Telekinese einsetzen. Wieder andere konnten das Feuer beherrschen, oder auch die Elektrizität. Als Halbdämon hatte ich den Vorteil, auf sämtliche Spezialgebiete zurückgreifen zu können. Außerdem brachte meine Herkunft mit sich, dass ich diese pure Energie direkt nutzen konnte, was in etwa dem Spiel mit Strom gleichkam. Nur dass es kein Strom war, der in mir pulsierte, sondern die viel mächtigere Magie.

Die Luft knisterte. Ich war bereit.

Aus der Kneipe drangen Stimmen, lauter als zuvor. Ich runzelte die Stirn und konzentrierte mich wieder auf meinen Auftrag. Die Mondkinder hätten schon längst hier sein müssen. Hatten sie sich am Ende für eine andere Bar entschieden, um ihrer Zerstörungswut freien Lauf zu lassen, oder …

»Verdammt«, fluchte ich leise, als ich schweres Poltern aus der Bar vernahm, gefolgt von zornigen Stimmen. Ich war zu spät gekommen, sie waren bereits hier. Statt sie festzunehmen, hatte ich hier draußen gewartet.

Schnell rannte ich über die Straße, während der Klang meiner Stiefel auf Kopfsteinpflaster laute Geräusche zwischen den Häusern widerhallen ließ. Meine kalten Muskeln protestierten, doch ich war gut trainiert und noch bevor ich die Bar erreicht hatte, erfüllte mich kribbelndes Adrenalin.

Ich öffnete die Tür und hielt einen Moment inne, um die Situation zu erfassen.

Die Luft war stickig und es stank nach Bier und Rauch. Ich blinzelte einen Moment, um in dem gedämpften Licht etwas zu erkennen. Drinnen herrschte bereits das reinste Chaos. Einige Tische und Stühle waren umgeworfen, Scherben über den Boden verteilt und ich sah gerade noch, wie die Barfrau hinter den Tresen flüchtete. Einige junge Männer waren damit beschäftigt, sich die Köpfe einzuschlagen und lauthals zu beschimpfen. Es waren mehr, als ich angenommen hatte.

Der Geruch nach nassem Hund ließ mich das Gesicht verziehen und wieder einmal meinen Job verfluchen. Ich versuchte zu erfassen, wie viele der Gäste zu den Normalsterblichen gehörten. Glücklicherweise war die Kneipe bis auf die ungebetenen Besucher weitestgehend leer, nur ein Vampirpaar hielt sich am Rande und beobachtete die Szene stillschweigend. Ich erkannte sie an der bleichen Haut und den tiefschwarzen Augen.

Ich räusperte mich lautstark, doch bis auf die beiden Vampire schien mich niemand zu bemerken. Ein abgebrochenes Stuhlbein flog dicht an meinem Gesicht vorbei. *Also schön, dann eben doch auf die harte Tour.*

Ich schloss für einen winzig kleinen Moment die Augen und sammelte mich. In nur dem Bruchteil einer Sekunde war mein Körper erfüllt von der knisternden Prana. Leichte blaue Funken umspielten meine Finger und tropften zischend zu Boden. Es kostete mich nicht einmal einen Wimpernschlag, den Raum mit einem eisigen Wind zu füllen, der die Tischdecken von den Plätzen wehte. Augenblicklich kehrte Stille ein und die Raufbolde wandten sich zu mir um.

»Schön, das mit der Aufmerksamkeit wäre also geklärt«, sagte ich lächelnd und schickte einen unschuldigen Augenaufschlag in die Runde. Für einen Moment sah es so aus, als wollten sie meine Anwesenheit ignorieren und sich weiter ihrer sinnlosen Schlägerei hingeben, doch einer der Männer zögerte und kniff die goldgelben Augen zusammen.

»Dämon«, zischte er leise und ballte die Hände zu Fäusten. Die anderen horchten auf und starrten mich an. Ich behielt sie vorsichtig im Auge. Scheinbar war der Dunkelhaarige, der mich zuerst erkannt hatte, ihr Anführer, denn einige Männer warfen ihm immer wieder fragende Blicke zu. Er fletschte die Zähne und ich stöhnte innerlich auf. An seinem Hals sprießte bereits etwas Fell, die Verwandlung stand kurz bevor. So gerne ich auch eine Strafpredigt gehalten hätte, dass Werwölfe die Pflicht hatten, sich zum Vollmond aus der Öffentlichkeit zurückzuziehen, die Zeit drängte und ich musste sie hier wegschaffen, bevor sie doch noch ein Normalsterblicher zu Gesicht bekommen konnte.

Die Männer waren sichtlich hin- und hergerissen. Sie hatten mich erkannt, wussten, wer ich war. Ihr Instinkt sagte ihnen, dass sie es mit einem Gegner zu tun hatten, gegen den sie keine Chance hatten, und dieser Instinkt rang mit dem Drang, mir die Kehle aufzureißen. Wie gesagt, ich hasste den Vollmond.

»Du hast mich also erkannt«, sagte ich mit einem freundlichen Lächeln, das so gar nicht zu meinen schwebenden Haaren und der knisternden Prana an meinen Händen passte. Um die Lage zu verdeutlichen, schob ich meinen Mantel auseinander, damit die blitzende Marke der VO zum Vorschein kam, ebenso wie einige Schwerter und Dolche, die ich grundsätzlich zusammen mit meinem ledernen Kampfanzug trug. Die Blicke der Männer verdüsterten sich. Das Bad-Girl-Image war so gar nicht mein Stil, doch wenn es mich vor einem Kampf mit den Mondkindern bewahren konnte, zog ich es durch.

Um die Situation etwas zu entschärfen, stoppte ich den Pranafluss in meinem Inneren und die blauen Funken verschwanden.

»Warum schickt die VO gleich ihren einzigen Dämon, um ein paar Mondkinder festzunageln?«, knurrte der Anführer und seine goldenen Augen glühten auf.

Diese Frage stelle ich mir auch, schoss es mir durch den Kopf.

»Weil ich es kann«, gab ich knapp zurück. »Wenn ihr klug seid, folgt ihr mir, ohne noch mehr Aufsehen zu erregen, dann geht das ganze ohne Verletzungen vonstatten.«

Ich fing den Blick der Bardame auf, die mich mit aufgerissenem Mund anstarrte. Sie war eine Vampirin, doch scheinbar hatte sie keine Ahnung, wer ich war. Es musste seltsam für sie aussehen, wie ich mich zwölf ausgewachsenen und mit der Beherrschung kämpfenden Werwölfen entgegenstellte.

Aus den Augenwinkeln heraus bemerkte ich eine Bewegung. Eines der Mondkinder spannte sich an, der Jüngste von ihnen mit der aufgeplatzten Lippe. Ich schnellte herum und ließ meine türkisen Augen gefährlich blau erstrahlen, ein nützlicher Trick, den mir mein Vater beigebracht hatte. Ich wusste, dass sie glühten.

Es zeigte die gewünschte Wirkung und der Junge wich knurrend zurück. Was war nur los mit ihnen? Selbst zu Vollmond konnte man Werwölfe zur Vernunft bringen, aber diese Gruppe schien geradezu von etwas angestachelt zu werden.

»Gehen wir«, sagte ich knapp in einem Ton, der keine Widerrede duldete. Je schneller wir hier weg und die Werwölfe über Nacht in eine Zelle kamen, umso besser war es. Danach waren sie nicht mehr mein Problem. Ich zückte mein Handy und drückte die Schnellwahltaste. Mit wenigen Worten hatte ich einige Wagen geordert, die uns abholen würden.

Ich trat einen Schritt zur Seite und bedeutete den Randalierern mit einem Kopfnicken, die Bar zu verlassen.

»Wenn auch nur einer von euch aus der Reihe tanzt, werde ich ihm bei lebendigem Leib das Blut gefrieren lassen«, zischte ich, als sie an mir vorbeischritten. Einer der Jungen erbleichte sichtlich. Ich vermied es, ihn aufzuklären, dass ich es im Grunde genommen gar nicht tun durfte, ohne mit dem Gesetz in Konflikt zu kommen. Aber vielleicht reichte schon die Androhung.

Draußen atmete ich die eiskalte Luft ein, froh darüber, dem stickigen Raum entkommen zu sein.

»Dort entlang«, wies ich die Werwölfe an und deutete auf eine dunkle Nebenstraße. Obwohl die Bar abseits von bewohntem Gebiet lag und nur wenige Normalsterbliche den Weg hierherfanden, war es besser, so unbemerkt wie möglich zu bleiben.

»Keine Handschellen?«, spottete der Anführer, doch ich zuckte nur mit den Achseln.

Um genau zu sein, hätte ich ihnen welche anlegen müssen, aber zum einen hatte ich nicht mit mehr als fünf Mondkindern gerechnet und zum anderen war immer noch meine Magie der Teil, auf den ich mich am meisten verließ. Wenn sie fliehen wollten, würde ich sie einfach damit umhauen.

In der unbeleuchteten Straße wies ich sie an, sich an die Wand zu stellen. Sofort teilte sich die Gruppe nach rechts und links, wobei sie sich finster anstarrten. Ich hatte schon so etwas vermutet, doch ihr Verhalten bestätigte, dass es sich um Mitglieder zweier verschiedener Banden handelte.

»Du fühlst dich toll, was?«, keifte ein blonder Werwolf mit langer Narbe im Gesicht, scheinbar der Anführer der Gruppe links.

»Kann nicht klagen«, antwortete ich genervt. »Bisschen kalt vielleicht.«

»Hältst du dich für was Besseres, weil du anderen überlegen bist? Dämonenbrut!«

Ich wusste, dass er mich nur provozieren wollte. Dennoch trafen mich seine Worte. Wie gerne hätte ich ihm gesagt, dass ich sofort mit jeder normalen Hexe getauscht hätte?

Wie oft war ich jetzt schon solchen Reaktionen ausgesetzt gewesen? Ich hatte aufgehört zu zählen.

Ich verschränkte die Arme und blickte finster zwischen den beiden Gruppen hin und her. Wo zum Henker blieben die Einsatzwagen?

Die Werwölfe wurden unruhig. Ihre Augen huschten durch die Schatten, um einen Ausweg zu suchen. Ein jüngerer Werwolf krümmte sich und zitterte. Ich versuchte, sein Stöhnen zu ignorieren, als die Verwandlung einsetzte. Die älteren waren beherrschter, sie zuckten nicht einmal mit der Wimper, als das Fell begann, aus ihrer Haut zu sprießen. Ich konnte die Anspannung in ihren Gesichtern erkennen. Obwohl ich die monatliche Verwandlung der Werwölfe nun schon oft miterlebt hatte, erfüllte mich noch immer Unbehagen dabei. Es hatte etwas Intimes, ihnen dabei zuzusehen.

Aus Höflichkeit blickte ich die Straße hinunter und ließ mir nichts anmerken. Als die menschlichen Laute immer mehr zu einem Knurren und Fletschen wurden, konnte ich mich schließlich nicht mehr davon abhalten, die Männer genauer im Auge zu behalten. Werwölfe mochten zwar berechenbar sein, aber nicht selten gingen ihre tierischen Instinkte mit ihnen durch, wenn der Vollmond am Himmel stand. Sie wurden wilder, animalischer. Die meisten Mondkinder zogen sich zu dieser Zeit zurück. Es war verboten, sich während dieser Phase auf öffentlichen Straßen aufzuhalten.

Ich blinzelte verdutzt und starrte die Männer an. Unwillkürlich trat ich einen Schritt zurück.

»Was zum Teufel …?«, brachte ich hervor, bevor ich mich wieder unter Kontrolle bekam. Die Verwandlung hatte nicht einmal fünf Minuten gedauert. Vor mir standen zwölf vollständig verwandelte Werwölfe in gebückter Haltung. Fell sprießte ihnen an Hals, Armen und Gesicht. Die Schnauzen waren lang gezogen und mit Reißzähnen besetzt, während die goldenen Augen in der Dunkelheit glühten. Aus den Händen waren messerscharfe Klauen geworden.

Ich fing mich schnell wieder und brachte meine Gefühle unter Kontrolle. Nach meinen Kenntnissen dauerte eine vollständige Verwandlung mindestens zwei Stunden, aber vielleicht hatte ich mich auch getäuscht. Das Letzte, was ich jetzt tun durfte, war, Nervosität zu zeigen. Ich zwang mich dazu, nicht ein weiteres Mal nach der Verstärkung der VO Ausschau zu halten. Noch standen die Männer an ihren Plätzen, mit dem Rücken zur Wand, doch ich konnte spüren, wie unruhig sie waren.

Aus reinem Selbstschutz ließ ich wieder meine mitternachtsblaue Prana über die Haut meiner Hände wandern, um die Männer daran zu erinnern, mit wem sie es zu tun hatten.

In der Ferne ertönte eine Polizeisirene und ich atmete kaum merklich auf. Wurde ja auch Zeit. Doch noch bevor ich den Gedanken zu Ende gedacht hatte, beanspruchte ein Fauchen meine volle Aufmerksamkeit. Ich schluckte, weil ich bereits wusste, was mich erwartete.

»Macht keine Dummheiten«, sagte ich mit ruhiger und fester Stimme, während ich die Hände beruhigend hob. Die Männer schienen meine Worte kaum zu vernehmen.

Plötzlich bildeten sie einen Halbkreis um mich. Sie schlichen in geduckter Haltung und mit blitzenden Augen um mich herum. Bedrohliches Knurren entfuhr ihren Kehlen. Der Zwist zwischen den beiden Gruppen schien vergessen zu sein und man hatte sich auf mich als Feindin geeinigt.

Unwillkürlich wurde ich zurückgedrängt, mit dem Rücken an eine kalte, feuchte Steinmauer.

»Was ist nur los mit euch?«, bellte ich und wurde von einer Welle der Wut überschwemmt. Legten sie es tatsächlich darauf an?

Ich hatte keine Angst, denn ich wusste, dass ich es locker

mit ihnen aufnehmen konnte, ohne mich auch nur im Geringsten zu verausgaben. Doch ich hasste es, immer wieder den Dämon heraushängen lassen zu müssen, um ernst genommen zu werden. Dennoch bereitete ich mich gedanklich darauf vor, meine innere Energie zu einer Kugel zu formen und diese notfalls auf die Werwölfe abzuschießen. Ich konnte die Unruhestifter innerhalb von Sekunden für mindestens eine Stunde außer Gefecht setzen. Um es zu verdeutlichen, ließ ich den blauen Pranaball durch meine Venen bis in meine Hand gleiten, wo er lautlos und hell leuchtend vor mir schwebte, bereit, abgefeuert zu werden. Die blau knisternde Energie spiegelte sich in den glühenden Augen der Werwölfe, doch anstatt zurückzuweichen, wie ich es erwartet hatte, wurden sie nur noch mehr angestachelt. Wieder wurde ich angefaucht. Ich runzelte die Stirn. Hatten diese Männer keinen Instinkt, der sie vor Gefahren schützte? Das Ganze kam mir eigenartig vor.

»Kommt schon, ihr werdet allerhöchstens eine Nacht in der Zelle verbringen und vielleicht mit einer Geldstrafe rechnen müssen. Das ist es doch nicht wert, von mir gegrillt zu werden!«

Ich versuchte, an den menschlichen Teil in ihnen zu appellieren. Doch sie schienen meine Stimme kaum noch wahrzunehmen. In ihren Augen glänzte Mordlust. Als der Erste auf mich zusprang, reagierte ich blitzschnell und drehte mich um die eigene Achse, damit ich ihm meinen Fuß in den Magen rammen konnte. Noch bevor die anderen seinem Beispiel folgen konnten, schoss ich den Energieball in meiner Hand ab. Er setzte vier von ihnen außer Gefecht. Sie sanken bewusstlos zu Boden, überzogen von blauer Prana.

Zwei weitere Energiebälle genügten, um auch den Rest von ihnen schachmatt zu setzen. Ich atmete schwer und strich mir über die Augen. Es war ja nicht so, als hätte ich sie nicht gewarnt. Ich überlegte, ob ich sie aus dem Schneematsch der Straße herausziehen und an eine trockenere Stelle legen sollte, entschied mich aber dagegen. Sie hatten ihre Bewusstlosigkeit selbst provoziert.

Die Sirenen waren bereits näher gekommen. Ich legte den Kopf in den Nacken und schaute zu den Häusern herauf. Henry würde mich umbringen, wenn schon wieder ein Normalsterblicher meine Energiebälle gesehen hatte.

Glücklicherweise war die Seitenstraße verlassen, die wenigen Fenster blieben dunkel. Was für ein trostloser Ort. Der Schneeregen wandelte sich zu dicken Flocken, die sich kühl auf meinem Gesicht niederließen.

Doch gerade, als ich mich entspannen wollte, weil der Feierabend immer näher rückte, stellten sich meine Nackenhärchen auf. Das Gefühl von Gefahr ließ mich alle Muskeln anspannen. Irgendetwas stimmte hier nicht.

Ich sah zu den Werwölfen, doch sie lagen noch immer am Boden und rührten sich nicht. Trotzdem kam ich mir beobachtet vor. Die Sirenen waren verstummt und Stille hüllte mich ein. Ich schärfte meine Sinne, doch das war gar nicht nötig.

Ich hörte ein dunkles Grollen und wirbelte herum. Aus den Schatten einer weiteren Gasse ertönte leises Scharren, dann ein Bellen, das mir das Blut in den Adern gefrieren ließ. Ich kannte diesen Laut, doch er gehörte nicht in diese Welt. Die Schatten bewegten sich. Blau glühende Augen leuchteten im Schwarz der Nacht und fixierten mich. Erst ein Paar, dann zwei weitere.

Ich stolperte zurück und fiel beinahe über einen bewusstlosen Werwolf. Es war einfach unmöglich. Diese Wesen hatten überhaupt keine Möglichkeit, in unsere Welt zu gelangen, sie hätten ebenso wie die Dämonen in der Unterwelt eingesperrt sein sollen. Trotzdem stand ich hier mitten in London drei Höllenhunden gegenüber. Und die waren weitaus gefährlicher als ein Rudel Werwölfe.

Kapitel 2

Wie konnten sie hierhergelangen?, war der erste klare Gedanke, den ich fassen konnte, bevor ich nach Fluchtmöglichkeiten Ausschau hielt. Es war eine Sache, es mit zwölf Werwölfen zu tun zu haben. Eine Sache, der ich mich nach jahrelangem Training gewachsen fühlte. Drei Höllenhunde, *Zerberusse*, waren jedoch etwas ganz anderes und es stand definitiv nicht auf meinem Tagesplan, von ihnen zerfleischt zu werden.

Ich konnte in die Straße mit der Bar flüchten und war drauf und dran, die Beine in die Hand zu nehmen, als mir die bewusstlosen Werwölfe in den Sinn kamen. Ich konnte sie unmöglich hier liegen und dem Schicksal seinen Lauf lassen. Sie würden den Dämonenhunden zum Opfer fallen. Es dauerte nur wenige Sekunden, bis ich meine Fluchtgedanken beiseitewarf. Also tat ich das Einzige, was mir übrig blieb. Ich griff in meinen Mantel, zog ein Schwert hervor und stellte mich den Kreaturen aus der Unterwelt zitternd entgegen.

Was tat ich hier? Hatte ich den Verstand verloren?

Die Höllenhunde schlichen aus den Schatten heraus, geduckt und bereit, anzugreifen. Sie sahen genauso aus, wie ich sie in Erinnerung hatte. Äußerlich hatten sie nur wenig Ähnlichkeit mit einem süßen, kuscheligen Hund. Sie hatten die Größe eines Pferdes und waren von einem schleimigen Knochenpanzer geschützt, an dem einige Hautfetzen klebten. Schwarzes, widerspenstiges Fell lugte zwischen den Rippen hervor. Der lang gezogene Hundeschädel war mit messerscharfen Zähnen bestückt, die in alle Richtungen abstanden. Die langen, mit Stacheln besetzten Schwänze zuckten angespannt, als die Zerberusse auf mich zukamen.

Ich überlegte fieberhaft, wie ich aus der Situation lebend herauskommen konnte. Jede einzelne Zelle meines Körpers war angespannt, als ich die Prana in meinem Inneren sammelte. Mit der rechten Hand umklammerte ich das Schwert, die Linke war bereit dazu, pure Energie auf die Hunde abzufeuern. Ich fühlte mich, als stünde ich kurz vor dem Zerbersten. In mir wirbelte die Prana wie eine tosende Brandung, bereit, auszubrechen. Meine Angst verstärkte die Kraft nur noch. Der Zerberus in der Mitte war kaum noch zehn Schritte von mir entfernt und duckte sich zum Sprung. Noch ehe er vorschnellen konnte, drängte ich die Prana in meinem Inneren mit aller Kraft durch meine freie Hand und schleuderte sie ihm entgegen.

Ein heller, blauer Blitz erhellte die Umgebung für einen Moment, während ein scharfes Brennen durch meine Hand schoss. Ich keuchte, als die Macht meinen Körper verließ. Mein Energieball traf den Zerberus mitten in der Brust und er wurde nach hinten geschleudert. Mit einem ohrenbetäubenden Knacken krachte er gegen eine Hauswand, überzogen mit der Dämonenmagie, die ihn umschloss wie eine knisternde zweite Haut. Als er an der Mauer herabrutschte, sog ich zischend die Luft ein. Der Stein war unter dem schweren Körper der Bestie geborsten, zurück blieb eine schwer beschädigte Hausmauer.

Hatte ich so viel Energie verwendet? Mir blieb keine Zeit, mir Gedanken darüber zu machen. Ich wandte mich den beiden verbliebenen Höllenhunden zu. Zu meinem Erstaunen zogen sie sich zähnefletschend und knurrend zurück, ohne mich aus den Augen zu lassen. Ich wagte es nicht, mich zu rühren. Seit wann rannten Dämonenwesen davon?

Als sie genug Abstand hatten, drehten sie sich um und verschwanden in der Dunkelheit. Ich atmete schwer und kleine Wölkchen bildeten sich vor meinem Mund. Die Kreaturen kamen nicht zurück.

Meine Erleichterung hielt nur kurz an, dann wurde mir bewusst, wo wir uns befanden. Zerberusse mitten in London! Bevor ich mich versah, hatte ich den Wintermantel abgeworfen und rannte ihnen hinterher. So gern ich auf Verstärkung gewartet hätte, ich konnte sie keine Sekunde länger in der Realität herumstreifen lassen. Es wäre eine Katastrophe, wenn sie auf Normalsterbliche treffen würden.

Ohne den schweren Mantel konnte ich mich besser bewegen. Der lederne Kampfanzug lag wie eine zweite Haut auf meinem Körper und war leicht und dehnbar. Mein Atem kam stoßweise, als ich den Höllenhunden in die Dunkelheit folgte. Sie lockten mich weiter, tiefer in die verwinkelten Gassen Londons hinein. Ich ließ nicht nach, rannte schneller und schneller, ohne darauf zu achten, wohin mich der Weg führte.

Bitte, Herr, lass uns nicht auf Menschen treffen.

Die Bestien waren schnell. Trotz meines Ausdauertrainings verlor ich sie immer wieder aus den Augen und schnappte bereits nach Luft. Ich kam an eine Gabelung, bei der ich nicht weiterwusste. Keuchend kam ich zum Stehen und sah in beide Richtungen. Links führte die Gasse auf eine belebtere Straße, auf der einige Nachtschwärmer unterwegs waren. Da sie nicht hysterisch schrien und augenscheinlich noch am Leben waren, ging ich davon aus, dass die Dämonenhunde den anderen Weg eingeschlagen hatten.

Ich lief wieder in die Dunkelheit hinein. Tausend Fragen schossen mir durch den Kopf. Höllenhunde gehörten in die

Unterwelt. Sie konnten nicht einfach so in der Realität auftauchen. Anders als die Mairas, die in diese Welt hineingeboren wurden, mussten Zerberusse mit viel Tamtam beschworen werden, und selbst dann waren sie in einem Beschwörungskreis gefangen, bis sie jemand freiließ.

Der kalte Wind und die plötzliche Stille um mich herum holten mich zurück in die Wirklichkeit. Das einzige Geräusch, was die Stille durchbrach, war das Quietschen meiner Stiefel auf dem Asphalt. Um mich herum standen verlassene Lagerhäuser. Ich konnte die Themse riechen. Der Fluss konnte nicht weit entfernt sein. Mir war gar nicht aufgefallen, wie nah wir uns am Ufer befanden. Mein Herzschlag kam mir beinahe verräterisch laut vor, als ich ziellos weiterging und die Ohren spitzte.

Ich landete in einer Sackgasse, eingeschlossen von drei hohen Gebäuden, deren dunkle Fenster zu mir herabstarrten. Ich war fast vollkommen von der Dunkelheit eingehüllt, die dicken Wolken am Himmel verschluckten jegliches Mondlicht. Von den beiden Höllenhunden gab es keine Spur. Wenn ich ihnen auf dem richtigen Weg gefolgt war, hätte ich spätestens hier auf sie treffen müssen. Ich hatte sie verloren und wusste nicht im Geringsten, was sie mittlerweile für Schaden in der Stadt anrichteten. Ich schloss für einen Moment die Augen und atmete tief durch, um meinen rasenden Puls zu beruhigen und mich auf das vorzubereiten, was in der Verborgenenorganisation auf mich warten würde. Nämlich gewaltiger Ärger.

Da hörte ich es. Es war kaum ein Schnauben, vielmehr ein schwerer, keuchender Atem. Sofort verfiel ich wieder in Alarmbereitschaft. Ich drehte mich im Kreis, suchte die Sackgasse und die Dunkelheit ab, jeden Moment damit rechnend, dass sich ein Zerberus auf mich stürzte. Doch nichts geschah. Der leise Atem glich dem eines verschreckten Tiers.

Stirnrunzelnd wartete ich ab, dann kam mir ein schier unglaublicher Gedanke. Versteckten sich die Biester vor mir? Was zur Hölle war hier los? Am Rand der Sackgasse entlang der Lagerhäuser standen zahlreiche Kisten, Container und Paletten, die scheinbar achtlos gestapelt und der Witterung überlassen worden waren. Angestrengt versuchte ich, die Richtung auszumachen, aus der ich das Geräusch gehört hatte. Ich hätte wegrennen sollen. Ich hätte mein Handy zücken und Verstärkung rufen sollen.

Stattdessen konzentrierte ich mich auf einen Stapel Gerümpel und brachte ihn mithilfe meiner Gedanken und der Telekinese dazu, auseinanderzubersten. Noch bevor die Trümmerteile den Boden berührten, erfüllte ein grollendes Bellen die Stille und hallte von den Wänden wider.

Ehe ich mich fangen oder meine Waffe in Position bringen konnte, wurde ich von etwas Gewaltigem umgerissen. Der Zerberus landete direkt auf meiner Brust und presste den Atem aus meiner Lunge. Geistesgegenwärtig hob ich Beine und Arme an, nutzte den Schwung des Höllenhunds und rollte ihn über meinem Körper ab. Sofort sprang ich auf die Beine und wandte mich ihm zu, doch der Zerberus war schnell. Sein klaffendes Maul schnappte nach mir und biss in die Luft, als ich gerade noch rechtzeitig den Arm wegzog. Seine Klaue dagegen traf mich am Oberschenkel und zerriss das Leder meines Kampfanzugs, während die Krallen das Fleisch aufritzten.

Ich biss die Zähne zusammen und reagierte blitzschnell. Als das Tier an mir vorbeiglitt, holte ich mit dem Schwert aus und stach zu. Ich hatte beabsichtigt, ihm die Klinge zwischen die Rippen zu stoßen, doch der knöcherne Panzer verhinderte, dass ich ihm ernsthafte Verletzungen zufügen konnte. Dennoch hatte ich bewirkt, dass der Zerberus zurückwich und mich mit glimmenden Augen beobachtete. Ich hatte ihn in die Ecke gedrängt, hinter ihm war nur noch die Mauer der Sackgasse. Wir funkelten uns an, gespannt und jederzeit dazu bereit, wieder den Kampf aufzunehmen, als ich hinter mir ein weiteres bedrohliches Knurren vernahm. *Mist!*

Nun war ich diejenige, die in der Falle saß, denn der einzige Ausgang aus dieser Sackgasse wurde von dem zweiten Zerberus versperrt. Die Biester hatten mich in eine Falle gelockt und ich war geradewegs darauf hereingefallen.

»Schön ruhig, Hundchen«, flüsterte ich, während mir kalter Schweiß den Nacken herablief. Angespannt drehte ich mich so, dass ich beide Höllenhunde im Auge behalten konnte, indem ich den Kopf hin- und herdrehte. Sie liefen auf und ab, versuchten, sich meinem Blickfeld zu entziehen. Die Zeit verstrich quälend langsam. Und doch griffen sie nicht an. Sie warteten wie ich darauf, dass der jeweils andere den ersten Schritt machte. Würden sie es akzeptieren, wenn ich mich langsam und vorsichtig an die seitliche Mauer zurückzog? Würden sie die Gelegenheit nutzen und abhauen? Aber was dann? Sollte ich flüchten und es riskieren, die Dämonenhunde auf Londons Bevölkerung loszulassen? Das konnte ich nicht. Es gab nur eine einzige Möglichkeit, und das bedeutete, dass ich angreifen musste.

In meiner Brust hatte sich die Energiequelle wie von selbst gebildet, die Kraft strömte durch meine Adern und erfüllte jede Zelle meines Körpers. Meine Haare schwebten in einem unsichtbaren Wind.

Die Höllenhunde knurrten warnend. Sie nahmen die Veränderung wahr. Doch solange ich zwischen den beiden stand, konnte ich nicht den einen angreifen, ohne dem anderen den Rücken zuzukehren. Also entschied ich mich für ein Ablenkungsmanöver. Ich sandte meine Gedanken aus und entzündete im Geist die Paletten und Holzkisten an den Wänden. Ein lautes Krachen erfüllte die Luft und Hitze schlug mir entgegen. Es sollte ein kleines Feuer werden, das die Wachsamkeit der Hunde auf sich zog. Stattdessen hatte ich eine kleine Explosion heraufbeschworen. Brennende Trümmerteile fielen vom Himmel herab und ließen mich in Deckung gehen. Das war wohl etwas zu viel des Guten gewesen.

Bevor ich mich darüber wundern konnte, hielt ich nach den Höllenhunden Ausschau und hatte bereits einen Pranaball in meiner Hand gesammelt. Ich sah den ersten der Hunde nur vier Meter von mir entfernt und schleuderte ihm meine geballte Energie entgegen. Sie traf die Bestie mitten in der Brust. Der Zerberus jaulte auf und sackte in sich zusammen.

Lediglich ein dunkler Schatten warnte mich davor, dass der verbliebene Höllenhund sich auf mich stürzte. Ich rollte mich zur Seite und entging so den Klauen, die sich in den Asphalt bohrten. Ich schrie auf und hechtete nach hinten, als der Zerberus einen weiteren Sprung machte. Abermals schnappten Zähne nach mir und ich schwang das Schwert. Die Klinge bohrte sich in das Maul des Zerberus und blieb im Oberkiefer stecken, was ihn jedoch keineswegs zu Fall brachte. Ich hatte ihm lediglich eine Maulsperre verpasst. Mit der einen Hand am Griff des Schwerts, legte ich die andere an den Hals des Tiers, während das Monstrum mit seinem ganzen Gewicht auf mich fiel und mich zu Boden riss.

»Genug gespielt«, presste ich zwischen zusammengebissenen Zähnen hervor und wandelte die Energie in meinem Inneren um. Aus der Hand, die die schleimige Haut des Dämonenhunds berührte, schoss dieses Mal keine pure Energie. Stattdessen strömte langsam und unaufhaltsam Kälte aus ihr heraus. Ich konzentrierte mich mit aller Gewalt auf die Kryokinese, das Gefrierenlassen von Dingen mittels meiner Gedanken. Eine dünne Schicht aus glitzernden Kristallen ging von meinen Fingern aus und bedeckte den sich windenden Körper des Zerberus. Ich spürte, wie meine

Hand an dem Eis festklebte, das das Biest nun umschloss. Seine Bewegungen wurden langsamer, der Atem kam rasant und stoßweise. Mit aller Kraft zog ich an dem Schwert, das im Rachen des Zerberus steckte, und rammte es ihm in den Hals, um ihn von seinem Leiden zu erlösen.

Das Monstrum zerfiel zu Asche, die sich im lauen Wind zerstreute, während die Last des Tiers von mir gehoben wurde und ich wieder frei atmen konnte. Ächzend stand ich auf und ignorierte meine schmerzenden Glieder, als ich zu dem letzten verbliebenen Zerberus hinkte. Meine Prana bedeckte seinen Körper, doch er begann bereits, sich wieder zu bewegen. Ohne zu zögern, erlöste ich auch ihn von dem Dasein in der Realität und ließ mich ächzend auf den Boden sinken, um durchzuatmen. Dann blickte ich an mir herab. Der nagelneue Kampfanzug war an einigen Stellen gerissen. Blut lief mir den Oberschenkel herab, doch die Wunde war nicht allzu tief. Schneematsch bedeckte meine Kleidung und nachdem sich mein Pulsschlag beruhigt hatte, spürte ich auch wieder die Kälte.

»Warum musstet ihr auch unbedingt heute auftauchen?«, knurrte ich die letzten verbliebenen Aschepartikel an, bevor sie mit dem Schnee verschmelzen oder durch den Wind davongetragen werden konnten. »Ich hatte gerade Feierabend, verdammt noch mal!«

Ein paar brennende Trümmer flackerten noch vor sich hin. Ich löschte sie und machte mich stöhnend auf den Rückweg. Hoffentlich hatten die Männer der VO wenigstens auf mich gewartet, nachdem sie die Werwölfe in die Wagen verladen hatten. Den zurückgelassenen Zerberus hatten sie sicher schon getötet. Er hatte so viel Energie abbekommen, dass es einen ganzen Drachen weggehauen hätte. Der Rückweg kam mir schier endlos vor, doch endlich sah ich das Blaulicht der Einsatzwagen zwischen den Häuserwänden. Als ich am vereinbarten Treffpunkt ankam, mitgenommen und zerrissen, erwarteten mich bereits sechs Mitarbeiter der Verborgenenorganisation mit verschränkten Armen.

Meine Güte, sie taten ja fast so, als hätte ich sie Stunden warten lassen. Einer der Männer, Jeremy, hob fragend die buschige Augenbraue, doch ich hatte gerade nicht das Bedürfnis, dem Werwolf eine Erklärung abzuliefern. Ich würde sowieso alles bis ins kleinste Detail in der VO berichten müssen, wozu also die Mühe? Außerdem konnte ich ihn nicht leiden.

»Sorry, war beschäftigt«, war das Einzige, was ich ihm zumurmelte. Sein Gesicht verfinsterte sich und etwas von meiner Anspannung kehrte zurück. Jeremy war ein Werwolf. Nur dank jahrelangem gezielten Konzentrationstraining bei der VO konnte er seine Verwandlung trotz des aufgegangenen Vollmonds noch hinauszögern, vermutlich bis zum Morgengrauen. Er erschauderte. Machte ihm die Unterdrückung der Wandlung mehr zu schaffen, als er sich anmerken ließ?

Nein, Jeremy war in so ziemlich allen Disziplinen Klassenbester, er hatte sich im Griff. Aber hätte er nicht eigentlich zufrieden sein müssen, dass ich ein Dutzend Randalierer festgenommen hatte? Ich zögerte.

»Habt ihr die Mondkinder schon verladen?«, fragte ich sicherheitshalber und schielte zu den vier Einsatzwagen.

»Mondkinder?«, dröhnte Jeremy mit seiner tiefen Stimme und seine goldenen Augen verengten sich zu Schlitzen. »Meinst du die, die du allein zurückgelassen hast und die sich aus dem Staub gemacht haben, bevor wir ankamen?«

Ich starrte ihn an.

»Was?«, brachte ich schließlich hervor und Jeremy packte mich am Arm, um mich zu der Stelle zu führen, an der sie gelegen hatten. Ich sah noch einige Fußspuren im Schneematsch.

»Das kann nicht sein!«, stieß ich aus und sah Jeremy fest an. Dann blickte ich auf mein Handy und kontrollierte, wann ich den Anruf an die VO getätigt hatte.

»Ich war nicht einmal zwanzig Minuten weg! Sie haben eine Pranaladung von mir abbekommen, die sie für eine ganze Stunde hätte außer Gefecht setzen müssen!«

Hatte ich mich so verschätzt?

»Hat sie aber nicht!«, blaffte Jeremy mich an. »Vielleicht hättest du einfach bei ihnen bleiben sollen! Was hast du getan? Einen Kaffee getrunken?«

Wortlos sah ich an mir herab.

»Sehe ich aus, als hätte ich einen Kaffee getrunken?«, keifte ich zurück, doch dann fiel mir ein, dass er vielleicht noch gar nichts von den Höllenhunden wusste.

»Und was ist mit dem Zerberus? Ist der auch weg?«

Jeremy sah mich an, als hätte ich den Verstand verloren und beantwortete damit meine Frage. Überflüssigerweise sah ich zu der Stelle, an der der Zerberus gegen die Hausmauer gekracht war und ein Loch hinterlassen hatte. Der Dämonenhund war verschwunden.

»Was auch immer du hier veranstaltet hast, das wird Konsequenzen haben«, knurrte der Werwolf schließlich, fuhr sich durch die braunen Haare und winkte seine Männer zurück zu den Einsatzwagen.

Ja, das würde es wohl, dachte ich zerknirscht und folgte ihnen missmutig.

Kapitel 3

Ich überredete Jeremy, mich zu Hause abzusetzen, bevor er brummend zurück zur VO fuhr. Ich winkte ihm nicht mal zum Abschied, denn ich wusste, dass er sich insgeheim freute, dass ich schon wieder einen Auftrag vermasselt hatte. Sein Feixen erinnerte mich an das eines Wiesels.

So ließ er mich im Stadtteil Royal Borough of Kensington and Chelsea raus. In der Cromwell Road reihten sich die Backsteinhäuser dicht aneinander, doch hätte ich mir die Wohnung am Ende der Straße niemals selbst leisten können. Glücklicherweise stellte die VO Wohnungen für ihre Mitarbeiter. Von hier aus war es nicht weit bis zum Hauptgebäude der Verborgenenorganisation und auch der Hyde Park befand sich ganz in der Nähe.

Ich sah zu unserer Wohnung hinauf, doch in den Fenstern brannte kein Licht. Alissa war sicher schon schlafen gegangen. Ally und ich waren unzertrennlich, seit wir uns vor sechs Jahren an der Winterfold Akademie kennengelernt hatten. Die Telekinese-Hexe war der quirligste und liebevollste Mensch, den ich kannte. Sie war einer der wichtigsten Menschen in meinem Leben und ich konnte mich glücklich schätzen, sie meine beste Freundin nennen zu können.

Offiziell wohnten wir beide allein hier, doch unsere Wohnung war stillschweigend zu einer Vierer-WG geworden. Alissa teilte sich das Zimmer mit meinem Bruder Chaz, der zwar ebenfalls ein Halbdämon war, aber mehr Dämonen- als Hexenblut in sich trug und daher bei unserem Vater in der Unterwelt aufgewachsen war. Auch jetzt verbrachte er die meiste Zeit aus geschäftlichen Gründen dort, was seiner Freundin Alissa ziemlich zu schaffen machte.

Ryan, mein Vampirfreund, hatte eine eigene Wohnung in London, die einst seinen Eltern gehört hatte, als sie noch am Leben gewesen waren. Doch ich konnte mich kaum noch daran erinnern, wann er das letzte Mal nicht bei uns übernachtet hatte.

Zu unserer Truppe gehörten noch Derek und Don, zwei sehr gute Freunde, die sich aber seit einigen Monaten auf Forschungsreise befanden.

Ich war so in Gedanken versunken, dass ich gar nicht bemerkt hatte, wie ich regungslos vor der Wohnungstür verharrte. Wann hatte ich das Treppenhaus durchquert?

Ich riss mich zusammen, steckte den Schlüssel ins Schloss und landete in einem schmalen Flur. Unsere Wohnung war groß und geräumig, alles war vor unserem Einzug renoviert und modern gestaltet worden.

Die Tür zu Alissas Zimmer war geschlossen. Kurz reizte es mich, ebenfalls einfach in meinem Zimmer gegenüber zu verschwinden. Aber aus dem Wohnzimmer drangen die leisen Stimmen des Fernsehers. Es war schon komisch, dass ich Erleichterung verspürte, dass Ryan offensichtlich noch hier war. Eigentlich sollte man in einer Beziehung nicht Angst haben müssen, dass der Partner vielleicht eines Tages nicht mehr auf einen wartet. Und dass ich diese Angst verspürte, war kein gutes Zeichen.

Ich atmete einmal tief durch und stellte mich in den Türrahmen. Das Wohnzimmer war wie der Rest unserer Wohnung ziemlich groß und in einem Stil eingerichtet, den ich nicht benennen konnte. Ryan und ich mochten es elegant, was sich in den schwarz-weißen Möbeln widerspiegelte, die gut zu dem dunklen Parkettboden passten. Dennoch hatten wir uns nicht gänzlich gegen Alissa durchsetzen können und so hatte sie bei unserem Einzug einfach ihre geblümten Decken, knallbunten Kissen und Vorhänge sowie leuchtende Vasen an jeder freien Stelle drapiert. Im Nachhinein musste ich zugeben, dass es mir sogar gefiel. Es hatte etwas Eigenes, etwas Verrücktes, das gut zu uns passte.

Ich blieb unschlüssig in der Tür stehen und fragte mich, wieso ich mich so unbehaglich fühlte. Ryan stand am Fenster und starrte hinaus in die dunkle Nacht. Als ich eintrat, drehte er den Kopf und seine dunklen Augen musterten mich eindringlich.

»Bist du verletzt?«, fragte er emotionslos und ich schüttelte zögernd den Kopf.

»Nicht der Rede wert«, gab ich leise zurück.

»Gut.«

Er ging zum Sofa und wandte sich dem Fernsehprogramm zu. Ich schluckte den Kloß im Hals herunter und ging zurück in den Flur und ins Bad. Dort schloss ich die Tür hinter mir und lehnte mich für einen Moment dagegen. Kein »Wie war dein Einsatz?« oder »Hast du die Verbrecher klargemacht?«. Nichts. Vollkommenes Desinteresse. Unsere Situation war momentan angespannt, was mich stark belastete.

An was hatte er gedacht, als er aus dem Fenster gesehen hatte? Hatte er auf mich gewartet? Er sah in letzter Zeit immer wieder so nachdenklich aus. So verschlossen.

Ich schälte mich aus dem Kampfanzug und ließ mich auf dem Badewannenrand nieder, um die Wunde an meinem Oberschenkel zu säubern. Das Desinfektionsmittel brannte scharf und trieb mir die Tränen in die Augen. Jedenfalls redete ich mir ein, dass es daran lag.

Wann war die Situation zwischen mir und Ryan so außer

Kontrolle geraten? Wir waren seit unserer gemeinsamen Zeit an der Winterfold Akademie ein Paar und das Erlebte hatte uns unzertrennlich werden lassen. Seit drei Jahren lebten wir nun in London. Ich hatte immer geglaubt, dass nichts und niemand sich je würde zwischen uns stellen können. Ich liebte ihn. Er war düster und geheimnisvoll und so voller Leidenschaft, dass es mir noch immer den Atem raubte, wenn er mich küsste. Doch Ryans größtes Problem waren seine Selbstzweifel. Ich hatte lange gebraucht, um ihn davon zu überzeugen, dass er kein Monster war, nur weil er Blutdurst verspürte.

Ryan und ich waren füreinander geschaffen, wir waren eine Einheit, ein Team. Und dennoch stand seit einigen Monaten etwas zwischen uns. Seit unserem gemeinsamen Einsatz, um genau zu sein.

Ryan war einer der besten Jäger der Verborgenenorganisation und man hatte uns gemeinsam mit einigen anderen in die Wälder Londons geschickt, in denen Mairas gesichtet worden waren. Wir hatten die Halbdämonen schnell aufgestöbert und es war zu einem Kampf gekommen, bei dem wir zwei Jäger verloren hatten. Und bei dem ich Ryan und den anderen das Leben gerettet hatte. Seitdem hatte ich das Gefühl, dass er sich vor mir zurückzog. Ich hatte das Gespräch mit ihm gesucht, doch er bestritt vehement, dass dieser Einsatz etwas mit seinem Verhalten zu tun hatte.

Leise seufzend wickelte ich einen Verband um meinen Oberschenkel und trat an das Waschbecken, um mir den Schmutz der Straße abzuwaschen. Im Spiegel begutachtete ich mich. Lange, braune Locken, ein Nasenpiercing in dem schmalen Gesicht mit hohen Wangenknochen und leuchtend türkise Augen, die mich als Dämon kennzeichneten. Ich hatte es schon vor Jahren aufgegeben, mich verstecken zu wollen und meine Augenfarbe durch die Biokinese in das normale Hexengrün zu ändern.

Ich war durchtrainiert und schmal, aber mein Körper war übersät von Narben. Vorsichtig ließ ich die Finger über die größte von ihnen gleiten, eine dreispurige Narbe auf meiner Schulter, die ich bei meinem ersten richtigen Kampf mit einem Maira davongetragen hatte. Lächelnd erinnerte ich mich daran zurück, dass es auch mein erster Kampf an Ryans Seite gewesen war. Ob es zwischen uns jemals wieder so werden würde wie früher?

Nach dem Zähneputzen überlegte ich kurz, ins Wohnzimmer zurückzukehren, mich einfach neben Ryan zu setzen und mich an ihn zu kuscheln, ein bisschen von dem Gefühl zurückzuholen, das mir Halt und Kraft gab. Stattdessen ging ich geradewegs in mein Zimmer.

Der Abend war nicht so gelaufen, wie ich es mir vorgestellt hatte. Ich fühlte mich ausgelaugt und verletzlich. Eine Zurückweisung von ihm hätte ich jetzt nicht ertragen.

Auf meinem Kopfkissen hatte sich Conchobhar, unser Kobold, zusammengerollt und schnarchte leise. Er kam aus Irland und war mir vor ein paar Jahren sozusagen zugelaufen wie ein Hund, auch wenn er es hasste, wenn man ihn mit einem Haustier verglich.

Cox war nicht länger als mein Unterarm, grasgrün und hatte riesige Fledermausohren. Er ähnelte einem kleinen Drachen, doch sein Verstand war messerscharf und er nahm nur selten ein Blatt vor den Mund. Außerdem machte er gerne Dummheiten, wobei ihm die Fähigkeit, sich unsichtbar zu machen, durchaus zugutekam. Allein deshalb war ich froh, dass Cox zu meinen Freunden zählte. Mit einem Kobold sollte man es sich nie verscherzen.

Ich schob ihn sanft beiseite und lächelte, als er im Schlaf grunzte. Cox liebte es, in meinem oder Alissas Bett zu schlafen, solange unsere Freunde nicht dabei waren. Dann verließ er das Zimmer meist mit angewiderten Geräuschen und nahm mit der Couch vorlieb.

Heute störte mich seine Anwesenheit nicht, im Gegenteil, es hatte etwas Beruhigendes, seinem sanften Atem zu lauschen. Trotzdem konnte ich nicht einschlafen.

Im Dunkeln starrte ich an die Decke und versuchte, den leeren Platz neben mir zu ignorieren, den selbst Conchobhar nicht vollends ausfüllen konnte. Es war nicht selten, dass Ryan nachts nicht ins Bett kam. Vampire brauchten nur wenig Schlaf. Doch ich wusste, dass es nicht an der fehlenden Müdigkeit lag, dass er nicht bei mir war. Es hatte eine Zeit gegeben, da hatte er mir stundenlang beim Schlafen zugesehen und mich im Arm gehalten.

Wieder seufzte ich und zwang mich dazu, die Augen zu schließen. Ich hatte heute nicht mehr die Kraft, mich mit Ryan auseinanderzusetzen. Viel zu viele Gedanken rasten durch meinen Kopf.

Was war heute schiefgelaufen? Wie hatte es passieren können, dass die Werwölfe einfach wieder aufgestanden und verschwunden waren? Hatte ich mich so in der Dosierung meiner Magie verschätzt? Andererseits hatte ich ja auch beinahe ein Loch in die Mauer gesprengt, als ich den Zerberus damit beschoss. Also lag es nahe, dass ich eher zu viel statt zu wenig Magie verwendet hatte. Das schien mir in letzter Zeit öfter zu passieren. Ich musste dringend an meinen Fähigkeiten arbeiten. Vielleicht sollte ich wieder damit beginnen, ein wöchentliches Magietraining zu absolvieren.

Und wo waren die Höllenhunde hergekommen? Jemand aus der Realität musste sie beschworen haben, aber welcher Grund trieb einen Menschen zu solch einer Tat? Wer hatte es nötig, Dämonenwesen auf die Realität loszulassen? Außerdem stellte sich die Frage, was mit dem letzten verbliebenen Zerberus geschehen war? Als die VO eingetroffen war, war er bereits verschwunden. Streifte er noch immer durch London? Ich betete, dass dem nicht so war.

Dieser Abend war eine einzige Überraschung gewesen,

nicht nur durch den unangekündigten Besuch aus der Unterwelt. Die Werwölfe hatten sich heute besonders aggressiv verhalten, mal abgesehen davon, dass sie sich in nur wenigen Atemzügen vollständig verwandelt hatten. In dieser Nacht waren so einige Dinge seltsam gelaufen, für die ich morgen bei der Verborgenenorganisation würde geradestehen müssen. Ich hasste den Vollmond.

Am nächsten Morgen fühlten sich meine Augen zugeklebt an und ich spürte deutlich die Abschürfungen und Prellungen vom Vorabend, als ich verschlafen den Bademantel überzog. Vor meinem Fenster dämmerte es bereits und die Dächer Londons zeichneten sich vor dem tristen Grau des Himmels ab. Ich trat barfuß hinaus auf den kleinen Balkon und atmete tief die eiskalte Morgenluft ein, um meine müden Geister zu wecken und mich für den Tag zu rüsten.

Cox schlief noch, was nicht unüblich für den kleinen Kobold war. Ich schlurfte in die Küche, aus der ein Sinne erweckender Kaffeeduft drang. Ally und Chaz saßen bereits auf den Barhockern am Tresen, jeder eine Schüssel Cornflakes vor sich und damit beschäftigt, hitzig über den Sinn und Zweck von Fußball zu diskutieren. Sie gingen so wahnsinnig vertraut miteinander um, dass es mir warm ums Herz wurde und ich sie für einen Moment unbemerkt von der Tür aus beobachtete.

»Bis vor ein paar Jahren wusstest du nicht einmal, dass es diesen Sport gibt«, lachte Alissa. Sie spielte darauf an, dass Chaz in der Unterwelt aufgewachsen war und die Realität erst vor etwa fünf Jahren kennengelernt hatte. Es war manchmal urkomisch, wie er sich für die verschiedensten, alltäglichen Dinge begeistern konnte.

»Ein Grund mehr, zu diesem Spiel zu gehen«, hielt Chaz dagegen. »Der verlorene Junge muss seine verlorene Kindheit aufholen.« Ally schnaubte belustigt und er strich ihr liebevoll eine der rostroten Ringellöckchen aus der Stirn. Ich räusperte mich vernehmlich, peinlich berührt, dass ich sie in diesem intimen Augenblick beobachtete.

Ally drehte sich mit strahlend grünen Augen zu mir um und lächelte über das ganze Gesicht, als ich eintrat. Ihre Sommersprossen verschwanden kurzzeitig, als sie rot anlief.

»Guten Morgen, Prinzessin«, grinste Chaz, wie üblich gekleidet in coole Lederjacke und Jeans. Obwohl wir Geschwister waren, hatten wir kaum Ähnlichkeit miteinander. Niemand aus der Realität außerhalb unseres Freundeskreises wusste, dass Chaz ebenfalls ein Dämon war, und so änderte er seine dämonisch blauen Augen während der Zeit in der Realität zu normalem Hexengrün. Sein feines, blondes Haar war wie immer lässig verwuschelt und fiel ihm fast bis in die Augen.

»Guten Morgen. Du sollst mich nicht so nennen«, sagte ich zum wohl tausendsten Mal und umarmte ihn. Schön, unser Vater war einer der mächtigsten Dämonen der Unterwelt, ein Fürst, dem ein Land von der Größe Großbritanniens unterstand. Er war kein König, aber in der Unterwelt sprach man Chaz und mich mit Prinz und Prinzessin an, um zu signalisieren, dass man Baals Rang als Dämonenfürst anerkannt hatte. Chaz würde irgendwann Baals Nachfolge antreten. Er brachte den Geruch der Unterwelt mit sich, den unangenehmen Duft nach verrottetem und verbranntem Laub.

»Du musst dringend duschen«, schimpfte ich und rümpfte die Nase.

»Siehst du, ich hab doch gesagt, du stinkst«, stimmte Ally mir zu und grinste zufrieden.

Chaz seufzte theatralisch. »Und ich dachte, ihr mögt mich so wie ich bin.«

Ich goss mir eine Tasse Kaffee ein. »Wann bist du gekommen?«, fragte ich neugierig. Mein Bruder war die letzten beiden Wochen in der Unterwelt gewesen.

»Habe ihn gerade erst beschworen«, grinste Alissa und ich konnte nicht anders, als zurückzulächeln. Ally und Chaz besaßen einen Silax, ein Erbstück unserer Mutter. Der kleine blaue Stein war ein magisches Artefakt, geschaffen aus Hexen- und Dämonenblut, der es ermöglichte, dass Chaz als Dämon die Realität betreten konnte.

»Ist Ryan schon weg?«, fragte ich so unverfänglich wie möglich, doch ich wusste, dass ich Alissa nicht täuschen konnte. Sie beherrschte nicht nur die Telekinese, sondern hatte auch die seltene Gabe, die Gefühle anderer spüren und beeinflussen zu können. Manchmal fühlte ich mich beinahe nackt in ihrer Gegenwart, doch ich wusste, was für eine große Belastung diese Fähigkeit für Ally bedeutete. Seit wir in London wohnten, war es schlimmer geworden. Sie war tagtäglich den Gefühlen tausender Menschen ausgesetzt. Ich bewunderte sie dafür, dass sie trotz allem ihren eigenen quirligen Charakter behalten hatte und sich nicht runterziehen ließ. Trotzdem konnte ich mich nicht erinnern, wann ich sie das letzte Mal ohne Augenringe gesehen hatte.

»Ja, er ist heute früher zur Arbeit gegangen«, antwortete Ally zögernd. Ich hatte das Gefühl, sie wollte noch etwas sagen, doch mit einem Blick auf Chaz entschied sie sich dagegen. Gut so. Ich hatte heute nicht das Bedürfnis, über Ryan zu reden. Für gewöhnlich traten wir zusammen unseren Dienst bei der VO an, aber vielleicht hatte er ja vorher noch etwas zu erledigen. *Oder er will mir aus dem Weg gehen,* schoss es mir durch den Kopf, doch ich verwarf den Gedanken schnell wieder.

»Wie war dein Einsatz gestern?«, fragte Ally, um das Thema zu wechseln. Ich verzog das Gesicht und erzählte widerwillig von dem schiefgelaufenen Abend, während ich mich den beiden gegenüber an einen Schrank lehnte und mir Frühstücksflocken in eine Schüssel schüttete. Im Kühlschrank griff ich nach der Milch, während ich von den Werwölfen und den Höllenhunden berichtete.

Chaz wurde bei meiner Erzählung immer ernster und runzelte die Stirn.

»Was glaubst du, wo die Höllenhunde hergekommen sind?«, fragte ich ihn, doch er schien genauso ratlos zu sein wie ich. »Kannst du dich in der Unterwelt mal umhören?«

»Klar«, gab er achselzuckend zurück, »aber ich glaube nicht, dass es viel bringen wird. Irgendjemand aus der Realität muss die Hunde beschworen haben.«

»Schon, aber warum sollte jemand aus der Realität ein Monster beschwören und es dann freilassen? Es sei denn, er arbeitet mit einem Dämon zusammen oder wurde von einem gezwungen. Es wäre nicht das erste Mal, dass die Dämonen versuchen, uns ihre Kreaturen auf den Hals zu hetzen.«

Chaz verzog gequält das Gesicht und mir fiel wieder einmal auf, in was für ein Fettnäpfchen ich getreten war. Chaz war nicht wie ich in der Realität aufgewachsen. Sein Blut war nicht die exakte Mischung aus Hexe und Dämon, sondern er schlug eher nach unserem Vater. Er zählte sich mehr zu den Dämonen, als ich es tat. Entschuldigend beugte ich mich vor und legte ihm die Hand auf den Arm, doch er lächelte mich bereits verständnisvoll an.

»Dad hat seine Leute ziemlich gut unter Kontrolle und ich bin mir sicher, dass es keiner von ihnen war, sonst hätte ich etwas mitbekommen. Trotzdem werde ich mich erkundigen«, versprach er mir.

Im Grunde glaubte auch ich nicht, dass unser Vater oder seine Anhänger etwas damit zu tun hatten. Ich erzählte den beiden von dem eigenartigen Verhalten der Werwölfe und meiner verrücktspielenden Prana.

»Wow, der Vollmond hatte es ja wirklich in sich«, stimmte

Ally zu, doch sie fand die Sache bei Weitem nicht so seltsam wie ich. Vielleicht reagierte ich einfach über, was nicht zuletzt auch daran lag, dass ich mich gleich bei der Verborgenenorganisation würde rechtfertigen müssen.

Viel zu bald stand Alissa auf und räumte unsere Schüsseln in den Geschirrspüler. »Nun zieh dich schon an«, scheuchte sie mich zurück in mein Zimmer und ignorierte meine Grimasse. »Wir müssen gleich los.«

Ich warf Chaz einen Hilfe suchenden Blick zu, doch der grinste nur und zog sich ins Wohnzimmer zurück.

»Glaub nicht, dass du so einfach davonkommst«, rief ich ihm hinterher. »In der Küche hängt ein Einkaufszettel, du bist heute dran!«

»Ich bin doch gerade erst wiedergekommen«, maulte Chaz.

Ally verdrehte die Augen. »Könnt ihr zwei euch nicht ein einziges Mal nicht gegenseitig aufziehen?«

»Nein«, ertönte es von mir und Chaz gleichzeitig, bevor die Lautstärke des Fernsehers Chaz' restliche Worte verschlang. Da er die meiste Zeit in der Unterwelt verbrachte, hatte er die wenigen Tage in der Realität Freizeit. Ich zweifelte nicht daran, dass er sich den ganzen Vormittag Fußball anschauen würde, bis Ally wieder zu Hause war.

Er hatte immer mal wieder solche Phasen, in denen er Dinge in der Realität entdeckte, die für uns selbstverständlich waren, aber die er in der Unterwelt nie kennengelernt hatte. Zuerst war es das Schwimmen gewesen. Wir hatten ihn noch gerade so davon abhalten können, in die Themse zu springen und es den Schwimmern im Fernsehen gleichzutun. Danach hatte er uns den Balkon mit Blumenkästen vollgeknallt und sich an seinem Kräutergarten erfreut. Er war tagelang mit der Bahn durch London gefahren, ohne ein genaues Ziel zu haben und einfach nur, weil er sich für Fahrzeuge begeisterte, bis er uns hilflos angerufen hatte, weil er irgendwo in der Pampa gelandet war. Glücklicherweise hatte er sein Faible für Helikopter schon nach dem ersten Flug wieder aufgegeben. Fußball war in seinem Fall noch vergleichsweise harmlos und ich hoffte, dass er diesmal keine Dummheiten anstellte, während wir weg waren.

Ally und ich machten uns auf den Weg zum Hauptsitz der VO. Es waren nicht mehr als zehn Minuten Fußweg die Straße hinunter. Je näher wir der Verborgenenorganisation kamen, umso nervöser wurde ich.

»Ich schätze, du willst nicht über Ryan reden, oder?«, fragte Alissa auf dem Weg dorthin und zog den Kragen des Mantels höher, um dem kalten Wind zu trotzen.

»Nein«, antwortete ich knapp und sie seufzte. Natürlich würde ich nicht um ein Gespräch mit meiner besten Freundin herumkommen, aber ich konnte es immerhin so lang wie möglich aufschieben.

»Seid ihr heute Abend trotzdem dabei?«, erkundigte sie sich zögerlich.

Ich biss mir auf die Lippe. Natürlich. Wir hatten es uns zur Tradition gemacht, am Abend nach Chaz' Rückkehr in die Realität gemeinsam essen zu gehen, um Neuigkeiten auszutauschen. Es war so etwas wie ein Doppeldate.

»Ich frag ihn mal«, wich ich aus und zog die Lederjacke enger um mich. »Henry Cole wird mir die Hölle heißmachen«, murrte ich, um das Thema zu wechseln. Die Tatsache, dass Alissa nicht widersprach, ließ mich noch mutloser werden. Es war immer mein Traum gewesen, bei der Verborgenenorganisation zu arbeiten. Sie war die Regierung der Übernatürlichen und sorgte nicht nur dafür, dass die Normalsterblichen nichts von uns Verborgenen erfuhren, sondern schützte die Menschen vor Dingen, die sie sich nicht einmal in ihren schlimmsten Albträumen vorstellen konnten. Wir sorgten dafür, dass um die bewohnten Gebiete ein magischer Schild war, der sie vor den grässlichen Mairas schützte. Gleichzeitig zogen wir in die Welt hinaus und stöberten die Halbdämonen auf, um sie zu bekämpfen. Wir riskierten unser Leben. Wir stürzten uns in den Kampf. Es war ein verdammt gefährlicher Job. Und ich liebte ihn.

Natürlich waren nicht alle Mitarbeiter der VO Jäger, auch wenn die Kampfausbildung an der Winterfold Akademie Pflicht zur Aufnahme bei der VO war. Aber es gab auch ganz normale Verwaltungsjobs, wie auch Alissa einem nachging. Wir bildeten einen starken Gegensatz, ich mit meinem ledernen Kampfanzug und sie in dem eng geschnittenen, schwarzen Kostüm. Ally hatte schon immer mehr Sinn für Mode gehabt als ich.

Viel zu früh ragte die VO vor uns auf. Selbst nach drei Jahren beeindruckte mich das Gebäude im romanisch-byzantinischen Stil noch immer. Die VO sorgte zwar dafür, dass die Verborgenen auch verborgen blieben, scherte sich aber nicht um Unscheinbarkeit, was das Hauptgebäude anging. Die Verborgenenorganisation glich einer Kathedrale und war offiziell ein Gebäude für historische Forschungen, zu dem Unbefugte keinen Zutritt hatten. Da die nötigen Plätze in der Regierung von Mitgliedern der VO besetzt waren, kam es selten vor, dass sich ein Normalsterblicher hierherverirrte und unangenehme Fragen stellte.

Alissa und ich betraten die Verborgenenorganisation durch den mit zwei Türmen flankierten Eingangstorbogen und gelangten in eine riesige Halle, die fast gänzlich von einem Dinosaurierskelett eingenommen wurde. Mehrere steinerne Torbögen führten aus der Halle zu verschiedenen Gängen. Durch das Glasdach mogelten sich die ersten Sonnenstrahlen.

Noch bevor wir die Halle ganz durchquert hatten, kam mir Jeremy entgegen, der Jäger, der bei meinem gestrigen Einsatz zu mir gestoßen war.

»Mr. Cole erwartet dich in seinem Büro«, lächelte er

mich schmierig an, ohne eine Begrüßung. Alissa ignorierte er gänzlich. Sein Gehabe ging mir auf die Nerven.

»Wie ist er drauf?«, fragte ich dennoch kleinlaut.

Jeremy hob süffisant die buschigen Augenbrauen und grinste hämisch.

»Er tobt vor Wut«, schnarrte er.

War ja klar. Wie sollte es auch anders sein?

Kapitel 4

Henry Cole tobte nicht. Er schrie mich nicht an und machte mich nicht zur Schnecke. Er machte mir keine Vorwürfe. Es war viel schlimmer, als ich gedacht hatte.

Unser Verhältnis war in den letzten Jahren durch das gemeinsam Erlebte sehr gut geworden, sodass wir beinahe wie Freunde miteinander sprachen, aber nun schien ich wirklich in Schwierigkeiten zu stecken.

Der Verborgenenorganisationsleiter saß einfach nur in seinem Chefsessel und starrte mich finster an. Ich konnte eine Ader an seiner Schläfe pochen sehen, während seine sonst so helle Haut im Gesicht einen bedrohlichen Rotton angenommen hatte.

Unbehaglich ließ ich mich auf dem Sessel gegenüber seinem Schreibtisch nieder, doch das Schweigen dauerte an. Na schön, von mir aus konnten wir uns den ganzen Tag anstarren. Ich studierte sein Gesicht und versuchte mich damit abzulenken, wie die feinen, blonden Härchen auf seinem Kopf bei jedem Atemzug auf- und abwippten, doch der Blick aus seinen stechenden Augen wurde mir bald unangenehm. Ich wich seinem Blick aus und versuchte, mich mit der Betrachtung seiner Einrichtung abzulenken. Doch weder der große Eichenschreibtisch noch das Bücherregal oder die schweren Brokatvorhänge waren interessant genug.

»Es war nicht meine Schuld«, platzte ich schließlich heraus, als das Schweigen unerträglich wurde. Ich biss mir auf die Lippe, als ich meinen lächerlichen Tonfall bemerkte. Henry jedoch verschränkte die Hände und beugte sich mit zusammengekniffenen Augen vor.

»Ich frage mich«, sagte er leise und jagte mir damit einen Schauder über den Rücken, »ob ich mich tatsächlich so in dir getäuscht habe oder einfach nur von dir auf den Arm genommen werde.«

Ich blinzelte. *Wie bitte?*

»Denn weißt du«, fuhr er fort und der Ledersessel ächzte unter seinem Gewicht, »für mich gibt es nur zwei Möglichkeiten. Entweder habe ich deine Fähigkeiten überschätzt und es ist tatsächlich zu anspruchsvoll für einen Dämon, ein paar lausige Mondkinder festzunehmen, oder du hast den Auftrag absichtlich versaut, damit ich dich wieder auf die Mairajagd schicke.«

»Weder noch«, rief ich aufgebracht aus. »Und im Übrigen sollte ich tatsächlich dort draußen in den Wäldern sein und Mairas jagen, anstatt ein paar Lausebengeln nachzustellen.«

»Du weißt genau, warum ich dich vorerst nicht mehr rauslasse!«

Ich warf mich in den Stuhl zurück und verschränkte die Arme. Jetzt fing er doch tatsächlich damit wieder an. »Es war nicht meine Schuld, dass Mike sich bei der letzten Jagd von der Gruppe entfernt hat.«

Henry schnaubte. »Du hast ihn schockgefrostet, Jill!«

»Weil ich ihn für einen Maira gehalten habe«, gab ich zu meiner Verteidigung zurück. Schön, es war doch meine Schuld und ich hätte mich vergewissern müssen, dass es tatsächlich ein Halbdämon war, auf den ich meinen Zauber abschoss. Aber wer war auch so blöd und schlich während einer Jagd zehn Meter entfernt von der Gruppe alleine durch den Wald? Ich biss mir auf die Lippe, um das schlechte Gewissen zu verbergen. Der Auftrag lag bereits vier Wochen zurück und Mike klapperte immer noch mit den Zähnen.

»Es war ein Unfall«, betonte ich schmollend.

»Und was war mit der Sache im Royal Forest of Dean?«, fuhr Henry unbeirrt fort.

»Da habe ich immerhin vier Mairas getötet!«

»Und dabei einen halben Kilometer Wald angezündet.«

Gut, vielleicht hatte ich etwas übertrieben, aber es war einfach so aus mir herausgesprudelt.

»Von dem Loch, das du gestern in einer Hausmauer hinterlassen hast, will ich gar nicht reden. Ehrlich, Jill, was ist nur mit dir los?«, fragte Henry und strich sich müde mit der Hand über das Gesicht. Ich antwortete nicht. Da unterliefen einem einmal ein paar Fehler ...

»Hast du die Mondkinder gestern nun absichtlich entkommen lassen oder nicht?«

Ich funkelte ihn an. »Du solltest mich eigentlich besser kennen.«

Henry warf die Arme in die Luft. »Was, bei den Göttern, ist dann los gewesen?«

Beinahe hätte ich es ihm aus Trotz verschwiegen, aber hier ging es um meinen Job. »Vielleicht fragst du die drei Höllenhunde, die mir gestern über den Weg gelaufen sind.«

Befriedigt sah ich zu, wie der Leiter der VO zusammenzuckte. Doch dann schüttelte er den Kopf.

»Das kann nicht sein. Seit Jahren ist nichts und niemand mehr aus der Unterwelt in die Realität gelangt.«

Bis auf meinen Bruder, dachte ich im Stillen.

»Schick ein paar Leute hin, sie werden Spuren finden.«

»Die könnten auch von den Werwölfen stammen«, gab er zurück und seine Finger umklammerten fahrig einen Kugelschreiber. Das durfte doch wohl nicht wahr sein.

»Können sie nicht«, brauste ich auf. »Hör auf, die Augen

verschließen zu wollen. Du weißt, wohin uns das beim letzten Mal gebracht hat!« Die Anschuldigung war hart, aber wahr. Es war gut drei Jahre her, dass eine Horde Dämonen halb London in Schutt und Asche gelegt hatte. Noch immer waren die Spuren deutlich zu sehen. Offiziell stammten sie von einem Erdbeben.

Henry wurde bleich, doch er fasste sich schnell wieder. »Jemand wird der Sache nachgehen«, sagte er schnell und ich konnte die Angst in seinem Blick sehen, als die Fassade des unnachgiebigen Geschäftsmannes bröckelte.

»Was dich angeht«, fuhr er fort und ich hielt die Luft an, »wirst du erst mal Büroarbeit ableisten, bis ich dich wieder auf die Außenwelt loslasse.«

»Das ist nicht fair!«, rief ich aus, doch Henry brachte mich mit einem Blick zum Schweigen.

So viel zu meinem Karrieresprung. Dabei hatte nach ein paar Stolpersteinen alles so gut angefangen. Ich hatte eine glänzende Jägerausbildung an der Winterfold Akademie genossen. Nachdem herausgekommen war, dass ich ein Halbdämon war und damit über nicht unerhebliche Macht verfügte, hatte Henry kurzzeitig versucht, mich einzusperren, woraufhin ich in die Unterwelt zu meinem Vater hatte flüchten müssen. Allerdings war ich kurz darauf zurückgekehrt und hatte zusammen mit meinen Freunden verhindert, dass ein fieser Dämonenfürst aus der Unterwelt die ganze Welt zerstörte, woraufhin man mich wieder in die Gesellschaft aufgenommen hatte. Vermutlich war man bei der Verborgenenorganisation einfach nur froh, dass ich auf ihrer Seite stand. Es konnte schließlich nichts schaden, einen Dämon als Waffe zu haben. Man hatte mich als Heldin gefeiert, nachdem wir Leviathan das Handwerk gelegt hatten, bevor London gänzlich zerstört werden konnte. Man war mir dankbar gewesen und hatte mich für eine Zeit lang nicht mehr als Dämon betrachtet. Tja, wie schnell solche

Taten doch in Vergessenheit geraten konnten. *Büroarbeit* ... Wie konnte er nur?

»Sag mir Bescheid, wenn du mich brauchst«, gab ich bissig zurück und hörte Henry seufzen, als ich schnippisch aus dem Zimmer stiefelte.

Das Büro des VO-Leiters lag im zweiten Stock und als ich die Treppe hinabstieg, musste ich unausweichlich das große Büro der Jäger durchqueren. Die meisten von ihnen waren auf der Jagd, auch Ryan war nicht zu sehen, doch einige waren über eine Landkarte gebeugt und markierten Gebiete, in denen man Mairas vermutete. Als ich auftauchte, hoben sie neugierig die Köpfe. Die Nachricht von meinem gestrigen Versagen hatte sich bestimmt schon rumgesprochen. Auch Jeremy White lehnte mit dem Rücken an einer Tafel und musterte mich belustigt.

Wag es ja nicht, mich anzusprechen!

»Na, Benett, bist du suspendiert worden?«

Er hatte es gewagt. Ich widerstand dem Drang, die Biokinese einzusetzen und ihm ein paar kräftige Furunkel ins Gesicht zu hexen, als ich das Wort Suspendierung hörte. Vielleicht war ich doch besser davongekommen, als ich dachte. Ich sollte mein Glück vermutlich nicht allzu sehr ausreizen.

»Nein, hab einen Spezialauftrag«, gab ich mit hochwichtiger Miene zurück und versuchte, den Rest meiner Würde zu wahren. Jeremy zog skeptisch die Augenbrauen in die Höhe und schüttelte den Kopf, als ich davonstiefelte.

Als sich die Tür zu meinem Büro schloss, erlaubte ich mir zum ersten Mal, ein betrübtes Gesicht zu machen. Dieses Zimmer hatte man mir zugestanden, als ich bei der VO angefangen hatte. Es gab hier verschiedene Abteilungen. Ein ganzes Großraumbüro beschäftigte sich mit Werwölfen, ein weiteres mit Vampiren und eines mit Hexen. Die Verwaltung lag im linken Gebäudeflügel, wo auch Alissa arbeitete.

Ich gehörte zu den Jägern. Doch da man es nie für notwendig erachtet hatte, den Dämonen eine eigene Abteilung zu widmen, und man sich lediglich im Labor und der Forschungsabteilung mit ihnen beschäftigt hatte, hatte man bei meiner Ankunft schnurstracks die Besenkammer leer geräumt und zusätzlich eine Ein-Mann-Abteilung für Dämonen geschaffen. Immerhin hatte ich ein Fenster, das zur Straße zeigte, und genügend Platz für einen Schreibtisch und ein kleines Regal.

Seufzend ließ ich mich auf dem Drehstuhl nieder und bedachte den Aktenstapel auf dem Tisch mit einem grimmigen Blick. Es waren die Berichte von Einsätzen, die ich angeführt hatte. Sie lagen schon einige Wochen und warteten darauf, von mir vervollständigt zu werden. Jetzt würde ich wohl nicht mehr darum herumkommen, sie zu bearbeiten. Ich machte mich an die Arbeit und schaffte bis zum Mittag, immerhin drei Berichte abzuarbeiten.

Da ich keine Lust hatte, den anderen in den verschiedenen Abteilungen beim Mittagessen Gesellschaft zu leisten, ignorierte ich meinen knurrenden Magen und starrte aus dem Fenster. Draußen regnete es wieder. Der Himmel war trüb und wolkenverhangen. Ich fragte mich, wie es Ryan erging. Er war zu einem Einsatz gerufen worden, in einem Wald nahe Londons. Angeblich hatte man dort ein monströses, fledermausartiges Wesen gesichtet, doch ich vermutete, dass es wieder einer der vielen Fehlalarme war.

Die Situation zwischen Ryan und mir belastete mich immens, mehr noch als die vorangegangenen Fehltritte in meinem Job. Kurzerhand beschloss ich, ihm eine SMS zu schreiben und zu fragen, ob er bei dem traditionellen Chaz-Begrüßungsessen heute Abend dabei sein würde. Wie lange waren wir schon nicht mehr allein in unserem Lieblingsrestaurant gewesen? Wie lange hatten wir schon keine Zeit mehr zu zweit verbracht?

Es dauerte eine ganze Zeit lang, bis er auf meine SMS antwortete, und mit jeder Minute, die verstrich, bekam ich mehr und mehr und mehr Angst, dass er absagen würde. Wieso brauchte er so lange, um sich zu entscheiden? Da klingelte mein Handy und ich zuckte zusammen.

Mein Herz machte einen Satz, als seine Antwort auf dem Display erschien und er mit einem einfachen »Okay« zusagte. Irgendwie bedeutete das einen kleinen Hoffnungsschimmer für mich. Ich vermisste die Zeit, als nichts und niemand uns hatte trennen können und wir nur Augen füreinander gehabt hatten.

Etwas weniger deprimiert machte ich mich erneut an die Arbeit. Der Rest des Tages zog sich zäh wie Gummi und ich atmete erleichtert auf, als ich eine Uhrzeit erreicht hatte, an der ich unbedenklich Feierabend machen konnte. Der Aktenstapel auf meinem Tisch hatte sich nur unmerklich verkleinert. Bevor ich ging, schaute ich noch in der Verwaltung vorbei, doch Alissa gab mir mit einem bedauernden Kopfschütteln zu verstehen, dass sie noch zu tun hatte. Also setzte ich den Weg nach Hause alleine fort.

In unserer Wohnung war Chaz immer noch damit beschäftigt, sich ein Fußballspiel nach dem anderen anzusehen.

»Schieß!«, ertönte es gerade, als ich zur Tür hereinschaute. Chaz war aufgesprungen und hatte die Hände auf die Knie gestützt, während er wie gebannt auf den Bildschirm starrte.

»Du weißt schon, dass es nur Aufzeichnungen sind?«, fragte ich belustigt. »Die WM hat lange vor deiner Geburt stattgefunden. Die Spieler sitzen vermutlich schon im Rollstuhl.«

Chaz strich sich die blonden Haare aus der Stirn und ließ sich aufatmend zurück aufs Sofa fallen.

»Mann, dieser Sport ist aufregend«, sagte er lediglich und war schon wieder voll in das Spiel vertieft. Immerhin hatte er eingekauft. »Alissa hat übrigens gerade angerufen, sie muss heute länger arbeiten und wir verschieben das Essen auf nächste Woche«, rief er mir hinterher. Ich wollte mir gerade die Jacke ausziehen und erstarrte mitten in der Bewegung.

»Oh«, rutschte es mir heraus. Unschlüssig betastete ich das Handy in meiner Hand. Sollte ich Ryan absagen? Aber vielleicht war das die Gelegenheit, mit uns beiden endlich wieder alles ins Reine zu bringen. Ich beschloss, es bei unserem Treffen heute Abend zu belassen. Vielleicht war das unsere letzte Chance, unsere Beziehung zu retten. Ich wollte ihn nicht verlieren, wir mussten unbedingt diese Distanz zwischen uns überwinden.

Gerade, als ich ins Bad gehuscht war und mich ausziehen wollte, erschien Conchobhar mit einem Zischen. Ich zuckte zusammen und griff nach dem großen Badetuch, um es vor meinen halb nackten Körper zu halten.

»Cox, verdammt noch mal! Du sollst nicht spannen!« Wir hatten diesbezüglich klare Regeln aufgestellt.

»Schon gut, beruhig dich«, antwortete er und hielt sich die großen Kulleraugen zu. »Ich war zufällig auch gerade dabei, meinen Bedürfnissen nachzugehen, als du reingeplatzt bist.«

Ich hob eine Augenbraue und zuckte mit den Achseln. »Na schön, dann verschwinde jetzt. Ich will mich fertig machen.«

Der kleine Kobold warf mir einen misstrauischen Blick zu, den ich auf meine sanfte Reaktion schob. Normalerweise hätte ich ihn hochkant rausgeschmissen.

»Du gehst aus?«, fragte Cox und schwang sich auf das kleine Brett, auf dem unsere Zahnbürsten standen. Er griff nach der seinen und schrubbte sich damit unter den Armen. Igitt. Hoffentlich würde ich mich frühmorgens im Halbschlaf nicht mal vergreifen.

»Ja, Ryan und ich wollen essen gehen.«

»Oh, toll«, bekam ich zur Antwort und Cox klatschte in die Hände. »Darf ich mit?«

Ich warf ihm einen vielsagenden Blick zu und seine Ohren senkten sich missmutig.

»Schon gut, dann eben nicht.«

Prima, jetzt hatte ich Mitleid. »Was hältst du davon, wenn wir uns morgen eine DVD anschauen? Nur wir beide? Du darfst den Film auswählen.«

O Gott, was hatte ich mir dabei nur gedacht? Beim letzten Mal hatte er *The Cabin in the Woods* und *Tucker and Dale vs Evil* ausgewählt. Der Kobold hatte einen schrägen Humor.

Cox aber war begeistert, schwang mit seinem Schwanz eine Runde an der Lampe und verschwand aus dem Badezimmer. Ich lächelte ihm hinterher und stieg in die Wanne. Das warme Wasser fühlte sich herrlich an.

Ich hatte noch eineinhalb Stunden, um mich für mein Date mit Ryan fertig zu machen, und nutzte die Zeit, um mich endlich mal wieder etwas um mich selbst zu kümmern. Wie lange hatte mein Gesicht schon kein Make-up mehr zu spüren bekommen? Ich badete ausgiebig und drehte meine unbändigen Haare zu wallenden Locken ein. Meine Augen umrandete ich mit schwarzem Kajal, was die blaugrüne Farbe noch mehr zur Geltung brachte, dann wählte ich ein schlichtes, schwarzes Abendkleid und High Heels. Es war schön, sich endlich mal wieder schick zu machen und ich hoffte, dass es auch Ryan auffallen würde. In letzter Zeit kam mir immer wieder der Gedanke, dass er vielleicht das Interesse an mir verloren haben könnte. Im Flur traf ich auf Alissa.

»Wow, was hast du denn vor?«, fragte sie erstaunt.

»Date mit Ryan«, gab ich über die Schulter zurück, als ich nach meiner Jacke griff, doch ich konnte aus den Augenwinkeln ihr erfreutes Grinsen sehen. Irgendetwas sagte mir, dass sie nicht rein zufällig genau heute länger hatte arbeiten müssen.

»Na, dann viel Spaß euch beiden«, riefen mir Ally und Chaz hinterher und ich winkte ihnen zum Abschied. Ich freute mich auf den Abend mit meinem Vampir. Ein einfaches Date würde ja wohl kaum in einer Katastrophe enden können.

Kapitel 5

Ryan erwartete mich bereits am Eingang des Restaurants. Seine schwarzen Augen weiteten sich anerkennend, als er mich sah, und ich konnte den dünnen blauen Ring um die Pupille erkennen. Ich lächelte ihm schüchtern zu. Er sah wie immer atemberaubend aus. Obwohl er nur ein schlichtes, schwarzes Hemd und Jeans trug, zeichneten sich seine Muskeln deutlich unter der Kleidung ab. Ryan war groß und schmal gebaut, doch zäh wie Drahtseil. Seine dunklen Haare lockten sich etwas in der Stirn und waren vom Wind zerzaust. Sie bildeten einen starken Kontrast zu der bleichen, ebenmäßigen Haut.

»Tut mir leid, Alissa und Chaz konnten heute nicht mitkommen«, sagte ich zur Begrüßung und wartete gespannt seine Reaktion ab. Er schien für einen Moment unsicher zu sein, doch er fasste sich schnell.

»Du siehst toll aus«, hauchte er und ich spürte, wie sich mein Gesicht erwärmte. Seine dunkle Stimme glitt wie Samt über meine Haut und verursachte Gänsehaut. Diese kleine Bemerkung brach das Eis zwischen uns und ich entspannte mich zusehends.

»Danke, du auch«, gab ich zurück, als er mir die Tür aufhielt und wir eintraten. Drinnen war das Licht gedämpft und leise Musik tönte aus versteckten Lautsprechern über unseren Köpfen. Wir wurden zu einem Tisch in einer Nische gebracht und Ryan ließ sich mir gegenüber nieder.

Wir griffen beide gleichzeitig zur Speisekarte und unsere Hände berührten sich. Mein Gott, hatte ich tatsächlich gerade gekichert und war rot angelaufen? Ryan kommentierte mein Verhalten mit einem belustigten Schnauben.

»Kannst du mir verraten, warum du dich aufführst, als würdest du zum ersten Mal mit einem Jungen ausgehen?«

Ich rollte mit den Augen, doch ich musste ihm recht geben. Es fühlte sich einerseits vertraut an und andererseits war ich schrecklich nervös.

»Ich weiß auch nicht, ich habe mich einfach sehr auf den Abend gefreut. Wir haben uns schon so lange keine Zeit mehr für uns genommen.«

Die Grübchen an seinen Wangen vertieften sich, als er mich anlächelte, doch mit einem Schlag gefror das Lächeln auf seinem Gesicht und ich hatte das Gefühl, er wäre mit den Gedanken ganz woanders.

»Was ist?«, erkundigte ich mich leise, doch er schüttelte nur den Kopf und sein Lächeln kehrte zurück.

»Und, wie war die Büroarbeit?«, lenkte er vom Thema ab und ich rollte theatralisch mit den Augen.

»Ich wäre vor Langeweile fast umgekommen«, brummte ich. »Und Jeremy, dieser Idiot, hat zwei Mal im Büro vorbeigeschaut, weil er, wie er sagte, *den Anblick genießen wollte.*«

Ryan runzelte die Stirn und entblößte die schneeweißen und messerscharfen Zähne, als er lächelte. »Er ist immer noch sauer, weil Cole dich ihm beim letzten Auftrag vorgezogen hat.«

Ich seufzte und drehte die Serviette in den Händen. »Trotzdem, er lässt keine Gelegenheit aus, mir eins auszuwischen. Er ist einfach unausstehlich, dabei hat er so eine tolle Familie! Seine Frau ist wirklich nett, ich habe sie auf der letzten Betriebsfeier kennengelernt. Und hast du seine kleine Tochter gesehen? Die ist zuckersüß. Kaum zu glauben, dass er bei ihrer Entstehung beteiligt war.«

Erst jetzt fiel mir auf, dass Ryans Knöchel weiß hervortraten, weil er die Fäuste geballt hatte.

Gut, Kinder waren wohl kein Thema, über das wir uns unterhalten sollten. Wir konnten gemeinsam keine bekommen, aber mal ehrlich, ich war schon mit mir selbst überfordert. Ein Kinderwunsch bestand derzeit nun wirklich nicht. Ich suchte schnell nach einem unverfänglicheren Thema.

Glücklicherweise wurde unsere Aufmerksamkeit kurz darauf von einer Gruppe Vampire am Tisch nebenan in Anspruch genommen. Sie waren in ein hitziges Gespräch vertieft, das immer lauter wurde und in lautstarkem Grölen endete.

Ryan bat die Vampire höflich darum, sich etwas leiser zu verhalten, und erntete prompt ein angriffslustiges Knurren. Ich winkte ab und versuchte, seine Aufmerksamkeit wieder auf mich zu ziehen. Nichts und niemand sollte uns heute stören.

»Wie war dein Auftrag?«, erkundigte ich mich.

Als der Kellner kam, um unsere Bestellung aufzunehmen, waren wir bereits in ein intensives Gespräch vertieft, sodass der Mann einfach nur störte. Fast knurrend bestellte Ryan ein Rinderfilet (blutig, versteht sich) und ich mir die Hähnchenpfanne.

Wie zu erwarten, war der Aufbruch der Jäger inklusive Ryan völlig umsonst gewesen, sie waren nicht auf Mairas gestoßen. Wir sprachen über meinen eigenen Auftrag, den ich gehörig versemmelt hatte, und irgendwie wurde ich das Gefühl nicht los, dass es Ryan ein klitzekleines bisschen erfreute, dass ich keinen Erfolg gehabt hatte. Vielleicht bildete ich es mir aber auch ein.

Als das Essen kam, hatten wir bereits Pläne fürs Wochenende geschmiedet.

»Also schön, Kino und danach gehen wir Schlittschuhlaufen«, stimmte Ryan missmutig zu, nachdem ich ihn um Letzteres förmlich angebettelt hatte. »Aber nur, weil ich sehen will, wie Chaz sich blamiert«, fügte er mit erhobenem Finger hinzu und ich lachte. Mein Bruder und Ryan verstanden sich zum Glück recht gut, nachdem Chaz damit fertig gewesen war, die übliche Großer-Bruder-beschützt-kleine-Schwester-Nummer abzuziehen.

Ich schob mir eine Gabel mit Hähnchen in den Mund und verzog das Gesicht. Das Essen schmeckte fantastisch, war aber nur noch lauwarm. Mit einem kleinen Gedankenstoß erwärmte ich meinen Teller und den von Ryan gleich mit. Leichter Dampf stieg von seinem Steak auf. Schon besser.

Als ich den Blick hob, musste ich schlucken. Ryans Gesichtszüge hatten sich verhärtet. *Was habe ich jetzt schon wieder gemacht?*

»Entschuldige«, murmelte ich trotzdem und er fing sich wieder. Meine Güte, es war doch nur Essen. Aber vielleicht hätte ich ihn vorher fragen sollen.

Ich kam mir vor, als balanciere ich auf einem Drahtseil. Es war wirklich schwer, nicht das Falsche zu sagen oder zu tun, alles schien Ryan zu stören. Was war nur los mit ihm? Seit wann war er sich so unsicher, was uns beide anging? Ich hatte nie aufpassen müssen, in kein Fettnäpfchen zu treten, wenn ich mit ihm zusammen war. Er kannte mich, kannte meine Gedanken, meine Angewohnheiten, meine Macken ... Und bisher war ich der Meinung gewesen, sie störten ihn nicht. Hatte ich mich verändert? War ich rücksichtslos geworden?

»Schon gut«, gab er kurz angebunden zurück und ich versuchte, wieder ins Gespräch zu finden. Doch irgendwie war die Anspannung zwischen uns zurückgekehrt. Ich suchte fieberhaft nach einem Thema, das ihn auf andere Gedanken bringen würde.

Es war auch nicht gerade hilfreich, dass die Vampire nebenan immer lauter wurden und offensichtlich stritten. Plötzlich brach am Nachbartisch Tumult aus. Eine hübsche, schlanke Vampirin mit langen braunen Haaren war aufgesprungen, ihr Stuhl achtlos hinter ihr umgekippt. Sie zeigte mit dem Finger auf ihr Gegenüber, ein hochgewachsener Vampir mit aschfahler Haut. Die anderen am Tisch redeten wild durcheinander. Bevor ich mich dazu bringen konnte, die Vampirgruppe nicht mehr anzustarren, war der große Vampir aufgestanden, hatte ausgeholt und der zeternden Vampirin eine Ohrfeige verpasst, sodass die Teller erzitterten.

Ich schnappte nach Luft, als der Vampir ihr die Hand an die Kehle legte, während sie nach Luft rang und ihn anfauchte. Im Restaurant war es mittlerweile mucksmäuschenstill geworden.

Ryan war bereits aufgesprungen. Schneller, als der Schlägertyp sich überhaupt umdrehen konnte, hatte er ihm die Arme auf den Rücken gedreht und ihn in die Knie gezwungen.

»Hat dir deine Mama nicht beigebracht, dass man keine Frauen schlägt?«, knurrte er dem Schläger ins Ohr.

Der Mann unter ihm wand sich und versuchte, sich zu befreien. Doch Ryan dachte nicht daran, seinen Griff zu lockern, obwohl er mindestens einen Kopf kleiner und etwas schmaler war. Ich sah mich hektisch im Restaurant um, es waren auch einige Normalsterbliche anwesend. Offensichtliche Magie einzusetzen fiel also schon mal aus. Natürlich war alle Aufmerksamkeit auf den Tisch mit den Vampiren gerichtet. Ich wagte es nicht, mich zu rühren.

»Du kannst froh sein, dass ich nicht im Dienst bin«,

bellte Ryan. »Ich werde dich jetzt loslassen und wenn du nicht auf der Stelle hier verschwindest, überlege ich mir ernsthaft, dich grün und blau zu prügeln.«

Doch noch bevor er den Vampir loslassen konnte, waren die fünf restlichen Männer am Tisch aufgesprungen und wollten sich von hinten auf Ryan stürzen. Geistesgegenwärtig setzte ich die Telekinese ein, weil diese Magieform nicht ganz so offensichtlich war wie die anderen. Mit einem Mal hielten die Vampire in ihrer Bewegung inne, sie waren wie festgefroren, unfähig, auch nur noch den kleinsten Finger zu rühren. Es kostete mich alle Konzentration, ein unbeteiligtes Gesicht zu machen, doch die wenigen Normalsterblichen drängten sich bereits um den Ausgang, um nicht in eine Schlägerei zu geraten. *Gut so. Verschwindet.*

Ryans Kopf schoss nach oben und nach einem kurzen Blick über die Schulter blickte er mich finster an.

»Was soll das?!«, fauchte er und ich zuckte zurück. Meine Hand, die gerade in meiner Jackentasche nach dem VO-Ausweis suchen wollte, verharrte regungslos in der Luft.

Was soll was?, dachte ich verwirrt.

»Ah, hast du einen Dämon mitgebracht, der auf dich aufpasst?«, höhnte der Vampir, den Ryan umklammert hielt, doch seine Worte wandelten sich zu einem schmerzerfüllten Aufschrei, als Ryan fester an seinem Arm zog.

Mit einem einzigen Ruck packte er den Vampir am Hinterkopf und ließ ihn mit der Stirn auf den Boden knallen. Er blieb regungslos liegen, doch ich wusste, dass Vampire zäh waren und einiges mehr einstecken konnten. Ryan dagegen richtete sich auf, schenkte mir einen letzten zornigen Blick und stürmte aus dem Restaurant, ohne sich noch einmal umzublicken. Sprachlos sah ich ihm hinterher, löste den Telekinese-Zauber von den Vampiren und zwang mich dazu, sie nicht ebenfalls noch bewusstlos zu schlagen. Sie hatten uns den verdammten Abend versaut. Der Kellner rief uns noch irgendetwas hinterher, das stark nach Hausverbot klang.

Draußen schlug mir die kalte Winterluft entgegen und ich konnte Ryans Silhouette ein ganzes Stück entfernt weglaufen sehen. Er hatte die Hände tief in den Taschen vergraben und den Kopf eingezogen, um dem eisigen Wind zu trotzen.

»Ryan, warte!«, rief ich und versuchte, ihn mit meinen verfluchten hochhackigen Schuhen einzuholen. Er drehte sich weder um noch verlangsamte er seinen Schritt.

»Was habe ich getan?«, fragte ich, als ich ihn fast erreicht hatte. Ryan versteifte sich, dann blieb er stehen und drehte sich so abrupt um, dass ich beinahe in ihn hineingelaufen wäre.

»Was sollte das eben?«, fuhr er mich an und ich wich einen Schritt zurück.

»Was sollte was?«, fragte ich verwirrt und schlang die Arme um meinen Körper.

Ryans Gesicht hatte sich verdüstert. Seine Augen schimmerten pechschwarz, während er in die Richtung des Restaurants zeigte. »Wieso musstest du dich einmischen?«

Verdattert schnappte ich nach Luft. Seine Stimme klang so kalt und gefühllos.

»Vielleicht, weil dir eine Handvoll Vampire an die Kehle wollten, während du damit beschäftigt warst, einen von ihnen auf dem Boden festzunageln.«

»Ich hätte das auch alleine hingekriegt«, brüllte Ryan und langsam dämmerte mir, was sein Problem war.

»Ryan, das ist echt albern«, sagte ich verstört. »Sollte ich dabei zusehen, wie sie dich fertigmachen?«

Noch bevor das Knurren seiner Kehle entfloh, wusste ich, dass ich etwas Falsches gesagt hatte.

»Das da drinnen waren fünf Vampire, die keinerlei Kampfausbildung genossen haben. Ich wäre mit Leichtigkeit mit ihnen fertiggeworden. Hör endlich auf, mich wie ein kleines Kind zu behandeln!«

Ich wollte protestieren, ihm sagen, wie absurd das Ganze war, doch ich beherrschte mich und klappte den Mund zu.

»Dann solltest du vielleicht aufhören, dich wie ein kleines Kind zu verhalten«, gab ich tonlos zurück.

Ryans Augen weiteten sich etwas, seine Hände waren zu Fäusten geballt, dann drehte er sich wortlos um und ließ mich stehen. Sprachlos sah ich ihm hinterher.

Verflucht, was sollte das? Der Abend hatte so gut angefangen und nun war die ganze Situation zwischen uns noch verzwickter als zuvor. Konnte im Moment nicht einmal etwas zu meinen Gunsten laufen?

Ich war wütend über Ryans übertriebene Reaktion. Beinahe war ich versucht, ins Restaurant zurückzukehren und meine Wut an den Vampiren auszulassen, die sich nicht hatten benehmen können. Stattdessen machte ich auf dem Absatz kehrt und stapfte in die Nacht hinein. Ich hatte keine Lust, nach Hause zu gehen und mich den Fragen meiner Freunde zu stellen, wie der Abend gelaufen war. Andererseits hatte ich auch keine Lust, mich alleine in irgendeine Bar zu setzen. Ich brauchte Bewegung, um mich abzulenken und Dampf abzulassen. Irgendeinen Ort in dieser überfüllten Stadt, an dem man mal alleine sein konnte. Der Hyde Park kam mir jetzt ganz verlockend vor. Ich liebte diesen Ort.

Der Park lag nur ein paar Blocks entfernt und ich ging strammen Schrittes, als könne ich damit den Gedanken entfliehen, die mich einzuholen drohten. Als ich die hohen Bäume vor mir aufragen sah, erlaubte ich es mir zum ersten Mal, langsamer zu werden und tief durchzuatmen. Der Park war riesig und im Mondschein wunderschön anzusehen. Während ich zwischen den Bäumen hindurchlief, nahm ich die natürliche Schönheit auf. Das Gras und die Bäume waren von Reif überzogen und von oben herab rieselten sanft ein paar Schneeflocken. Es war stockfinster und lediglich der fast volle Mond tauchte alles in ein gespenstisches und doch beruhigendes blaues Licht. Ein Pärchen kam mir entgegen, Händchen haltend und mit eingezogenen Köpfen, ansonsten begegnete mir niemand. Ich ging hinüber zum See und ließ mich am Ufer nieder.

Die Schneeflocken schmolzen auf dem Wasser und sammelten sich zu einer weichen Decke auf dem Gras. Was war heute passiert? In meinem Inneren begannen die Gefühle zu toben. Dieser Abend hätte nicht so enden sollen. Er war als Neuanfang gedacht gewesen, als Beweis, dass es zwischen mir und Ryan doch noch funktionieren konnte. Ich liebte ihn, verdammt noch mal. Wieso war alles so kompliziert? Behandelte ich ihn tatsächlich wie ein Kind? Was war so falsch daran, meine Magie einzusetzen?

Ich konnte doch wohl kaum einfach zusehen, wie er in einen Hinterhalt geriet. Er selbst hätte nie tatenlos danebengestanden, wenn ich in seiner Situation gewesen wäre. Daher glaubte ich auch nicht wirklich, dass es etwas mit unseren Problemen zu tun hatte, dass ich ihm bei einem Einsatz das Leben gerettet hatte. Wir retteten uns doch ständig gegenseitig, wo war das Problem?

Ich wusste es einfach nicht. Hatte er am Ende doch ein Problem damit, dass ich ein Dämon war? Wir hatten von Anfang an kein leichtes Spiel gehabt. Für gewöhnlich blieben die verschiedenen Arten der Verborgenen unter sich. Werwölfe heirateten Werwölfe und bekamen Kinder, Hexen fühlten sich zu Hexern hingezogen und ab und zu gab es mal eine Mischehe mit einem Normalsterblichen, aus der ebenfalls Kinder entstehen konnten.

Die unterschiedlichen Spezies der Verborgenen waren nicht kompatibel, ein Werwolf konnte nie mit einer Hexe eine Familie gründen. Was die Vampire anging, so war das eine komplett eigene Sache. Es gab nur selten Fälle, in denen sich Vampire mit Menschen anderer Art einließen.

Der Grund dafür war offensichtlich. Ihr Blutdurst machte es kaum möglich, sich einem anderen Menschen zu nähern, ohne ständig gegen den Drang ankämpfen zu müssen, dem Partner an die Kehle zu gehen. Dagegen konnten sich Vampire nicht voneinander ernähren, daher blieben sie meist unter sich. Viele behaupteten, sie hielten sich für etwas Besseres, doch dank Ryan hatte ich einen tiefen Einblick in das Wesen der Vampire bekommen. Sie hielten sich fern, weil sie sich für Monster hielten. Ohne Menschenblut konnten sie nicht überleben. Sie waren Kreaturen der Nacht und der Schatten, einem stetigen Kampf um die Kontrolle ausgesetzt.

Ich lachte bitter auf. Auch Ryan hatte lange Zeit mit dem Gedanken gekämpft, dass ich etwas Besseres verdient hatte als ihn. Dabei war ich diejenige in unserer Beziehung, die eigentlich zu den Monstern zählen sollte. Ich war hier schließlich der Dämon. Und doch hatte uns diese Tatsache vor einer Trennung bewahrt.

Als Dämon hatte ich die Möglichkeit, die Energiequelle in meinem Inneren direkt anzuzapfen und meine Prana zu nutzen, wie es mir beliebte. Mein Bruder hatte mich darauf gebracht, dass es mich bedeutend schneller machte, wenn ich die brennende Kugel in meinem Inneren nicht für jeden Zauber neu aufbaute, sondern konstant aufrechterhielt und die Energie bis in jede Zelle meines Körpers verteilte, um das dumpfe und brennende Pochen in meiner Brust zu lindern.

Das hatte den schönen Nebeneffekt, dass ich im Prinzip ständig unter Strom stand. Ryans Instinkte warnten ihn, er spürte, dass es gefährlich war, mich in diesem Zustand zu beißen. Es hätte vermutlich schwere Verbrennungen für ihn zur Folge. Sein Überlebenstrieb besiegte in diesem Fall den Hunger und wir konnten uns nahe sein, ohne dass ihm ständig vor Hunger die Sabber lief.

Wir hatten so viel herausgefunden, so viele Hürden überwunden und uns gegen die von der Gesellschaft gegebene Norm gestellt. Ich wollte nicht, dass es endete. Ich wollte nicht, dass es alles umsonst gewesen sein sollte. Ich brauchte ihn. Zum ersten Mal bekam ich die Angst, ihn tatsächlich zu verlieren, vollends zu spüren. Es schnürte mir die Brust zusammen und ich schloss die Augen, um mich zu beruhigen.

Vor meinem inneren Auge erschienen die Pranafäden wie von selbst, nachdem ich jahrelange Übung darin hatte, mich mit meiner Energie auseinanderzusetzen. Und tatsächlich waren die flüssigen Fäden, die wie blaues Lametta glitzerten, aufgewühlt und unbändig. Sie wirbelten durcheinander und bildeten das reinste Chaos. Ich atmete tief durch und versuchte, sie und mich zu beruhigen, wieder etwas Ordnung in meinem Inneren zu schaffen und die Magie zu bändigen. Da blitzte mitten in dem Wirrwarr der Pranafäden etwas Weißes auf. Kurz darauf verblasste es wieder. Hatte ich es mir eingebildet? Es hatte mich an eine Murmel erinnert, die schimmerte, wie der Mond, doch sie war gleich wieder verschwunden. Vielleicht hatte ich mich aber auch getäuscht. Doch irgendetwas sagte mir, dass ich der Sache nicht weiter auf den Grund gehen sollte. Es war nicht mehr als eine Ahnung, ein dumpfes Gefühl, das mich davon abhielt, weiter nach der Murmel zu suchen. War sie so etwas wie ein Kern, um den sich meine Prana sammelte?

Ich sah auf. Um mich herum wehte ein eisiger Wind und erst jetzt bemerkte ich, dass ich der Auslöser dafür war. Unbemerkt hatten meine aufgewühlten Gefühle dafür gesorgt, dass die Prana in meinem Inneren auszubrechen drohte. Da ich wusste, wie gefährlich es werden konnte, wenn ich mich von meinen Gefühlen übermannen ließ, streckte ich die Hand aus und berührte mit den Fingerspitzen das Wasser des Sees. Ich musste etwas Dampf ablassen, um das unangenehme Brennen in meiner Brust loszuwerden. Kaum hatte ich das eiskalte Wasser berührt, wandelte ich meine Gedanken zur Kryokinese um. Das Wasser unter meiner Hand gefror und eine dünne Eisschicht breitete sich auf der spiegelglatten Oberfläche aus.

Ich schnappte nach Luft, als immer mehr Eis von meiner Hand ausging und ans Ufer schoss. Binnen Sekunden war der riesige See im Hyde Park fast bis auf den Grund zugefroren.

Erschrocken krabbelte ich ein Stück auf allen vieren zurück. Liebe und Hass sowie Angst und Freude konnten die Prana der Verborgenen verstärken. Hexen waren mächtiger, je mehr sie fühlten. Genauso ging es uns Dämonen. Dennoch überraschte mich mein Ausbruch. Dieses Eismeer war nicht geplant gewesen. Ich war der Meinung, meine Gefühle besser unter Kontrolle zu haben. Einen Moment zögerte ich, dann wanderte mein Blick hinauf zum Mond, der gerade hinter den Wolken verschwand. Seit heute war er wieder in der abnehmenden Phase, aber vermutlich hatte er noch immer genügend Einfluss auf die Prana der Verborgenen. Ich fragte mich, wieso dieses Phänomen diesen Monat so ausgeprägt war. Vielleicht hatte auch das Verhalten der Vampire mit dem Vollmond zu tun gehabt, wer wusste das schon. Ich nahm mir fest vor, in den nächsten Tagen verstärkt auf die Dosis meiner Magie zu achten, damit es nicht noch zu weiteren Unfällen kommen konnte.

Nachdem ich einen Teil meiner Prana abgelassen hatte, fühlte ich mich etwas besser und beschloss, den Heimweg anzutreten. Doch gerade, als ich mich erhob, stellten sich meine Nackenhärchen auf. Ich wurde beobachtet. Das Gefühl von Gefahr war mir nur zu bekannt. Meine Instinkte hatten sich im Laufe der Jahre und auf den vielen Mairajagden geschärft. Ich schloss die Augen und versuchte, die Gefahr zu deuten. Jemand lauerte mir auf. Er roch nach Vampir. Und es war nicht Ryan.

Kapitel 6

Aus den Augenwinkeln sah ich einen Schatten in den Wipfeln der nahe stehenden Bäume. Es konnte nicht Ryan sein, er hätte sich nie von mir erwischen lassen. Ryan konnte förmlich mit den Schatten verschmelzen. Dieser Vampir hier war gut, doch ich hatte ihn trotzdem gesehen. Ich widerstand dem Drang, in die Offensive zu gehen und tat, als hätte ich ihn nicht bemerkt. Obwohl sich alles in mir dagegen sträubte, senkte ich den Kopf und erhob mich langsam, als wolle ich mich auf direktem Weg nach Hause begeben.

Vielleicht war er zufällig hier und es hatte gar nichts mit mir zu tun? Ich durfte es nicht riskieren, einen Unschuldigen anzugreifen, besonders nicht in meiner jetzigen Lage. Henry würde mir den Kopf abreißen. Also beschloss ich, abzuwarten, was passieren würde.

Ich hatte kaum bemerkt, dass ich beinahe steif gefroren war. Die dünne Strumpfhose unter dem Kleid wärmte kaum und ich hatte eisige Füße in den hochhackigen Schuhen. Außerdem schmerzten sie, ich vermisste meine bequemen Stiefel. Dieser Abend war gründlich schiefgelaufen.

Für einen Moment blieb ich regungslos stehen und konzentrierte mich auf die Magie, die knisternd in meinem Inneren wirbelte. Ich zapfte sie an und verstärkte meine

Gedanken, konzentrierte mich auf die Telekinese und schaffte durch die Verbindungen mit den anderen Magiearten eine durchsichtige Blase um mich herum. Dann verband ich die Aerokinese, den Wind, mit der Fähigkeit, Feuer und Hitze zu erzeugen. Im Nu wehte ein wärmendes Lüftchen in meiner selbst geschaffenen Blase und vertrieb das Zittern aus meinen Gliedern. Ich verharrte ein paar Minuten in meiner Position. Der Schatten in den Bäumen bewegte sich nicht weiter, der Vampir beobachtete mich. Vermutlich hatte er gar nichts Böses im Sinn und wartete einfach nur ab, bis ich verschwunden war.

Der Park kam mir plötzlich düster und viel zu still vor. Es war Zeit, so schnell wie möglich abzuhauen.

Für meinen Geschmack hatte ich heute genügend erlebt und ich freute mich darauf, mich zu Hause in mein Bett zu kuscheln. Über Ryan konnte ich mir morgen noch Gedanken machen. Vielleicht hatte er sich bis dahin abgeregt. Ich wollte einfach nicht glauben, dass es vorbei sein könnte.

Ich wählte absichtlich einen Weg, der mich nicht direkt an dem Baum mit dem Vampir vorbeiführte und machte mich auf den Rückweg, ohne meine Umgebung aus den Augen zu lassen. Der Vorteil, ein Dämon zu sein, lag vor allem darin, dass wir die Vorteile von jeder anderen Spezies in uns vereinten. Wir konnten Magie verwenden wie alle Hexen, wir konnten uns verwandeln wie Werwölfe, nur dass uns die verschiedensten Verwandlungsformen offenstanden und wir uns nicht auf die Wolf-Mensch-Sache beschränken mussten. Und wir hatten einen ausgeprägten Gehör- und Geruchssinn.

Als Halbdämon blieben mir einige dieser Vorteile verwehrt. Bisher hatte ich es immer noch nicht geschafft, mich in irgendetwas Nützliches zu verwandeln. Ich war auch nicht so stark und schnell wie ein Vampir, aber ich war auch nicht ganz hilflos. Und so fiel es mir nicht schwer, zu bemerken, dass der Vampir mir in sicherem Abstand und hoch oben in den Baumwipfeln folgte. Mist.

Ich schätzte meine Optionen ab. Ich konnte so tun, als bemerke ich ihn nicht und darauf warten, dass er angriff. Vielleicht hatte ich Glück und er ließ mich ziehen. Aber die Tatsache, dass ich vor nicht einmal einer Stunde eine Gruppe von Vampiren zur Salzsäule hatte erstarren lassen, ließ mich vermuten, dass mir dieser Vampir nicht gerade freundlich gesinnt war. Vermutlich war es einer von denen aus dem Restaurant. Warteten seine Kumpels irgendwo auf ihn und mich?

Eigentlich hatte ich keine Lust, mich schon wieder mit irgendwelchen Schlägertypen herumzuplagen, aber langsam ging mir diese Verfolgung gehörig auf die Nerven. Ich beschleunigte meinen Schritt und bog um die Ecke. Der Vampir folgte mir, doch er hatte Mühe, sich weiterhin so lautlos in den Baumwipfeln zu bewegen. Der Abstand zwischen uns verringerte sich.

Ohne Vorwarnung blieb ich stehen, drehte mich blitzschnell herum und schoss einen Zauber in die Kronen der Bäume. Ein gedämpfter Schrei ertönte, dann plumpste etwas Dunkles direkt vor meinen Füßen auf den Boden und blieb regungslos liegen.

»Warum verfolgst du mich?«, blaffte ich die Gestalt vor mir an. Sie rappelte sich stöhnend auf. Für einen Vampir war er ziemlich klein und schmal. Er hatte eingefallene Wangen und schmutziges, aschblondes Haar. Als er meinen drohenden Blick aus den aufflammenden blauen Augen sah, wich er mit erhobenen Händen zurück. Spätestens jetzt wusste er, mit wem er es zu tun hatte.

»Es tut mir leid, wenn ich dich erschreckt habe«, stammelte er und knetete die Hände vor seinem Körper.

Ich schnaubte genervt. »Wenn du keinen wichtigen Grund hast, mir mitten in der Nacht aufzulauern, dann verzieh dich besser schnell wieder. Ich hatte einen verdammt miesen Abend und bin nicht in der Stimmung für Spielchen.«

Ich wollte mich gerade umdrehen und nach Hause gehen, da wurde der Vampir nervös.

»Warte bitte, ich brauche deine Hilfe«, sagte er und ich unterdrückte ein Augenrollen.

»Wobei sollte ich dir helfen können?«, fragte ich ihn etwas barsch. Im selben Moment tat es mir leid, dass ich meine schlechte Laune an ihm ausließ. Aber er hätte mich ja nicht unbedingt verfolgen müssen.

»Ich ...«, stammelte er. »Ich weiß nicht, wie ich es erklären soll. Man hat mir den Auftrag gegeben, dich aufzuspüren. Du musst es dir mit eigenen Augen ansehen. Allein.«

Ich blieb stehen und zog eine Augenbraue in die Höhe. »Mir was ansehen?«

Er streckte mir mit zitternden Händen einen Zettel entgegen. Im schwachen Mondlicht konnte ich eine Adresse darauf ausmachen. Drunter prangte ein verschnörkeltes C. Ein erneutes Schnauben entfuhr mir.

»Das ist ein Scherz, oder?«

Der Vampir sank in sich zusammen. »Nein, du musst mir glauben.«

»Ja, schon klar«, flüsterte ich. »Nachdem ich heute ein paar von euch öffentlich beleidigt habe, soll ich mich auf direktem Wege in eine Lagerhalle begeben, von der bekannt ist, dass es dort vor Vampiren nur so wimmelt. Für wie dumm hältst du mich?«

Der Vampir hob beschwichtigend die Hände. Erst jetzt fielen mir seine heruntergekommenen Sachen auf.

»Wer hat dich geschickt?«, fragte ich ihn.

»Christoph Berkley.«

Super. Der Anführer einer der größten Vampirbanden der Stadt.

»Hör zu«, sagte ich dem Vampir, der sich immer unbehaglicher fühlte. »Sag deinem Chef, dass er sich mit der VO in Verbindung setzen soll, wenn er irgendwelche Probleme hat. Ich mache keine Alleingänge und schon gar nicht mitten in euer Lager.«

Ich zerknüllte den Zettel und wollte ihn in den nächsten Papierkorb werfen, doch der Vampir lief mir hinterher und hielt mich am Ärmel meiner Jacke fest. Böse funkelte ich ihn an. Jetzt war es aber wirklich genug. Doch bevor ich ihm drohen konnte, redete er mit flehender Stimme auf mich ein.

»Behalt ihn bitte und überlege es dir. Berkley wird mich umbringen, wenn ich ihm nicht zumindest berichten kann, dass du ihm eventuell hilfst.«

Ich schob die Augenbrauen zusammen. »Dann solltest du schleunigst aus der Stadt verschwinden, denn ich werde garantiert nicht bei euch aufkreuzen«, sagte ich, schob aber den Zettel dennoch in meine Jackentasche. Vermutlich würde der Vampir mich sonst bis nach Hause verfolgen.

Wenigstens war er nicht so dumm, mich aufzuhalten, als ich nach Hause stapfte. Mittlerweile war es nach Mitternacht und obwohl es Freitagabend war, lagen die meisten Wohnungen in unserer Straße im Dunkeln. Im Hausflur hörten sich die Absätze meiner Schuhe wahnsinnig laut auf den Fliesen an. Zu unserem Leidwesen gab es keinen Fahrstuhl und unsere Wohnung befand sich im dritten Stock. Die Tür zu der Wohnung im ersten Stock öffnete sich einen Spalt weit und ein faltiges Gesicht lugte aus dem Dunkeln heraus. Mrs. Warringham rümpfte die Nase. War ja klar, dass die alte Schreckschraube wach war und keine Gelegenheit ausließ, mich tadelnd anzublicken. Vermutlich würde sie sich gleich wieder beim Vermieter beschweren. Zu dumm nur, dass der unter Henry Cole stand.

Ich verzog mein Gesicht zu einem Grinsen, das vermutlich einer Grimasse glich, und winkte ihr freundlich zu. Die Tür schloss sich mit einem Krachen.

Auch bei uns in der Wohnung war es still. Alissa und Chaz waren bereits zu Bett gegangen, von Ryan gab es keine Spur. Nur Cox saß auf dem Sofa, das Fernsehbild spiegelte sich in seinen Kulleraugen wider. Ich ging in die Küche und machte in der Mikrowelle eine Schüssel Popcorn, bevor ich mich zu ihm gesellte. Er sah mich kurz an, dann seufzte er und stopfte sich Popcorn in den Mund.

»Wenigstens bleibt mir diese Gefühlsduselei heute erspart«, nuschelte er. Ich lächelte dankbar. Der Kobold musste mir angesehen haben, dass mein Date mit Ryan gründlich in die Hose gegangen war. Ich kannte ihn gut genug, um zu wissen, dass er aus Rücksicht auf meine Gefühle nichts weiter dazu sagte. Cox konnte manchmal ehrlicher und direkter sein, als es einem lieb war, doch er wusste, wann es an der Zeit war, einfach Stillschweigen zu bewahren.

Ich zündete ein paar Kerzen an, um die dunkle, triste Stimmung zu vertreiben, ließ mich neben ihm nieder und griff nach der Popcornschüssel.

»Star Wars?«, fragte ich stirnrunzelnd und Cox grinste.

»Lief gerade. Ist gar nicht so schlecht.«

Ich zuckte mit den Achseln. Mir war alles recht, um mich abzulenken. Ich wollte im Moment nichts weiter als ein Stück Normalität.

»Ist sonst alles okay?«, fragte Cox und kniff die Augen leicht zusammen. *Nein, es ist nicht alles okay. Ich glaube, ich habe Ryan verloren.*

»Ja, alles okay«, antwortete ich mit heiserer Stimme.

Cox schüttelte den Kopf.

»Ich meine nicht das mit Ryan. Du siehst aus, als beschäftigt dich noch mehr.«

Ich steckte mir etwas Popcorn in den Mund. Ja, da war noch mehr. Mal abgesehen von meinen verpatzten Aufträgen war da noch die Sache mit dem Vollmond, der meine Magie scheinbar völlig aus dem Ruder brachte, und den Höllenhunden, die aus dem Nichts aufgetaucht waren. Mal von den Werwölfen abgesehen, die sich innerhalb kürzester Zeit verwandelten, und aggressiven Vampiren, die mich in ihr Lager einluden.

»Cox, ich hab das Gefühl, dass hier irgendetwas ganz und gar nicht stimmt.«

Der Kobold runzelte die Stirn. »Du solltest dir nicht zu viel aufladen. Es gibt auch noch andere bei der VO, die sich um alles kümmern können.«

Ich wusste, er meinte es gut. Aber es beruhigte mich nicht wirklich. »Schon klar. Aber ich befürchte, ich stecke schon mittendrin.«

Kapitel 7

Am Samstagmorgen wurde ich von Kaffeegeruch geweckt. Ich streckte meinen schmerzenden Rücken durch und registrierte, dass ich auf dem Sofa eingeschlafen war. Irgendjemand hatte mich zugedeckt, vermutlich Cox. Er lag am Fußende der Couch und schnarchte.

Aus der Küche drangen Stimmen, Ally und Chaz waren bereits wach. Ich wusste, ich würde mich vor einem Gespräch mit Alissa über Ryan nicht länger drücken können. Sie spürte meine Gefühle ja sowieso. Aber irgendetwas in mir sträubte sich dagegen, sie mit meinen Problemen zu belasten. Sie war die letzten Tage so glücklich gewesen, weil Chaz wieder da war. Zumindest von der Einladung des Vampirs gestern sollte ich ihr aber erzählen.

Ich wickelte mir die Decke um die Schultern und betrat gähnend die Küche.

»Guten Morgen!«, strahlte Ally, doch ihr Lächeln bekam einen Dämpfer, als sie meine Gefühle analysierte. Diese Gabe konnte verdammt nervig sein.

»Morgen«, brachte ich während eines erneuten Gähnens hervor. Dann stockte ich, als ich eine Reisetasche auf dem Boden stehen sah.

»Fahrt ihr weg?«, fragte ich etwas verblüfft. Ally nickte.

»Wir fahren zu meinen Eltern. Gestern kam ein Anruf.

Mum und Dad haben sich mit einer Virusgrippe angesteckt. Sie brauchen alle Hilfe auf der Farm, die sie kriegen können. Außerdem hofft Mum, dass ich mit Lara reden könnte. Sie macht eine schwierige Phase durch.«

Ich nickte zögernd. Lara war Alissas Schwester und gerade in der Pubertät.

»Außerdem möchte ich Chaz meinem Vater vorstellen.«

Mein Bruder erbleichte sichtlich und ich konnte ein Grinsen nicht unterdrücken. Bisher hatte er sich davor drücken können und nur Alissas Mum kennengelernt.

»Wie lange bleibt ihr weg?«, fragte ich so beiläufig wie möglich, doch Alissa hatte mich bereits durchschaut.

»Eine Woche, vielleicht auch länger. Kann ich kurz mit dir reden?«

Sie warf Chaz einen vielsagenden Blick zu und er verließ anstandslos die Küche. In Alissas Gegenwart war Chaz wie ein Schoßhündchen, er vergötterte sie.

»Erzählst du mir, was passiert ist?«, fragte sie einfühlsam und legte mir eine Hand auf den Arm. Sofort fühlte ich mich besser, als sich etwas von Alissas Ruhe auf mich übertrug. Ich überlegte, wo ich anfangen sollte, doch als ich in ihr bleiches Gesicht blickte, schloss ich den Mund wieder. Alissa hatte nichts von ihrer Fröhlichkeit verloren. Doch die eingefallenen Wangen und tiefdunklen Augenringe kamen im Morgenlicht deutlich zur Geltung.

Mein schlechtes Gewissen nagte an mir, weil ich in letzter Zeit viel zu selten gefragt hatte, wie es ihr ging. Die ganzen fremden Gefühle, die täglich in der Großstadt auf sie einströmten, mussten sie schlimmer belasten, als ich gedacht hatte. Alissa hatte sich das Leben in London sicher anders vorgestellt. Ich gönnte ihr eine Auszeit auf dem Land. Doch ich kannte meine beste Freundin gut genug, um zu wissen, dass sie nicht abreisen würde, wenn sie das Gefühl hatte, bei mir bleiben zu müssen.

»Es ist schon okay«, antwortete ich und versuchte, meine Gefühle so gut wie möglich unter Kontrolle zu halten. Chaz schaffte es schließlich auch, seine Gefühle vor ihr abzuschirmen. Sie runzelte die Stirn, als sie die Veränderung bemerkte. Scheinbar klappte es.

»Was soll das?«, fragte sie streng, doch ich lächelte sie beschwichtigend an.

»Ich weiß es sehr zu schätzen, dass du immer für mich da bist, aber du machst dir zu viele Sorgen. Vertrau mir, wenn ich dir sage, dass alles in Ordnung ist. Nichts, mit dem ich nicht fertigwerde.« Ich zwinkerte ihr zu und die Sorgenfalte auf ihrer Stirn glättete sich etwas.

»Versprich mir, dass du mich anrufst, wenn du mich brauchst«, drängte sie mich.

»Mach ich.«

Sie umarmte mich noch einmal fest und ich hatte Mühe, die Mauer um mich herum aufrechtzuhalten. Als die Tür hinter Alissa und Chaz ins Schloss fiel, atmete ich laut aus. Das würde eine verdammt einsame Woche werden.

Ryan ließ sich weder am Samstag noch am Sonntag blicken. Ich nutzte die Zeit, um seit Langem mal wieder intensiv Zeit mit Cox zu verbringen. Der kleine Kobold kam oftmals zu kurz, besonders, wenn Ally und ich Besuch von unseren Freunden hatten.

Doch das Beste von allem war: Wir taten normale Dinge, wie jeder andere Mensch auch. Es tat gut, mal nicht von Dämonenwesen, Vampiren oder Werwölfen überrascht und belauert zu werden. Wir machten einen ausgedehnten Spaziergang durch den Park, bei dem Conchobhar selbstverständlich unsichtbar war und ich immer wieder angestarrt wurde, weil ich leise vor mich hin murmelte. Cox verfluchte den Schnee, denn so war er gezwungen, auf meiner Schulter zu bleiben, um keine Spuren zu hinterlassen. Ich dagegen liebte das Geräusch, wenn meine Stiefel in dem weißen Teppich versanken. Die Bäume hatten ein glitzerndes, weißes Kleid angelegt und alles sah friedlich und beruhigend aus.

Ich nahm Cox sogar mit ins Museum und betrachtete eher minder interessiert die Ausstellungsstücke aus vergangenen Zeiten. Cox, der mittlerweile 391 Jahre zählte, schwelgte indes in Erinnerungen.

Wir waren Eis essen und liehen uns einen ganzen Stapel Filme aus, den wir uns am Samstagabend ansahen, nachdem ich Cox davon abgebracht hatte, mich in ein Konzert zu jagen. Wir kochten zusammen und hatten Spaß. Der kleine Kobold verstand es, mich auf andere Gedanken zu bringen, und ich war ihm dankbar dafür.

So bekam ich das Wochenende beinahe herum, ohne allzu viel an Ryan zu denken. Umso erschrockener war ich, als wir am Sonntagabend mit geröteten Wangen nach Hause zurückkehrten und Ryans Schuhe im Flur standen. Wann war er gekommen?

Sofort schlug meine Laune um und ein dicker Kloß steckte mir im Hals. Ich hängte die Jacke weg und ließ mir viel Zeit damit, mich dem zu stellen, was da kommen mochte. Schlussendlich konnte ich es nicht mehr länger hinauszögern, ohne dass es auffällig geworden wäre, dass ich mich vor einem Gespräch drückte.

Ryan saß am Küchentresen, den Kopf in die Hände gestützt. Er hatte dunkle Ringe unter den Augen und das Blau um seine Pupillen war fast verschwunden. Ich blieb wie angewurzelt in der Tür stehen. Ich kannte diesen Anblick. Etwas beschäftigte ihn so immens, dass er nicht einmal Blut zu sich genommen hatte. Keine gute Grundlage für ein Gespräch und vor allem kein gutes Zeichen. Es sah nicht so aus, als hätte er alles vergessen, was passiert war.

Cox wurde mit einem Zischen sichtbar, machte ein würgendes Geräusch und verschwand ins Wohnzimmer mit murmelnden Worten, aus denen ich etwas wie *Gefühlsquatsch* heraushörte.

Ich stand im Türrahmen, unfähig, mich zu bewegen.

»Hi«, hauchte ich mit heiserer Stimme. Mein Herz schlug schmerzhaft in der Brust.

Ryan sah auf und zwang sich zu einem gequälten Lächeln. »Hi.«

Ich ließ mich am anderen Ende des Tisches nieder und verschränkte verkrampft die Hände auf dem Schoß.

»Wir müssen reden«, sagte er tonlos und das Herz rutschte mir in die Hose. Ich hatte so gehofft, diese Worte niemals hören zu müssen. *Nein, wir müssen nicht reden, wir müssen nur wieder zueinanderfinden.*

»Okay.«

Er rieb sich über die Augen, dann sah er mich an. Ich konnte ein verräterisches Glänzen darin erkennen. »Zwischen uns läuft es in letzter Zeit nicht sehr gut, was?«

Na und? Wir sind wie Romeo und Julia, verdammt noch mal. Wir schaffen das.

»Ja.« Mehr brachte ich nicht zustande. Meine Stimme drohte so schon, zu brechen.

»Ich glaube nicht, dass wir das so einfach wieder in den Griff kriegen«, fuhr er vorsichtig fort.

Doch, kriegen wir! Lass uns den ganzen Mist vergessen und neu anfangen!

»Ryan«, versuchte ich es, doch er brachte mich mit einem flehenden Blick zum Schweigen. Ryan aber war noch nicht fertig. Ich konnte sehen, was für eine Anstrengung es ihn kostete, die nächsten Worte hervorzubringen.

»Es ist besser, wenn wir erst mal Abstand voneinander halten.«

Nein, ist es nicht!

Ich wollte ihm sagen, dass wir das wieder geradebiegen

konnten und dass wir nur ein paar Meinungsverschiedenheiten hatten. Ich liebte ihn und Liebe konnte alles bewerkstelligen. Wir konnten eine Lösung finden, wir gehörten doch zueinander. Ich konnte mir ein Leben ohne ihn nicht vorstellen. Doch als ich ihm in die Augen sah, wusste ich, dass er seine Entscheidung bereits getroffen hatte. Unter meinen Füßen tat sich ein Loch auf, das mich zu verschlingen drohte. Für einen Moment schwankte ich auf dem Barhocker und wagte es nicht, zu atmen.

Hatte ich am Ende falschgelegen und nur ich war der Meinung, wir sollten zusammen sein? War Ryan deshalb so abweisend in letzter Zeit? Weil er mich nicht mehr liebte oder weil er sich mehr von unserer Beziehung erhofft hatte? Er wollte Abstand - aber warum? Um Zeit für sich zu haben oder um von mir wegzukommen? War das der Anfang einer Trennung?

Nachdem ich mich halbwegs wieder gefangen hatte, wurde mir klar, dass ich nichts dagegen tun konnte. Ich wollte nicht zu den Mädchen gehören, die klammerten und es damit noch schlimmer machten. Vielleicht erkannte er nach einer Zeit ja, dass es ein Fehler gewesen war und wir uns gegenseitig brauchten. Er brauchte nur etwas Raum.

»Okay.« Meine Stimme klang tonlos. Er schluckte sichtlich.

»Wir sollten uns erst mal nicht mehr sehen«, fügte er hinzu und ich vermied es, ihm in die Augen zu sehen. Ich würde mich nur wieder in ihren Tiefen verlieren und am Ende doch noch darum betteln, dass er mich nicht allein ließ.

»Okay.«

Er erhob sich. Von seiner üblichen geschmeidigen Eleganz war nichts zu sehen, er wirkte in sich gesunken und mutlos.

»Ich bin für eine Weile unterwegs, im Auftrag für Cole. Es wird einige Wochen dauern, bis ich zurück bin.«

Warum gehst du wirklich weg, Ryan?

Ich nickte, weil mein zugeschnürter Hals keine weiteren Worte erlaubte. Ryan zögerte und für einen Moment sah es so aus, als wolle er meinen Arm berühren, entschied sich aber dagegen. Ich schaffte es nicht, ihn anzusehen, und starrte mit brennenden Augen auf die Tischplatte.

»Warte«, krächzte ich und er versteifte sich sichtlich. »Warum?«, brachte ich hervor und spürte die heißen Tränen in mir aufsteigen. Aber ich musste es einfach wissen, damit ich es akzeptieren konnte.

»Weil es besser für dich ist«, flüsterte Ryan, ohne mich dabei anzusehen. Dann ging er und ließ mich verwirrt zurück. »Pass auf dich auf«, sagte er noch.

Ich rührte mich nicht. Ich bewegte mich nicht einmal, als die Tür ins Schloss fiel. Ryan war gegangen und es hatte sich nicht so angehört, als wolle er es noch einmal mit uns versuchen, wenn er zurückkehrte. Er hatte endgültig genug von unserem Hin und Her. Wie hatte es nur dazu kommen können? Sollte das tatsächlich das Ende sein?

Ich wusste nicht, wie lange ich so verharrte. Mein Kopf registrierte kaum, dass Cox in die Küche gekommen war und mir stillschweigend Gesellschaft leistete. Irgendwann brachte er mich dazu, ins Bett zu gehen. Hier lag ich nun, starrte wie betäubt an die Decke und fühlte eine innere Leere, die mir den Boden unter den Füßen wegzureißen drohte.

Irgendwie schaffte ich es, die folgende Woche zu überstehen. Ich stand morgens mechanisch auf und lebte nach einem klaren Muster. Aufstehen. Duschen. Frühstücken. Arbeit.

Es war mir egal, dass ich nicht mit auf die Einsätze durfte. Ich verschanzte mich in meinem Büro und arbeitete fein säuberlich alle Akten ab. Mitte der Woche steckte Henry

Cole einige Male den Kopf in mein Büro und fragte mich, ob ich krank sei, nicht, dass er sich über mein verändertes Verhalten beschweren wolle. Ich hatte nicht einmal Lust, ihm den Mittelfinger zu zeigen. Zu Hause erledigte ich alle Hausarbeiten mechanisch, brachte das Essen für mich und Cox auf den Tisch und aß nur, um seinen Schimpftiraden zu entgehen. Die Abende verbrachten wir schweigend vor dem Fernseher. Immer wieder wanderte mein Blick zur Tür, jeden Moment damit rechnend, dass Ryan zurückkehren und uns noch einmal eine Chance geben würde. Aber er kam nicht.

Und ich war gefangen in meiner eigenen Taubheit. Nichts fesselte mich mehr, nichts brachte mich zum Lachen, ich hatte keine Ziele mehr, außer dem einen, nicht zusammenzubrechen. Mit aller Macht verschloss ich meinen Frust und meine Verzweiflung hinter einer Mauer, die mich davor schützte, an meiner Sehnsucht zu verzweifeln. Nur einen kleinen Funken Hoffnung behielt ich. Der Vampir würde nur Zeit brauchen. Vielleicht vermisste er mich bereits und erkannte, dass die Beziehungspause ein Fehler war.

Ich griff ein paarmal zum Handy und war versucht, ihn anzurufen, ließ es dann aber doch bleiben. Auch mit Alissa telefonierte ich nur kurz und gab mir alle Mühe, mir nichts anmerken zu lassen. Wir würden noch genügend Zeit zum Reden haben, wenn sie wieder zurückkam und sich erholt hatte.

Doch nach einer Woche spürte ich den nahenden Zusammenbruch. Irgendwann ließ der Schock über die Trennung von Ryan nach und das betäubende Gefühl verschwand, obwohl ich es mit aller Macht zu halten versuchte. Die Mauer um mich herum bekam Risse und ich versuchte, alles daranzusetzen, das Gefühlschaos verschlossen zu halten. Aber es kam, wie es kommen musste, und am Freitag war es so weit. Ich lief durch den Flur, als ich etwas Glänzendes in der Schüssel auf der Kommode bemerkte. Ich schaute hinein und hielt den Atem an. Dort lag Ryans Schlüssel. Ich hatte die ganze Woche nicht bemerkt, dass er ihn mir zurückgegeben hatte. Er hatte nicht vor, wieder zurückzukehren. Es war endgültig.

Diese Erkenntnis brachte mich zum Zusammenbruch. Wie erstarrt blickte ich auf das glänzende Stück Metall herab, als wäre es ein Messer, das in meiner Brust steckte. Plötzlich war es, als erwache ich aus einem Traum und die Realität schlug über mir zusammen. Jede einzelne Erinnerung an Ryan strömte auf mich ein. Jeder Moment, den wir zusammen verbracht hatten, jede Hürde, die wir überwunden hatten und jeder einzelne Kuss rissen mir den Boden unter den Füßen weg.

Ich hatte eine Zukunft mit ihm geplant, er war ein fester Bestandteil meines Lebens - und nun war er fort. Es war, als hätte man einen Teil von mir herausgerissen. Ich fühlte mich unvollständig, hilflos und panisch.

Die heißen Tränen liefen still an meiner Wange herab und tropften auf den Boden, während sich immer mehr heisere Schluchzer einen Weg meine Kehle hinaufbahnten.

Es war Cox, der mich auf dem Boden hockend im Flur vorfand. Es war Cox, der es irgendwie schaffte, mich ins Wohnzimmer zu bringen und mir eine Decke um die Schultern zu legen, während ich endlich die Gefühle zuließ, die ich die ganze Woche über verdrängt hatte. Er kochte mir Tee, brachte mir Taschentücher und war stillschweigend bei mir, als mir nichts anderes zu tun blieb, als zu weinen und die Schmerzen hinauszulassen, bevor sie mich erstickten. Ich fühlte mich so allein wie schon lange nicht mehr, auch wenn Conchobhar sich alle Mühe gab. Es half mir, dass er bei mir war, und ich wusste, dass er mit mir litt.

»Er hat dich nicht verdient, wenn er dich nicht zu schätzen weiß«, flüsterte der kleine Kobold und strich mir immer wieder über die Haare, als wäre ich ein Kleinkind. Ich dankte ihm still dafür, denn in diesem Moment hatte ich es satt, stark zu sein, und er wusste es.

Nichts schien mich von den quälenden Erinnerungen an den Vampir abzulenken, daher ließ ich sie zu und machte mir klar, was ich verloren hatte. Ich machte mir Vorwürfe, nicht mehr gekämpft zu haben, und dass ich zu spät erkannt hatte, dass etwas zwischen uns gehörig schiefgelaufen war. Immer wieder stellte sich mir die eine Frage: Warum? Warum war er tatsächlich gegangen? Entgegen meiner Vermutung fiel ich irgendwann tatsächlich in einen unruhigen Schlaf, in dem mich die Erinnerungen an Ryan weiter verfolgten.

Am Montag erwachte ich mit roten, verquollenen Augen und wäre am liebsten im Bett liegen geblieben, doch ein kleines grünes Wesen riss die Vorhänge auf und ließ gleisendes Sonnenlicht ins Wohnzimmer. Ich rekelte mich und schmiss dabei ein paar der zahlreichen Kissen vom Sofa.

»Du hast heute frei, ich habe schon mit Mr. Cole telefoniert«, sagte Cox und sprang auf meinen Bauch.

»Dann mach die Vorhänge wieder zu«, stöhnte ich und versuchte, mich unter der Decke zu verstecken. Ich würde getrost den ganzen Tag auf dem Sofa liegen und trauern können – genau das, was ich jetzt brauchte. Ich hatte nicht einmal Elan, um mir Frühstück zu machen.

Zu meinem Leidwesen hatte Cox andere Pläne.

»Kommt gar nicht infrage«, rief er und zog an meiner Decke. Ich schlug mit einem Kissen nach ihm, aber natürlich war er viel zu schnell und ich noch viel zu träge.

»Ich kenne da einen Zoo, die wären ganz sicher total begeistert, wenn sie einen Kobold hätten«, drohte ich mürrisch, doch als ich endlich die Augen aufbekam, stöhnte ich nur noch.

»O nein, Cox, was hast du getan?«

Ich ließ mich zurückfallen und presste mir ein Kissen aufs Gesicht. Ich wusste genau, was er vorhatte. Cox hatte über Nacht sämtliche Bilder abgehängt, die Schrankwand leer geräumt und Türen und Fenster mit Klebeband abgeklebt.

»Du brauchst einen Tapetenwechsel«, sagte er bestimmt.

Ich schielte an dem Kissen vorbei. »Das Sprichwort hast du etwas zu wörtlich genommen, Cox. Gehört das zu deiner Therapie? Jillian zu quälen?«

Der Kobold nickte zufrieden. »Dann habe ich dich wenigstens auf andere Gedanken gebracht. Eigentlich wollte ich nur die Bilder von dir und dem Reißzahn entfernen, aber als ich einmal dabei war ...«

»Alissa wird dich umbringen, das weißt du, oder?«, versuchte ich es ein letztes Mal, doch Conchobhar winkte nur ab.

»Sei froh, dass sie nicht dabei ist, sonst haben wir am Ende noch Blümchentapete.«

Ich schnaubte freudlos, musste ihm aber irgendwie recht geben. Vielleicht war es gar keine so schlechte Idee. Mir gefiel unser Wohnzimmer, aber irgendwie wirkte es auch etwas trist. Die weiße Ledercouch, der schwarz-weiße Tisch und die Wohnwand in glänzend schwarzer Farbe und mit LED-Beleuchtung wirkten zwar elegant auf dem dunklen Parkett, aber auch ... farblos. Die einzigen Farbflecken bildeten die leuchtenden Vorhänge und Kissen, die Alissa angeschleppt hatte. Sie würde nicht gerade begeistert sein, wenn Cox und ich etwas veränderten, denn im Grunde genommen war sie diejenige von uns, die modische Entscheidungen traf, aber gegen ein bisschen Farbe hatte sie sicher nichts einzuwenden.

»Ich weiß genau, was du vorhast«, murmelte ich verdrossen und quälte mich hoch. Cox würde mir keine Ruhe lassen und aufpassen, dass ich nicht im Selbstmitleid versank.

»Ja, und es wird funktionieren«, konterte er. »Und jetzt schieb deinen Hintern vom Sofa, wir müssen einkaufen.«

Er hüpfte aufgeregt auf und ab. Auf was hatte ich mich da eingelassen? Ich schaffte es mit Mühe, ihn davon abzuhalten, mir ins Badezimmer zu folgen, wo ich ausgiebig duschte, einfach nur, um ihn zu ärgern und weil ich wusste, dass er grimmig die Sekundenzeiger der Uhr anstarren würde.

Doch zu meiner Überraschung stand bereits ein Teller Rührei auf dem Tisch und wartete zusammen mit einem Glas Orangensaft auf mich, als ich kurze Zeit später in die Küche kam. Scheinbar hatte mein Zusammenbruch gestern auch bei Cox Spuren hinterlassen. Diese kleine Geste bedeutete mir viel und füllte etwas von der Leere, die ich seit Stunden verspürte. Es war toll, Freunde zu haben.

»Ich habe schon eine Liste mit den Dingen geschrieben, die wir brauchen«, unterbrach Cox meine Gedanken, als er in die Küche zurückkam und mir einen Zettel unter die Nase hielt.

»Pinsel, Schutzanzüge, Bilderrahmen ... Wozu brauchen wir einen Katzenkratzbaum?«, murmelte ich mit vollem Mund und der kleine Kobold lief rot an, während er den Finger in die Höhe streckte.

»Sag ja nichts dazu!«, drohte er und zog die Augenbrauen zusammen. Cox wollte auf keinen Fall als Haustier angesehen werden. Um ehrlich zu sein, betrachtete ich ihn auch nicht als solches.

»Schon gut«, erwiderte ich mit Blick auf seine scharfen Krallen. Sollte er doch seinen Kratzbaum bekommen.

Ich schob gerade die letzten Reste Ei in den Mund, da hatte er mir schon den Teller weggezogen.

»Komm schon«, drängelte er. »Wir haben noch viel zu tun!«

»Bin schon auf dem Weg, du kleiner Tyrann.« Ich

schnappte mir meine Jacke und Cox wurde mit einem Zischen unsichtbar.

»Blamier mich heute bitte nicht, indem du mich Selbstgespräche führen lässt«, sagte ich, als wir das Treppenhaus durchquerten. Natürlich steckte genau in diesem Moment Mrs. Warringham den Kopf zur Tür hinaus, wahrscheinlich, weil meine Absätze wieder zu laut geklappert hatten. Mit einem lauten »Tzzz« knallte sie mir die Tür vor der Nase zu.

»Das brauche ich nicht«, sagte Cox und ich konnte hören, dass er grinste. »Das schaffst du ganz alleine.«

Ich knurrte nur leise und weigerte mich die ganze Fahrt im Taxi über, auch nur ein einziges Wort von mir zu geben.

Im Baumarkt ging ich Cox' Liste durch und musste zugeben, dass er an alles gedacht hatte, auch wenn seine krakelige Schrift kaum zu entziffern war. Der Kobold hatte allerdings erst vor einigen Jahren Lesen und Schreiben gelernt, weswegen ich stolz auf ihn war, dass er wenigstens die Rechtschreibung perfekt beherrschte.

Ich ging die Gänge ab und unser Einkaufswagen wurde immer voller. Von Maleranzügen bis hin zu Folie, um den Boden zu schützen, war alles leicht zu finden. Bei den Katzenkratzbäumen überließ ich Cox die Entscheidung und er probierte mehrere aus. Glücklicherweise entschied er sich nicht für den teuersten.

»Da hat aber jemand viel vor«, ertönte plötzlich eine Stimme hinter mir. Ich zuckte zunächst zusammen, als ich den düsteren Geruch nach Vampir wahrnahm, entspannte mich jedoch schnell wieder.

»Zed«, sagte ich erfreut und begrüßte den Vampir aus meiner Abteilung. Ich mochte ihn, er war nett und einer der besten Jäger der VO. Mit seinem kurz geschorenen braunen Haar und dem warmen Lächeln wirkte er sympathisch.

»Ich wusste gar nicht, dass du eine Katze hast«, sagte er mit bedeutungsschwerem Blick in meinen Einkaufswagen.

»Hab ich schon lange, ist mir zugelaufen«, gab ich zurück und musste mich beherrschen, um nicht laut loszulachen, während ich spürte, wie Cox auf meiner Schulter vor Wut schäumte.

Zed wies auf seinen eigenen Wagen, in dem ein neues Katzenkörbchen lag. »Ich habe seit gestern auch eine und könnte sie den ganzen Tag knuddeln. Nur mit dem Katzenklo hat sie sich noch nicht so angefreundet.«

»Ich weiß, wovon du redest«, gab ich zurück und war mir sicher, dass mein Brustkorb bebte und jeden Moment explodieren würde, wenn ich noch länger versuchte, nicht zu lachen. »Es war harte Arbeit, es unserem Kater beizubringen.«

»Noch ein Wort und ich sorge dafür, dass du es bereuen wirst«, zischte Conchobhar in mein Ohr, weshalb ich mich schnell von Zed verabschiedete und kichernd zu den Farben weiterging. Ich nahm mir eine der Farbpaletten, als ein Mitarbeiter der Filiale zu mir kam.

»Kann ich Ihnen helfen, Miss?«, fragte er mich höflich und ich nickte.

»Ich möchte streichen und brauche Farbe. Das Grün hier finde ich wirklich schön.«

Ich deutete auf ein Hellgrün, das meiner Meinung nach gut mit den Möbeln harmonieren würde.

»Ausgezeichnete Wahl«, kommentierte der Mitarbeiter, doch Cox zischte bereits wieder in mein Ohr.

»Bist du wahnsinnig? Das beißt sich mit meiner Hautfarbe! Nimm das Weinrot, das wirkt auch viel wärmer.«

Ich verzog das Gesicht, musste aber zugeben, dass mir die Farbe auch ins Auge gefallen war.

»Offensichtlich habe ich meine Meinung geändert bekommen«, murmelte ich und der Mitarbeiter blinzelte verwirrt. Schnell bestellte ich einen Eimer von dem Weinrot und einen mit weißer Farbe, und schob den Einkaufswagen zur Kasse. Immerhin war der Kobold wieder besänftigt.

Als wir endlich wieder zu Hause angekommen waren, musste ich zugeben, dass Cox' Plan funktionierte. Ich atmete schwer vom Tragen die vielen Treppenstufen hinauf, doch ich war abgelenkt. Wir legten die Folie auf den Boden und machten uns an die Arbeit. Nach mehreren Stunden ließ ich mich auf die Couch sinken und betrachtete zufrieden unser Werk. Wir hatten zwei der Wände weinrot gestrichen und mit zwei weißen Streifen am Rand Akzente gesetzt. Die anderen beiden Wände hatten den Rest der weißen Farbe abbekommen und wirkten heller als das Beige von vorher. Insgesamt sah das Wohnzimmer viel gemütlicher und wärmer aus. Ich war mir sicher, dass es auch Alissa gefallen würde, wenn sie zurückkam.

Cox und ich waren von oben bis unten mit Farbe beschmiert und ausgepowert. Ich griff nach dem Telefon und reichte ihm den Pizzaflyer.

»Die haben wir uns heute verdient, oder?«, sagte ich und Conchobhars Augen begannen zu leuchten. Er liebte Pizza.

»Das kannst du laut sagen«, antwortete er inbrünstig.

Ich lächelte ihn von der Seite her an. »Danke, Cox. Für alles.«

Der Kobold lächelte wissend. »Gern geschehen. Bleibt die Frage, was wir morgen machen, wenn wir nicht die ganze Wohnung verändern wollen.«

Doch am nächsten Morgen fasste ich einen Entschluss. Ich würde mich nicht zu Hause verkriechen und auch nicht in meinem Büro. Wenn mich etwas ablenken konnte, dann war es eine aufregende Mairajagd. Das war genau das, was ich jetzt brauchte. Ich musste raus aus dieser verdammten Stadt, brauchte wenigstens ein paar Tage Ablenkung und eine Aufgabe, die all meine Konzentration forderte, damit meine Gedanken nicht ständig um den Vampir kreisten. Ich dankte Cox für den gestrigen freien Tag, aber er konnte nicht ewig meinen Babysitter spielen. Als ich in der VO ankam, gab es jedoch etwas viel Interessanteres, das mich von meinem Elend ablenkte.

Ich war auf dem Weg zu Henry Cole ins Büro, fest entschlossen, ihn endlich wieder dazu zu bringen, mich auf die Jagd gehen zu lassen. Ich war niemand, der einfach zu Hause rumsitzen und Däumchen drehen konnte, schon gar nicht in dieser Situation. Doch als ich das Büro der Jäger durchquerte, schnappte ich ein paar interessante und gleichzeitig auch beunruhigende Wortfetzen auf. Ich stellte mich an den Tisch, um den man sich versammelt hatte, doch alle starrten nur auf eine London-Karte, in der einige Markierungen verzeichnet waren.

»Was ist los?«, fragte ich Beth, eine kleine Werwölfin mit strohblondem Pferdeschwanz.

»Es hat einen Doppelmord gegeben, drüben im Regent's Park.«

Mir lief eine unangenehme Gänsehaut über den Rücken. Ich hasste Leichen.

»Was ist passiert?«

Beth schnitt eine Grimasse. »Das ist es ja gerade: alles deutet darauf hin, dass Mairas am Werk waren. Die Leichen waren bis auf den letzten Tropfen Blut leer gesaugt.«

Ich stutzte. Mairas ernährten sich von der Prana, die durch unser Blut floss, weil sie selbst nicht in diese Welt gehörten. Sie brauchten unsere Energie zum Überleben, da sie keine eigene besaßen. Aber London war einer der sichersten Orte. Es war beinahe ausgeschlossen, dass die Halbdämonen den Schutzschild durchdringen konnten. Außerdem hätte man es bemerkt. Andererseits war ich erst vor Kurzem von drei Höllenhunden überrascht worden, die eigentlich auch nicht nach London hätten gelangen dürfen. Im Moment schien nichts unmöglich zu sein.

»Könnten es Vampire gewesen sein?«, fragte ich Beth,

doch die schüttelte den Kopf. Sie deutete auf ein paar Bilder, die auf dem Tisch ausgebreitet lagen und die ich bisher übersehen hatte. Vermutlich hatte mich mein Instinkt davor bewahrt, einen Blick darauf zu werfen.

»Sieh dir die Wunden an. Der Hals der Opfer wurde beinahe herausgerissen. Es ist nicht ausgeschlossen, aber sehr unwahrscheinlich, dass da ein Vampir am Werk war.«

Ich vermied es tunlichst, einen genaueren Blick auf die Fotos der Opfer zu werfen.

»Hat man den Tatort schon untersucht?«, erkundigte ich mich. Die Schwierigkeit, wenn man die Aufgabe hatte, eine ganze Spezies vor den Normalsterblichen geheim zu halten, lag unter anderem darin, dass man auch die Leichen derer, die von etwas Übernatürlichem angegriffen wurden, schnellstmöglich verschwinden lassen musste. Dabei wurden nicht selten wichtige Spuren verwischt, bevor ein gesondertes Team zum Tatort zurückkehren und genauere Forschungen anstellen konnte.

Beth schüttelte den Kopf. »Wir sind gerade dabei, ein Team zusammenzustellen.«

»Ich komme mit«, sagte ich bestimmt, doch ihr zweifelnder Blick sagte mir, dass auch sie von Henrys Entscheidung, mich außen vor zu lassen, gehört hatte.

»Ich werde mit Henry Cole reden«, rief ich über die Schulter und war bereits die Treppe hinauf zu seinem Büro gestürmt.

Es war nicht gerade förderlich für mein Anliegen, dass ich mitten in eine Telefonkonferenz platzte, und das auch noch, ohne anzuklopfen. Ein Hauch von Ärger huschte über Henrys Gesicht, dann seufzte er und beendete entschuldigend das Gespräch. Ich wartete, bis sich das Fenster auf seinem Bildschirm geschlossen hatte.

»Ich gehe heute mit nach draußen«, verkündete ich ohne Umschweife und Henry wusste sofort, wovon ich sprach.

»Nein, gehst du nicht.«

Bestürzt wurde ich auf den Boden der Tatsachen zurückgeholt. »Wieso nicht? Ich habe die ganze Woche in meinem Büro gesessen und alle Akten bearbeitet, so wie du es wolltest. Ich habe es mir verdient, wieder an die Front zu dürfen.«

Henry seufzte. »Jill, sieh dich doch an. Du siehst aus, als hättest du seit Tagen nicht mehr richtig geschlafen und wenn mich nicht alles täuscht, hat mich Ryan Almont nicht umsonst nach einem Auftrag gefragt, der ihn für einige Wochen aus der Stadt bringt.«

Mein Gesicht verdüsterte sich. Den VO-Leiter ging es gar nichts an, was zwischen mir und Ryan lief.

»Das hat nichts mit meinem Job zu tun«, entgegnete ich.

»Aber es hat etwas mit dir und deiner Verfassung zu tun. Nimm dir ein paar Tage frei, Jill, erhole dich ein bisschen und kümmere dich um dein Privatleben. Danach kannst du gerne wieder einsteigen. Aber im Moment bist du unberechenbar und ich möchte niemanden in Gefahr bringen.«

Ich schnappte nach Luft. »Ich stelle für niemanden eine Gefahr dar!«, schnauzte ich, doch Henrys flehendem Blick entnahm ich, dass er genau das dachte.

»Also schön, wir sehen uns in ein paar Tagen«, brummte ich und schlug die Tür hinter mir zu. Das durfte doch wohl nicht wahr sein. Statt mich wie geplant ablenken zu können, blieb mir nicht einmal die Jagd. Jetzt war ich auch noch dazu verdammt, zu Hause mit meinem Schicksal zu hadern. Wie viele Räume konnte ich renovieren, bevor ich dem Wahnsinn verfiel?

Sofort drohten mich wieder die Gefühle zu übermannen, doch ich riss mich zusammen, als ich das Jägerbüro durchquerte und verbissen ignorierte, wie sich die anderen auf die Klärung des Mordfalls vorbereiteten. Ich machte meine

Arbeit gerne und vor allem war sie mir lieber, als mich mit meinen Gefühlen auseinanderzusetzen.

Auf dem Heimweg überlegte ich fieberhaft, wie ich die nächsten Tage überstehen sollte. Während ich rastlos durch die Straßen schlenderte, legte ich den Kopf in den Nacken und sah zu den hohen Gebäuden auf. London war zu meinem Zuhause geworden. Ich hätte mir gut vorstellen können, hier Wurzeln zu schlagen. Aber wollte ich das jetzt auch noch, nachdem Ryan nicht mehr zu meiner Zukunft gehören wollte? Und was war mit Alissa? Würde sie den Strapazen der Stadt noch jahrelang standhalten können?

Die beiden gehörten zu meinem Leben dazu. Ich liebte es, mit Alissa über die Märkte zu schlendern, wenn wir freihatten. Ich hatte mit Ryan die Tower Bridge besucht und der Vampir hatte mich gepackt und war an den Streben bis ganz nach oben geklettert, nachdem wir sicher waren, dass niemand uns sah. Dort hatte er mich leidenschaftlich geküsst – ein Moment, den ich nie wieder vergessen würde. Auch Derek und Don spielten eine große Rolle in meinem Alltag und ich verband unendlich viele Erinnerungen mit ihnen. Ich dachte an Derek, dem bei einer Fahrt mit dem London Eye speiübel geworden war, oder Don, der mehrere Tage mit einer Staffelei draußen verbracht hatte, um den Big Ben detailgetreu zu zeichnen. Ich hatte die letzten drei Jahre in vollen Zügen genossen, doch gehörte ich wirklich hierher?

Als ich so darüber nachdachte, während ich die Taxis auf der Straße beobachtete, bekam ich immer mehr Heimweh. Es zog mich zu der Person, die mir eine behütete Kindheit ermöglicht und mir ein Zuhause gegeben hatte, die immer für mich da gewesen war, wenn es mir schlecht ging.

Ich griff zu meinem Handy und wählte Tante Amalias Nummer. Ich hatte sie schon seit Wochen nicht mehr besucht und ein bisschen zog es mich zurück in das Haus, in dem ich aufgewachsen war.

»Hallo, Liebes«, begrüßte mich Tante Am und sofort hatte ich einen Kloß im Hals. War es richtig, sie anzurufen? Denn das hatte unweigerlich zur Folge, dass ich mich meinen Problemen stellen musste. Tante Amalia würde nicht lockerlassen, bis sie meiner Stimmung auf den Grund gegangen war und die Ursache herausgefunden hatte, um mir dann zu helfen.

»Hi, wie geht es dir?«

»Sehr gut, und dir?«

Ich überlegte, ihr von mir und Ryan zu erzählen und davon, dass man mich mehr oder weniger suspendiert hatte. Sie würde es mir sowieso ansehen, wenn wir uns trafen. Aber dafür würde in Langfield noch genügend Zeit sein.

»Alles beim Alten«, log ich. »Ich habe ein paar Tage freigenommen und wollte dich besuchen.«

Tante Amalia zögerte. »Ich würde mich sehr über einen Besuch von dir freuen, aber Cassandra und ich wollen morgen für ein paar Tage nach Deutschland zu ihrer Schwester fahren. Ich kann den Trip jedoch gerne absagen.«

Innerlich stöhnte ich auf, auch wenn ich gleich ein schlechtes Gewissen deshalb bekam. »Nein, nein«, sagte ich schnell, »fahr ruhig. Du warst schon so lange nicht mehr dort und ich weiß doch, wie sehr du dieses Land liebst.«

»Ist wirklich alles in Ordnung?«, fragte Tante Am misstrauisch und ich verfluchte die Tatsache, dass sie mich so gut kannte.

»Mach dir keine Sorgen, mir geht es gut. Vielleicht klappt es ja nächstes Mal«, fügte ich hinzu und beendete das Gespräch, nachdem ich ihr noch einige weitere Male versprechen musste, dass alles in Ordnung war. Missmutig erreichte ich das Haus, in dem sich unsere Wohnung befand. Vielleicht war es besser, dass Tante Am keine Zeit hatte. Langfield und das Haus, in dem ich aufgewachsen war, waren Orte zum Entspannen, zum Bücher lesen und um sich selbst zu finden, aber kein Platz, an dem man sich von Problemen ablenken lassen konnte.

Zu Hause ließ ich mich seufzend auf die Couch fallen. Cox erschien mit einem Zischen, doch ich zuckte nicht einmal mehr zusammen. Mit der Zeit gewöhnte man sich daran.

»Na, Prinzessin, wie ist es gelaufen? Hat Mr. Cole dich wieder in den Dienst genommen?«

»Im Gegenteil«, grummelte ich. »Ich habe Zwangsurlaub.«

Cox wusste nicht so recht, ob er erfreut sein sollte oder nicht.

»Ich vermute, wir werden nicht gerade etwas Aufregendes unternehmen?«, maulte er und brachte mich damit auf die zündende Idee. Mit hochgezogenen Augenbrauen sah ich ihn an. Dass Henry mich nicht mit seinem Team losschickte, bedeutete ja nicht zwangsläufig, dass ich zu Hause sitzen musste. Ich konnte mir den Tatort genauso gut selbst ansehen, vielleicht auf einem zufälligen Spaziergang dorthin.

»Weißt du was, Cox?«, fragte ich und beugte mich vor. Ich wusste, dass er Rätsel liebte. »Ich glaube, es wird genau das Gegenteil von langweilig. Wir haben einen Mordfall zu lösen.«

Kapitel 8

Es war immer noch ein komisches Gefühl, mit einem unsichtbaren Kobold auf der Schulter in der U-Bahn zu stehen. Man sollte meinen, ich hätte mich mittlerweile daran gewöhnt. Wir hatten noch einige Stunden zu Hause gewartet, um sicherzugehen, dass wir nicht dem Team von der Verborgenenorganisation begegneten, aber nun begann es bereits zu dämmern und im Dunkeln würde es schwierig werden, Spuren zu finden. Ich machte ein düsteres Gesicht bei dem Gedanken, dass ich es auch viel einfacher haben und direkt in der VO die Akten anschauen könnte. Doch irgendetwas sagte mir, dass Henry tunlichst darauf achten würde, dass ich sie nicht zu Gesicht bekam. Cox schien ebenso miese Laune zu haben, er zappelte unruhig auf meiner Schulter.

»Hier riecht es nach Mensch«, murrte er und ich konnte mir bildlich vorstellen, wie er die Nase rümpfte.

»Wir riechen nun einmal nicht alle nach Kobold«, zischte ich und senkte den Kopf, als die alte Frau, die mir gegenüberstand, die Stirn runzelte. Ach richtig, ich war ja die Einzige, die wusste, dass Cox da war, und da er so leise sprach, gingen seine Worte in dem Gemurmel der Umstehenden unter. Ihn sah ja auch niemand die Lippen bewegen.

»Wie riechen Kobolde?«, fragte er neugierig, doch ich schüttelte kaum merklich den Kopf. Das hier war nicht der richtige Ort für Gespräche mit einem Unsichtbaren. Ich atmete aus, als wir endlich aussteigen und wieder frische Luft atmen konnten. In einem hatte Cox recht, viele Menschen auf einem Haufen brachten unweigerlich den Geruch nach Schweiß mit sich. Auf dem Bürgersteig drängten sich die Menschen, die auf dem Nachhauseweg waren und schnellstmöglich ihren Feierabend genießen wollten.

Als wir den Regent's Park erreichten, war die Sonne, die man hinter dem dichten Wolkenhimmel hätte vermuten können, bereits untergegangen. Glücklicherweise hatte es nicht wieder zu schneien begonnen und das bisschen Schnee von der vorangegangenen Woche war bereits am Wochenende getaut.

»Wo müssen wir lang?«, fragte Cox, doch ich hatte bereits die richtige Richtung eingeschlagen. Immerhin hatte ich mir im Büro geistesgegenwärtig noch die Fundstelle der Leichen in der Akte angeschaut.

Der Regent's Park war in meinen Augen nicht ganz so schön wie der Hyde Park, an den ich mich so gewöhnt hatte. Hier wirkte alles viel zu ordentlich und perfekt. Klare Linien ließen sich durch die Wege, Bepflanzungen und Hecken erkennen. Ich mochte es eher, wenn ein bisschen Wildnis durchschien. Wir kamen an zahlreichen perfekt angelegten Blumenbeeten und Brunnen vorbei.

»Was hast du über die Opfer herausgefunden?«, fragte mich Cox. Ich hatte mir die Namen angesehen, bevor ich aus der Verborgenenorganisation gegangen war, und zu Hause im Internet recherchiert.

»Miranda«, antwortete ich, »war eine 26-jährige Hexe mit amerikanischer Abstammung. Außerordentlich hübsch, ihr Spezialgebiet war die Biokinese, die sie vermutlich auch an sich selbst angewendet hat.« Miranda hatte Einfluss auf das biologische System nehmen und Zellen verändern können. Mit der Biokinese konnte man Haare wachsen lassen und umfärben, Nasen und Augenfarbe verändern, aber im Kampf war sie meist nicht sehr hilfreich. »Sie war Studentin und lebte nicht weit von hier bei ihren Eltern. Keine aufregenden Hobbys, sie interessierte sich fürs Zeichnen und Schwimmen. Sie sah wirklich nett aus und schien beliebt zu sein.«

Was man Facebook so alles entnehmen konnte ...

»Bei dem zweiten Opfer handelte es sich um ihren Freund, Jenson. Ebenfalls Hexer, allerdings habe ich sein Spezialgebiet nicht herausgefunden. Dafür war er vorletztes Jahr Sieger des alljährlichen Londoner Magiewettbewerbs, ich habe die Medaille im Hintergrund eines Bilds erkennen können. Auf der Website der Betreiber steht leider nur sein Name gelistet.«

Vermutlich hätte ich es herausfinden können, wenn ich mehr Zeit gehabt hätte.

»Also niemand, der sich so leicht überwältigen lässt«, schlussfolgerte Cox.

»Nicht, wenn er nicht überrascht wurde.«

Ich bog in den Weg ein, in dem am gestrigen Abend der Vorfall stattgefunden hatte.

Hier standen einige Büsche und kleinere Bäume am Wegrand, der perfekte Platz für einen Überfall, wenn man sich dafür schon einen gut einsehbaren Park aussuchen musste. Von den VO-Mitgliedern war nichts mehr zu sehen. Sie hatten vermutlich schon alle Informationen gesammelt, die sie brauchten. Wahrscheinlich hatten sie dabei sämtliche Spuren mit ihren eigenen verwischt.

Meine Vermutung bestätigte sich, als ich einige Fußabdrücke in der durchweichten Erde sah. Immerhin vereinfachte mir das die Suche nach dem Tatort. Ich folgte den Spuren zwischen einigen Büschen hindurch, nachdem ich mich umgesehen hatte, dass niemand in der Nähe war. An einer uneinsehbaren Stelle blieb ich stehen und hockte mich auf den Boden. Hier musste es gewesen sein. Das Gras war niedergetrampelt und bei genauerem Betrachten stellten sich dunkle Flecken als eingesickertes Blut heraus. Niemand, der den Weg entlangkam, hätte uns von dort aus gesehen.

»Wie hat man die Opfer vorgefunden?«, fragte Cox. In jedem anderen Moment hätte ich ihn für seinen Tonfall aufgezogen, er versuchte augenscheinlich seinen Lieblingsagenten aus der Serie CSI nachzuahmen. Doch die Tatsache, dass genau an dieser Stelle gestern zwei Morde stattgefunden hatten, verbannte jeglichen Humor aus meinen Gedanken.

»Sie lagen beinahe aufeinander, als hätte man sie achtlos weggeworfen«, sagte ich leise, während ich mit den Fingern über das Gras strich und mich fragte, was hier vorgefallen war. War es zu einem Kampf gekommen?

Ich richtete mich auf und untersuchte die Büsche um uns herum. Es war keine Spur von Magie zu sehen, keine abgebrochenen Äste, keine verkohlten Blätter. Allerdings wusste ich auch nicht, welchem Spezialgebiet Jenson angehört hatte und in welcher Form er sich hätte wehren können.

»Was spürst du?«, fragte ich Cox und legte neugierig den Kopf schief, als er in sich hineinhorchte. Kobolde hatten einen feinen Instinkt. Sie spürten, wenn etwas nicht stimmte, auch wenn sie es nicht immer genau deuten konnten. Cox hatte mich einmal davor gewarnt, in den Wald zu gehen, als wir noch an der Winterfold Akademie gewesen waren. Wenig später hatte sich herausgestellt, dass einer meiner Mitschüler sich mithilfe eines Dämons zu einem monströsen Wolf hatte verwandeln können.

Cox schüttelte den Kopf. »Ich spüre nichts, aber das hat nichts zu bedeuten. Die Gefahr ist längst wieder verschwunden. Der Wind hat außerdem jeden Geruch fortgetragen.«

Ich seufzte, obwohl ich mit dieser Antwort gerechnet hatte.

»Was meinst du, wer oder was das angerichtet hat?«, fragte der Kobold mit ernstem Gesicht.

»So wie die Leichen ausgesehen haben, war das niemand, mit dem man sich anlegen sollte. Allerdings glaube ich nicht, dass es ein Maira war. Dann hätten wir schon von mehreren Vorfällen gehört, sie geben sich nicht einfach mit zwei Opfern zufrieden.«

Ich schlang die Arme um mich und starrte in den Himmel.

»Die Höllenhunde?«, fragte Cox.

»Nein, ein Zerberus hätte sein Opfer getötet, aber nicht das Blut ausgesaugt.«

»Also doch die Vampire?«

Ich runzelte die Stirn. »Laut Beth war es kein Vampir. Der Hals der Opfer muss wirklich schlimm ausgesehen haben. Wir sind also genauso ratlos wie vorher.« Doch dann fiel mir etwas auf. »Cox, was ist, wenn wir an der falschen Stelle suchen? Ich kann mir nicht vorstellen, dass zwei erwachsene Hexen sich kampflos hinter ein Gebüsch ziehen lassen.«

»Es sei denn, der Kampf hat schon vorher stattgefunden«, schlussfolgerte Conchobhar, doch ich hatte mich bereits in Bewegung gesetzt. Wir landeten wieder auf dem Fußgängerweg und gingen ihn ein Stück in die Richtung, aus der wir gekommen waren.

»Welches Wesen macht sich die Mühe, seine Opfer aus dem Sichtfeld anderer verschwinden zu lassen, nur um ihnen dann hemmungslos die Kehle aufzureißen?«, murmelte ich vor mich hin. Das ergab alles keinen Sinn.

»Eines, das wenigstens anfangs noch versucht hat, die Beherrschung zu behalten?«, kommentierte Cox.

Diese Sache machte mich wahnsinnig. Was zum Teufel

war hier in London los? Wenn nur Derek von seiner Forschungsreise mit Don wieder zurück wäre, hätte ich ihn fragen können. Doch vermutlich befand er sich noch irgendwo in Ägypten, wo er sich mit der Erforschung von Prana und der Entstehung der Unterwelt befasste.

»Sieh dir das an«, rief Cox und ich verdrehte genervt die Augen, weil er mittlerweile wieder unsichtbar geworden war.

»Oh, entschuldige«, fügte er hinzu und erschien mit einem Zischen etwa drei Meter links von mir. Ich sah mich hastig um, doch von Fußgängern gab es weit und breit keine Spur. Ich beugte mich herab und sah, was er meinte. Im weichen Erdboden befand sich eine tiefe Spur, die aussah, als hätte jemand die Fersen in den Boden gestemmt, um zu verhindern, fortgezogen zu werden. Nun sah ich auch die Spuren an den umliegenden Bäumen. Dort waren zwei Äste abgebrochen. Cox fand kurz darauf einige Blutstropfen auf dem Boden.

»Scheinbar haben es unsere Opfer geschafft, sich loszureißen, und sind selbst zu dem Platz gerannt, an dem man später ihre Leichen gefunden hat. Irgendetwas hat sie eingeholt.«

Ein paar abgebrochene Äste, die auf dem Boden lagen und nicht zu den umliegenden Büschen zu gehören schienen, weckten meine Aufmerksamkeit. Ich blickte langsam hinauf zu den Baumkronen über uns.

»Cox, würdest du dich dort oben bitte mal umsehen?«

»Klar«, antwortete der kleine Kobold und schwang sich bereits die Äste hinauf. »Hier oben sieht es aus, als hätte ein Kampf stattgefunden«, hörte ich seine Stimme vom Baum herabhallen. Ich konnte ihn nicht mehr sehen, so dunkel war es bereits geworden. »Überall sind abgebrochene Äste.«

»So als wurde jemand hinauf in die Baumkronen geschleudert?«, fragte ich.

»Ja.«

Damit bestätigte er meine Vermutung. Scheinbar hatte Jenson die Telekinese beherrscht.

»Das erklärt, wie sie sich ein Stück weit haben retten können.«

»Leider nicht schnell genug. Hier ist noch etwas«, rief Cox und landete mit einem dumpfen Aufprall neben mir auf dem Boden. Er hielt mir einen dunkelblauen Stofffetzen hin, dann schnüffelte er kurz daran und verzog das Gesicht. »Riecht wie die Hafenarbeiter«, sagte er.

Ich steckte den Stofffetzen ein und seufzte, denn irgendetwas sagte mir, dass diese Information wichtig war.

»Vermutlich sollte ich ihn bei der VO vorbeibringen, dann können sie ihn analysieren. Vielleicht lassen sie mich dann an dem Fall mitarbeiten.« Ich bezweifelte es, doch ich konnte keine Beweisstücke zurückhalten. Da wir genauso schlau waren wie vor unserer Untersuchung des Tatorts, war ich mir sicher, dass wir es uns etwas zu leicht vorgestellt hatten, den Mordfall zu lösen. Konnte es tatsächlich sein, dass Dämonen hinter alldem steckten? Noch bevor ich meine Überlegung zu Ende gedacht hatte, erstarrte ich und hielt die Luft an. Zwischen den Hecken, ein ganzes Stück entfernt von uns, blitzten flammend blaue Augen auf.

Kapitel 9

Cox hatte meine Reaktion bemerkt und suchte hastig die Umgebung ab. Ich starrte weiterhin auf die Stelle, doch die Augen, deren blaues Leuchten direkt aus der Hölle stammen musste, waren ebenso schnell verschwunden, wie sie aufgetaucht waren. War es Einbildung gewesen?

»Kannst du irgendetwas spüren?«, fragte ich Cox, doch der schüttelte nur den Kopf.

»Gefahr zu spüren ist nicht so einfach, wie du denkst. An der Winterfold Akademie waren wir von einem Wald umgeben, aber hier in London droht an jeder Ecke Gefahr für einen Kobold. Es wimmelt von Verbrechern und Dieben. Ich hab keinen Sensor und mein Schwanz ist keine Wünschelrute. Verrätst du mir endlich, was los ist?«

Ich zögerte. Nichts deutete darauf hin, dass sich ein dämonisches Wesen in der Nähe befand. Wahrscheinlich hatte Henry Cole recht und ich hatte dringend Urlaub nötig. »Schon gut, ich glaube, es war nur Einbildung. Lass uns zur VO gehen und das Beweisstück hinbringen.«

Den Rückweg legten wir schweigend zurück. Jeder hing seinen eigenen Gedanken nach und ich hatte sowieso nicht das Bedürfnis, schon wieder von den Umsitzenden in der U-Bahn für geisteskrank abgestempelt zu werden, weil ich mit mir selbst redete.

In der Verborgenenorganisation angekommen hoffte ich, dass ich Henry noch antreffen würde. Er arbeitete oftmals bis spätabends, doch auch er musste ja irgendwann einmal zu Hause auftauchen.

»Was willst du hier, Jill? Ich dachte, du bist beurlaubt?«, ertönte eine schnurrende Stimme und sofort fing es an, in meinem Inneren zu brodeln.

»Halt die Klappe, Jeremy«, brummte ich über die Schulter. Der Werwolf ging mir gehörig auf die Nerven.

»Ich habe Mr. Cole gleich gesagt, dass der Druck viel zu groß für dich ist«, sagte er und wandte sich wieder der Tafel im Jägerbüro zu. Ich blieb nach einem kurzen Moment stehen.

»Du hast was?«, fragte ich und zog die Augenbrauen zusammen. Jeremy lief rot an, doch es dämmerte mir bereits. »Du hast ihm diesen Floh ins Ohr gesetzt, dass er mich beurlauben soll, oder?«, keifte ich.

Jeremys Schweigen war mir Antwort genug.

»Darüber reden wir noch!«, drohte ich ihm, doch im Moment hatte ich keine Zeit, mich mit ihm zu beschäftigen. Es gab Wichtigeres zu erledigen. Dennoch ärgerte es mich. Jeremy war einige Jahre älter als ich und ich wusste, dass er schon immer zu den Mairajägern zählen wollte. Leider reichten seine Fähigkeiten dafür nicht aus, er war einfach zu ungelenk und grobmotorisch, weshalb Henry ihn meistens Aufträge innerhalb der Stadt erledigen ließ. Immerhin hatte er sich nach oben gearbeitet und durfte ab und zu einmal eine Truppe anführen, wenn es darum ging, gegen mehrere Verborgene vorzugehen. Trotzdem wurmte es ihn, dass ich raus in die Wälder durfte, um die wirklichen Monster zu jagen. Vermutlich hatte er jeden meiner Fehltritte mit größter Aufmerksamkeit verfolgt und dem Leiter der Verborgenenorganisation sofort damit in den Ohren gelegen.

Ich wurde aus meinen Gedanken gerissen, als ich an

Henrys Bürotür klopfte und ein leises »Herein« ertönte. Er war nicht allein.

»Vanessa«, begrüßte ich ehrlich erfreut seine Tochter.

Sie schürzte missbilligend die Lippen, als sie meine Jeans und die ausgetretenen Turnschuhe sah. Dennoch konnte sie die Freude in ihrem Blick nicht gänzlich unterdrücken, auch wenn sie sich die allergrößte Mühe gab, genervt und teilnahmslos zu wirken. Vanessa und ich waren an der Winterfold Akademie die wohl größten Feindinnen gewesen und hatten uns nicht selten gegenseitig zur Weißglut gebracht. Doch nachdem wir gemeinsam in den Kampf gezogen waren und uns gegenseitig geholfen hatten, war so etwas wie eine stillschweigende Freundschaft aus dem offensichtlichen Hass geworden. Vanessa war Henrys Tochter und eine Barbie ohnegleichen. Sie hatte lange, glänzendblonde Haare und ein perfektes Gesicht, sie war schlank und hochgewachsen und kleidete sich dementsprechend meist in hautenge und kurz geschnittene Kleider. Man hätte meinen können, dass sie sich zu schade für Kämpfe war und sich lieber der täglichen Maniküre widmete. Doch erstaunlicherweise hatte es Vanessa auch zur Mairajägerin gebracht, sehr zum Leidwesen ihres Vaters. Sie arbeitete allerdings in Liverpool, wo sie nicht direkt ihrem Vater unterstand und jeden Tag Befehle von ihm entgegennehmen musste. Ich wusste nicht, ob sie selbst darauf bestanden hatte, oder Henry es für eine gute Idee hielt.

»Du hast auch schon mal besser ausgesehen«, ließ sie verlauten und ich lachte freudlos.

»Tut mir leid, dass ich euch störe«, sagte ich entschuldigend, doch Vanessa war bereits aufgestanden.

»Keine Sorge, ich wollte sowieso gerade gehen. Ich sage Mum, dass du etwas später kommst«, rief sie ihrem Vater noch zu, bevor sie elegant aus der Tür stöckelte.

Als sie verschwunden war, wurde Henrys Gesicht ernst.

»Falls du hier bist, um mich umzustimmen, kannst du gleich wieder verschwinden. Du hast es ja nicht einmal einen ganzen Tag lang zu Hause ausgehalten.«

»Wozu auch?«, gab ich genervt zurück. »Mir geht es blendend.«

Henry seufzte, doch ich legte ihm bereits das gefundene Stoffstück auf den Schreibtisch.

»Ich bin zufällig am Tatort vorbeigekommen«, sagte ich beiläufig. »Das hier hing in den Bäumen, deine Leute haben es übersehen. Vermutlich finden sie dort noch mehr Spuren.«

Ich hatte wenigstens einen anerkennenden Blick erwartet, doch Henrys Gesicht verfinsterte sich.

»Was hattest du am Tatort zu suchen?«

Ich zuckte mit den Achseln. »Ich habe mich umgesehen.«

Henry knurrte etwas Unverständliches, dann griff er zum Telefon und gab ein paar barsche Befehle durch den Hörer. Kurz darauf öffnete sich die Tür und ein Hexer im Laborkittel trat ein. Henry reichte ihm das Stoffstück.

»Schicken Sie ein weiteres Team zum Tatort, und diesmal eins, das auch fähig ist!«, befahl er dem Laboranten, den unglücklicherweise der Unmut des VO-Leiters traf.

»Und nun zu dir.« Er verschränkte die Hände und beugte sich vor. »Ich habe es ernst gemeint, als ich sagte, dass du dich raushalten sollst. Schön, dass du ein weiteres Beweismittel gefunden hast, aber meine Entscheidung steht fest. Du wirst dich erst einmal um dich selbst kümmern. Ich will dich in den nächsten Tagen weder hier noch an irgendwelchen Tatorten sehen, haben wir uns verstanden?«

Ich verschränkte die Arme vor der Brust. »Ich verstehe nicht, was das Ganze soll, ich ...«

»Es reicht, Jill«, unterbrach Henry mich. »Ich habe keine Lust auf weitere Diskussionen. Ich hatte einen langen Tag und wir sind bezüglich der Morde noch kein Stück weitergekommen.«

»Dann solltest du mich daran arbeiten lassen.«

Henry richtete sich auf und ich wich ein Stück zurück. Die Ader an seiner Schläfe pochte bedrohlich. »Du bist nicht dazu da, um die ganze Welt zu retten, Jill! Und dieser Job ist nicht dazu da, um dich von deinen privaten Problemen abzulenken. Nicht nur ich mache mir Sorgen um dich.«

Mir kam das Gespräch von vorhin in den Sinn.

»Wer noch? Jeremy White?« Ich schnaubte verächtlich.

»Seine Sorge ist nicht unbegründet«, gab Henry zurück. *Aha, also doch.*

»Hast du noch mal jemanden geschickt, der das mit den Höllenhunden überprüft?«, fragte ich mit zusammengebissenen Zähnen.

»Ja. Es wurde nichts gefunden.«

Ein unangenehmer Verdacht beschlich mich. »War es Jeremy White, den du losgeschickt hast?«

Henry knurrte gefährlich. »Wenn du vorhast, einen meiner Mitarbeiter zu beschuldigen, Beweise verschwinden zu lassen, dann sprich jetzt besser nicht weiter. Ich vertraue Mr. White und du verstrickst dich dort in etwas, das dir nicht guttut.«

Jetzt wurde ich auch wütend. »Du denkst, ich hätte mir das alles ausgedacht?!«

»Ja. Nein. Ich weiß es nicht.« Plötzlich wirkte Henry müde und er strich sich mit der Hand über die Stirn. »Aber ich weiß, dass du in letzter Zeit stark nachgelassen hast und dir immer wieder Fehler unterlaufen, die schwere Folgen haben. Du bist immer noch einer meiner besten Mitarbeiter, aber ich glaube, du hast dir in letzter Zeit zu viel aufgehalst. Du brauchst eine Auszeit, und zwar dringend. Ich kann es momentan nicht verantworten, dich weiterhin im Dienst zu lassen. Es ist nur eine Woche, Jill!«

Ich atmete tief durch und versuchte, mich zu beruhigen. Henry war stur. Alles Weitere, was ich sagen würde, war verschwendeter Atem. Vielleicht steigerte ich mich wirklich zu sehr hinein. Aber die Arbeit lenkte mich ab! Ich hatte heute kaum an Ryan gedacht und jedes Mal, wenn meine Gedanken zu ihm wanderten, schien sich vor mir ein großes Loch im Boden aufzutun, in das ich jeden Moment stürzen würde. Die Arbeit war meine eigene Art, mit dem Schmerz umzugehen. Ich brauchte die Ablenkung. Ich stand auf, doch an der Tür drehte ich mich noch einmal zu ihm um.

»Eine Woche«, sagte ich und er grunzte zustimmend. Die Tür fiel lauter ins Schloss, als ich es beabsichtigt hatte. Im leeren Korridor erschien Cox vor mir.

»Warst du mit drin?«, fragte ich ihn, doch er schüttelte den Kopf.

»Ich war im Büro der Jäger und habe versucht, mehr über den Fall herauszufinden.«

Wenigstens das zauberte mir ein flüchtiges Lächeln aufs Gesicht.

»Gute Idee. Hast du etwas Brauchbares herausgefunden?«

Er hüpfte neben mir her. »Noch nicht, aber ich würde gerne noch ein bisschen bleiben.«

Er bat mich mit einem stummen Blick um Zustimmung, doch ich zögerte.

»Okay, wir sehen uns dann zu Hause«, stimmte ich schließlich zu. Gerade in meiner jetzigen Situation war es sicher nicht förderlich, Cox als Spion einzusetzen, besonders nicht nach dem Gespräch mit Henry. Andererseits konnte es nichts schaden, mehr über die Fortschritte der VO herauszufinden. Außerdem hatte ich so Zeit, das zu erledigen, was ich schon seit Tagen vor mir herschob.

»Was wirst du tun?«, fragte Cox, der bemerkt haben musste, dass ich etwas vorhatte.

»Ich glaube, es ist Zeit, dass ich mal ein Wörtchen mit meinem Vater rede«, seufzte ich. Cox lief ein sichtlicher Schauder über den Rücken. Er war offensichtlich froh darüber, dass er nicht dabei sein musste. Cox hasste Dämonen, mal abgesehen von mir und meinem Bruder.

Auf dem Nachhauseweg ließ ich mir viel Zeit, um mich auf das Kommende vorzubereiten. Das Verhältnis zu meinem Vater war schwierig, weil ich erst vor wenigen Jahren herausgefunden hatte, dass er noch lebte und dazu auch noch ein Dämon war. Ich hatte eine Zeit lang in der Unterwelt leben müssen, in seiner Burg, um genau zu sein, wo wir uns näher kennenlernen konnten. Im Prinzip war er gar nicht so verkehrt, wenn man mal von der Tatsache absah, dass Dämonen generell verbittert und grausam waren. Sie sorgten für Tod und Zerstörung, sobald sie auf Menschen trafen, aus Rache dafür, dass sie gezwungen waren, in einer vollkommen zerstörten Welt zu leben, während uns die Realität offenstand.

Aber Dad war anders. Er hatte es sich zur Aufgabe gemacht, Ordnung in das Chaos der Unterwelt zu bringen und einen besseren Ort aus ihr zu machen. Ich war nicht immer ganz einverstanden mit seinen Maßnahmen gewesen, denn er bestrafte jene, die sich gegen ihn stellten und seine Regeln missachteten, auf kaltblütige Weise. Ich hatte einmal mit ansehen müssen, wie er eine ganze Gruppe von Dämonen bei lebendigem Leib verbrannte. Doch er gehörte auch zu den mächtigsten Dämonenfürsten der Unterwelt und dort war einfach kein Platz für Gnade und Mitleid, wenn er sich behaupten wollte.

Baal verfügte über Kräfte, von denen ich nur träumen konnte. Obwohl Dämonen alle Spezialgebiete der Magie beherrschten, gab es meist eine Fähigkeit, die sich besonders stark herauskristallisierte. Bei meinem Bruder Chaz war es die Biokinese. Er schaffte es, seine Zellen so zu verändern, dass er zu einem beinahe unsichtbaren Nebel verschwand. Bei meinem Vater war es die Telekinese. Ich hatte gesehen, wie er auf einem Marktplatz über hundert Dämonen gleichzeitig mit seinen Kräften bewegungsunfähig gemacht hatte, ohne auch nur mit der Wimper zu zucken. Man konnte sich nur schwer vorstellen, wie viel Beherrschung und Konzentration das gekostet haben musste.

Bei mir dagegen hatte sich kein Spezialgebiet besonders herauskristallisiert, doch es gab etwas, das nicht einmal mein Vater konnte. Ich hatte die Fähigkeit, anderen Lebewesen die Prana zu entziehen und sie in meinem Inneren mit meiner eigenen Prana zu vereinen. Meine Lebensenergie war anpassungsfähig, fast wie bei einem Chamäleon. Ich hatte allein die Kraft all meiner Freunde in mich aufnehmen und in meinem Inneren zu einem Schutzschild umformen können, als wir an der Winterfold Akademie gegen Leviathans feindselige Dämonen hatten kämpfen müssen. Dazu war normalerweise eine ganze Handvoll Hexen notwendig. Ich hatte Leviathan, dem Dämonenfürsten, seine Prana beinahe gänzlich entzogen, was für ihn fast den Tod bedeutet hätte. Was nur wenige wussten, war, dass ich auch fähig war, Vampire oder Werwölfe zu Normalsterblichen zu machen, indem ich ihnen die Prana bis auf ein für Normalsterbliche übliches Level entzog. Ryan hatte mich einmal darum gebeten, es sich aber dann Gott sei Dank anders überlegt. Es war keine Fähigkeit, die ich gerne einsetzte. Mehr Energie in mich aufzunehmen fühlte sich falsch an und es brachte einen solchen Druck mit sich, den ich danach schnellstmöglich wieder loswerden musste. Nachdem ich Leviathans Energie in mich aufgenommen hatte, war ich beinahe explodiert und hatte ein kleines Inferno heraufbeschworen.

Doch ich konnte nicht nur fremde Prana in mich aufnehmen, ich konnte auch meine eigene abgeben. So hatte ich Vanessa das Leben gerettet, als ein Maira sie fast gänzlich ausgesaugt hatte. Meine Energie war wandelbar und anpassungsfähig.

Trotzdem hatte mir diese Fähigkeit zumindest während meiner beruflichen Laufbahn nicht viel gebracht. Die Tatsache, dass ich ein Dämon war, brachte generell nur Abneigung und Angst der anderen mit sich. Mittlerweile hatte ich es aufgegeben, normal sein zu wollen. Daher kam es für mich auch nicht infrage, zu Hause zu sitzen und die Füße still zu halten, während in London irgendetwas Beunruhigendes vor sich ging.

Zu Hause angekommen ließ ich mir viel Zeit damit, den Teppich in meinem Zimmer wegzuräumen und den mit Kreide gezeichneten Beschwörungskreis aufzudecken. Ich summte leise, als ich die Kerzen aufstellte und einige Kräuter in den Kreis warf, die ich nicht einmal genau benennen konnte. Egal, Hauptsache, es funktionierte.

Nachdem ich meinen Vater schon einige Male beschworen hatte, kannte ich die lateinische Formel auswendig. Ich setzte mich im Schneidersitz an den Rand des Kreises und verschränkte nervös die Hände ineinander, während ich die Beschwörung vor mich hin murmelte.

Der Raum verdüsterte sich schlagartig, als die Kerzen flackerten und sich in der Mitte des Kreises eine dunkle Rauchwolke bildete. Fasziniert sah ich dabei zu, wie der Rauch Gestalt annahm, sich zu einem Körper formte und langsam verflüchtigte. Zurück blieben ein intensiver Geruch nach verbranntem Laub und ein stattlicher Mann im Anzug, der erhebliche Ähnlichkeit mit mir hatte. Wir hatten dieselben dunklen Locken. Seine fielen jedoch altmodisch bis auf die Schultern, während meine bis zur Mitte des Rückens herunterreichten. Wir hatten die gleiche gerade Nase, hohe Wangenknochen und geschwungene Lippen.

»Hi, Dad«, brachte ich krächzend hervor. Sein Anblick

schüchterte mich noch immer ein. Musste wohl an den stechend blauen Augen liegen, die unnatürlich leuchteten.

Baal hob eine Augenbraue und sah mich an.

»Es tut mir leid«, beeilte ich mich zu sagen. »Es war niemand da, der mich in die Unterwelt hätte schicken können, und Chaz und Alissa haben den Silax mitgenommen, deshalb musst du leider im Kreis bleiben.«

Was vermutlich auch besser so war. Henry würde ausflippen, wenn er wüsste, dass ich Baal schon mehrere Male freigelassen hatte, damit er hier in der Wohnung mit uns zu Abend essen konnte. Trotzdem war es für Dämonen ein unangenehmes Gefühl, plötzlich in eine andere Welt gerissen zu werden. Ich wusste, wovon ich sprach.

»Ich habe mitten in einer Besprechung gesteckt«, seufzte er und seine tiefe Stimme jagte mir einen beruhigenden Schauder über den Rücken.

»Soll ich dich wieder zurückschicken?«, fragte ich und biss mir auf die Lippe. »Wir können auch später noch mal reden.«

Baal zuckte mit den Schultern, setzte sich im Schneidersitz mir gegenüber und legte den Kopf schief.

»Nun bin ich einmal hier, jetzt möchte ich auch erfahren, wieso mein Töchterchen mich ohne Vorwarnung ruft.«

Er grinste schief und sofort war das Eis gebrochen. Ich erzählte ihm schnell von dem Vorfall mit den Höllenhunden und dass ich auch heute blauflammende Augen aus der Unterwelt gesehen hatte. Baal wurde schlagartig ernst.

»Weißt du etwas darüber?«, fragte ich ihn, als ich geendet hatte. Zu meiner Enttäuschung hob er ratlos die Hände.

»Es war definitiv niemand von meinen Leuten. Ich kann mir auch nicht so recht einen Reim darauf machen. In letzter Zeit ist es sehr ruhig in der Unterwelt. Leviathans Anhänger sind nach seinem Tod gänzlich zu uns übergelaufen und auch die anderen Dämonenfürsten sind aufgeschlossen, was den Umbruch in der Unterwelt angeht. Sie wollen ebenso wie ich eine Veränderung herbeiführen und haben erkannt, dass das nur funktioniert, wenn wir gemeinsam an einem Strang ziehen, statt uns gegenseitig zu bekriegen.«

Denn das war das Problem in der Unterwelt. Einst war sie unserer Welt nicht so unähnlich gewesen, mal abgesehen davon, dass der Himmel dort aus dunkelblauer Prana bestand und die Dämonen, wenn man es genau nehmen wollte, in einer Pranaquelle lebten. Sie hatten unbegrenzt viel davon zur Verfügung, doch nicht nur deshalb waren sie so mächtig. In der Unterwelt verlief die Zeit langsamer, sie hatten ihre Fähigkeiten über die Jahre hinweg in aller Ruhe anpassen können.

Doch erhebliche Macht brachte es immer mit sich, dass man um die Vorherrschaft kämpfte. Wenn man dann in Betracht zog, dass Dämonen mit dieser unbändigen Macht auch erhebliche Zerstörung verursachen konnten, war es kein Wunder, dass das Gleichgewicht der Unterwelt zusammengebrochen war. Sie ähnelte einem Kriegsschauplatz mit Ruinen, die im Schatten lagen.

Erschwerend kam hinzu, dass man die Elfen in der Unterwelt beinahe ausgerottet hatte. Die kleinen, geflügelten Wesen waren dafür zuständig, sich um die Natur zu kümmern und ihr Leben zu schenken. In der Unterwelt gab es eine Quelle, einen See, der die Energie aus dem Boden, den Pflanzen und den Lebewesen zog. Als die Elfen immer weniger wurden und Krieg und Zerstörung das Land beherrschten, war für die Quelle nicht genügend Nahrung vorhanden. Daher waren sämtliche Pflanzen in der Unterwelt schwarz und ausgedörrt, sie waren abgestorben, ausgesaugt. Das alles ergab ein tristes Bild, doch man hatte mittlerweile begonnen, die Elfen aus den Gewächshäusern der Dämonen freizulassen und die Natur erholte sich Stück für Stück.

Trotzdem würde es noch viele Jahre dauern, bis aus der Unterwelt ein weniger trostloser Ort werden würde.

»Du weißt also nicht, wer dahinterstecken könnte?«, hakte ich nach.

»Nein, tut mir leid. Außerdem haben wir Dämonen, wie du weißt, nicht die Möglichkeit, einfach Wesen aus der Unterwelt zu euch in die Realität zu schicken. Jemand aus der Realität muss die Höllenhunde beschworen haben, aber das deckt sich nicht damit, dass du sagtest, sie hätten dich nicht sofort angegriffen. Kein Normalsterblicher könnte einen Zerberus abrichten.«

Ich horchte auf. »Man kann diese Bestien erziehen?«, fragte ich fassungslos. »Wie einen Schoßhund?«

Baal lachte. »Na ja, sie sind nicht gerade dazu geeignet, dir abends das Bett zu wärmen, aber man kann sie kontrollieren, ja. Ich selbst habe einige Hunde im Dienst. Allerdings verlasse ich mich lieber auf Wachleute, die ihren Verstand benutzen können.«

»Erinnere mich daran, wenn ich dich das nächste Mal besuchen komme«, murmelte ich. »Ich will ihnen nicht gerade im Flur begegnen.«

»Ist sonst alles in Ordnung?«, fragte mich mein Vater und Besorgnis spiegelte sich in seinen Augen wider. »Du wirkst ausgelaugt.«

O nein, du bitte nicht auch noch.

»Ja, mir geht es gut.« Wie oft hatte ich das in den letzten Tagen schon gesagt? »Hier in London geht nur irgendetwas Eigenartiges vor sich. Der letzte Vollmond schien erheblichen Einfluss auf die Prana der Verborgenen zu haben.«

Ich erzählte ihm von der schnellen Verwandlung der Werwölfe und davon, dass auch mir bereits einige Fehltritte passiert waren, bei denen ich meine Magie falsch eingeschätzt hatte.

Baals Gesicht versteinerte sich.

»Was weißt du darüber?«, fragte ich sogleich, doch er hatte sich schnell wieder im Griff.

»Nichts, leider. Aber ich mache mir Sorgen um dich.«

»Das brauchst du nicht.«

Baal lächelte warm. »Natürlich brauche ich das, du bist meine Tochter. Wo wir gerade davon sprechen, wie läuft es mit deinem Vampir? Behandelt er dich gut? Oder hast du ihn schon zu Eis erstarren lassen?«

Ich verdrehte die Augen und versuchte, damit den Schmerz herunterzuspielen, der in mir aufstieg.

»Wir ... wir legen gerade eine Pause ein«, sagte ich leise.

Baal schwieg lange.

»Wenn er eine Pause von dir braucht, dann ist er es nicht wert, dass du auf ihn wartest«, sagte er schließlich. Ich musste schwer schlucken, um die aufsteigenden Tränen zurückzudrängen. »Obwohl er gar nicht so verkehrt war«, gab mein Vater schließlich zu und ich runzelte die Stirn. Baal hatte sich nie großartig Sorgen darum gemacht, dass Ryan mich verletzen könnte. Vielmehr war er der Meinung, den Vampir davor warnen zu müssen, mich nicht zu verärgern. Unser erstes gemeinsames Abendessen mit Ryan war ganz anders verlaufen, als ich es erwartet hatte. Statt Baal davon abbringen zu müssen, Ryan die Leviten zu lesen, hatten die beiden sich zusammengetan und mich als unberechenbare Furie hingestellt, die Ryan jeden Moment Furunkel an den Hintern hexen würde. Am Ende des Abends hatten die beiden sich gekugelt vor Lachen, während ich beleidigt in meinem Zimmer verschwunden war. Nur Baals Leibwächter Kisin hatte sich auf meine Seite gestellt.

Baal hob die Hand, um mich tröstend am Arm zu berühren, doch dann machte er missmutig einen Rückzieher, als ihm die unsichtbare Barriere des Beschwörungskreises wieder einfiel.

»Ich schicke dich jetzt am besten zurück in deine Besprechung«, sagte ich und versuchte, eine halbwegs fröhliche Miene aufzusetzen. Ich hatte momentan keine Lust, weiter über mein Privatleben zu reden. Ich wollte ja nicht einmal selbst darüber nachdenken.

»Komm mich bald wieder besuchen«, sagte Baal und ich konnte die Hoffnung in seinen Augen schimmern sehen. Nur mit Mühe hielt ich mich davon ab, eine Grimasse zu ziehen. Die Unterwelt war nicht gerade der Ort, an dem ich mich am liebsten aufhielt.

»Mache ich«, versprach ich, dann schickte ich ihn wieder zurück, gerade, als mein Handy anfing, zu vibrieren.

Henrys Nummer erschien auf dem Display und ich erstarrte innerlich. Aber dann beruhigte ich mich schnell wieder, der VO-Leiter konnte nicht ahnen, dass ich gerade einen Dämon in meinem Zimmer beschworen hatte.

»Hast du es dir anders überlegt?«, fragte ich hoffnungsvoll, als ich rangegangen war. Sofort musste ich das Handy von meinem Ohr weghalten, als der VO-Leiter zu brüllen begann.

»Jill, komm sofort her und hol deinen verdammten Kobold hier ab! Ich habe dir etwas zu dem Thema gesagt, und statt auf mich zu hören, setzt du deinen Spion auf mich an! Wir hatten klare Regeln zu diesem Thema!«

Ich stöhnte auf.

»Es tut mir leid, muss ihn wohl vergessen haben«, versuchte ich es kleinlaut, doch Henry war absolut nicht zu Späßen aufgelegt.

»Wie oft spioniert er uns eigentlich aus?«, donnerte er. »Es war reiner Zufall, dass Elias den Kaffee direkt auf den Fuß dieses Gnoms verschüttet hat. Er saß mitten auf unserem Tisch und hat in die Akten hineingesehen, Jill!«

»Es tut mir leid«, sagte ich entschuldigend. »Ich hole ihn sofort ab.«

»Das will ich dir auch raten! Und dann werdet ihr zwei

euch von der VO und den Tatorten fernhalten, bis ich dir das Okay gebe, zurückzukommen.«

»Ist gut«, brachte ich hervor.

»Ich meine es ernst, Jill. Sehe ich dich noch einmal mit irgendetwas, das auch nur annäherungsweise mit dem Fall zu tun hat, bekommst du die Kündigung!«

Ich schnappte nach Luft, doch Henry hatte bereits aufgelegt. Na toll, das war ja super gelaufen. Ich beeilte mich, zur VO zu kommen, wo Jeremy bereits am Eingang auf mich wartete und mir wortlos einen finster dreinblickenden Cox in die Hand drückte.

Für ihn war es eine Kränkung der Ehre, dass man ihn erwischt hatte. Den ganzen Heimweg über sagte er kein Wort, doch immerhin passte seine Stimmung damit zu meiner eigenen.

Ich bereitete uns ein schnelles Abendessen zu, Makkaroni mit Käse, weil ich wusste, dass Cox es liebte. Vielleicht konnte ich ihn damit ein bisschen aufmuntern. Und tatsächlich brach er sein Schweigen, als ich mir gerade eine Gabel mit Nudeln in den Mund schob.

»Ich konnte von oben nichts erkennen«, murrte der Kobold schließlich, »deshalb habe ich mich auf den Tisch geschlichen, um etwas in den Akten lesen zu können. Und dieser Trottel stößt einfach seinen Kaffee um. Nicht nur, dass mir die heiße Brühe über den Fuß gelaufen ist, sie haben natürlich auch sofort bemerkt, dass ich da bin!«

»Schon gut«, tröstete ich ihn und lud ihm eine weitere Portion auf den Teller. »Hast du wenigstens etwas herausgefunden?«

Cox zuckte mit den Achseln. »Sie sind sich mittlerweile einig, dass die Bissspuren an den Opfern nicht von Mairas stammen. Die Verletzungen passen nicht zu den Zähnen. Es ... deutet alles darauf hin, dass es Vampire waren.«

Meine Gabel fiel klirrend auf den Teller. »*Vampire* haben das angerichtet?«

Schlagartig war mir der Hunger vergangen, als ich mir die Bilder der Opfer in den Kopf rief. Sie waren so grausam zugerichtet, als hätte sie ein wildes Tier angefallen. Aber jemand mit menschlichem Verstand? Mir wurde übel. Doch dann musste ich an den Vampir denken, der mir im Park aufgelauert hatte. *Wir brauchen deine Hilfe …*

Ich sprang auf und hastete zu meiner Jacke. In der Tasche befand sich noch immer der zusammengeknüllte Zettel mit der Adresse.

»Cox, was sagtest du noch gleich, wonach das Stoffstück im Baum gerochen hat?«

Der Kobold sah mich mit schief gelegtem Kopf an. »Genau wie die Hafenarbeiter.«

Das war es. Die Adresse auf dem Zettel gehörte zu einem Lagerhaus an der Themse.

»Ich glaube, ich weiß, wo wir unseren Mörder finden«, sagte ich heiser.

Conchobhar spitzte die Ohren, dann grinste er. »Wie ich die Sache sehe, nehmen wir heute noch einen Verbrecher fest, oder? Dann muss Mr. Cole dich einfach wieder in den Dienst nehmen.«

Ich sah ihn an und spürte, wie alle Farbe aus meinem Gesicht wich. »Wir haben es nicht nur mit einem einzigen Vampir zu tun. Es ist eine ganze Horde, die sich dort versteckt.«

Cox winkte ab. »Mit ein paar Vampiren wirst du schon fertig.«

Ich lachte trocken auf. »Nicht ein paar, Cox. Es sind Hunderte.«

Kapitel 10

Cox entgleisten für einen Moment die Gesichtszüge. »Hunderte?«

Ich griff mir die Silberfolie aus dem Schubkasten und deckte mein Essen ab. Der Hunger war mir vergangen.

»Schätzungsweise. Es ist der Unterschlupf von Christoph Berkley.«

Cox stieß hörbar die Luft aus. »Oh, verflucht.«

Damit traf er es wohl auf den Punkt. Christoph Berkley war der Anführer einer der größten Vampirbanden in der Stadt. Die Verborgenenorganisation hatte einige Male mit ihm kooperieren müssen. Er sorgte dafür, dass seine Leute keinen allzu großen Ärger machten, und dafür ließ ihn die VO in Ruhe.

»Vielleicht sollte ich doch besser Henry anrufen«, überlegte ich laut. Doch mittlerweile war es Mitternacht. Er lag vermutlich schon im Bett und würde meinen Anruf nicht einmal annehmen. Ich hatte ihn für heute schon genug gereizt. Andererseits ging es um eine wichtige Sache, schließlich arbeiteten unsere Leute Tag und Nacht an der Aufklärung der Morde.

»Wenn du dich täuschst, bist du deinen Job los, das ist dir klar, oder?«, fragte Cox skeptisch. Ich war hin- und hergerissen.

»Ich wünschte, dieser Vampir im Park hätte mir gesagt, warum Berkley mich sehen will. Er hat ausdrücklich darauf hingewiesen, dass ich allein kommen soll.«

»Vielleicht weiß er, was vor sich geht?«, überlegte Cox.

Ich wippte unruhig mit dem Fuß. »Jedenfalls scheint er mehr zu wissen als wir. Ich dachte an diesem Abend, es hätte etwas damit zu tun, dass wir ein paar Vampire seiner Bande verärgert haben, aber vielleicht steckt doch etwas Größeres dahinter.«

»Du glaubst, er will nur reden?«

Ich biss mir auf die Lippe und band die Haare zu einem Pferdeschwanz. »Möglich wäre es. Vielleicht sollten wir uns die Sache mal genauer ansehen, bevor wir fälschlicherweise einen Großeinsatz der VO veranlassen. Kann nichts schaden, vorher sicherzugehen.«

Jedenfalls redete ich mir das ein. Im Grunde genommen hatte ich Angst vor Henrys Reaktion, wenn sich alles als Fehlalarm herausstellte. Und ein klitzekleiner Teil von mir wollte sich beweisen. Wollte beweisen, dass es mich nicht innerlich zerriss, dass Ryan gegangen war, und dass ich auch zu einem Leben ohne ihn fähig war. Ich musste es mir selbst beweisen. Einen weiteren Fehltritt konnte ich mir nicht leisten.

»Lass uns aufbrechen«, sagte ich entschlossen. Ich schlüpfte schnell in mein Zimmer und zog den ledernen Kampfanzug an. Darin fühlte ich mich einfach wohler. Außerdem war ich nicht so dumm, ohne Waffen bei den Vampiren zu erscheinen. Wir gingen ein Stück die Straße hinunter, bis wir ein Taxi gefunden hatten. Der Fahrer wirkte nicht gerade begeistert und sah aus, als hätte er gerade ein Schläfchen gehalten. Ich verfluchte die Tatsache, dass mir die VO noch immer keinen Betriebswagen zuteilte, obwohl ich den Führerschein bereits kurz nach meinem Schulabschluss gemacht hatte. Nur, weil ich einmal einen BMW M5 demoliert hatte. Henry hielt mir diese Sache immer noch vor. Davon, dass wir an diesem Abend die Welt gerettet hatten, war nie die Rede.

Schweigend fuhren wir durch London. Ich war nervös und spürte auch Cox unruhig auf dem Sitz neben mir herumzappeln. Draußen hatte es zu regnen begonnen und dicke Tropfen prasselten auf die Scheibe. Das Geräusch vermischte sich mit dem Quietschen des Scheibenwischers und die Lichter hinter der Scheibe verschwammen.

Ich wies den Fahrer an, einige Blocks vor der genannten Adresse zu halten. Es konnte nicht schaden, die Umgebung im Auge zu behalten.

»Ich glaube nicht, dass Sie sich allein in dieser Gegend aufhalten sollten, Miss«, sagte der Taxifahrer mit einem starken Akzent. »Hier ist es gefährlich.«

Ich lächelte ihn an und reichte etwas Trinkgeld nach vorne.

»Ich bin auch gefährlich«, antwortete ich und erntete einen skeptischen Blick. Normalsterblicher. Ich grinste.

Das Viertel, in dem wir landeten, sah tatsächlich heruntergekommen und verlassen aus. Genau der richtige Ort für zwielichtige Gestalten. Obwohl es Vampiren verboten war, ihren Durst an menschlichen Wesen ohne deren Zustimmung zu stillen, konnte ich mir gut vorstellen, dass hier der ein oder andere spurlos verschwand. Ryan hatte einmal erzählt, dass es schwer war, sich von Blutspenden und damit Blut aus Beuteln zu ernähren, wenn man einmal frisches, warmes Blut direkt aus dem Körper gekostet hatte. Man verzichte auf das Steak, um Tofu zu essen, hatte er gesagt.

Ich verbot mir den Gedanken an Ryan, als sich meine Brust zusammenzog. Nicht hier. Nicht jetzt. Wir hatten Wichtigeres zu erledigen. Wortlos tauchte ich in eine dunkle Straße ein, von der ich vermutete, dass sie mich zum Themseufer führen würde. Ich konnte das Flusswasser bereits riechen. Um mich herum ragten mehrstöckige Lagerhäuser in den Himmel. Die teilweise zerbrochenen und beschmierten Fenster ließen vermuten, dass sie leer standen. Die meisten von ihnen machten einen verfallenen Eindruck, bei manchen waren die fehlenden Fenster durch schief genagelte Bretter ersetzt worden. Eine seltsame Unruhe ergriff mich, während ich mich in den Schatten hielt und unbehaglich umsah. Ich hatte das Gefühl, angestarrt zu werden.

»Cox?«, flüsterte ich, obwohl ich wusste, dass er mich nicht alleine lassen würde. Ich brauchte einfach Gewissheit, dass noch jemand hier war.

»Ich bin hier«, ertönte es gedämpft von rechts. Vermutlich klammerte er sich an die erloschene Straßenlaterne.

»Ich habe das Gefühl, dass wir beobachtet werden.« Ich zog die Schultern hoch und beschleunigte meinen Gang.

»Werden wir auch«, sagte Cox. »Aber sie sind ungefährlich.«

»Wer?«, fragte ich.

Seine Stimme erklang etwas weiter weg. »Ein paar Obdachlose. Sie sehen aus den Fenstern zu uns herunter.«

Ich zwang mich dazu, den Blick weiter auf die Straße zu richten. In was für einer Gegend waren wir hier gelandet? Mir kam die Idee, allein hierherzukommen, immer schlechter vor. Kurz dachte ich darüber nach, doch noch die VO zu benachrichtigen. Nein, ich war nur hier, um sicherzugehen. Ich wollte nur einen Blick auf die Sache mit den Vampiren werfen.

Wir erreichten das Ufer und vor uns schlängelte sich die Themse mit ihrer schwarz glänzenden Oberfläche. Ich hörte das leise Rauschen der Wellen und wie das Wasser an den Stein des Ufers klatschte. Sofort zog ich mich zurück in die Schatten, um nicht entdeckt zu werden. Berkley hatte sicher einige Wachen rund um seinen Unterschlupf postiert. Seltsamerweise hatte ich bisher noch niemanden bemerkt und auch Cox verneinte, als ich ihn danach fragte.

»Dort vorne muss es sein«, murmelte ich und stieg über ein paar Holzbretter, die mitten auf dem Weg lagen. Links und rechts der Straße war Gerümpel aufgetürmt, von alten Blechtonnen bis hin zu Paletten und Schutthaufen. Ich ging vorsichtig weiter, darauf bedacht, dass meine Stiefel keinen allzu großen Lärm machten.

Wir erreichten die Adresse, die mir der Vampir zugesteckt hatte, unbeschadet. Es handelte sich um ein Lagerhaus, das sich nicht allzu sehr von den anderen unterschied. Auch hier drang kein Licht durch die Fenster. Bei näherem Betrachten erkannte ich, dass sie mit schwarzer Farbe beschmiert waren, um das Innere zu verdunkeln. Sonst deutete nichts darauf hin, dass hier eine große Bande von Vampiren untergekommen war. Wo steckten sie alle?

»Soll ich rein und mich ein wenig umsehen?«, fragte Cox, doch ich verneinte.

»Es ist besser, wenn wir zusammenbleiben. Außerdem nützt dir deine Unsichtbarkeit nichts, wenn sie dich riechen können.«

Der kleine Kobold widersprach nicht, was mir sagte, dass er sich auch unbehaglich fühlte. Ich versuchte, durch ein Fenster zu spähen, doch die Dunkelheit und die schwarze Farbe auf dem Glas machten es unmöglich, etwas zu erkennen. Ich war nervös. Es war zu still und die dunklen Gebäude schienen selbst den schwachen Schein des Mondes zu verschlucken. An diesem trostlosen Ort herrschte die Finsternis.

»Lass uns eine Runde drum herum laufen«, wisperte ich. Das Lagerhaus war größer, als ich erwartet hatte, und obwohl es nur zwei Etagen besaß und damit im Vergleich zu den anderen Gebäuden relativ niedrig war, zog es sich arg in die Länge. Ich entdeckte nichts Auffälliges. Verschlossene Türen, mit Farbe verschmierte Fenster.

Unschlüssig landete ich wieder dort, wo wir hergekommen waren.

»Tja, vermutlich war es gut, dass wir die VO nicht benachrichtigt haben«, sagte ich und schlang ratlos die Arme um meinen Körper.

»Sollen wir gehen?«, fragte Cox, doch ich zögerte.

»Ich weiß nicht, vielleicht sollten wir wenigstens einen Blick hineinwerfen, um sicherzugehen, dass hier niemand ist.« Vermutlich war es eine schlechte Idee, doch ich konnte nicht einfach so verschwinden, ohne mir Gewissheit verschafft zu haben, dass wir falschlagen.

»Sag mir Bescheid, wenn dir etwas Eigenartiges auffällt«, wies ich Cox an. Dann suchte ich nach der nächsten Tür und fand ein schweres, klobiges und verrostetes Etwas. Ebenfalls abgeschlossen.

Es kostete mich kaum Kraft, gedanklich meine Prana anzuzapfen und die Gedanken zur Pyrokinese umzuwandeln. Das Metall unter meiner Hand schmolz wie Eis in der Sonne. Zurück blieb ein beißender Geruch. Die Tür ließ sich schwer öffnen und quietschte Gänsehaut erregend. Drinnen herrschte Stille. Ich hätte beinahe laut »Hallo« gerufen, konnte mich aber beherrschen. Es war genau die Situation, über die ich mich bei billigen Horrorfilmen so aufregte. Als würde das Monster im Inneren zurückrufen: »Hier bin ich, komm herein.«

Mittlerweile kam mir die Monsterszene nicht mehr ganz so absurd vor. Ich trat einige Schritte ins Innere und wurde sofort von undurchdringlicher Dunkelheit umhüllt. Ich überlegte, eine Pranakugel zu formen und sie wie eine Lampe vor mir herschweben zu lassen, entschied mich aber dagegen. Die Luft im Inneren war kühl, aber stickig. Ich spürte sofort den Staub in meinem Hals kratzen und unterdrückte den Hustenreiz. Der schmale Lichtstrahl des Mondes, der den Weg über die offene Tür ins Innere fand, reichte nur ein kleines Stück hinein und offenbarte einen kalten, verdreckten Betonboden. Keine Fußspuren.

Alles machte den Eindruck, als wäre seit Jahren niemand hier gewesen.

»Vielleicht ist es die falsche Adresse«, flüsterte ich und meine Stimme hörte sich an wie flatterndes Papier. Ich spürte plötzlich Conchobhars Gewicht auf meiner Schulter.

»Es riecht nach Vampir«, wisperte er in mein Ohr. Er klang angespannt. Ich runzelte die Stirn. Wenn Cox den Geruch der Vampire noch nachvollzog, konnten sie noch nicht allzu lange weg sein.

»Wir sollten gehen, Jill.«

Ich zögerte. Irgendetwas war hier, sonst hätte mir der Vampir im Park nicht die Adresse genannt. Vielleicht sollte ich mich umsehen? Hatten sie mir hier eine weitere Nachricht hinterlassen? Aber wo steckten Berkley und seine Bande? Ich war mir so sicher, dass ich die Adresse schon einmal gelesen hatte. Das hier war definitiv sein Unterschlupf gewesen. Aber auch wenn er augenscheinlich verlassen war, fühlte ich mich seltsam bedroht. Hier stimmte etwas nicht und mein Gefühl täuschte mich für gewöhnlich nicht. Meine Nackenhaare hatten sich längst aufgerichtet.

»Ja, gehen wir«, sagte ich schnell und wandte mich um. Zum Teufel mit den Vampiren, ich wollte hier raus. Das war eine verdammt schlechte Idee gewesen. Doch gerade, als ich den Rückweg antreten wollte, hörte ich es rumpeln, gefolgt von einem gedämpften Schrei.

»Was war das?«, flüsterte ich leise.

»Klang, als käme es von unten«, gab Cox zurück. Seine Krallen gruben sich in meine Schulter. Ich bemerkte es nur flüchtig. Es folgte wieder Stille.

»Auf keinen Fall gehe ich in den Keller«, zischte ich. Ein weiterer, leiser Schrei ertönte, dann wieder ein Rumpeln. Vor meinem Inneren spielten sich die verschiedensten Szenen ab. Waren wir auf Unschuldige gestoßen, die von den Vampiren festgehalten wurden? Sollte ich deshalb hierherkommen? Um sie zu befreien? Hatte man sie hier eingesperrt, um ihnen bei Bedarf das Blut abzuzapfen?

Ein dumpfes Poltern riss mich aus meinen Gedanken. Es klang, als fände unter uns ein Kampf statt. Es folgte Knurren und Fauchen.

»Ach, verdammt«, raunte ich, drehte mich um und lief wieder zurück ins Innere des Gebäudes. Mit jedem Schritt wurde es schwerer, weiter voranzugehen. Wieso war ich so angespannt?

»Du kannst jetzt Licht machen«, sagte Cox trocken. Die Resignation in seiner Stimme ließ meine Alarmglocken schrillen.

»Warum?«, fragte ich trotzdem, doch ich ahnte die Antwort bereits.

»Weil man uns bereits bemerkt hat.« In seiner Stimme schwang ein leicht verbitterter Ton mit. Ich schluckte gegen meine trockene Kehle an. Dann tat ich wie geheißen und bündelte die Energie in meiner Brust, formte sie zu einer Blase und ließ sie auf meiner Hand erscheinen. Sofort wurde das Innere der Halle in blaues Licht getaucht. Die Prana im Inneren der Kugel knisterte und wand sich wie schwebende, blaue Fäden aus Flüssigkeit.

Ich sah mich um. Cox war mittlerweile sichtbar geworden. Zuerst sah es aus, als hätte er sich getäuscht und wir wären allein. Doch dann folgte ich seinem Blick nach oben und versteifte mich. Dort, in den Metallstreben der Decke, bewegten sich die Schatten. Ich kniff die Augen zusammen und erstarrte, als etwa hundert schwarz glänzende Augenpaare zurückblickten. Die Vampire klammerten unter dem Dach der Lagerhalle. Als sie meinen Blick bemerkten, blitzten Zähne auf und sie setzten sich in Bewegung.

»Mist«, flüsterte ich, dann begann ich zu rennen.

Kapitel 11

Wir waren keine zehn Schritte gekommen, als sich die Schatten von oben auf uns herabsenkten. Ich kam schlitternd zum Stehen. Wir waren sofort eingekreist. Die Vampire standen dicht an dicht und in geduckter Haltung, bereit, uns bei der geringsten falschen Bewegung anzuspringen. Ich sah keine Lücke zwischen ihnen, keinen einzigen Ausweg.

»Wir wollen uns ja nur mal umsehen«, äffte Conchobhar mich leise nach. »Wahnsinnig gute Idee, Jill!«

»Halt die Klappe«, zischte ich zurück. Er war genauso scharf darauf gewesen, hierherzukommen. Ich versuchte, in den Gesichtern der Vampire etwas zu erkennen, doch die meisten lagen im Schatten. Schwarze Augen glänzten im Schein der Energiekugel, die noch immer über mir schwebte. Hier und dort blitzten messerscharfe Zähne auf. Die Vampire starrten uns an, warteten ab. Ich war bis zum Zerreißen gespannt, während ich darauf wartete, wie sie reagieren würden. Sie sahen nicht gerade aus, als wären sie uns freundlich gesinnt.

»Ihr habt hier nichts zu suchen«, sagte plötzlich eine Stimme vor mir.

»Kein Problem, wir wollten sowieso gerade gehen«, sagte Cox mit gespielter Fröhlichkeit und auf sein Stichwort setzte ich mich in Bewegung. *Lasst uns durch. Bitte, bitte lasst uns durch.*

Sie ließen uns nicht durch. Keiner der Vampire rührte sich auch nur einen Millimeter. Ich kam direkt vor einem muskulösen älteren Mann mit braunem Zottelbart zum Stehen. Er überragte mich um mindestens einen Kopf, seine steinharte Brust schien wie eine undurchdringliche Mauer. Ich schluckte, dann straffte ich die Schultern und streckte den Rücken durch, um ihm ins Gesicht sehen zu können.

»Geh aus dem Weg«, sagte ich mit fester Stimme, obwohl mir nicht einmal ansatzweise so zumute war, wie es sich anhörte. Der Vampir zeigte keine Regung. Seine Augen glänzten wie schwarzes Eis und musterten mich verächtlich. Ich räusperte mich, dann ließ ich meine Augen blau aufglühen. Dad sah damit immer unglaublich Furcht einflößend aus. Den Vampir schien es allerdings nicht zu beeindrucken. Er bleckte die Zähne und fauchte. Unwillkürlich trat ich einen halben Schritt zurück, woraufhin ich mit grollendem Gelächter bedacht wurde.

»Wir haben eine Abmachung«, keifte der Vampir plötzlich mit dröhnender Stimme. »Die VO lässt uns in Ruhe und hält Abstand zu unserem Versteck, dafür machen wir keinen Ärger.«

Ich schnaubte freudlos. »Ach ja? Keinen Ärger? Und wie nennt ihr die beiden Toten im Regent's Park?«

»Jill, was tust du?«, wisperte Cox leise, doch ich ignorierte ihn. Das Gesicht des Vampires zuckte beinahe unmerklich. Er wusste, wovon ich sprach. Ich sah, wie einige der anderen unsichere Blicke wechselten. Verdammt, ich hatte recht. Sie hatten tatsächlich mit den Morden zu tun. Hier hatte ich meinen Beweis. Der Vampir ließ sich nicht beirren.

»Und die VO schickt ihren Dämon, um eine ganze Schar Vampire festzunehmen? Übertrieben zuversichtlich, oder?«

Er ließ seine Muskeln spielen und knackte mit den Knöcheln. Zu meinem Ärger musste ich ihm recht geben. Ich hob abwehrend die Hände.

»Hör zu, wir wollen keinen Ärger. Ich bin nicht hier, weil mich die VO geschickt hat, sondern weil Berkley nach mir hat rufen …«

Dröhnendes Gelächter unterbrach mich und ich ahnte nichts Gutes.

»Ein Alleingang, was?«, polterte der bärtige Vampir und ich verfluchte mich für mein Geplapper. »Tja, wenn das so ist, wird dich wohl auch keiner vermissen.«

Ich wich etwas zurück.

»Ich will keinen Kampf«, versuchte ich es, was den Bärtigen nur noch mehr zum Lachen brachte.

»Du würdest ihn auch nicht gewinnen. Nicht einmal mit deinen Superkräften.«

Er wusste genau, dass sie mir weit überlegen waren. Cox stöhnte auf meiner Schulter immer wieder leise vor sich hin.

Um meinen Standpunkt zu verdeutlichen, sammelte ich meine Prana in mir und ließ sie knisternd um meine Hände spielen. Zu meiner Befriedigung wichen ein paar der Vampire zurück, was den Muskelprotz nur noch wilder werden ließ.

»Ihr Armleuchter, nicht einmal ein Dämon kann es mit so vielen von uns aufnehmen!« Er trat zu mir in die Mitte und begann, mich zu umkreisen. Ich wich ihm aus.

»Was soll der Mist?«, fragte ich ihn zwischen zusammengebissenen Zähnen. »Ich habe weder vor, euch wehzutun, noch habe ich Lust, von euch ausgesaugt zu werden. Mal abgesehen davon, dass mein Blut euch sowieso nicht schmecken würde, können wir die ganze Sache doch einfach vergessen und so tun, als ob nichts vorgefallen wäre?«

Der Vampir schien tatsächlich kurz zu überlegen. »Und

was dann? Holst du Verstärkung? Für wie blöd hältst du uns? Du weißt von den Opfern im Park. Die VO wird das nicht ignorieren.«

»Tja, dann gibt es wohl keinen anderen Weg«, sagte ich leise. Der Vampir umkreiste mich weiterhin. Ich folgte ihm in seiner Bewegung, ohne die anderen aus den Augen zu lassen. Dieses ganze Gerede konnte ich mir vermutlich sparen.

Der Vampir musterte jede meiner Bewegungen. Ich war mir sicher, dass er mir meine Absicht sofort im Gesicht ablesen würde.

»Wen versteckt ihr im Keller?«, stieß ich unvermittelt hervor, aus Neugier und in der Hoffnung, ihn damit abzulenken.

»Was in unserer Zentrale vor sich geht, geht die VO nichts an«, bellte der Vampir zurück.

»Doch, wenn es sich um Menschen handelt, die ihr dort unten gefangen haltet.«

Zu meiner Überraschung lachte der Mann bitter auf. »Es sind keine Menschen.«

Verblüfft blieb ich stehen.

»Wer dann?« Ich zog die Augenbrauen hoch, doch der Bärtige war augenscheinlich nicht an einem Gespräch interessiert.

»Schnauze jetzt«, keifte er. Ich blieb stehen und kniff die Augen zusammen. Jetzt reichte es langsam.

»Cox, bring dich in Sicherheit«, flüsterte ich, noch während meine Haare begannen, in einem unsichtbaren Wind um meinen Kopf zu schweben. Das leichte Gewicht auf meiner Schulter verschwand, doch der Vampir hatte denen hinter mir bereits ein Zeichen gegeben. Ich hörte ein Quietschen, dann leises Fluchen und einen Aufschrei, der nicht von Cox stammte. Sie hatten ihn gefangen, aber er setzte sich zur Wehr. Wie auf Kommando spürte ich die Wut in mir aufsteigen, während die Prana im Gleichtakt mit ihr anschwoll und mein Innerstes mit gefährlicher, todbringender Macht füllte.

»Das war ein Fehler«, flüsterte ich. Der Bärtige setzte zum Sprung an, doch ich hatte bereits damit gerechnet. Ich schleuderte ihm eine gewaltige Energiekugel entgegen, die ihn rücklings durch die leere Halle beförderte. Ich konnte nicht sehen, wo im Dunkeln er aufkam, doch das Krachen von Steinen vermischte sich mit dem Geräusch brechender Knochen. Ich wirbelte herum, bereit, mich dem nächsten Angreifer zu stellen. Leider hatten sich die Vampiren nicht wie erhofft von meiner Showeinlage beeindrucken lassen. Sie wirkten vorsichtig, doch keinesfalls eingeschüchtert. Es waren einfach zu viele. Wohin ich sah, blitzten mir schwarze Augen und Eckzähne wie messerscharfe Dolche entgegen. Das Knurren und Fauchen schwoll zu einem monotonen Hintergrundgeräusch an. Wie sollte ich sie alle aufhalten? Feuer? Eis? Alles erforderte Präzession. Ich konnte sie nicht alle auf einmal stoppen.

Baal hätte es gekonnt, mit seiner Telekinese, aber ich war kein verdammter Dämonenfürst. Reflexartig zog ich mit der rechten Hand mein Schwert aus der Gürtelschlaufe. Wenn meine Magie nicht funktionierte, blieb mir immer noch der Nahkampf. Was für eine absurde Idee, doch im Moment die einzige Möglichkeit. Aus den Augenwinkeln heraus sah ich, wie der erste Vampir sich duckte und zum Sprung bereit machte. Ich schnellte herum, als ein lauter Schrei die Halle erfüllte.

»Aufhören! Lasst sie sofort in Ruhe!«

Der Vampir, der mich angreifen wollte, stoppte zwar, doch er sah mich weiterhin mit wirrem Blick an. Ich kniff die Augen zusammen und versuchte, ihn mit einer drohenden Grimasse zu bedenken. Er knurrte, fletschte die Zähne und ich riss mich wieder zusammen. *Jill, was zur Hölle tust du da?*

Ich hatte Mühe, dem Vampir den Rücken zuzudrehen, um nachzusehen, von wem die Stimme stammte. Der Kreis um mich herum teilte sich und eine schmale, zerlumpte Gestalt trat in die Mitte. Na super, der Vampir aus dem Park.

»Du?«, fragte ich und konnte ein Stirnrunzeln nicht verbergen.

»Was hat das zu bedeuten, Pete?«, fragte jemand, den ich nicht erkennen konnte, doch es war eindeutig die Stimme einer Frau. Es war so verdammt dunkel hier. Ich ließ etwas von meiner brodelnden Energie in die Lichtkugel über mir fließen. Es wurde heller und gleichzeitig verminderte sich der schmerzende Druck in meiner Brust.

Pete ließ mich nicht aus den Augen.

»Berkley hat mich gebeten, sie hierherzubringen. Sie kann uns vielleicht helfen.«

Bitteres Lachen hinter mir. Der Vampir, der mich kurz vorher noch angreifen wollte.

»Berkley hat nichts mehr zu sagen.«

In Petes Blick lag etwas Verzweifeltes. »Sie kann uns helfen, Silvio!«

»Uns kann niemand helfen, es wird uns alle holen!«, schrie Silvio. »Sie wird uns verraten und dann werden sie uns einsperren.«

»Besser eingesperrt als diesen Wahnsinn weiter abzuwarten«, gab Pete zurück.

»Würde mir vielleicht mal jemand erklären, wovon ihr redet?«, warf ich ein und fuhr mir mit der Hand über das Gesicht, während ich versuchte, die Prana in meinem Inneren zu beruhigen. Es fühlte sich an wie ein Sturm, wie eine unbezähmbare Brandung, die gegen Klippen schlug.

»Ich werde es dir zeigen«, sagte Pete ruhig, doch von hinten ertönte ein Schrei.

»Das wirst du nicht!«

Bevor ich reagieren konnte, spürte ich Silvios Gewicht in

meinem Nacken. Die Wucht des Aufpralls riss mich um und noch bevor mein Körper den Boden berührte, spürte ich seine Zähne an meiner Schulter. Ich schrie auf vor Schmerz, als er ein Stück Fleisch herausriss, dann schaffte ich es, den Ellenbogen hochzureißen und ihn an der Schläfe zu erwischen. Er taumelte zurück und ich nutzte die Gelegenheit, um den Fuß zu heben und ihm in den Magen zu treten. Er krümmte sich zusammen, doch da hatte ich bereits meine Hände erhoben und ihn mit der überschüssigen Energie beschossen, die so in mir gebrodelt hatte. Er wurde ebenso in die Dunkelheit geschleudert wie der Bärtige, der die Klappe nicht hatte halten können und seitdem nicht wieder aufgetaucht war.

»Schluss jetzt!«, donnerte Petes Stimme. So viel Stimmvolumen hatte ich dem zierlichen Vampir gar nicht zugetraut. Doch anscheinend hatte er mehr zu sagen, als ich geglaubt hatte, denn die Vampire, die im Begriff waren, mich anzugreifen, zögerten. Ich atmete schwer, als aus der hinteren Halle ein knurrendes und fletschendes Geräusch kam. Noch bevor ich mich versah, sprang ein Schatten heran, über die Köpfe der anderen hinweg und direkt auf mich zu.

»Haltet ihn auf«, rief Pete und stellte sich dem Angreifer selbst in den Weg. Silvio war wie von Sinnen. Er landete elegant und versuchte, sich an Pete vorbeizudrängen. Zwei weitere Vampire eilten Pete zu Hilfe und zu dritt versuchten sie, Silvio zu bändigen, der blind vor Wut um sich schlug. Seine Augen waren auf mich gerichtet, als wäre mein Tod das Einzige, was ihn wieder zur Besinnung bringen würde.

Ich konnte nicht anders, mit aufgerissenen Augen wich ich einige Schritte zurück. Es war eine Sache, es mit einem Dämon aufnehmen zu wollen und dabei zu verlieren. Eine andere war es, sich ihm ein weiteres Mal allein entgegenzustellen.

Pete packte Silvios Kopf unter dem Kinn und riss ihn nach hinten. Er legte zwei Finger an das Auge des Vampires und zog die Lider auseinander. Selbst von Weitem konnte ich erkennen, dass das Weiße rund um die schwarze Pupille blutunterlaufen war.

»Er ist infiziert«, stieß Pete aus. »Bringt ihn nach unten.«

»Nein«, schrie Silvio, er tobte und wehrte sich, doch die beiden Vampire, die ihn festhielten, schleppten ihn ohne Gnade mit sich in die Dunkelheit.

Ich war sprachlos. Was zur Hölle ging hier eigentlich vor?

»Ihr seid irre«, schrie Cox von irgendwo aus der Vampirmenge. Pete gab ein Handzeichen und kurz darauf spürte ich das Gewicht des kleinen Kobolds wieder auf meiner Schulter. »Die sind nicht ganz dicht!«, spuckte er aus.

Ich konnte ihm nicht einmal widersprechen, weil ich immer noch nicht verstanden hatte, was hier eigentlich vor sich ging. Und was zur Hölle ich damit zu tun hatte.

»Ich glaube, ich bin dir eine Erklärung schuldig«, sagte Pete und neigte den Kopf versöhnlich.

»Darauf kannst du wetten«, sagte ich trocken.

»Und ihr verschwindet gefälligst wieder«, wies Pete an. »Lasst uns allein.«

Die Vampire um uns herum setzten sich nur zögernd in Bewegung. Noch immer wurde ich mit misstrauischen und feindseligen Blicken bedacht. Auch Pete erntete nicht gerade wohlwollendes Augenfunkeln. Es war eigenartig, sie schienen hin- und hergerissen, ob sie gehorchen oder sich gegen ihn stellen sollten. Dann wurde es mir klar. Sie waren es gewohnt, ihrem Anführer zu folgen. Und es war offensichtlich, dass sie Pete nicht als diesen erachteten.

»Wo ist Berkley?«, fragte ich ernst und meinte so etwas wie Sorge im Gesicht des Vampirs aufblitzen zu sehen. »Was ist hier eigentlich los, Pete?«

Der Vampir bedeutete mir, ihm zu folgen. Einerseits

widerstrebte es mir, tiefer in das Gebäude zu dringen, aber andererseits hatte mir Pete gerade den Hals gerettet und ich war verdammt neugierig, was zur Hölle hier eigentlich los war. Tief unter uns waren wieder gedämpfte Schreie zu hören. Ich lief dem Vampir hinterher und warf verstohlene Blicke in die Schatten. In jeder Ecke, jedem Winkel schienen Vampire zu lauern und uns anzufunkeln. Würden sie mich kampflos wieder gehen lassen?

»Cox, vielleicht solltest du gehen und Hilfe holen«, flüsterte ich leise, doch leider nicht leise genug für ein Vampirgehör.

»Nein«, stieß Pete aus und packte mich am Arm. »Bitte«, fügte er sanfter hinzu, als ich mich losriss. »Die Menschen im Park waren eine Ausnahme, es wird keine weiteren Opfer geben«, beeilte sich der Vampir zu sagen. »Aber die VO kann uns nicht helfen, sie werden es nicht verstehen.«

Ich sah ihn zweifelnd an. »Und du glaubst, ich könnte euch helfen? Was passiert hier, Pete? Von was für einer Infektion habt ihr gesprochen?«

Sein Gesicht verdüsterte sich. »Es begann vor einigen Wochen«, flüsterte er und führte mich durch eine verrostete Tür in eine kleinere Halle nebenan. Er strich sich eine verirrte Strähne aus der Stirn und hinterließ einen schmierigen Streifen auf der Haut. »Einige von uns haben sich verändert, sie sind aggressiver geworden, wagehalsiger und …« Er zögerte kurz. »Skrupelloser.«

Ich hörte ihm schweigend zu, während wir den Raum durchquerten und an einer Luke im Boden stehen blieben. Sie war mit mehreren Schlössern gesichert. Pete hockte sich hin und zog einen Schlüssel aus der Hosentasche. Während er die Schlösser aufschloss, erzählte er weiter.

»Zuerst dachten wir uns nichts dabei. Es gibt immer wieder Mitglieder, die aus der Reihe tanzen. Sie werden dementsprechend bestraft. Wir Vampire sind nicht gerade zimperlich, wie du sicher schon bemerkt hast. Aber irgendetwas an ihnen war anders, sie schienen kaum noch bei klarem Verstand zu sein. Sie begannen …« Er verstummte und wusste scheinbar nicht recht, wie er es mir erklären sollte.

»Das im Park waren nicht die ersten Opfer, stimmt's?«, erriet ich und Pete nickte.

»Es waren die ersten, deren Leichen wir nicht schnell genug beseitigen konnten«, gab er schließlich zu.

Das Bild der Opfer erschien unweigerlich vor meinem Gesicht und mir drehte sich der Magen um, als ich an die Verletzungen dachte.

»Das waren keine normalen Bisse«, sagte ich und Pete zuckte zusammen.

»Du hast sie gesehen?«

Ich schauderte unweigerlich.

»Dann kannst du dir ungefähr vorstellen, was ich meine«, erwiderte Pete. »Es ist schrecklich, sie wurden zu Bestien, wie ausgehungerte Tiere, die ihre Opfer in Stücke reißen.«

Cox bewegte sich unbehaglich auf meiner Schulter und auch mir war bei diesem Gespräch nicht wohl zumute.

»Du glaubst, es ist ein Virus?«, fragte Cox nach, doch Pete zuckte nur mit den Achseln.

»Wir wissen es nicht, aber es ist wie eine Infektion, die sich von einem auf den anderen überträgt. Jeden Tag hat es neue Mitglieder getroffen. Es ist unaufhaltsam, wie eine Grippewelle …«

Er hatte endlich das letzte Schloss geöffnet und zog an der schweren, eisernen Lukenöffnung. Trotz seiner Vampirkräfte kostete es ihn viel Mühe, die Luke beiseitezuziehen und dabei ein nachtschwarzes Loch im Boden freizulegen.

Ich trat zwei Schritte zurück und hob die Hände.

»Moment mal«, stotterte ich, als ich verstand, was wir taten. »Ihr habt die infizierten Vampire im Keller eingesperrt, richtig? Und du willst, dass ich dort hinuntersteige?«

Meine Stimme hatte einen unangenehm heiseren Ton angenommen.

»Sie können dir nichts tun, du brauchst keine Angst zu haben. Aber ich bitte dich ...« Der Vampir flehte mich förmlich mit seinen Blicken an.

Ich seufzte, dann bedeutete ich ihm, vorzugehen.

»Was ist in dich gefahren, Hexe?«, zischte Cox mir zu. »Bist du lebensmüde?«

Ich warf einen bedeutungsschweren Blick durch die Halle und das Vampirnest, in das wir einfach ohne Verstärkung hineinspaziert waren.

»Schon gut, war ne blöde Frage«, grummelte Cox.

»Du wolltest doch ein bisschen Aufregung, wenn ich mich recht erinnere. Du kannst aber auch gern hier oben warten«, sagte ich, doch er war bereits von meiner Schulter gesprungen, zeigte mir den Mittelfinger und folgte Pete hinein in die Dunkelheit. Er hatte ein Ego so groß wie der Grand Canyon.

Ich warf einen letzten unsicheren Blick zurück in die Halle, dann setzte ich den Fuß auf die erste Sprosse der Leiter und stieg hinab. Ich bemühte mich, meine Energiekugel so schweben zu lassen, dass ich unter mir etwas erkennen konnte, doch tiefschwarze Dunkelheit umfing uns und schien selbst das blaue Leuchten meiner Prana restlos zu verschlingen. Ich erschrak, als mein Fuß statt auf eine weitere eiserne Sprosse auf Betonboden traf. Sofort suchte mein Blick die Dunkelheit ab. Der sanfte Schein meiner Lichtquelle ließ mich nur wenige Meter weit blicken.

»Cox? Pete?«, wisperte ich. Ich war in einem schmalen Gang gelandet, einem finsteren Kellergewölbe. Links und rechts waren Gitter in die alte Steinmauer eingelassen, die durch meine Magie blau schimmerten. Von den vorherigen Schreien war nichts mehr zu hören, eine fast unmenschliche Stille hatte uns eingehüllt. Ich trat an eines der Gitter heran, die Kugel direkt über meinem Kopf, und versuchte, etwas zu erkennen. »Cox?«

Etwas kam aus dem Schatten herausgeschossen und knallte mit voller Wucht gegen das eiserne Gitter. Ich schrie auf und stolperte zurück, doch zwei Arme hatten sich bereits nach mir ausgestreckt und in meine Haut gekrallt.

Kapitel 12

Ich sah dreckige, blutverkrustete Fingernägel, bevor ich mich losreißen konnte und entsetzt einen Vampir betrachtete, der verzweifelt und wie von Sinnen versuchte, durch die massiven Gitterstäbe zu greifen. Sprachlos versuchte ich, das Ganze zu verarbeiten.

Wie auf Kommando antworteten weitere Schreie auf das Geheul des Vampirs. Sie kamen von überall und hallten zwischen den Wänden wider. Ich widerstand dem Drang, mir die Hände auf die Ohren zu pressen. Dann sah ich sie, rechts und links, aus jeder Zelle griffen Hände und Klauen nach mir.

Ich wandte mich wieder dem Vampir in der Zelle neben mir zu, immer noch fassungslos, was für eine Bestie ich vor mir hatte. Die Haare waren wirr und schmutzig, der Blick aus den schwarzen, blutunterlaufenen Augen sprühte vor Irrsinn. Der Vampir hatte hohle, eingefallene Wangen. Einige Stellen des Körpers sahen aus, als hätte er versucht, sich selbst die Haut abzuziehen. Der Mund war zu einem klaffenden und nach mir schnappenden Loch verzogen. Die Kreaturen aus *The Walking Dead* waren eine Kleinigkeit dagegen.

»Du hast also Bekanntschaft mit Berkley gemacht«, murmelte Pete leise und ich zuckte vor Schreck zusammen. Ich hatte ihn nicht kommen hören. Selbst Cox, der nie um eine Antwort verlegen war, schien zum ersten Mal in seinem Leben sprachlos zu sein. Ich konnte nicht erkennen, wie weit der Gang sich nach hinten zog, doch die gequälten Stimmen und Schreie, die durch die Mauern hallten, machten mich beinahe wahnsinnig.

»Wie viele Vampire sind hier unten eingesperrt?«, brachte ich schließlich mit brüchiger Stimme hervor. Pete zuckte mit den Achseln.

»Mittlerweile? Ich schätze so um die dreißig. Es waren mehr, doch der Platz hat nicht ausgereicht und so mussten wir sie zusammen in eine Zelle stecken. Dort haben sie sich gegenseitig umgebracht.«

Ich sah ihn entsetzt an, dann konnte ich nicht anders, als einen Blick in die Zelle von Berkley zu werfen. Hinter ihm lagen zwei reglose Gestalten, wie blutgetränkte Wäscheberge übereinandergeworfen.

»Ich muss hier raus«, brachte ich gerade noch so hervor, bevor mich der Schwindel übermannte und ich mich an einem freien Mauerstück abstützte. Das war einfach zu viel für mich. Ich konnte Mairas jagen, ich konnte sie sogar töten. Aber zu sehen, wie Menschen sich gegenseitig zerrissen, Vampir hin oder her, war einfach zu viel für mich. Helle Sterne tanzten vor meinen Augen, während mein Sichtfeld immer weiter schrumpfte. Ich ertastete die Leiter hinter mir und klammerte mich erleichtert an das kühle Metall. Mit jeder Sprosse, die ich nach oben stieg, konnte ich wieder freier atmen.

Die Panik saß mir im Nacken, als ich dem Keller mit all seinen schrecklichen Grausamkeiten den Rücken zudrehte. Die Schreie drangen mittlerweile nur noch gedämpft bis an meine Ohren. Ich fühlte mich wie im Traum. Als ich endlich oben angelangt war, kroch ich aus der Luke und ließ mich zitternd auf dem kalten Boden nieder. Ich setzte mich im Schneidersitz hin und legte den Kopf zwischen die Hände, bis sich mein Atem beruhigt hatte und ich wieder einigermaßen klarsehen konnte. Als ich den Kopf hob, sahen mich Pete und Cox nur stumm an. Der kleine Kobold war trotz seiner grünen Farbe beinahe weiß im Gesicht, doch er schien sich schneller wieder gefasst zu haben als ich.

»Es ist schlimm, ich weiß«, sagte Pete und reichte mir eine Hand. Ich griff zögernd zu und ließ mir aufhelfen.

»Schlimm? Das ist krank! Wir müssen die VO benachrichtigen!«

Pete schüttelte wild den Kopf. »Die VO wird sie alle töten und uns vermutlich auch gleich einsperren.«

»Zu Recht«, kreischte ich barsch. »Wenn es wirklich ein Virus ist und sich verbreitet …«

Ich konnte nicht weitersprechen, als sich die Konsequenzen vor meinem Auge abspielten.

»Es wird sich nicht verbreiten«, sagte Pete bestimmt. »Wir haben es im Griff. Jeder, der die ersten Anzeichen zeigt, wird sofort isoliert. Die Mitglieder hier haben Ausgehverbot, es verlässt keiner mehr unsere Zentrale. Ich bin der Einzige, der sich regelmäßig um Blutkonserven kümmert und sie mit einem Lkw hierherschafft …«

Ich konnte nicht glauben, was ich hörte. »Und wie zur Hölle hast du gedacht, dass ich euch helfen kann?«

In Petes Augen blitzte Hoffnung auf.

»Du bist der einzige Dämon hier. Ich kenne nichts und niemanden aus der Realität, der uns helfen könnte, aber ihr Dämonen habt Magie, von der wir nichts verstehen. Ob uralt oder schwarz, es ist mir egal, was für Magie es ist. Hauptsache es setzt dem hier ein Ende.«

Ich sah ihn ungläubig an.

»Du glaubst, ich könnte euch mit schwarzer Dämonenmagie helfen?« Ein freudloses Lachen entwich meiner Kehle. »Was glaubst du, was die Dämonen in der Unterwelt treiben? Ein bisschen Hokuspokus mit Kräutern und Weihrauch? Wir sind nicht so anders, wie ihr euch das vorstellt. Wir sind mächtiger, ja, aber wir sind keine Wunderheiler oder Medizinmänner, die sich mit uralten Mächten und Geistern beschäftigen oder Regentänze aufführen. Ihr braucht medizinische Hilfe!«

Petes Gesicht versteinerte sich zusehends, je länger er mir zuhörte. Seine Freundlichkeit war wie fortgeblasen, die kalten Augen funkelten wie schwarze Onyxe.

»Du wirst uns helfen, mit dieser Sache fertigzuwerden. Es ist mir egal, wie du das anstellst«, drohte er mir. Ich kniff die Augen zusammen.

»Sonst was?«, fragte ich angriffslustig, doch da bemerkte ich bereits das vorsichtige Zupfen an meinem Hosenbein. Cox schien mir irgendetwas mitteilen zu wollen, doch bevor ich ihn fragen konnte, hatte ich bereits bemerkt, wie die Schatten um uns herum näher gerückt waren. Die Vampire hatten unser Gespräch belauscht und waren bereit, sich auf Petes Seite zu stellen.

»Tja, damit stehen wir wohl wieder am Anfang«, zischte ich. »Was wollt ihr tun? Mich windelweich prügeln?«

Pete knurrte. »Nein, aber vielleicht hast du Lust, einem unserer erkrankten Freunde in einer Zelle Gesellschaft zu leisten? Ich denke, das wird dich umstimmen ...«

Ich erbleichte und schnappte nach Luft.

»Selbst wenn ich es wollte, ich kann euch nicht helfen!«, rief ich und warf die Hände in die Luft. »Versteht das doch endlich.«

»Wenn das so ist, dann bist du für uns nutzlos«, gab Pete gleichgültig zurück und ich wusste, dass damit alles gesagt war. Ein Zischen verriet mir, dass Cox sich unsichtbar gemacht hatte. Ich betete, dass er schnell genug hier rauskam und Hilfe holen konnte. Doch noch bevor ich mich für den bevorstehenden Kampf bereit machen konnte, erregte ein dumpfes Dröhnen meine Aufmerksamkeit. Ich hielt inne und automatisch wanderte mein Kopf zu der Luke, die noch immer offen stand.

Die Vampire schienen sich nicht sonderlich an meiner Reaktion zu stören.

»Habt ihr das gehört?«, fragte ich und vergessen war mein Plan, jede Zelle meines Körpers mit energiegeladener Prana zu füllen.

Pete schnaubte. »Netter Versuch, Dämon.«

Ich bedeutete ihm, still zu sein, und lauschte weiter, während mich die Vampire ansahen, als hätte ich den Verstand verloren. Zwischen den gellenden Schreien aus dem Keller konnte ich das Quietschen und Rasseln von Metall hören. Nun wurden auch die Vampire darauf aufmerksam.

Was ging dort unten vor sich? Wir waren doch allein im Keller gewesen, wenn man mal von den durchgedrehten Vampiren absah, die hinter schweren Eisengittern verschanzt waren.

Automatisch wichen alle ein Stück von dem dunklen Loch im Boden zurück.

»Pete«, wisperte ich, »gibt es noch einen zweiten Zugang zum Keller?«

Der Vampir war zunächst verwirrt, doch dann nickte er sichtlich erschüttert. Ich schluckte gegen den fußballgroßen Kloß in meinem Hals an.

»Dann hat gerade jemand eure Freunde freigelassen«, krächzte ich und stolperte bereits einige Schritte zurück. Einige Vampire reagierten blitzschnell und warfen sich auf die Luke, um sie zu schließen, doch es war zu spät. In Sekundenschnelle brach die Hölle aus. Mehr als zwei Dutzend Vampire kamen aus der Dunkelheit des Kellers herausgeschossen. Sie gaben animalische Laute von sich, die mir die Haare zu Berge stehen ließen.

Ich warf mich zurück, als einer der infizierten Vampire

direkt über mich hinwegschoss, und landete unsanft auf dem Steißbein. Nun war ein erbitterter Kampf ausgebrochen. Vampire waren für ihre Schnelligkeit und Stärke bekannt. Meine Augen schafften es kaum, die Vorgänge um mich herum zu verfolgen. Alles ging so wahnsinnig schnell. Sie stürzten sich aufeinander und versuchten, sich gegenseitig niederzuringen. Diejenigen, die noch bei klarem Verstand waren, versuchten alles Mögliche, um ihre durchgedrehten Brüder und Schwestern festzuhalten.

»Haltet sie auf!«, hörte ich Petes Stimme von irgendwoher. »Sie dürfen nicht entkommen!«

Ich drehte mich auf alle viere und versuchte, aus dem ganzen Getümmel davonzukrabbeln. Ich konnte nicht einmal erkennen, wer zu Freund oder Feind zählte. Um genau zu sein, bezweifelte ich, dass ich hier überhaupt so etwas wie Freunde hatte.

Ich ergriff die Chance, durch das heillose Durcheinander in Richtung Ausgang zu robben. Eine bessere Gelegenheit würde ich nicht kriegen. Doch da sah ich es. Ein paar wenige Vampire krabbelten noch aus dem dunklen Kellerloch. Wie Spinnen krochen sie über dem Boden und strömten in alle Richtungen aus. Und ihnen folgte etwas, das mich panisch nach Luft schnappen ließ.

Blau glühende Augen erhoben sich aus der Finsternis. Es folgten zwei massige, pechschwarze Körper. Zwei Zerberusse entstiegen der Kellerluke, als kämen sie direkt aus der Hölle. Ihr Knurren erfüllte die Halle und vermischte sich mit dem der Vampire. Ich sah Hilfe suchend um mich, doch die Vampire schienen viel zu beschäftigt, um zu bemerken, dass eine weitaus größere Gefahr gerade ihr Lager betreten hatte.

Ich war starr vor Angst, als sich die Augen der Höllenhunde auf mich richteten. Zähnefletschen, gefolgt von einem dröhnenden Bellen, verscheuchte den Schreck aus meinen Gliedern. Ich rappelte mich auf und rannte los. Meine

Stiefel quietschten auf dem Boden und ich stolperte einige Male, bis ich mein Gleichgewicht wiederfand. Noch im Laufen zog ich mein Schwert, gerade rechtzeitig, um mich an einem infizierten Vampir vorbeizuschieben und ihm dabei die Kniekehle durchzuschneiden. Er ging zu Boden, unfähig, das Bein zu bewegen. Ich achtete nicht auf ihn, denn ich war viel zu sehr damit beschäftigt, um mein Leben zu rennen.

Hinter mir hörte ich, wie die massigen Körper der Höllenhunde näher kamen und mich einholten. Ich sprang über einen leblosen Körper hinweg, doch ich reagierte zu langsam, als von der Seite zwei Vampire angeschossen kamen und mich, noch ineinander verschlungen vom Kampf, in die Seite rammten. Ich fiel, rollte mich ab und kämpfte mich weiter voran.

Wo zur Hölle ist der verdammte Ausgang?

Ein Knurren hinter mir war die einzige Warnung, die ich bekam. Ich ließ mich flach auf den Boden fallen und einer der Höllenhunde segelte über mich hinweg. Ich schaffte es gerade noch, mich auf den Rücken zu drehen, als sein Nachfolger ebenfalls einen Sprung wagte und drauf und dran war, mit seinen dreihundert Kilo meinen Brustkorb zu zermalmen.

Bevor er landen konnte, hatte ich die Arme ausgestreckt. Ein Schrei entfuhr meiner Kehle, als ich all meine Gedanken darauf konzentrierte, die Telekinese einzusetzen. Der Zerberus schwebte über mir, nur wenige Zentimeter von meinem Gesicht entfernt. Ich rollte mich unter ihm hinweg, doch in den wenigen Augenblicken hatte ich den zweiten Höllenhund aus den Augen verloren. Die Quittung kam, als ein scharfer Schmerz durch meinen Rücken schoss und sich tiefe Klauen in mein Fleisch gruben. Der Schmerz zog sich vom Nacken bis hinunter zum Steißbein. Ich sackte zusammen und schrie auf. Hinter mir hörte ich das Bellen der

Höllenhunde. Ich versuchte mit zitternden Armen, mein Schwert zu heben, doch alle Kraft schien aus meinem Körper gewichen zu sein. Wenigstens meine Magie war mir noch verblieben und so formte ich eine Energiekugel auf meiner Handfläche, während ich schweißgebadet auf den Boden kauerte.

Erstaunlicherweise wichen die beiden Höllenhunde zurück, sobald sie meine Energie aufleuchten sahen. Ich überlegte nicht lange und rannte auf die Tür zu, die wie ein rettendes Portal vor mir erschienen war. Schwer atmend warf ich mich dagegen und hätte beinahe erleichtert aufgeschluchzt, als mir die kalte Nachtluft entgegenschlug. Ich taumelte ein Stück davon, weg von der Lagerhalle und weg von diesem Horror, der mich darin heimgesucht hatte.

Doch die Erleichterung hielt nur wenige Augenblicke, als immer mehr Vampire hinter mir auf die Straße stürmten.

»Haltet den Dämon auf!«, hörte ich Petes Stimme zwischen den Schreien der anderen. Die meisten waren noch immer damit beschäftigt, ihre durchgedrehten Freunde daran zu hindern, abzuhauen und in die Stadt zu gelangen, doch einige hatten ihren neuen Anführer zur Kenntnis genommen und sich bereits in Bewegung gesetzt. Etwa sechs Vampire folgten mir mit unmenschlicher Geschwindigkeit.

Ich stolperte immer wieder. Mein linkes Bein fühlte sich an, als würde es sich nie wieder beugen lassen, und das warme, klebrige Gefühl unter meinem Kampfanzug sagte mir, dass die Verletzung auf dem Rücken stark blutete. Ich lief in die nächstbeste freie Straße, die ich erreichen konnte, und landete nach wenigen Schritten direkt am Kai. Unter mir brodelte das schwarze Wasser der Themse, hinter mir lauerte der Tod in Form von durchgedrehten Vampiren und Kreaturen, die direkt der Hölle entstammten.

Ich hatte nicht das Bedürfnis, in den eisigen Wellen des Flusses zu ertrinken, doch gerade, als ich meine Magie dazu nutzen wollte, meine Verfolger zu vertreiben, sah ich den Schatten von rechts auf mich zurennen. Ich hatte ihn zu spät bemerkt, er war viel zu schnell aus der Dunkelheit aufgetaucht und riss mich mit einer solch unbändigen Kraft nach hinten, dass ich das Gleichgewicht verlor. Zusammen mit dem Zerberus stürzte ich rückwärts in die Tiefe, weg von den Vampiren und direkt hinein in die Wellen des Flusses.

Das eiskalte Wasser stach wie Nadelspitzen in meine Haut und presste mir die Luft aus der Lunge. Ich wurde herumgewirbelt, während mein Körper krampfhaft versuchte, sich gegen die Kälte zu wehren. Ich versuchte verzweifelt, die Oberfläche auszumachen. Dann stieß mein Kopf aus dem Wasser und erlaubte mir einen kurzen Atemzug, bevor die Wellen wieder über mir zusammenschlugen. Ich versuchte, ruhig zu bleiben, die Orientierung beizubehalten, doch je länger mich das Wasser des Flusses nach unten drückte, umso panischer wurde ich. Ich strampelte mit Händen und Füßen, versuchte, in eine Richtung zu schwimmen, von der ich hoffte, dass sie mich an den nötigen Sauerstoff brachte, doch je heftiger ich mich wehrte, umso weiter schien mich der Fluss in seine dunklen Tiefen zu ziehen.

Plötzlich stieß mein Kopf durch die Wasseroberfläche, nur ganz kurz, bevor ich wieder nach unten gedrückt wurde. Panisch kämpfte ich mich zurück, schaffte einen weiteren, erleichterten Atemzug, doch bevor ich den Mund schließen konnte, hatte mich bereits eine Welle erfasst und eiskaltes Wasser drang in meine Lungen. Das Gefühl zu ersticken lähmte mich. Ich musste husten, spucken und sog dabei nur noch mehr Wasser ein. Ein weiteres Mal wurde ich zurück an die Wasseroberfläche gedrückt, rang dort nach Atem und füllte meine Lungen mit Sauerstoff, doch ich wusste, dass mein Körper diesen Kampf nicht länger gewinnen konnte. Die eisige Gewissheit überkam mich, als die Wellen erneut über mir zusammenschlugen.

Kapitel 13

»Wurde ja auch Zeit«, murmelte ich und erbrach einen Schwall Wasser. Ich hustete. Starke Arme packten mich an der Schulter und zogen mich vom Ufer weg.

»Hat ne Weile gedauert, bis ich diese Lahmärsche dazu gebracht habe, auf mich zu hören.« *Cox.* Es ging ihm gut. Dem Himmel sei Dank.

»Danke«, flüsterte ich und mir fielen die Augen zu. Wie durch einen dichten Nebel spürte ich, dass man mich auf eine Trage beförderte, dann dämmerte ich weg. Das Nächste, was ich sah, war eine weiße Zimmerdecke, weiße Wände und Sonnenstrahlen, die das Zimmer fluteten. Die Krankenstation der VO.

Ich richtete mich ächzend auf und sah an mir herunter. Irgendjemand hatte mir einen von diesen unförmigen Krankenhauskitteln angezogen. Ein paar Schnitte an meiner Hand waren verbunden und jede Bewegung fühlte sich an, als ramme mir jemand ein Messer in den Rücken. Super, die Narben auf meiner Schulter waren gerade dabei gewesen, zu verblassen. Ich musste Derek unbedingt fragen, wie ich mit der Biokinese meine Haut wiederherstellen konnte. Bisher waren mir diese kosmetischen Sachen eher unwichtig vorgekommen, doch so langsam fühlte ich mich wie Frankensteins Monster: immer wieder zusammengeflickt und -genäht.

Ich schlug die Decke zur Seite und betrachtete die Schiene an meinem Knie. Es war eine Erlösung, wieder frei atmen zu können, wenn auch unter Schmerzen. Wie auf Kommando schnürte sich meine Lunge zu, als ich an die Panik dachte, die mich unter Wasser erfasst hatte. Von allen Toden, die ich mir ausmalen konnte, war Ertrinken definitiv einer der schlimmsten.

Ich schwang die Beine aus dem Bett und suchte das Zimmer nach Krücken ab, als sich die Tür öffnete.

»Das wirst du schön bleiben lassen, Jillian Benett«, wies mich eine männliche Stimme zurecht. Ich stutzte, dann quiekte ich auf und wäre den Besuchern am liebsten um den Hals gefallen.

»Derek, Don, seit wann seid ihr wieder hier?«

Die beiden Jungen strahlten über das ganze Gesicht, als sie näher traten und mich herzlich in die Arme schlossen. Derek war einer meiner besten Freunde und wir hatten bereits an der Winterfold Akademie ziemlich viel zusammen erlebt. Seitdem hatte er sich kaum verändert. Die dünnen, blonden Haare und die grünen Augen gehörten ebenso zu seinem Erscheinungsbild wie seine geliebte Hornbrille. Derek war der wohl klügste Mensch, den ich kannte. Seine Wissbegierde wurde nur noch von seinem Ehrgeiz übertroffen. Er beherrschte die Biokinese und hatte sich der Forschung verschrieben, ebenso wie Don, der ein Meister der Umformung von Gegenständen war. Seit einigen Jahren waren die beiden ein Paar und die meiste Zeit auf Forschungsreisen. Ich freute mich wahnsinnig, sie wiederzusehen.

»Seit gestern Abend«, erwiderte Derek. »Ich habe versucht, dich anzurufen, aber es ging nur die Mailbox ran. Liegt vermutlich daran, dass dein Handy auf dem Grund der Themse liegt.«

Er sah mich tadelnd an und ich machte ein schuldbewusstes Gesicht.

»Lange Geschichte«, murmelte ich und ließ mich sanft zurück in die Kissen drücken.

»Die wir zu gerne hören würden«, sagte Don. Er holte sich und Derek einen Stuhl und sie ließen sich neben meinem Bett nieder. Don war ein lieber und schüchterner Kerl mit Rockabilly-Frisur.

Ich war versucht, sofort wieder aufzustehen. »Keine Zeit, ich muss mit Henry Cole reden.«

Dereks Hand hielt mich eisern fest. »Du wirst nirgendwo hingehen. Cox hat ihm alles gesagt, was er wissen muss. Du wirst dich ausruhen! Und jetzt erzähl erst mal, was passiert ist.«

Ich seufzte. »Ich weiß gar nicht, wo ich anfangen soll.«

Dann begann ich, den beiden vom letzten Vollmond zu erzählen, von der Veränderung der Werwölfe und von meiner Prana, die ab und zu verrücktspielte. Derek und Don hörten ernst zu.

»Ich glaube einfach nicht, dass sich diese Infektion nur auf die Vampire bezieht«, schloss ich, nachdem ich gedanklich den Horror vom gestrigen Abend ein weiteres Mal durchlebt hatte. »Was, wenn sie auch daran schuld ist, dass die Werwölfe so aggressiv sind?«

Die Falte zwischen Dereks Augenbrauen vertiefte sich. »Aber was für ein Virus soll das sein? Vielleicht hat es eine andere Ursache.«

Ich zuckte ratlos mit den Achseln. »Keine Ahnung, ich bin nicht mal sicher, ob es ansteckend ist.« Dann fiel mir etwas ein. »Sind auch Hexen betroffen?«

»Es gab vermehrt Magieunfälle«, gab Don zurück, »aber es liegt kein Hinweis vor, dass es etwas mit der jetzigen Situation zu tun hat.«

In meinem Kopf wirbelten die Gedanken durcheinander. »Ich frage mich, wie die Höllenhunde ins Bild passen.«

Derek und Don schnappten nach Luft. »Höllenhunde?«

Ich sah sie verwirrt an, doch dann dämmerte es mir. Cox war bereits verschwunden gewesen, als die Zerberusse aufgetaucht waren. Schnell erzählte ich, was geschehen war.

»Irgendjemand muss sie freigelassen haben und ich wette, dass derjenige auch mit diesem komischen Virus zu tun hat. Außerdem haben sie sich total komisch verhalten! Sie haben nicht das geringste Interesse an den Vampiren oder den Werwölfen gezeigt. Mir kommt es beinahe so vor, als folgten sie allein mir. Andererseits hätten sie mich schon mehrmals töten können, haben es aber nicht getan. Ich verstehe das alles nicht.«

Derek wirkte skeptisch. »Sie haben dir den halben Rücken aufgerissen.«

»Aber immerhin nicht die Kehle«, gab ich zurück, doch irgendwie musste ich ihm recht geben. Vielleicht hatte ich einfach nur Glück gehabt.

»Ich muss wissen, was vor sich geht«, sagte ich und versuchte wieder aufzustehen. Doch solange Derek und Don im Krankenzimmer waren, ließen sie mir keine Chance.

»Du musst dich erst mal ausruhen«, sagte Derek wieder. Ich widerstand dem Drang, ihm zu widersprechen.

»Na schön«, grummelte ich. »Dann erzählt mir wenigstens von eurer Forschungsreise.«

Sofort begannen Dereks Augen zu leuchten.

»Es war wahnsinnig aufschlussreich«, erzählte er aufgeregt. »Die Ägypter haben schon lange vor uns Dämonen beschworen und wir konnten einige uralte Schriften sicherstellen, die sich auf die Entstehung der Unterwelt beziehen.«

Er ging völlig in seiner Erzählung auf und mich plagte das schlechte Gewissen, weil ich ihm nur halb zuhörte. Ich war viel zu sehr mit den Dingen beschäftigt, die sich hier in London abspielten. Nach einer gefühlten Ewigkeit und vielen halbherzig interessierten Blicken, die ich den beiden zuwarf, erhoben sie sich endlich.

»Wir sollten auf jeden Fall mal wieder etwas zusammen unternehmen, wenn Ally und Chaz wieder da sind und du aus dem Krankenhaus raus bist. Bis dahin solltest du dich erholen. Mr. Cole wird die Sache hier in London schon in den Griff bekommen.«

Nicht, wenn er es gleichzeitig mit Dämonenhunden und zwei völlig durchgedrehten Spezies zu tun hat, dachte ich, hielt aber wohlweislich den Mund. Die beiden verabschiedeten sich mit dem Versprechen, mich am nächsten Tag wieder zu besuchen. *Nur leider wird das Krankenzimmer dann leer sein.* Ich musste Henry unbedingt von den Höllenhunden erzählen, bevor er und seine Leute von ihnen überrascht wurden.

Ich setzte mich auf und atmete tief durch, als die beiden gegangen waren und erneut der Schmerz durch meinen Körper schoss. Verflucht, mit dieser Verletzung würde ich nicht weit kommen.

Ich werkelte zunächst an der Schiene herum, die mein Knie stabilisierte. Es war blau und geschwollen, ließ sich aber einigermaßen bewegen. Dann wickelte ich die Verbände an meinen Armen ab und legte sie fest ans Knie, um einen Stützverband zu erzeugen. Vorsichtig trat ich auf und stellte erleichtert fest, dass der Schmerz auszuhalten war und ich einigermaßen laufen konnte.

Mit meinem Rücken würde es nicht ganz so einfach werden. Ich wusste, dass es keinen Zweck hatte, Verletzungen mithilfe der Biokinese zu heilen. Zum einen erforderte es äußerste Präzision und es waren schon einige Hexen im Krankenhaus gelandet, weil sie es versucht und die Verletzung noch schlimmer gemacht hatten. Zudem war die Biokinese keine dauerhafte Lösung und man musste schon ein Talent dafür haben, stets und ständig den Gedanken an die veränderten Hautzellen aufrechtzuerhalten. Vergaß man es, rissen die Wunden wieder auf. Die Biokinese konnte eine Illusion erzeugen, eine Veränderung des Aussehens, aber sie hielt nicht ewig. Irgendwann ließ die Magie nach. Wenn man sich dann zu sehr verausgabt hatte, konnte es passieren, dass man mit weitaus schlimmeren Verletzungen endete, als man vorher gehabt hatte.

Trotzdem musste ich etwas gegen den stechenden Schmerz tun, also konzentrierte ich mich und horchte in meinen Körper hinein. Eine Weile gelang es mir, meine Gedanken auf die Schnittwunden am Rücken zu richten. Ich stellte sie mir bildlich vor meinem Auge vor und brachte sie dazu, sich zu schließen. Das Ergebnis war ein unangenehmes Kribbeln, das mir sagte, dass es funktionierte. Ich wollte besser gar nicht wissen, wie die Wunden aussahen. Vermutlich hatte man sie genäht und ich hatte die Fäden gerade einwachsen lassen. Später würde mir nichts anderes übrig bleiben, als die Verletzungen auf natürliche Art heilen zu lassen.

Auf einem Stuhl am Tisch sah ich Kleidung liegen. Irgendjemand musste eine Jogginghose und einen Schlabberpullover sowie frische Unterwäsche gebracht haben. Leider kein Kampfanzug, aber ich nahm, was ich kriegen konnte.

Ein Blick in den Spiegel sagte mir, dass es mich nicht ganz so schlimm erwischt hatte, wie ich vermutet hatte. Ich hatte einige Schürfwunden im Gesicht, aber sie würden in ein paar Tagen verschwunden sein. Mit den Fingern glitt ich durch meine wirren Haare und stellte zufrieden fest, dass ich immerhin nicht wie eine durchgeknallte Irre aussah, die aus dem Krankenhaus flüchtete. Doch noch bevor ich mich auf den Weg machen konnte, öffnete sich die Zimmertür erneut und Henry Cole steckte den Kopf hinein.

»Oh, gut, das erspart mir die Suche«, sagte ich und winkte ihn herein. Henry kommentierte mein Aussehen mit missbilligend geschürzten Lippen.

»Wie mir zu Ohren gekommen ist, hat man dir strengste Bettruhe verordnet.«

»Tatsächlich?«, fragte ich verwundert, doch Henry

konnte ich nicht täuschen. Mit einer schroffen Handbewegung wies er mich an, mich wieder aufs Bett zu setzen.

Wieso behandelten mich heute alle wie ein kleines Kind?

Henry verschränkte die Arme und ließ sich auf dem Stuhl nieder, auf dem zuvor noch Derek gesessen hatte.

»Du kannst von Glück reden, dass der verfluchte Kobold weiß, wie man eine Telefonzelle bedient! Wären wir nicht rechtzeitig gekommen ...«

»Ich weiß, ich weiß«, sagte ich schnell. »Es tut mir leid, wirklich. Ich hätte euch vorher informieren müssen.«

»Du hättest gar nicht erst losziehen dürfen«, sagte Henry streng. »Ich hatte dir ausdrücklich gesagt, dass du dich aus dem Fall heraushalten sollst. Mal abgesehen davon, dass du mal wieder meine Befehle missachtet hast, bin ich aber einfach froh, dass ihr lebend da herausgekommen seid. Der Kobold hat mir bereits erzählt, was ihr in Berkleys Lager vorgefunden habt, aber ich möchte es von dir auch noch einmal hören.«

Grimmig erzählte ich ihm von Petes Bitte, in das Versteck zu kommen, unserer Erkenntnis, dass die Vampire für die Morde im Park verantwortlich waren und dass er sich von mir erhofft hatte, ich könne ihnen helfen.

»Sie haben Angst«, sagte ich Henry. »Sie wissen selbst nicht, was los ist und warum einige von ihnen wie vom Teufel besessen sind, aber sie haben alles darangesetzt, es zu verheimlichen. Und noch etwas, es waren nicht die Vampire, die die Infizierten rausgelassen haben. Irgendjemand anders hat dort seine Finger im Spiel, denn ich habe mal wieder Bekanntschaft mit zwei Höllenhunden gemacht.«

Zu meiner Erleichterung nickte Henry. Er glaubte mir. »Man hat sich schon gefragt, wo deine Verletzungen herrühren.« Dann beugte er sich vor. »Aber wie kann das sein? Wie passen die Dämonen ins Spiel? Was bezwecken sie damit? Ist es wieder ein Angriff aus der Unterwelt?« Er fuhr sich mit der Hand durch die Haare. »Hier läuft irgendetwas, was wir nicht verstehen, und das macht mich verrückt.«

»Nicht nur dich«, seufzte ich. »Aber ich habe bereits mit Baal gesprochen. Er ist sich sicher, dass keiner seiner Dämonen dahintersteckt. Es deutet nichts darauf hin, dass sich in der Unterwelt etwas zusammenbraut.«

Henry brummte. »Und du vertraust ihm?«

Ich streckte die Arme aus und versuchte, meine Muskeln zu dehnen. »Ich habe dir bereits mehrfach gesagt, dass ich das tue. Und das nicht nur, weil er mein Vater ist.«

Henry wirkte noch immer nicht überzeugt. »Aber er ist ein Dämon.«

Wütend funkelte ich ihn an. »Das bin ich auch.«

Er hob abwehrend die Hände. »Schon gut, ich weiß. Es fällt mir nur schwer, die Dämonen nicht als Monster zu betrachten. Du dagegen wirkst so ... menschlich.«

Ich verdrehte die Augen. »Das sind die anderen Dämonen auch. Im Übrigen unterscheidet uns nicht allzu viel von Hexen.«

Henry antwortete nicht darauf und ich hatte nicht vor, ihm weiter meine Meinung aufzudrängen. Dieses Gespräch hatten wir schon zu oft geführt.

»Also schön, wenn die Unterwelt nichts ausgeheckt hat, wer ist es dann?«

»Ich denke, es ist eine Bedrohung aus der Realität«, sagte ich vorsichtig. »Und ich glaube, sie richtet sich gegen die VO.«

»Wie kommst du darauf? Die Vampire sind die Opfer, wenn man mal davon ausgeht, dass dieses Virus sich nicht zufällig entwickelt hat.«

Ich streckte mein Knie aus, um es zu entlasten.

»Weil ich glaube, dass nicht nur die Vampire betroffen sind. Das Verhalten der Werwölfe deutet darauf hin, dass es bei ihnen ebenfalls beginnt. Wer weiß, die Hexen sind vielleicht als Nächstes dran.«

Henrys helle Augen weiteten sich.

»Wir müssen unbedingt einen infizierten Vampir einfangen und ins Labor schaffen lassen«, sagte ich, »damit wir endlich herausfinden, mit was wir es zu tun haben. Vielleicht ist es eine Mutation oder irgendeine Zellveränderung, für die wir ein Gegenmittel herstellen lassen können. Habt ihr Berkleys Lager schon gestürmt?«

Henry lachte bitter auf und ich ahnte nichts Gutes.

»Wir haben es durchsucht, aber bis auf ein paar leere Blutkonserven nichts gefunden.«

»Was?!«, stieß ich aus. »Wie haben sie es geschafft, die Infizierten dort wegzuschaffen?«

Henry zögerte, als wisse er nicht, ob er weiterreden sollte. »Sie haben sie nicht rausgeschafft, Jill. Sie haben sie in den Keller gesperrt und ein Feuer gelegt. Wir haben nichts als ein paar verkohlte Leichen und die werden uns nicht mehr viel Aufschluss geben. Ich habe angeordnet, die Asche im Labor untersuchen zu lassen, aber ich erhoffe mir nicht viel von den Ergebnissen.«

Die Nachricht brachte mich aus der Fassung. »Was ist mit Pete und den anderen, die noch bei klarem Verstand sind? Es wird neue Infizierte geben, wir müssen sie nur aufspüren ...«

»Berkleys Vampire sind untergetaucht«, unterbrach Henry mich. »Wenn wir Glück haben, sind sie in der Stadt geblieben, aber selbst dann haben wir so gut wie keine Chancen, sie aufzuspüren.«

Ich ließ mich zurück ins Kissen sinken.

Na super, das waren ja Aussichten. Wenn Pete wirklich noch frei umherlief, würde ich meine Wohnungstür in Zukunft wohl doppelt abschließen müssen.

»Wie gehen wir weiter vor?«, fragte ich Henry und er zog die Augenbrauen nach oben.

»*Du* wirst gar nichts tun, sondern erst mal wieder auf die Beine kommen. Der Rest von uns wird die Augen offen halten. Es wird in der nächsten Zeit keine Mairajagden geben. Ich brauche alle Jäger hier in London, bis sich die Lage wieder beruhigt hat. Allein heute Morgen sind schon elf Notrufe eingegangen. Schlägereien, Belästigungen, Diebstähle ... vielleicht hast du gar nicht so unrecht und es sind nicht nur die Vampire betroffen.«

»Natürlich habe ich recht«, sagte ich und ignorierte Henrys strengen Blick, als ich mich vom Bett schwang und versuchte, nicht zu schwanken. »Deshalb brauchst du mich ja. Mir geht es gut, ich kann helfen.«

»Jill«, setzte Henry zum Protest an, doch ich unterbrach ihn.

»Schht«, zischte ich und legte einen Finger an die Lippen. »Hörst du das?«

Henry wirkte verwirrt, doch dann kniff er die Augen zusammen und lauschte. Von draußen kamen Stimmen. Es klang wie Proteste, vermischt mit gedämpften Angstschreien. Ich stürzte ans Fenster und sah hinab auf die Straße. Auf dem Platz vor der VO rannten einige Menschen auseinander, doch ich konnte nicht erkennen, wovor sie wegliefen. Henry war sofort an meiner Seite. Dann sahen wir beide etwas, was uns sprachlos den Mund aufreißen ließ.

Dort unten kam eine Gruppe von vielleicht dreißig oder vierzig Werwölfen angerannt. Nur dass sie nicht ihre menschliche Gestalt hatten, sondern am helllichten Tag in ihrer Wolfsgestalt über die Straße hetzten.

»Aber ... aber es ist doch gar kein Vollmond«, stotterte Henry, die Augen entsetzt geweitet und auf das Szenario unter uns gerichtet. »Was zur Hölle tun die dort draußen?«

Ich versuchte, aus dem Verhalten der Werwölfe schlau zu werden. Sie bewegten sich im Rudel direkt auf die davonstürmenden Menschen zu, die keine Ahnung hatten, mit was sie es zu tun hatten. Dann griff ich Henry am Arm und riss ihn vom Fenster weg.

»Ruf sofort alle Jäger der VO, die du erreichen kannst!«

Henry wirkte noch immer total verdattert. »Was passiert hier, Jill?«

Ich brauchte einen Moment, bis ich meine Stimme wiederfand. »Wenn mich nicht alles täuscht«, antwortete ich, »dann ist dieses Rudel dort unten auf der Jagd. Und sie jagen bestimmt keine Kaninchen.«

Kapitel 14

Noch bevor Henry mich aufhalten konnte, rannte ich aus dem Zimmer hinaus, den Flur hinunter und durch die große Halle, in der das Dinosaurierskelett auf uns herabstarrte. Es hatten sich bereits einige Jäger versammelt und im Großen und Ganzen herrschte ein heilloses Durcheinander.

Verwirrung spiegelte sich in den Gesichtern der Umstehenden wider. Die Werwölfe unter den Jägern schienen nervös darauf zu warten, dass sie sich auch jeden Moment verwandelten, trotz des fehlenden Vollmondes.

»Alle Mann nach draußen«, rief Henry neben mir. Ich hatte Mühe, mit ihm Schritt zu halten, da mein Knie bei jedem Schritt wegzuknicken drohte. »Fangt das Rudel ein. Keine Magie, dort draußen befinden sich Normalsterbliche!«

Ich meinte, mich verhört zu haben. »Und was glaubst du, dass sie von den Werwölfen halten, die ihnen gerade hinterherjagen?«

»Wir werden für die Presse einen imaginären Drehort daraus machen, in den einige unwissende Bürger geraten sind.«

Ich konnte nur mit Mühe das Auflachen unterdrücken. »Verstehe, die neue *Teen Wolf*-Staffel wird wohl gerade gedreht.«

Er ignorierte meinen Sarkasmus. »Deshalb ist es umso wichtiger, dass niemand verletzt wird. Wo willst du hin?«

Ich war direkt an ihm vorbeimarschiert.

»Was glaubst du wohl?«, gab ich zurück und schloss mich dem Strom der Jäger an, die aus der Halle strömten. Noch immer liefen Normalsterbliche zwischen den Werwölfen herum, aber das Auftauchen der Jäger schien die Mondkinder in die Flucht zu schlagen. Im Nu änderte sich die Situation und die Jäger wurden zu Gejagten.

»Wir müssen sie in die Finger bekommen!«, rief ich zu niemandem Bestimmten, als ich die Treppe hinuntereilte und mein Knie bei jeder Stufe schmerzhaft protestierte. Doch es war einfach unmöglich. Das Rudel stob auseinander und tauchte in die Straßen ein. Zurück blieben verängstigte Bürger, die sich keinen Reim darauf machen konnten, was sie gerade erlebt hatten.

Es gab einige Verletzte, doch niemand schien ernsthaft in Lebensgefahr zu schweben. Ich wollte mir nicht ausmalen, wie weit die Mondkinder ohne unser Auftauchen gegangen wären. Und wie war es möglich, dass sie sich verwandeln konnten?

»Verfolgt sie«, gab Zed Anweisungen und teilte eine Gruppe ein. Der Vampir war dafür bekannt, dass er in heiklen Situationen einen kühlen Kopf bewahrte und war augenscheinlich zum Leiter des Einsatzes ernannt worden. Man folgte ihm ohne Widerrede. »Die anderen kümmern sich um die Verletzten. Beantwortet vorerst keine Fragen, bis wir weitere Anweisungen erhalten.«

Ich versuchte erst gar nicht, mich den Jägern anzuschließen, die den Werwölfen nachsetzten. Bis ich hinterhergehumpelt war, wären sie schon über alle Berge. Ich ging den Platz ab, als ich einen gedämpften Schrei aus einer Seitenstraße hörte.

Sofort eilte ich hin und kam schlitternd zum Stehen. An

die Wand eines Hauses gepresst stand eine junge Frau, die Augen schreckgeweitet. Ihre Hände umklammerten eine Tasche, als könne diese einen Schild zwischen ihr und dem Mondkind bilden, das knurrend immer näher kam.

Der Werwolf hatte die Verwandlung vollständig vollzogen und lief in geduckter Haltung. Es ließen sich kaum noch menschliche Gesichtszüge erkennen. Die Schnauze war lang gezogen wie bei einem Hund, die Klauen gekrümmt und der Nacken hatte sich stark herausgebildet. Sein Körper war zu großen Teilen von Fell überzogen, die gelben Augen leuchteten stechend. Die junge Frau schrie ein weiteres Mal auf und sank an der Hausmauer herab, die Hände schützend über den Kopf gelegt.

Ich sah an der Haltung des Werwolfs und daran, wie er seine Muskeln anspannte, dass er gerade zum Sprung ansetzte.

»Hey!«, rief ich ihm entgegen und verfluchte mein Bein dafür, dass es sich gerade jetzt versteifte. »Lass sie in Ruhe!«

Gequält humpelte ich näher. Der Werwolf wand mir den Kopf zu und fletschte die Zähne. Ich versuchte, in seinem Gesicht zu erkennen, was in ihn gefahren war, doch da fiel mir seine Kleidung auf. Das zerrissene Leder, das an ihm herabhing, die Schlaufen am Gürtel, in denen noch achtlos ein Messer steckte. Er trug einen Kampfanzug der VO.

Vorsichtig näherte ich mich ihm, versuchte anhand des Fells und der verzogenen Gesichtszüge zu erkennen, mit wem ich es zu tun hatte.

»Jeremy?«, fragte ich fassungslos und suchte nach weiteren Anzeichen. Unter dem zerrissenen Stoff sah ich einen Teil des Oberarmes mit dem Tattoo von Speedy Gonzales aufblitzen, mit dem ich ihn mal aufgezogen hatte. Heute war mir nicht nach Lachen zumute.

Jeremy antwortete mit einem Knurren und drehte sich mir komplett zu. Die junge Frau war vergessen, doch sie war viel zu aufgelöst, um sich in Sicherheit zu bringen. Ich wollte seine Aufmerksamkeit nicht wieder auf sie lenken, indem ich sie ansprach, und hoffte, dass sie von selbst darauf kommen würde, von hier zu verschwinden. Zudem war ich viel zu schockiert darüber, was aus Jeremy geworden war. Der Speichel tropfte von seinen Zähnen und Lefzen. Ich hatte das Gefühl, einem bissigen Hund gegenüberzustehen.

Sein Blick huschte unruhig durch die Gegend, ohne mich länger als ein paar Sekunden aus den Augen zu lassen.

»Jeremy«, versuchte ich es wieder und er blinzelte mich an. Lag da so etwas wie Verständnis in seinem Blick? Ich wusste, dass Werwölfe nach der Verwandlung zwar unberechenbar und animalisch waren, aber doch auch einen Teil ihrer Vernunft behielten. Sie zogen sich zurück und blieben unter sich, während der Vollmond am Himmel stand. Was also hatte sie heute geritten?

»Komm mit mir«, sagte ich sanft und streckte ihm die Hand entgegen. *Bitte komm einfach mit.* Ich achtete darauf, die Energiekugel in meinem Inneren aufzulösen. Es war etwas, was ich sehr ungern tat, doch Mondkinder konnten die Prana der anderen spüren und so stellte ich eine geringere Gefahr für ihn dar. Das dumpfe Pochen in meiner Brust verschwand, der Energieball löste sich auf und meine Prana stob zu Tausenden flüssigen Energiefäden auseinander, die durch meine Adern flossen, ein heilloses Durcheinander bildeten und zu nichts zu gebrauchen waren. Es würde nur wenige Augenblicke kosten, sie wieder zu tödlicher Magie umzuwandeln, aber Werwölfe waren schnell. Ich ging ein erhebliches Risiko ein, als ich mich Jeremy sozusagen unbewaffnet entgegenstellte und beschwichtigend auf ihn einredete.

»Wir können dir helfen, Jeremy. Komm mit mir, wir finden eine Lösung.«

Der Werwolf schüttelte den Kopf, als wolle er eine lästige

Fliege verscheuchen. *Oder als kämpfe er gegen den Drang an, mir an die Kehle zu gehen.*

»Du kannst dich dagegen wehren«, versuchte ich es weiter. »Du kannst das, du bist stark! Wehr dich dagegen, Jeremy.«

Ein gequälter Laut entfuhr seiner Kehle, eine Mischung aus Knurren und Aufheulen. Er vermischte sich mit dem Schluchzen der jungen Frau.

Jeremy schlug sich die Pranken über den Kopf, wehrte sich sichtlich gegen das, was ihn zu einer Bestie werden ließ.

»Kann nicht«, fletschte er. Ich konnte ihn kaum verstehen.

»Du kannst es«, ermutigte ich ihn und trat einen Schritt näher. Noch einer. Ich hatte ihn fast erreicht.

Jeremys Kopf schoss in die Höhe.

»Bleib!«, bellte er und ich blieb wie angewurzelt stehen. Er taumelte wieder.

»Was ist passiert?«, flüsterte ich. »Wer hat euch das angetan?«

Jeremy jaulte wieder auf. Es wurde zusehends schwerer für ihn, gegen den Wahnsinn in seinem Kopf anzukämpfen.

»Macht mich verrückt ...«, presste er hervor.

»Jeremy, komm mit mir«, flehte ich. »Bitte komm mit, damit wir dir helfen können.«

Doch der Kampf war verloren. Ich wusste es in dem Augenblick, als das irre Funkeln zurück in seine gelben Augen trat und er auf dem Absatz kehrtmachte.

»Jeremy!«, rief ich ihm hinterher, doch der Werwolf war hinter einer Hausecke verschwunden, noch bevor ich überhaupt daran denken konnte, meine Magie einzusetzen, um ihn zu bremsen. Ich war viel zu gelähmt.

Sprachlos half ich der jungen Frau auf, die sich in meine Arme warf.

»Was war das?«, schluchzte sie. Ihre Schminke war durch

Tränen verschmiert und sie zitterte am ganzen Körper. Ich vermied es, ihr zu antworten, und führte sie zurück zur Verborgenenorganisation. *Tja, Henry, hier wirst du dir wohl etwas Besseres einfallen lassen müssen als Schausteller in einem Film.*

Eine Stunde später hatte sich das Chaos gelegt. Die Verletzten waren in umliegende Krankenhäuser gebracht worden. Eine entsprechende Pressemitteilung und zahlreiche Entschuldigungen wurden an die Öffentlichkeit gegeben. Man hatte sogar kurzfristig ein gemietetes Filmteam auftreiben können, um die Lüge, die man der nichts ahnenden Bevölkerung auftischte, zu unterstützen.

Nun saßen wir in einer internen Betriebsversammlung. Die Jäger um mich herum wirkten grimmig, aber auch verwirrt und ratlos. Sie hatten die Werwölfe nicht mehr einholen können.

Henry Cole stand am Pult am Ende des Saals und die Falte auf seiner Stirn war deutlich zu erkennen. »Direkt vor unserer Nase! Das ist eine Katastrophe!«

Zustimmendes Gemurmel folgte dem Ausbruch des VO-Leiters. Henry fasste die Ereignisse des Vormittages zusammen und gab danach Anweisungen, wie es weitergehen sollte.

»Wir wissen nicht, womit wir es zu tun haben. Aber wir werden alles daransetzen, es so schnell wie möglich herauszufinden. Zed Gallagher wird Sie nachher in Gruppen aufteilen. Es gilt, die Stadt zu sichern und so schnell wie möglich an Ort und Stelle zu sein, wenn es wieder zu solch einem Desaster kommen sollte. Wir werden vermehrt Streife laufen. Sollte Ihnen irgendetwas eigenartig vorkommen, melden Sie es sofort der Zentrale. Außerdem bitte ich Sie, Ihre Kollegen im Auge zu behalten. Der erste Mitarbeiter der Verborgenenorganisation ist bereits betroffen. Wir wissen nicht, wann und wo er sich angesteckt hat, wenn man überhaupt von einer Krankheit reden kann. Daher hat es oberste Priorität, so schnell wie möglich einen der Betroffenen für entsprechende Blutabnahmen hierherzubringen. Bisher waren wir leider erfolglos, was das angeht.«

Nicht gerade etwas, worauf wir stolz sein können, dachte ich grimmig. Es wurde eine Zeit lang hitzig debattiert, man äußerte die verschiedensten Theorien und Vermutungen – eine absurder als die andere.

Ich war müde und zog mich an die hinterste Wand zurück, wo ich mich anlehnte und die Augen schloss. Die Strapazen der letzten Nacht steckten mir noch immer in den Knochen. Von dort aus sah ich ihn. Ryan stand auf der anderen Seite des Saals und sah besorgt zu mir herüber. Sofort versteifte ich mich und mein Herz schlug mir bis zur Kehle. Ich wollte die Hand heben und ihm zuwinken, wollte, dass er zu mir kam und wir uns zusammen Gedanken darüber machen konnten, was hier in London los war. Doch als er meinen Blick bemerkte, wandte er den Kopf schnell ab, als hätte es diesen kleinen Moment zwischen uns nie gegeben.

Das Loch in meiner Brust riss wieder auf. Nichts hatte sich zwischen uns verändert und nichts deutete darauf hin, dass er es sich anders überlegt hatte.

Ich fühlte mich alleingelassen und verfluchte mich für den Schmerz, der mir die Tränen in die Augen trieb. Dabei hatte ich die letzten Tage genug Ablenkung gehabt, sodass ich kaum an Ryan hatte denken müssen. Jetzt schlug die Sehnsucht nach ihm wieder wie eine Welle über mir zusammen und presste mir die Luft aus den Lungen.

Ich konnte die Augen nicht von ihm abwenden. Ryan sah wie immer atemberaubend in seinem Kampfanzug aus, der seine Muskeln betonte. Die schwarzen Haare standen wirr von seinem Kopf ab. Er sah nicht noch einmal zu mir, sondern unterhielt sich mit seinem Nachbarn.

Ich bemerkte Zed erst, als er direkt neben mir stand und mich ansprach.

»Ich soll dir ausrichten, dass Mr. Cole dich nach der Versammlung in seinem Büro sehen will«, sagte der Vampir leise und ich zuckte zusammen.

»Okay«, antwortete ich mit heiserer Stimme und räusperte mich, um den Kloß in meinem Hals wegzubekommen. Zed stand noch immer neben mir und wirkte unschlüssig. Ich warf ihm einen fragenden Blick zu.

»Ich ... ich wollte dich etwas fragen«, stotterte er sichtlich verlegen. »Wenn das alles hier vorbei ist, könnten wir vielleicht essen gehen.«

Ich zuckte mit den Schultern. »Klar, wieso nicht.«

Er wirkte fast so, als hätte er nicht mit dieser Antwort gerechnet. Normalerweise schloss ich mich auch nicht an, wenn die Kollegen nach Feierabend noch was zusammen machten. Vielleicht sollte ich das ändern.

»Wenn wir dieses Problem hier in den Griff kriegen, sollten wir am besten eine Party schmeißen«, setzte ich hinzu.

Zed wirkte etwas verdutzt. »Nein, ich meinte eher, ob wir zwei etwas essen gehen wollen.«

»Oh.« Sofort schoss mir die Röte ins Gesicht und ich suchte verlegen nach einer passenderen Antwort. *Ein Date?* »Ich ... ich meine ...«

»Schon gut, es tut mir leid«, beeilte sich Zed zu sagen und trat verlegen einen Schritt zurück. »Ich hätte nicht fragen dürfen. Ich dachte nur, du und Ryan ...«

»Nein, nein«, beschwichtigte ich ihn, da er sich sichtlich unwohl fühlte. »Ich meine, ja, Ryan und ich sind nicht mehr zusammen, aber es ist irgendwie noch zu früh.«

Zed lächelte verständnisvoll. Zum ersten Mal betrachtete ich ihn genauer. Er war groß und kräftig gebaut, hatte muskulöse Oberarme und kurz geschorenes braunes Haar. Nicht unattraktiv, aber eben nicht Ryan. Ich konnte mir einfach nicht vorstellen, mit jemand anderem auszugehen, selbst wenn hier in London alles normal laufen würde. Ich gehörte doch zu jemand anderem.

Das Loch, das sich unter mir auftat, holte mich zurück in die Gegenwart. Zu wem gehörte ich? Zu Ryan, der mich nicht wollte? Der uns aufgegeben hatte? Wie lange würde diese Hilflosigkeit anhalten? Würde der Schmerz über unsere Trennung irgendwann vergehen? Und was dann?

»Zed, tust du mir einen Gefallen?«, rief ich ihm hinterher, als er sich hastig verabschiedet hatte. Er drehte sich noch einmal um.

»Frag mich irgendwann noch mal.«

Sofort erhellte sich sein Gesicht und ich konnte nicht anders, als zurückzulächeln.

»Mach ich«, versprach er und ging. Ich sah ihm hinterher. Ich hatte kein Interesse an anderen Männern, da das mit Ryan noch viel zu frisch war. Aber ich konnte auch nicht leugnen, dass ich mich ein kleines bisschen geehrt fühlte, dass Zed mich nach einem Date gefragt hatte. Er war nett und höflich, außerdem hatte er während der Einsätze mehrfach bewiesen, dass man sich auf ihn verlassen konnte.

Mit diesen wenigen Sätzen hatte er mich seit Langem wieder wie eine Frau fühlen lassen, nicht wie eine gefühlslose Kampfmaschine.

Sofort plagte mich das schlechte Gewissen und ich sah zu Ryan, der mich mit wütenden Blicken bedachte. Doch dann kniff ich die Augen zusammen und starrte herausfordernd zurück. Er hatte schließlich Schluss gemacht, nicht ich. Ich würde mich nicht ewig zu Hause einschließen.

Ich war froh, als die Versammlung aufgelöst wurde, und hätte beinahe vergessen, dass Henry mich sehen wollte. Ich kämpfte mich durch das überfüllte Büro der Jäger und stieg die Treppe zu seinem Büro rauf. Aus dem Zimmer drangen

Stimmen, die mich an meine guten Manieren erinnerten und anklopfen ließen.

»Komm herein«, ertönte Henrys Stimme. Zu meiner Freude waren es Derek und Don, mit denen er gesprochen hatte. Sie saßen auf den beiden Sesseln gegenüber Henrys Schreibtisch. Selbst Cox war da und lächelte mir stolz von Henrys Schreibtisch aus zu. Scheinbar hatte der VO-Leiter endlich seine Abneigung gegen Kobolde abgelegt und erkannt, wie nützlich sie waren. Ich stellte mich wortlos hinter die Sessel und hörte zu.

»Wir vermuten, dass es irgendetwas ist, was die Prana der Verborgenen beeinflusst. Die Verwandlungen der Werwölfe werden von erhöhter Pranamenge während des Vollmondes ausgelöst, der Blutdurst der Vampire ebenfalls«, sagte Derek gerade sachlich.

»Was kann Prana beeinflussen?«, fragte Henry. Er wirkte abgekämpft. »Das Wetter? Die Konstellation der Sterne? Das alles hilft uns nicht weiter.«

Derek zögerte mit seiner Antwort. »Wir wissen bereits, dass der Vollmond die Prana verstärkt. Außerdem haben die Dämonen die Möglichkeit, etwas von ihrer Prana abzugeben. Aber wir wissen, dass sie nicht dahinterstecken.«

Er warf mir einen entschuldigenden Blick zu, aber ich wusste bereits, dass es möglich war. An der Akademie hatte sich ein Mitschüler von uns dazu hinreißen lassen, einen Deal mit einem Dämon einzugehen. Er hatte Leviathan Informationen geliefert und dafür von der abhängig machenden Dämonenprana kosten dürfen. Leviathan hatte sie Jonathan in den Körper gepumpt wie eine Droge.

»Und was macht Sie so sicher?«

»Weil nicht alle Dämonen ihre Prana abgeben können«, antwortete ich. *Ich konnte es.* »Es sind zu viele Infizierte und zu wenige Dämonen, die dafür infrage kommen. Und weil wir es mit normalen Mondkindern zu tun haben.«

Henry lehnte sich zurück. »Unter normal verstehe ich, dass sie sich nur zu Vollmond verwandeln können.«

»Glaub mir, ich weiß, wovon ich rede.« Jonathan war nicht nur in der Lage gewesen, sich zu verwandeln, wann er es wollte. Er hatte sich in einen monströsen Höllenwolf verwandelt, gegen den die Mondkinder heute wie Welpen gewirkt hätten.

»Jill hat recht«, stimmte Derek mir zu. »Das hier ist etwas anderes.«

Henry seufzte. »Also schön, ich glaube Ihnen. Deshalb habe ich Sie rufen lassen. Sie wissen einfach am besten, wovon Sie reden. Daher habe ich eine Aufgabe für Sie.« Er schnappte sich einen Stift und drehte ihn zwischen den Fingern. »Wenn meine Vermutungen stimmen, werden wir in den nächsten Tagen alle Hände voll damit zu tun haben, die Situation zu entschärfen und uns um die Infizierten zu kümmern. Ich habe bereits Verstärkung aus den anderen Institutionen gefordert. Sie werden sich da heraushalten.« Er musste den Protest in meinen Augen ablesen können, denn er bedeutete mir mit einer Handbewegung, ihn nicht zu unterbrechen. »Stattdessen werden Sie alles daransetzen, herauszufinden, mit was wir es zu tun haben. Sie haben freies Budget. Die Labore und alles, was Sie benötigen, stehen Ihnen zur Verfügung. Halten Sie sich aus Kämpfen raus – besonders du, Jill.«

Ich schnaubte, sagte aber nichts dazu.

»Freies Budget?«, kicherte Cox. »Vielleicht sollten wir mit unserer Suche auf den Malediven anfangen.«

Er erntete einen strengen Blick von dem VO-Leiter und verstummte, um professionell zu wirken. Ich unterdrückte ein Lachen.

»Alissa Collins kommt nach meiner Information morgen wieder in London an. Sie ist ebenfalls beurlaubt und kann Ihnen helfen.«

Ich freute mich, dass er auch Alissa mit einbezog.

»Wieso wir?«, fragte ich dennoch, rein aus Neugier.

Henry atmete hörbar aus. »Vielleicht liege ich falsch, aber ihr habt schon öfter bewiesen, dass ihr ein unschlagbares Team seid und ihr findet in der Regel Dinge heraus, auf die nie ein Mensch gekommen wäre. Ich setze all meine Hoffnungen darauf, dass ihr den Vorkommnissen hier bald ein Ende setzt.«

Er entließ uns mit einem Handwink.

»Na, wenn das mal keine Herausforderung ist«, murmelte Don, als wir auf den Flur traten, völlig ahnungslos, wo wir anfangen sollten.

Kapitel 15

»Ich brauche eine Pause«, stöhnte ich und klappte den dicken Wälzer auf meinem Schoß zu. Eine Staubwolke ging von dem Buch aus und kitzelte meine Nase. Ich unterdrückte ein Niesen und streckte den schmerzenden Rücken durch.

Derek hatte mich am frühen Morgen in die Krankenstation der VO geschleift, nachdem er gehört hatte, dass ich meine Wunden mit Biokinese verschlossen hatte. Die magisch verschlossenen Wunden waren über Nacht wieder aufgeplatzt und man hatte sie erneut vernäht.

Danach waren wir wieder in unsere Wohnung zurückgekehrt, wo wir Bücher aus der Bibliothek und Dereks und Dons Forschungsaufzeichnungen durchwälzten.

Die beiden Jungen saßen auf dem weichen Teppich, mit dem Rücken ans Sofa gelehnt. Mich hatten sie auf die Couch verfrachtet, wo ich unter den strengen Blicken meiner Freunde das verletzte Bein ausstrecken sollte.

Alissa war am Mittag zurückgekehrt und kuschelte sich mit Conchobhar in den Sessel, während Chaz unruhig durch das Wohnzimmer tigerte.

»Wir übersehen etwas«, knurrte er zum wiederholten Mal. »Ich habe das Gefühl, die Lösung zu wissen, und es macht mich wahnsinnig, dass ich nicht draufkomme.«

Ich ließ das Buch mit einem Krachen auf dem Tisch landen.

»Das hilft uns nicht gerade weiter«, nörgelte ich. »Mal abgesehen davon, dass es Zeitverschwendung ist, diese blöden Bücher durchzusehen.«

»Hast du einen besseren Vorschlag?«, maulte Derek. Für ihn war es selbstverständlich, dass Bücher alle nötigen Informationen enthielten, wenn man nur lange genug danach suchte. Ich hatte einfach keine Geduld für so was.

»Nein, habe ich nicht«, gab ich zu. »Aber Henry Cole zählt auf uns und wir haben nicht den leisesten Schimmer, was hier vor sich geht.«

Außerdem hasste ich es, mich hier zurückzuziehen, während da draußen alles drunter und drüber ging. Wir hatten heute Morgen nur für einen kleinen Moment den Radiosender der Verborgenen eingeschaltet. Allein in diesen paar Minuten hatten sich die Polizeimeldungen gehäuft. Es waren kleine Vorfälle gewesen, von Einbrüchen und Randale bis hin zu leichter Körperverletzung und einer kleinen Explosion in einer Hexen-WG.

Nicht nur die Tatsache, dass die Hexen nun scheinbar auch von dem Virus betroffen waren, machte uns nervös. Es war frustrierend, nichts dagegen tun zu können, und dementsprechend mies war auch unsere Stimmung.

Alissa atmete hörbar aus und erhob sich aus dem Sessel, um in die Küche zu gehen. Ich sah ihr mit schlechtem Gewissen hinterher. Sie spürte unsere Gefühle zusätzlich zu ihren eigenen und hatte seit ihrer Ankunft noch nicht viel gesagt, was für mich mehr als aufschlussreich war. Ich folgte ihr in die Küche. Sie lehnte an der Spüle, füllte ein Glas mit Leitungswasser und nippte daran.

»Es tut mir leid«, sagte ich und legte ihr die Hand auf den Rücken.

»Schon gut, ihr macht es ja nicht mit Absicht.« Sie zwang

sich zu einem tapferen Lächeln. »Es ist nur so, dass mich die Rückkehr nach London etwas härter getroffen hat, als ich erwartet hatte. Die Tage auf dem Land waren wirklich erholsam.«

Ich setzte mich auf einen der Barhocker und verschränkte die Hände unter dem Kinn.

»Wie geht es deinen Eltern?«

Allys Gesicht erhellte sich. »Es war schön, sie wiederzusehen, und Dad hat sich sofort mit Chaz verstanden. Anfangs ging es ihnen wirklich schlecht, die Grippe hat sie ziemlich umgehauen, aber die letzten Tage konnten wir schon wieder einiges unternehmen.«

Ich lauschte, wie sie von Chaz und den Tagen bei ihrer Familie erzählte. Ihre rostroten Löckchen wippten dabei auf und ab, die grünen Augen strahlten. Die Tage auf dem Land hatten ihr wirklich gutgetan und Ally war zäher, als man meinen sollte. Sie war zwar klein und zierlich und die Sommersprossen ließen sie jünger wirken, als sie war, doch Alissa war eine Kämpferin. Dass man ihr so kurz nach ihrer Ankunft schon ansah, wie sich ihre Haltung merklich verspannte, sagte mir, dass sie mehr unter ihrer Gabe litt, als sie uns weismachen wollte.

»Weißt du was?«, fragte ich. »Wir zwei brauchen eine Pause. Lass uns schnell einkaufen gehen und dann kochen wir den Jungs etwas. Ich könnte einen ganzen Büffel verdrücken.«

Ein Teil von Allys quirliger Art kehrte zurück. »Gute Idee, unser letzter Kochabend liegt ja auch schon eine Weile zurück.«

Wir schnappten unsere Jacken und machten uns zu Fuß auf zum nächsten Supermarkt. Die Nachmittagssonne lugte hinter den Wolken hervor und ich schloss die Augen, um die warmen Strahlen auf meinem Gesicht zu genießen. Ally hakte sich bei mir unter und sofort wurde ich von einem

Gefühl der Zufriedenheit durchströmt. Ich versteifte mich etwas, was mir einen Stich in meinem verletzten Rücken bescherte.

»Ich weiß, warum du das machst«, murmelte ich etwas zerknirscht. Ally warf mir ein entschuldigendes Lächeln zu.

»Wenn du nicht darüber reden möchtest, ist es in Ordnung. Aber Cox hat mir erzählt, wie schlecht es dir nach der Trennung von Ryan ging. Mal abgesehen davon, dass ich ein schlechtes Gewissen habe, weil ich nicht für dich da war, kenne ich dich gut genug, um zu wissen, dass du deine Gefühle gerne verdrängst. Und meist endet es dann in einem nicht ungefährlichen Magieausbruch.«

Ich senkte ergeben den Kopf und wartete, bis eine Gruppe von Fußgängern an uns vorübergezogen war.

»Schon gut, du hast ja recht. Es ist nur nicht so leicht, darüber zu reden. Ich vermisse Ryan mit jeder Minute mehr und es verletzt mich, dass er mit mir Schluss gemacht hat. Ich dachte, wir fühlen dasselbe füreinander.«

Alissa wägte ihre Worte ab. Sie kannte seine Gefühle vermutlich besser als ich, doch sie verstand ihre Gabe als ein unfreiwilliges Eindringen in die Privatsphäre eines Menschen und redete nur in Ausnahmefällen darüber.

»Ich glaube nicht, dass es daran liegt, dass er nichts für dich fühlt. Irgendetwas ist passiert, es kam viel zu plötzlich. Etwas belastet ihn. Ich habe es schon seit Längerem gespürt, aber ich weiß nicht, was es ist. Vielleicht etwas, was er sich selbst nicht eingestehen will, und deshalb sucht er die Schuld bei dir?«

Ich sah sie skeptisch an.

»Ich versteh kein Wort«, sagte ich schließlich und Alissa rollte mit den Augen. »Und wer sagt, dass ich nicht schuld *bin*? Er hat mir vorgeworfen, ich würde ihn wie ein kleines Kind behandeln. Vielleicht stimmt es und ich habe es nicht bemerkt.«

»Vielleicht«, wich Ally aus. »Aber da ist noch etwas anderes. Obwohl ich nicht bestreiten will, dass das vielleicht seinen Teil dazu beigetragen hat. Ryan ist niemand, der gerne im Hintergrund steht. Und er ist niemand, der gerettet werden möchte.«

Ich dachte eine Weile darüber nach, während wir die Straße überquerten und das genervte Hupen der Taxifahrer ignorierten.

»Du meinst, er will der Prinz auf dem weißen Pferd sein?«, sagte ich schließlich und Alissa musste kichern.

»Nein, so schlimm ist es dann doch nicht. Aber er möchte gebraucht werden.«

»Aber ich brauche ihn doch!«, hielt ich dagegen.

Ally sah mich fragend an. »Tust du das wirklich?«

»Was meinst du damit? Natürlich tue ich das!«

Tat ich es? Ich lebte mein Leben weiter, aber was blieb mir auch anderes übrig? Das hieß nicht, dass es mir gut dabei ging. Ryan spendete mir Halt und seit er weg war, hatte ich das Gefühl, meine Probleme erdrückten mich langsam. Ich vermisste ihn und auch in diesem Moment spürte ich wieder die Sehnsucht an mir nagen. Wir erreichten den Supermarkt, doch Ally blieb vor der Tür stehen und drehte mich zu sich.

»Ich weiß, dass du ihn liebst und in gewisser Weise auch brauchst. Aber ich glaube, Ryan hat das nicht erkannt. *Er* möchte derjenige sein, der *dein* Leben rettet, nicht andersherum. Ich glaube, das hat ihn schwer getroffen, auch wenn er es sich selbst nicht eingesteht. Und du bist nun mal keine Frau, die sich etwas sagen lässt oder die Schutz braucht. Vermutlich bist du die mächtigste Hexe in ganz London.«

Ich verbesserte sie nicht, dass ich nur zur Hälfte eine Hexe war.

»Aber das hat er vorher gewusst. Das ist doch auch der einzige Grund, wieso wir gefahrlos zusammen sein konnten.«

Ally zuckte mit den Achseln. »Ich weiß, und anfangs hat ihn das auch nicht so gestört. Aber ich glaube, je mehr Erfolg du hattest, umso nutzloser hat er sich gefühlt. Ich schätze, er hatte einfach Angst, dass du ihn irgendwann nicht mehr brauchst.«

Ich blinzelte ungläubig in die Sonne. »Und deshalb macht er Schluss mit mir? Aus Angst, ich könne ihm zuvorkommen? Das ist so was von absurd.«

Ally schnaubte. »Seit wann ergibt es Sinn, was die Männer tun? Ich denke, er hat es nicht getan, um dir zuvorzukommen, sondern um zu sehen, ob er recht behält, dass du ihn nicht brauchst.«

Ich zuckte zusammen, als mir bewusst wurde, was das bedeutete. Wenn es tatsächlich so war, wie Ally vermutete, und ich vertraute ihrer Einschätzung, dann hatte ich genau das getan, wovor Ryan sich gefürchtet hatte. Ich hatte einfach weitergemacht. Ich hatte ihn weder angerufen, noch hatte ich versucht, ihn aufzuhalten. Ich hatte mich in die Arbeit gestürzt und den Gedanken an ihn verdrängt. Er wusste nichts von meinem Zusammenbruch oder von dem Gefühl, unvollständig zu sein. Für ihn musste es so aussehen, als hätte mich das alles völlig kaltgelassen. Und dann hatte er mich auch noch mit Zed flirten sehen.

»Oh, verflucht«, stieß ich leise aus und wir betraten den Supermarkt. Ich nahm mir einen Korb und suchte schweigsam ein Bündel Karotten und Lauchzwiebeln an dem Gemüsestand heraus.

»Das heißt, er hat nur mit mir Schluss gemacht, in der Hoffnung, ich flehe ihn an, nicht zu gehen?«, platzte ich plötzlich heraus und einige Umstehende wichen erschrocken vor mir zurück. Ich warf ihnen ein entschuldigendes Lächeln zu. Ihre misstrauischen Blicke verrieten, dass sie bereits von der erhöhten Aggressivität der Infizierten gehört hatten. *Ich bin nicht verrückt, ich habe nur Männerprobleme.*

Alissa zog mich zum Fleischstand und antwortete nicht. Wir wanderten zwischen den Regalen hindurch und hin und wieder warf ich grimmig ein paar Sachen in den Korb. Als ich ihn verfehlte und Alissa das Glas mit Pilzen gerade noch rechtzeitig mit ihrer Telekinese davon abhielt, auf den Fliesen zu zerschellen, atmete ich tief durch. In mir brodelte es.

Ryan hatte mich verlassen, um mich zu *testen*? Damit hatte er mich nicht nur verletzt, sondern der Schuss war auch noch nach hinten losgegangen. An der Kasse hatte ich mich weitestgehend beruhigt, um wieder sprechen zu können. Alissa spürte die Veränderung.

»Es tut mir leid, Jill«, sagte sie mitfühlend. »Aber vielleicht solltest du ihn auch verstehen. Für ihn war es nicht leicht, immer in deinem Schatten zu stehen. Du hast eine tolle Karriere hingelegt und führst immer wieder Einsätze an, bei denen er dir manchmal sogar unterstellt ist. Mr. Cole hält alle Stücke auf dich.«

Ich schnaubte und reichte der Kassiererin einen Schein.

»Habt ihr in letzter Zeit nichts mitbekommen? Ich wurde von den Einsätzen abgezogen, danach zur Büroarbeit verdonnert und daraufhin zwangsbeurlaubt! Ich bin nicht perfekt, ich mache jede Menge Fehler, die auch noch verheerende Auswirkungen haben. Mal abgesehen davon, dass die eine Hälfte der Verborgenen Angst vor mir hat und die andere mich für einen durchgeknallten Dämon hält. Er kann gerne mit mir tauschen.«

Ally bedeutete mir, leiser zu sprechen, weil die Kassiererin mit den knallroten Fingernägeln aus großen Augen zu mir herübersah.

»Ich weiß doch«, beschwichtigte Alissa mich. »Ich verstehe dich und ich weiß, wie sehr dich das belastet. Aber bei Ryan hat es viel mit seinem Selbstwertgefühl zu tun.«

»Dann soll er doch mit seinem riesigen Ego glücklich

werden«, schnauzte ich, auch wenn ich es eigentlich nicht so meinte. Vielleicht war ich ja doch diejenige von uns mit dem zu groß geratenen Ego?

»Bist du nicht«, antwortete Ally, als hätte sie meine Gedanken gehört. Wahrscheinlich waren meine Zweifel deutlich spürbar gewesen.

»Ich weiß einfach nicht mehr, was ich denken soll«, gestand ich auf dem Rückweg. »Was erwartet er von mir? Dass ich ihn zurückhole und dann meinen Job an den Nagel hänge, um den Haushalt zu schmeißen und die Kinder großzuziehen, die wir nicht haben können? Oder *erlaubt* er mir, weiterzuarbeiten, unter der Bedingung, dass ich bloß nicht zu viel Erfolg habe?«

Die Sonne verschwand hinter einer Wolke und das Wetter passte sich wieder der Kälte in meinem Inneren an.

»Nein, das erwartet er nicht. Deshalb ist er gegangen.«

Ich rammte den Schlüssel in unsere Haustür, härter, als ich vorgehabt hatte.

»Also muss ich mich nach all den Jahren entweder ändern oder akzeptieren, dass es aus zwischen uns ist? Ally, das ist nicht fair!«

»Die Liebe ist in den seltensten Fällen fair«, antwortete sie, als wir die Wohnung betraten. Ich beschloss, später über die Sache mit Ryan nachzudenken. Momentan hatten wir Wichtigeres zu tun, allem voran, unsere leeren Mägen zu füllen. Aus dem Wohnzimmer hörten wir die Jungs hitzig debattieren. Alissa verzog das Gesicht, als sie die gereizte Stimmung zu spüren bekam. Wir räumten die Einkäufe aus und begannen, am Tresen das Gemüse zu schneiden.

»Wie läuft es bei dir und Chaz?«, fragte ich sie leise, um mich von meinen kreisenden Gedanken an Ryan abzulenken. Allys und Chaz' Situation war ebenfalls verzwickt. Chaz tat Alissa gut, nicht nur, weil er seine Gefühle vor ihr abschirmen konnte. Sie waren ein schönes Paar und empfanden viel füreinander, aber Chaz war immer noch der Nachfolger von Baal. Er würde irgendwann eine ganze Legion von Dämonen in der Unterwelt anführen müssen. Alissa litt schon jetzt unter den Trennungen.

Baal und meine Mutter hatten es geschafft, trotz zweier grundverschiedener Welten miteinander zusammen zu sein. Er hatte sie in seinem Schloss untergebracht und Mum hatte sich an die Ausflüge in die Unterwelt gewöhnt. Aber für Alissa kam das nicht infrage.

In der Unterwelt regierten noch immer Hass, Neid und Missgunst. Dämonen waren zum Großteil verbittert und grausam. Nichts, was eine Hexe mit der Fähigkeit, die Gefühle anderer zu spüren, auf Dauer ertragen konnte.

»Es gefällt ihm in der Realität«, antwortete sie leise und ich sah sie überrascht an. »Er sagt es nicht offen, doch ich sehe es ihm an. Er blüht auf, sobald er hierher zurückkehrt und wenn der Tag näher rückt, an dem er wieder in die Unterwelt muss, verdüstert sich seine Stimmung zusehends.«

Ich warf die Karotten in die heiße Pfanne, gefolgt von den Lauchzwiebeln. Es war schön, wie wir hier Seite an Seite standen und uns so banalen und vor allem normalen Dingen wie Mädelsgesprächen zuwenden konnten. Seit Alissa wieder zurück war, fühlte ich mich weitaus besser. Sie war für mich da und würde es auch immer sein, egal, wie sehr ich verletzt wurde. Sie würde mir immer Halt geben.

»Du meinst, er würde auch auf Dauer bleiben?«

Ally schüttelte traurig den Kopf. »Nein, dazu ist er zu pflichtbewusst und euerm Vater gegenüber zu loyal. Er wird Baals Nachfolge antreten, wenn es an der Zeit ist. Ich hoffe nur, dass uns noch ein paar unbeschwerte Jahre bleiben, bis es so weit ist.«

Sie lächelte tapfer, doch eine Träne stahl sich in ihre Augen, als sie das angebratene Gemüse aus der Pfanne nahm und das Hühnchen anbriet.

»Ihr schafft das«, tröstete ich sie und zog sie in eine Umarmung. Ihr blumiger Duft stieg mir in die Nase und brachte das Gefühl von Vertrauen und Geborgenheit mit sich. In den letzten Wochen war mir unsere Wohnung kalt und leer vorgekommen. Alissa füllte sie mit Leben und machte sie zu einem Zuhause. Sie seufzte, dann zwang sie sich zu einem Lächeln.

»So, da wir uns jetzt ausgeheult haben, können wir ja zum erfreulicheren Teil des Abends übergehen.« Sie zwinkerte mir zu und öffnete die Küchentür. Mit der Hand wedelte sie etwas Luft in den Flur.

»Ich gebe ihnen zehn Sekunden«, kicherte ich, als auch Cox schon seine Nase zur Küchentür hineinsteckte. Kurz darauf folgte Chaz.

»Rieche ich da Hühnchen?«, fragte er, warf einen begierigen Blick in die Pfanne und umarmte Alissa von hinten. Sie klopfte ihm spielerisch mit dem Kochlöffel auf die Finger.

»Hast du nicht gelernt, dass man die Köchin nicht ablenken soll?«

Chaz zog sich sofort mit erhobenen Händen zurück. »Verzeihen Sie, Madame. Ihre Kochkünste sind sehr geschätzt und es würde mir nicht im Traum einfallen, Sie in die Bredouille zu bringen, indem Sie das Essen versalzen.«

Cox sprang auf den Tresen und rollte mit den großen Kulleraugen. Ich drückte ihm Besteck in die Hand und warf ihm einen mahnenden Blick zu, bevor er einen Kommentar zum Thema Liebe ablassen konnte. Wir deckten den Esstisch, als auch Derek und Don dem Geruch der Gemüsepfanne nicht mehr widerstehen konnten und sich zu uns gesellten. Ally öffnete eine Flasche Wein, als alle Teller beladen waren, und wir stießen an.

»So jung kommen wir nicht mehr zusammen«, sagte Chaz in die Runde.

»Hört, hört«, antwortete Cox, der Älteste von uns.

»Auf die Liebe«, sagte Alissa mit einem Blick auf meinen Bruder.

»Auf die Wissenschaft«, kam es von Derek, und Don prostete, »Auf den Frieden.«

Ich sah zufrieden in die Runde und nahm den Anblick meiner Freunde in mich auf. Sie waren wie ein Anker für mich, sie waren meine Familie, immer verlässlich und zur Stelle, wenn man sie brauchte. Diese Momente, in denen wir alle zusammen waren, konnte es nicht genug geben. Sie waren kostbarer als alles Geld der Welt.

»Auf die Zukunft«, flüsterte ich und hob mein Glas.

Kapitel 16

Der nächste Morgen begann vielversprechend. Die Sonnenstrahlen weckten mich und als ich durch das Fenster blickte, begrüßte mich strahlend blauer Himmel.

Ich hatte auf der Couch im Wohnzimmer geschlafen und Derek und Don bereitwillig mein großes Bett überlassen. Nachdem ich ihnen weisgemacht hatte, dass ich die harte Couch mit meinem geschundenen Rücken bevorzugte, hatten sie das Angebot endlich angenommen. Tatsächlich hatte ich sehr gut geschlafen, selbst Conchobhars Schnarchen hatte mich nicht so sehr gestört wie sonst. Er hatte sich auf der Decke über meinen Füßen zusammengerollt.

Aus der Küche drang der Geruch nach gebratenem Speck, woraufhin selbst der Kobold verschlafen die Nase hob und schnupperte.

»Fragst du Derek, ob er hier einzieht? Du machst mir nie Speck zum Frühstück …«, murmelte er und streckte sich.

Zur Antwort schürzte ich die Lippen und wackelte mit den Zehen, woraufhin er unsanft auf und ab wippte.

»Ich meine mich zu erinnern, dass irgendjemand behauptet hat, Kobolde besorgen sich ihr Essen selbst.«

Cox öffnete ein Auge und blinzelte mich an. »Ich weiß nicht, von wem du redest.«

»Mal ehrlich, Cox, wann hast du dir das letzte Mal eine

Taube gefangen? Du bist fast vierhundert Jahre alt und erst jetzt darauf gekommen, dass Menschenessen gut schmeckt?«

Cox wirkte nachdenklich, als er mir ins Badezimmer folgte. »Nein, ich glaube, bisher war ich zu stolz, um es zu probieren. Ich war noch nie so lange bei ein und derselben Person.«

Bei seinen Worten war ich fast schon geschmeichelt. Trotzdem schob ich ihn aus dem Bad heraus und verschloss die Tür vor seiner Nase.

»Hey!«

»Koboldfreie Zone!«

Mein Magen grummelte, also wusch ich mir das Gesicht im Schnelldurchlauf und band die Haare zu einem Zopf, ohne sie zu entwirren. Ich hoffte, dass wir heute endlich auf eine Lösung stoßen würden. Derek und Don hatten eine Lieferung einiger uralter Bücher aus Ägypten inklusive Übersetzung bekommen, die vielversprechend geklungen hatten und die wir uns heute vornehmen wollten.

Es klopfte laut an der Tür.

»Bist du bald mal fertig da drin?«, maulte Alissa, als ich die Tür öffnete.

»Guten Morgen, Sonnenschein. Da ist wohl jemand mit dem falschen Fuß aufgestanden?«

Sie ignorierte meine Frage, zwängte sich an mir vorbei und schob mich unsanft aus dem Bad. Ich warf Chaz, der gerade aus ihrem Zimmer kam, einen fragenden Blick zu, doch er winkte unschuldig ab und gab mir zu verstehen, dass er nicht schuld an Allys schlechter Laune war. Wahrscheinlich war es wieder dieses Gefühlschaos in ihr.

»Wenn ihr euch nicht beeilt, hat Cox alles aufgegessen«, rief Don aus der Küche, woraufhin Chaz und ich beinahe im Türrahmen stecken blieben, weil wir gleichzeitig losgestürmt und dort angekommen waren.

Derek rümpfte missbilligend die Nase, doch wir waren

viel zu sehr damit beschäftigt, die Augen gierig über den Küchentisch wandern zu lassen, um es zu bemerken.

Derek und Don hatten sich alle Mühe gegeben. Es gab frischen Obstsalat, Speck, Eier, warme Brötchen und frisch gepressten Orangensaft.

»Ich bin geneigt, deiner Bitte nachzugeben«, murmelte ich Cox verschwörerisch zu, nachdem ich mir den Teller vollgeschaufelt hatte. »Die Couch nehme ich gerne in Kauf, wenn ich dafür jeden Morgen so geweckt werde.«

Derek strahlte, als er meine Worte hörte.

»Frühstück ist die wichtigste Mahlzeit am Tag und Vitamine kurbeln die Gehirnzellen an. Und die Energie haben wir bitter nötig, heute wird ein anstrengender Tag.«

Ich zog eine Schnute bei dem Gedanken an einen weiteren Tag, an dem ich nur in Bücher starren durfte. Aber es war schön, sie alle um mich zu haben. Endlich kam wieder Leben in die Wohnung und ich spürte, dass die Anwesenheit meiner Freunde wie Balsam auf meiner Seele war.

Ally gesellte sich wortlos zu uns. Sie sah blass und müde aus. Chaz warf ihr ebenfalls besorgte Blicke zu.

»Alles in Ordnung?«, fragte er leise.

»Natürlich«, antwortete sie schroff. Chaz wirkte ratlos, während Alissa lustlos an ihrem Orangensaft nippte. Ich beschloss, sie später beiseitezunehmen, um herauszufinden, was mein Bruder angestellt hatte. Er schien sich tatsächlich keiner Schuld bewusst zu sein, doch Ally hatte garantiert ihre Gründe.

»Was haltet ihr davon, wenn wir die Bücherkiste in den Hyde Park mitnehmen und dort durchsehen?«, fragte ich, bevor die Stimmung kippen konnte. Derek kräuselte skeptisch die Nase und griff nach dem letzten gekochten Ei, bevor Chaz sich dieses auch noch einverleiben konnte.

»Ich weiß nicht, ob das in der jetzigen Situation so eine gute Idee ist«, meinte er zweifelnd, aber Don, Cox und Chaz hatten ihn bereits überstimmt. Wir alle hatten genug davon, tatenlos in der Wohnung zu sitzen. Ich musste raus und sehen, was vor sich ging.

Eine halbe Stunde später hatten wir eine Picknickdecke auf der Wiese im Park ausgebreitet. Es war immer noch kalt, doch wir hatten uns in dicke Mäntel gehüllt. Ich hatte uns zu einer schönen Stelle am See geführt, die, umgeben von Bäumen, etwas abgeschirmt von den anderen Besuchern war, die ebenfalls das erste sonnige Wetter seit Wochen genießen wollten.

Dennoch fiel mir auf, dass weniger Menschen hier waren, als ich erwartet hatte. Die aktuellen Polizeiberichte schienen viele von ihnen fernzuhalten. Ich ließ meinen Blick über die Spaziergänger schweifen, die ab und an vorbeikamen, und fragte mich, wie viele von ihnen sich wohl noch mit dem Virus infizieren würden.

»Ist euch aufgefallen, dass die meisten hier Normalsterbliche sind?«, fragte ich in Gedanken vertieft.

»Das würde unsere Theorie bekräftigen, dass das Virus die Prana der Verborgenen beeinflusst«, gab Derek zurück und rückte sich die Brille auf der Nase gerade. »Wer weiß, vielleicht tragen die Normalsterblichen das Virus ebenfalls in sich, aber bei ihnen hat es kaum Auswirkungen, weil sie kaum Prana besitzen.«

Ich schnappte mir das nächste Buch und schlug es auf.

»Leider hilft uns das kein Stück weiter«, murmelte ich.

Eine Weile lasen wir schweigend über die Geschichte Ägyptens und die Vermutungen über die Lebensenergie, die schon die frühesten Pharaonen angestellt hatten.

»Wusstet ihr, dass Pharao Skorpion I. laut diesem Bericht hier seinen Namen einem ganz besonderen Stachel verdankt, den er mithilfe der Biokinese vergrößert hat?«, gluckste Chaz und Cox kicherte sofort lauthals los.

»Du bist so kindisch«, fuhr Ally ihn an. »Falls du es noch

nicht mitbekommen hast, das hier ist eine verdammt ernste Sache, bei der Menschen verletzt werden.«

Chaz wirkte wie vor den Kopf gestoßen. »Ich wollte nicht ... ich meine ...«

»Schon gut«, fauchte Ally und vertiefte sich wieder in ihr Buch. Ich runzelte die Stirn und betrachtete sie. Ihre Lippen waren zusammengekniffen und eine tiefe Falte hatte sich auf ihrer Stirn gebildet.

»Ally, kann ich dich kurz sprechen?«, fragte ich leise.

»Ich wüsste nicht, wieso«, gab sie forsch zurück. Sie wirkte unruhig und rutschte immer wieder auf ihrem Platz umher.

»Was ist heute los?«, versuchte ich es wieder. »Hör zu, ich weiß, dass dich das alles belastet. Es ist nicht schlimm, wenn du eine Pause brauchst.«

Ally sprang auf und sah mich wütend an. »Ja, klar. Die arme Alissa braucht eine Pause, weil ihr ihre eigene Fähigkeit zu schaffen macht und sie zu schwach ist, um damit umzugehen.«

Ich sog erschrocken die Luft ein.

»Das hab ich doch gar nicht gesagt«, stammelte ich, doch Alissa raffte bereits ihre Sachen zusammen.

»Aber gedacht«, warf sie mir vor. »Ich merke es dir doch an, Jill. All die mitleidigen Blicke und das Getue, dass du dir Sorgen machst. Lass es gut sein, okay? Ich brauch ne Pause von euch.«

Sie stapfte davon und ließ uns sprachlos zurück.

»Was ist denn in die gefahren?«, fragte Cox, der nicht minder verdattert wirkte.

»Keine Ahnung«, hauchte ich, noch immer getroffen von ihren Worten. Es stimmte, ich machte mir Sorgen um sie. Aber war das so verwerflich?

»Vielleicht brütet sie was aus«, gab Chaz beruhigend zurück, doch ich konnte ihm ansehen, dass er ihr am liebsten hinterhergerannt wäre. »Vielleicht hat sie sich bei ihren Eltern mit der Grippe angesteckt. Wenn ich krank bin …«

»Chaz!«, unterbrach ich ihn und schnappte nach Luft, während sich meine Hand automatisch in seinen Arm krallte. Die Erkenntnis hatte mich beinahe überrollt. Es war so klar und deutlich, dass ich mich fragte, wieso mir das nicht heute Morgen schon aufgefallen war.

»Sie hat sich nicht einfach mit irgendeiner Grippe angesteckt«, krächzte ich und mir wurde mit einem Schlag eiskalt. »Ich glaube, sie ist infiziert!«

Derek und Don hoben ruckartig die Köpfe, dann weiteten sich ihre Augen. Wie auf Kommando sprangen Chaz und ich auf, um Alissa hinterherzulaufen.

»Wir müssen sie aufhalten, bevor sie etwas Schlimmes anstellt«, keuchte ich und suchte den Weg ab, den Alissa eingeschlagen hatte. Erstarrt stoppte ich, als ich sie in der Ferne erkannte.

»Schnell«, schrie ich und wir sprinteten los, doch es war bereits zu spät. Alissa redete zornig auf einen ahnungslosen Spaziergänger ein, der ihr scheinbar nicht rechtzeitig Platz gemacht hatte.

»Nicht!«, schrie ich, doch Alissa hörte mich entweder nicht, oder sie ignorierte mich. Mit einer einfachen Armbewegung fegte sie den Fußgänger beiseite. Der Mann wirbelte mitsamt seinem Hund ein paar Meter durch die Luft und kam unsanft auf der weichen Wiese auf, während Alissa weiterging, als wäre nichts passiert. Die umstehenden Menschen schrien auf und deuteten auf sie, unfähig zu verstehen, was gerade passiert war. Alissa hatte das höchste Gesetz der VO gebrochen und vor den Augen Normalsterblicher ihre Magie angewandt. Das bedeutete, dass die VO wieder allerhand zu tun haben würde, um den Vorfall zu vertuschen und sich eine Erklärung einfallen zu lassen. Es gab keinen Zweifel mehr an ihrer Unzurechnungsfähigkeit. Wir folgten Alissa, doch bevor ich sie erreichen konnte, drehte sie sich um und schleuderte mich ebenfalls mit einer Handbewegung fort.

Ich krachte gegen einen Baum und stöhnte schmerzerfüllt auf, als die Wunden auf meinem Rücken gegen die raue Rinde prallten.

»Chaz, halte sie auf!«, rief ich, doch mein Bruder hatte sie bereits erreicht und die Arme um sie geschlungen.

»Beruhige dich«, zischte er, doch Ally versuchte, sich mit Händen und Füßen zu wehren. Sie zerkratzte seine Arme, trat nach ihm und versuchte, sich aus seinem Griff zu wenden. Chaz hielt sie eisern umklammert.

»Sieh mich an!«, rief er immer wieder, bis ihre Augen endlich an den seinen haften blieben. Ich humpelte zu ihnen, blieb jedoch in sicherer Entfernung stehen. Alissas Augen schimmerten grün. In ihnen lag etwas Wildes, etwas Unbezähmbares. Für einen Moment schien jedoch etwas an Chaz' Anblick zu bewirken, dass sie sich für kurze Zeit in den Griff bekam.

»Was passiert mit mir, Chaz?«, flüsterte sie heiser und sah sich panisch um, als könne sie nicht glauben, was sie gerade angerichtet hatte.

»Wir werden dir helfen!«, versprach Chaz eindringlich. »Ich schwöre, dass ich nicht ruhen werde, bis es dir wieder gut geht! Aber du musst jetzt mit uns kommen, Ally!«

In seinem Blick lag Angst. Alissa nickte stumm, doch wieder versuchte sie, ihn von sich zu stoßen.

»Ich kann nicht«, sagte sie, plötzlich panisch.

»Du kannst«, knurrte Chaz fest. Mit einem Ruck schob er einen Arm unter ihre Kniekehlen und hob sie hoch. »Versuch, deine Magie zurückzuhalten«, drängte er sie.

Mittlerweile hatten uns Derek und Don eingeholt. Cox war wie immer unsichtbar.

»Wir müssen sie irgendwo hinbringen, wo sie niemandem gefährlich werden kann und wo wir selbst Magie einsetzen können, um sie notfalls zu bändigen«, beeilte ich mich zu sagen. Derek nickte tapfer, doch auch ihn schien Alissas Ausbruch erschüttert zu haben.

»Ins Labor der VO. Was es auch ist, was sie befallen hat, ich werde es herausfinden!«

Ich schluckte schwer. »Ich hoffe ganz stark, dass du recht behältst.«

Kapitel 17

»Beeilt euch.« Derek wirkte angespannt, als er uns durch einen Hintereingang der VO und daraufhin durch weiß geflieste Flure lotste. »Es ist besser, wenn sie in diesem Zustand vorerst keiner zu Gesicht bekommt.«

Alissa zischte, doch Chaz hielt sie unerbittlich in seinen Armen. Er hatte sie den ganzen Weg vom Park bis hierher getragen, unter misstrauischen und erschrockenen Blicken der Fußgänger. Derek öffnet eine Tür zu unserer Linken und winkte uns schnell herein. Danach schloss er sorgfältig ab.

Wir befanden uns in einem Labor. Eine Seite wurde von Gerätschaften, Mikroskopen und Reagenzgläsern eingenommen. Maschinen waren an der Wand aufgebaut, einige Lichter blinkten und die Nadeln verschiedener Anzeigen schlugen aus. Auf der anderen Seite des Raums standen ein Sofa und zwei Sessel um einen niedrigen Tisch herum. Sie wirkten in dem sterilen Zimmer völlig deplatziert. Doch ich war froh, dass sie da waren, und ließ mich zitternd in dem weichen Polster nieder. Dass es Alissa getroffen hatte, raubte mir fast den Verstand vor Sorge. Daher zuckte ich filmreif zusammen, als es leise an der Tür klopfte.

»Das muss Cox sein«, murmelte Don und schloss die Tür auf. Ich atmete beruhigt aus, als der Kobold sichtbar wurde und in den Raum schlüpfte.

»Hast du es?«, fragte Derek, doch Cox hielt bereits eine Spritze hoch. Derek warf einen genauen Blick darauf, dann nickte er.

»Sehr gut. Gebt ihr aber nur die Hälfte. Die Dosis ist für einen erwachsenen Mann mit Durchschnittsgewicht gemacht und Ally wiegt kaum etwas.«

Chaz, der sich mit Ally auf dem Sofa niedergelassen hatte und sie fest umschlungen hielt, beäugte die Spritze mit dem Beruhigungsmittel misstrauisch, nahm sie aber widerstandslos entgegen. Er wirkte beinahe krank vor Sorge.

»Ich werde dir jetzt etwas geben, was dich beruhigen wird«, flüsterte er Ally liebevoll zu. »Versuch, dich nicht allzu sehr zu wehren, okay?«

Sie presste die Lippen aufeinander und nickte stumm, doch ich konnte sehen, wie sie innerlich gegen den Drang ankämpfte, wegzulaufen oder um sich zu schlagen. Chaz arbeitete schnell und sauber. Nachdem er ihr die Dosis verabreicht hatte, konnten wir zusehen, wie Alissas Lider schwer wurden und sie langsam zur Seite kippte. Chaz bettete sie mit dem Kopf auf seine Jacke und streichelte ihr über das Haar.

»Ich brauche etwas von ihrem Blut«, sagte Derek entschuldigend und hielt Chaz eine leere Kanüle hin. Als auch das erledigt war, gingen Derek und Don zu dem Tisch mit den Gerätschaften und machten sich sofort an die Arbeit. Ich wippte unruhig mit dem Fuß und wünschte, ich könnte ihnen helfen. Hauptsache irgendetwas tun. Die Angst um Alissa wurde mit jeder Minute größer. Was, wenn wir kein Heilmittel fanden? Wenn wir nicht einmal herausfanden, was mit ihr los war? Was waren die Langzeitfolgen für die Infizierten? Würden sie an dem Virus sterben? Oder so weit in den Wahnsinn getrieben werden, dass es mit Selbstmord endete? In meinem Kopf erschienen die schrecklichsten Bilder.

»Ich verstehe nicht, wie sie sich anstecken konnte«, sagte Cox und sprang auf den Couchtisch. Sein langer, drachenartiger Schwanz zuckte nervös von einer Seite auf die andere. »Sie hatte nie mit einem Infizierten Kontakt.«

Ich legte den Kopf in die Hände und dachte nach. Alissa war geradewegs vom Land gekommen, wo nach unserer Erkenntnis niemand von dem Virus infiziert war.

»Chaz, haben Alissas Eltern Anzeichen von Aggressivität oder Verwirrtheit gezeigt?«, fragte ich ihn. Er schüttelte den Kopf, ohne den Blick von Alissas Gesicht zu nehmen.

»Nein, sie hatten eine stinknormale Grippe.«

»Ihr seid mit dem Taxi gekommen?«

Endlich drehte er sich zu mir und blinzelte, als müsse er ebenfalls erst die Bilder aus seinem Kopf verbannen. Ich beugte mich vor und berührte ihn beruhigend am Arm.

»Es tut mir leid, aber wir müssen herausfinden, was mit Ally passiert ist. Wir werden ihr helfen!«

Chaz fasste sich etwas und nickte fest. »Der Taxifahrer war sauber. Es war seine erste Fahrt in dieser Woche nach London. Er hat uns stundenlang darüber berichtet, wie sehr er sich auf seine Familie freut.«

Ich überlegte angestrengt.

»Und von da an wart ihr ständig mit uns zusammen«, murmelte ich.

»Was war, als ihr beiden einkaufen wart?«, warf Cox ein. Aber nach kurzem Nachdenken schüttelte auch ich den Kopf.

»Ally kam mit niemandem direkt in Berührung, selbst an der Kasse, denn ich habe bezahlt. Ich bin mir sicher, dass ich es auch hätte, wenn sie sich dort irgendwo angesteckt hat. Aber auch niemand von denen, die die Infizierten bekämpft haben, haben sich danach verändert. Bisher sind nur wenige Mitglieder der VO betroffen. Ich glaube langsam, dass es sich nicht um eine Infektion handelt, die von Person zu Person übertragen wird.«

Cox runzelte die Stirn. »Also über das Essen und Trinken?«

Ich lehnte mich zurück und schlang die Arme um den Körper. »Ally hat nichts gegessen, was wir nicht auch zu uns genommen haben.«

Wir hatten gemeinsam gekocht, an der Gemüsepfanne konnte es also nicht gelegen haben. Zum Frühstück hatte Ally bereits nichts außer etwas Orangensaft zu sich genommen und da hatte sie bereits die ersten Anzeichen gezeigt.

Chaz strich ihr immer wieder die Locken aus der Stirn. Cox sprang auf meinen Schoß und zwang mich dazu, ihn anzusehen.

»Denk nach, Jill. Du warst die ganze Zeit mit ihr zusammen. Du kennst ihre Eigenarten, ihre Angewohnheit. Es muss irgendetwas geben, was sie von uns unterscheidet.«

Ich warf einen hilflosen Blick auf Alissa, die im Schlaf so schön und so friedlich aussah.

»Ich weiß es nicht«, sagte ich und raufte mir die Haare. »Ally ist reinlicher als wir alle zusammen. Sie duscht mindestens einmal am Tag, meistens zweimal. Sie isst kein fettiges Fleisch, schaufelt sich haufenweise Obst und Gemüse rein und trinkt ständig diese komischen Fruchtsäfte und …« Ich erstarrte kurz. Chaz bemerkte meine Reaktion und sah mich fragend an. »Und Wasser«, flüsterte ich. »Ally trinkt Leitungswasser.«

Dann sprang ich auf, hastete zu dem Labortisch und riss Derek ein leeres Reagenzglas aus der Hand. Er sah mich an, als wäre ich von allen guten Geistern verlassen, doch ich eilte zu dem Wasserhahn in der Ecke des Labors und füllte das Reagenzglas.

»Teste das«, sagte ich und drückte ihm die Probe Leitungswasser in die Hand. Er hatte offensichtlich nichts von unserem Gespräch mitbekommen und sah mich verständnislos an.

»Tu es einfach«, sagte ich und wedelte ungeduldig mit der Hand.

Derek tat wie geheißen und begann sofort damit, das Wasser mit einer Pipette auf mehrere kleinere Röhrchen zu verteilen. Chaz und Cox wurden blass, als ich zum Tisch zurückkehrte. Ich versuchte, meine zitternden Hände zu verbergen.

»Wenn du recht behältst«, stotterte Cox, »dann würde das erklären, wieso so viele infiziert sind. Aber Vampire verabscheuen Wasser!«

Dem musste ich zustimmen. Vampire konnten sich wie alle anderen auch ernähren, aber sie hatten es nicht so nötig wie wir, zu essen und zu trinken, solange sie Blut bekamen. Demnach waren sie zwar keine Kostverächter, aber Leitungswasser? Ein paar von ihnen tranken es vielleicht, aber nicht so viele, wie gerade von dem Virus betroffen waren.

»Aber sie trinken Blut«, gab Chaz heiser zurück. »Sie trinken das Blut von Normalsterblichen. Wenn Jill recht behält und irgendetwas in dem Wasser die Prana angreift, sind Normalsterbliche kaum davon betroffen, weil sie so wenig haben. Wenn aber das Gift durch das Blut der Normalsterblichen in den Körper der Vampire gelangt, sind sie lediglich Überträger.«

»Und nicht alle Menschen trinken Wasser direkt aus der Leitung«, gab ich hinzu. Ally war den faden und nichtssagenden Geschmack gewohnt, denn sie kam vom Land und hatte mir einmal erzählt, dass sie in der Nähe eine Quelle hatten, aus der klares und frisches Wasser sprudelte.

Ich war mir vollkommen sicher, dass ich recht hatte, und umso nervenaufreibender waren die folgenden sechzig Minuten, in denen Derek und Don schweigsam vor sich hin arbeiteten. Ich malte mir fieberhaft Lösungen aus, dachte darüber nach, wie wir die Trinkwasserversorgung einer riesigen Stadt lahmlegen und überprüfen konnten, fragte mich immer wieder, wer für die Verunreinigung verantwortlich war, und kam doch auf keine Lösung. Chaz hatte Ally mittlerweile wieder Beruhigungsmittel gespritzt.

»Lange werden wir sie so nicht hinhalten können«, knurrte er und warf immer wieder Blicke zu Derek und Don. Es kostete ihn alle Kraft, sich nicht neben die beiden zu stellen und sie bei ihrer Arbeit anzufeuern, doch noch überwog die Vernunft. Er wusste, dass dieses Verhalten eher hinderlich wäre. Ich verschwieg ihm wohlweislich, dass falls wir die Ursache finden würden, noch lange nicht gesagt war, dass wir Ally damit auch helfen konnten. Wir hatten keine Ahnung, mit was wir es zu tun hatten.

»Ich hab's«, sagte Derek plötzlich in die Stille hinein und riss uns aus den Gedanken. Er eilte mit einer Liste zu uns, schob sich die Brille höher auf die Nase und ging einige Zahlen durch.

»Es ist ein pflanzliches Nervengift«, sagte er und schüttelte immer wieder den Kopf. »Aber es ist kaum nachzuweisen und ich verstehe immer noch nicht, wieso es so verheerende Auswirkungen auf Verborgene und ihre Prana hat. Ich habe leichte Spuren von Mutterkorn gefunden, außerdem Tollkirsche und ...«

»Bilsenkraut«, sagte Cox leise und doch hatten wir ihn alle verstanden. Derek starrte den Kobold an und setzte langsam seine Brille ab.

»Ja, Bilsenkraut«, antwortete er, doch alle Blicke waren auf Cox gerichtet. Der sah aus, als könne er immer noch nicht glauben, was er gehört hatte.

»Es sind die Sidé«, krächzte er.

»Wer?«, fragten Don und ich zur gleichen Zeit, doch Chaz schnappte nach Luft.

»Das kann nicht sein, sie sind seit Jahrhunderten ausgestorben«, sagte mein Bruder fassungslos.

»Ja, seit dreihundertachtzig Jahren, um genau zu sein«,

gab Cox zurück. »Und trotzdem haben wir es hier mit Teufelskorn zu tun. Nur die Sidé können es herstellen.« Seine übergroßen Augen sahen uns Hilfe suchend an.

»Würdet ihr uns bitte aufklären, von wem ihr redet?«, fragte ich, doch ich war mir nicht sicher, ob ich die Antwort hören wollte. Derek und Don schienen genauso verwirrt zu sein.

Chaz räusperte sich. »Die Sidé waren ein uraltes, elfengleiches Volk.«

»Du meinst, Elfen wie … Elfen?«, fragte ich ratlos und dachte an die geflügelten kleinen Feenwesen, die einen bezaubernden Anblick boten und selbst im tiefsten Winter die Natur in ihrer Umgebung aufblühen lassen konnten.

Chaz lachte bitter auf, doch es war Cox, der antwortete: »Die Sidé waren Krieger und hatten nicht viel mit den kleinen Elfen gemein. Sie verfügten über eigene magische Kräfte und stammten ursprünglich aus Irland. Ich habe mal eine von ihnen getroffen, als ich ganz klein war. Glaub mir, wenn ich die Wahl hätte, mit einem Dämon oder einer Sid in einem Raum eingesperrt zu sein, ich würde den Dämon wählen.«

Ich war noch immer verwirrt. »Wieso sind sie dann ausgestorben, wenn sie so gefährlich sind?«

»Weil es zu wenige waren«, klärte mich Chaz auf. »Es handelte sich nur um ein kleines Volk. Die Sidé hatten die Möglichkeit, ohne Beschwörungskreise zwischen der Unterwelt und der Realität zu wechseln. Sie hatten einen nicht unerheblichen Anteil daran gehabt, dass die Pflanzen in der Unterwelt einst geblüht haben und die Natur im Gleichgewicht war.«

Ich konnte mir noch immer keinen Reim drauf machen. »Und dann?«

»Dann haben die Dämonen sie getötet, was sonst?«, sagte Chaz düster. »Die Sidé verfügten über eine Macht, die von den Fürsten mit Argwohn betrachtet wurde. Sie waren den Dämonen zahlenmäßig unterlegen und verloren die erbitterten Kämpfe.«

»Nicht alle«, warf Cox ein. »Drei schafften es, sich nach Irland zu retten. Talia, Morena und Sara.«

Chaz schüttelte den Kopf. »Kronos persönlich hat sie zurück in die Unterwelt gelockt und zur Strecke gebracht«, klärte er Cox auf.

»Tja, scheinbar hat er es nicht ordentlich gemacht«, gab der kleine Kobold zurück und starrte Chaz finster an, als wäre er persönlich schuld, dass wir in diesem Schlamassel steckten.

»Kronos? Reden wir jetzt auch von Göttern?«, fragte ich und hatte immer noch Mühe, diese Geschichten zu glauben.

»Nein, ein Gott ist er ganz sicher nicht, aber der wohl mächtigste Herrscher der Unterwelt«, antwortete Chaz. »Aber darum geht es jetzt nicht. Cox, es kann einfach nicht stimmen. Selbst wenn die Sidé überlebt hätten, wieso sollten sie gerade jetzt auftauchen und London in den Wahnsinn treiben? Das ergibt keinen Sinn! Irgendjemand muss ihren Trank nachgebraut haben.«

Cox sprang auf Chaz' Schoß und bohrte ihm den kleinen grünen Finger in die Brust.

»Hör mal zu, du Neunmalklug. Das hier ist nicht irgend so ein Mix, den jeder x-beliebige Küchenchef zusammenbrauen kann. In Teufelskorn steckt Magie, von der du nicht einmal wusstest, dass sie existiert. Vertrau einem Kobold, der in seinem Leben schon viel gesehen hat. Ich war dabei, als ganze Dörfer zugrunde gegangen sind, nur weil der Bürgermeister die Sidé verärgert hat. Niemand konnte geheilt werden. Wenn die Sidé dahinterstecken, sind Ally und alle, die das Wasser getrunken haben, verloren!«

Mir wurde mit einem Schlag kalt. »Was soll das bedeuten, Cox?«

Der Kobold kletterte wieder auf den Tisch und sackte in sich zusammen. »Eine Person, die mit Teufelskorn vergiftet wurde, kann nur geheilt werden, wenn man den Ursprung der Magie darin zerstört. Die Sid, die das Gift gebraut hat, muss getötet werden.«

Na, dann ist immerhin nicht alles verloren.

»Worauf warten wir dann noch?«, fragte ich entschlossen. »Wenn sie glauben, sie könnten einfach so meine beste Freundin vergiften, dann haben sich diese Elfenbiester geschnitten. Wo finden wir diese Sidé?«

Cox sah mich entgeistert an. »Hast du mir gerade nicht zugehört?«, tobte er. »Was glaubst du wohl, wo wir sie finden? Sie haben uns fast vierhundert Jahre lang weisgemacht, sie wären ausgestorben. Sicher verstecken sie sich hinter dem nächstbesten Stein.«

Ich lehnte mich zurück und sah ihn finster an. »Geht es vielleicht auch ein klein wenig hilfreicher?«

Der kleine Kobold atmete tief durch, um sich zu beruhigen.

»Entschuldige, ich bin nur …« Er verstummte und warf Ally einen verzweifelten Blick zu. Ich wusste, wie er sich fühlte, aber ich war nicht bereit, aufzugeben. Don und Derek verfolgten stumm unser Gespräch, während Chaz weiß wie Kalk war und Allys Hand umklammerte.

»Selbst wenn wir sie aufspüren können, wissen wir immer noch nicht, wie wir sie töten können. Die Sidé sind mächtiger, als du dir vorstellen kannst. Magie kann ihnen nichts anhaben. Auch keine Dämonenmagie«, fügte Cox hinzu, als ich zum Protest ansetzte. Die Worte blieben im Raum stehen und hinterließen ein lähmendes Schweigen. Dann sprang ich auf.

»Wo willst du hin?«, fragte mich Derek. Seine Augen waren gerötet.

»Irgendeine Möglichkeit, sie zu töten, muss es ja geben,

sonst hätten die Dämonen sie nicht beinahe ausrotten können. Und ich werde diese Möglichkeit herausfinden.«

»Du gehst in die Unterwelt?«, fragte Derek und ich nickte entschlossen.

»Ja, ich werde mit Baal reden. Vielleicht finde ich in seiner Bibliothek etwas über die Sidé.«

»Ich komme mit«, sagte er sofort, wenn auch das letzte bisschen Farbe aus seinem Gesicht wich. Ich hielt skeptisch inne.

»Bist du sicher? Bisher warst du nie mit in der Unterwelt.«

Derek rieb sich verlegen den Nasenrücken. »Um ehrlich zu sein, wollte ich dich schon immer mal fragen, ob ich nicht einen Blick in die Bücher deines Vaters werfen kann. Die Bibliothek der Dämonen. Wer kann schon behaupten, je darin gelesen zu haben?«

Ich zuckte mit den Achseln.

»Also schön, dann lass uns aufbrechen. Ihr drei«, ich zeigte auf Cox, Chaz und Don, »werdet so lange auf Ally achtgeben und überlegen, wie wir die Sidé finden können.«

Chaz nahm Alissa wieder auf die Arme und folgte uns zur Tür.

»Wir nehmen den Wagen«, sagte Derek und deutete auf den Flur, der zur Tiefgarage führte.

»Du hast einen Wagen?«, fragte ich tonlos und er lief rot an. »Einen *Betriebswagen?*«

»Ja, schon etwas länger«, gab Derek zu. »Ich wollte es dir nicht sagen, weil ich weiß, wie sehr du dir auch einen wünschst. Aber ich benutze ihn kaum!«

Dieser verdammte, geschrottete M5, schoss es mir ärgerlich durch den Kopf, doch ich war froh, dass wir Ally somit sicher vor neugierigen Blicken nach Hause transportieren konnten.

Don und Cox unterhielten sich auf dem Nachhauseweg leise darüber, wie sie die Sidé ausfindig machen konnten.

»Sie sind so was wie die erste Generation der Elfen«, sagte der Kobold gerade, als wir in einen brandneuen, schwarzen Audi Q5 mit getönten Scheiben einstiegen. »Sie bevorzugen die Natur, die Wälder. Alles, was sie berühren, beginnt zu blühen.«

»Damit hätten wir die Sache schon mal eingegrenzt«, erwiderte Don. »Vermutlich haben sie irgendein Gewässer in der Nähe, das in die Themse fließt.«

Wir hingen unseren Gedanken nach, als der Wagen aus der Tiefgarage fuhr und sich in den Verkehr einfädelte. Mir fehlte die zündende Idee, aber Derek lehnte sich über die Lehne vom Fahrersitz und sah nach hinten, als er an einer Ampel hielt.

»Die Sidé sind vermutlich schon seit einigen Wochen in der Nähe von London. Schaut im Internet auf die Satellitenbilder der Wälder. Sie werden regelmäßig aktualisiert. Vielleicht findet ihr Anzeichen. Besonders stark beblätterte Bäume, Blumenwiesen oder etwas anderes, was es im Winter nicht geben sollte.«

Er fuhr ruckartig an, als es hinter uns hupte.

»Gute Idee«, warf Don ein und selbst Conchobhar schien wieder Hoffnung zu schöpfen. Seine Kulleraugen glänzten verräterisch, doch er ließ die Schultern nicht mehr ganz so tief hängen. Er kletterte auf meinen Schoß und rollte sich ein.

»Wir werden Ally retten«, flüsterte ich ihm in die großen Fledermausohren. »Das verspreche ich dir!«

Kapitel 18

Alles war vorbereitet. Wir saßen in dem Beschwörungskreis, den ich in meinem Zimmer unter dem Teppich versteckt hielt. Die Kerzen um uns herum brannten flackernd und tauchten mein Zimmer in goldenes Licht. Derek wirkte blass und ich drückte beruhigend seine Hand.

»Keine Sorge, alles wird gut.«

Chaz trat ungeduldig von einem Fuß auf den anderen.

»Wenn ihr in spätestens zwölf Stunden nicht zurück seid, beschwöre ich euch«, sagte er zu mir. Ich nickte und hoffte, dass es nicht dazu kommen würde, denn das würde bedeuten, dass wir in Schwierigkeiten geraten waren. Dereks freie Hand umklammerte den Silax an seinem Hals. Er war es, der vor vielen Jahren das Rätsel gelöst und mir erklärt hatte, was es mit der Unterwelt und den Beschwörungen auf sich hatte: Um in die Unterwelt zu gelangen, wurde man wie durch eine Membran, ein dünnmaschiges Netz, geschickt, das die beiden Welten voneinander trennte. Da ich zur Hälfte eine Hexe war, zählte ich nur als niederer Dämon. Ich hatte sowohl Hexen- als auch Dämonenprana in mir. Ebenso wie andere niedere Dämonen, zum Beispiel Höllenhunde, konnte ich die Welten im Zuge einer einfachen Beschwörung wechseln. Die Moleküle meiner Prana waren feiner und passten durch die Membran.

Die Prana von reinblütigen Dämonen und Hexen unterschieden sich im Wesentlichen voneinander. Die Dämonenprana war blau und weitaus mächtiger. Sie verstärkte sich besonders durch Hass und Wut. Die der Hexen war reinweiß und so etwas wie eine schwächere Abwandlung der Dämonenprana. Gemeinsam hatten die beiden Prana jedoch, dass sie so große Moleküle hatten, dass sie nicht durch die Membran passten, die die beiden Welten voneinander trennte. Jedenfalls nicht durch eine einfache Beschwörung.

Daher trug Derek den Silax um den Hals. Der kleine blaue Stein war mittels Hexenmagie und Dämonenmagie geschaffen und öffnete bei einer Beschwörung ein Tor, durch das auch ein Hexer wie Derek hinüber in die andere Welt treten konnte.

»Seid ihr bereit?«, fragte Chaz und sah uns ernst an.

Derek neben mir rutschte unruhig umher. »Vielleicht ist das doch keine so gute Idee ...«

»Bereit!«, unterbrach ich ihn und schon begann Chaz leise, die Beschwörungsformel zu murmeln.

Sofort bekam ich ein flaues Gefühl im Magen und die Welt löste sich auf. Wir schlugen Sekunden später dumpf auf dem Boden auf. Chaz hatte uns direkt in das Schloss meines Vaters geschickt, in den Beschwörungskreis, der identisch mit dem in meinem Zimmer war.

»Autsch, tut das immer so weh?«, stöhnte Derek neben mir. Ich hatte bereits gewusst, was mich erwartete, und mich halbwegs abgefangen. Wir waren im Beschwörungszimmer meines Vaters gelandet. Der leere Raum wies nichts als eine Holzvertäfelung an der Wand und einen dunklen Parkettboden auf, auf dem der Beschwörungskreis dunkel schimmerte. Jedenfalls hatte ich nicht mit Gesellschaft gerechnet. Ein Fauchen und eine Bewegung, die ich aus dem Augenwinkel sah, ließen mich aufspringen. Ich zerrte

Derek zurück, bis wir mit dem Rücken gegen die Wand stießen.

»Was ist denn los?«, fragte Derek, doch dann folgte er meinem entsetzten Blick. War er vorher schon blass gewesen, so wichen nun auch die letzten verbliebenen Farbpigmente aus seinem Gesicht.

»Der ist neu«, krächzte ich, die Augen unentwegt auf den Panther gerichtet, der uns mit seinen saphirblauen Augen fixierte und den einzigen Ausgang aus diesem Raum versperrte. Es war kein gewöhnlicher Panther, sondern einer von den bemitleidenswerten Kreaturen, die die Unterwelt geprägt hatte. Er war mindestens doppelt so groß und schwer, wie er es in der Realität hätte sein dürfen. Unter dem schleimigen Knochenpanzer lugten sehnige Muskeln und einige Büschel schwarzes Fell hervor. Seine Pfoten waren mit drei Reihen Krallen besetzt. Sie gruben sich angriffslustig in den Boden und hinterließen helle Kratzer auf dem dunklen Parkett.

Noch bevor ich überlegen konnte, wie wir aus dieser Situation wieder herauskommen sollten, warf sich das Tier auf uns. Derek und ich stoben nach links und rechts auseinander. Der Panther reagierte schnell und beschloss, dass ich das größere Übel war, das er zunächst beseitigen musste. Bevor ich mich aufgerichtet hatte, machte er einen weiteren Satz und sprang mich an.

»Zur Tür!«, schrie ich Derek zu, während ich der Wildkatze meinen Stiefel in den Magen rammte. Der Panther fauchte und schlug mit seinen kräftigen Pranken nach mir. Ich wich gerade rechtzeitig aus, damit nur ein leichter Riss im Leder meines Kampfanzugs zurückblieb, dann sprintete ich Derek hinterher, der bereits die Tür aufhielt. Mit einem Hechtsprung glitt ich aus dem Raum, während er schon die Tür hinter mir zuknallte. Man hörte das schwere Gewicht des Panthers gegen das Holz krachen, während uns erzürntes

Fauchen verfolgte. Doch die Tür war zu und wir zumindest für den Moment einigermaßen sicher. Schwer atmend lehnte ich mich gegen die Wand. Derek sah aus, als müsse er sich jeden Moment übergeben. *Willkommen in der Unterwelt!*

»Ich schwöre dir, das ist hier nicht immer so«, beeilte ich mich zu sagen und drängte ihn weiter. Wir gelangten in die große Eingangshalle des Schlosses. Sofort änderte sich die Stimmung. In der Halle dominierte weißer Marmor, passend zu den geschwungenen Säulen, die das Dach stützten. Hunderte von Kerzen an den Wänden und dem riesigen, kristallenen Kronleuchter tauchten die Halle in sanftes Licht. Die Fliesen erstrahlten golden und erinnerten mich an den Sonnenaufgang. An der Treppe postiert sah ich zwei der Wächter meines Vaters.

»Hey«, rief ich und eilte auf die beiden zu. Sie zuckten erschrocken zusammen und wirbelten herum. Sofort materialisierte sich in ihren Händen jeweils eine mitternachtsblaue Pranakugel, bereit, uns entgegengeschleudert zu werden. Ich hob die Hände, wich mit einem Aufschrei zurück und rief: »Stopp, ich bin's nur!«

Es waren ein Mann und eine Frau mit blondem Pferdeschwanz. Beide trugen Hemd und Anzug, die sie als Gefolgsleute meines Vaters kennzeichneten. Der junge Mann mit den blonden Haaren und dem Dreitagebart zog sofort die Prana zurück in seinen Körper. Ich kannte ihn, es war Kisin, der Leibwächter meines Vaters. Baal reiste nie ohne ihn und hatte ihn sogar schon zum Essen zu uns mitgebracht.

Die Frau, die ich vorher noch nie gesehen hatte, kniff misstrauisch die Augen zusammen und behielt die brodelnde Kugel in der Hand.

»Prinzessin?«, fragte Kisin ungläubig, dann eilte er auf mich zu. Sein Blick wanderte immer wieder zu Derek.

»Stopp«, rief die Frau aus und Kisin blieb schlitternd stehen.

»Was soll das? Weißt du nicht, wer das ist?«

Miss Pferdeschwanz musterte mich abschätzig und wurde mir immer unsympathischer.

»Sie soll es beweisen«, sagte sie süffisant. Ich knurrte leise und materialisierte einen kleinen Energieball in meiner Hand. Er leuchtete schimmernd, durchzogen von hellblauer Prana, die mich deutlich als Halbdämon kennzeichnete. Ich hatte nicht wenig Lust, ihr die Magiekugel in den Hintern zu jagen, statt die Prana langsam wieder in meine Hände zurückfließen zu lassen.

»Zufrieden?«, knurrte ich und sie nickte. Jetzt, wo sie sicher war, dass ich die Tochter ihres Befehlshabers war, wirkte sie merklich friedlicher.

»Was tut ihr hier?«, fragte mich Kisin.

»Ich muss meinen Vater sprechen, dringend«, sagte ich und stellte Derek vor. Sofort führte uns Kisin die breite Treppe hinauf. Von hier aus hatte man einen guten Blick durch das riesige Fenster, das sich bis zum Boden zog. Derek blieb mit großen Augen davor stehen.

»Sieh dir das an!«, stieß er aus und ließ den Blick fasziniert über den Himmel wandern. Der Himmel der Unterwelt wurde niemals hell, aber er war auch nicht so stockfinster wie unserer in der Realität. Die Unterwelt wurde aus Magie erschaffen und somit war das Tiefschwarz des Himmels durchzogen von wabernden, mitternachtsblauen Pranasträngen, die mich an die Polarlichter der Realität erinnerten. Die Unterwelt war ständig in ein düsteres, bläuliches Licht getaucht. Außerdem war es hier abartig schwülwarm.

»Schade, dass es wieder so dunkel geworden ist«, murmelte ich. Vor circa drei Jahren hatte ich im verlorenen Wald der Unterwelt die Quelle entdeckt, die die ganze Unterwelt mit Prana versorgte. Naiv wie ich war, hatte ich mit bloßen Fingern hineingefasst. Die Quelle hatte mir beinahe meine gesamte Prana entzogen, bis mein Vater es schaffte, mich zu retten. Das Ergebnis war gewesen, dass der Himmel fast ein Jahr lang türkis und hellblau geleuchtet hatte, in den Farben meiner eigenen Prana. Es hatte die Unterwelt viel freundlicher wirken lassen.

Kisin wartete ungeduldig am Treppenabsatz und ich scheuchte Derek weiter, den die Größe der Vorhalle sichtlich beeindruckte.

»Glaub mir, du hast erst annähernd eine Ahnung bekommen, wie riesig dieses Schloss ist«, kommentierte ich seine staunenden Blicke. Von außen machte Dads Zuhause einen pompösen Eindruck mit den vielen Zinnen und Türmen sowie zahlreichen Stockwerken und Flügeln.

»Uns bleiben maximal sechsunddreißig Stunden«, erinnerte ich ihn. »Dann sind in der Realität zwölf Stunden um und Chaz beschwört uns zurück.«

Der Wächter führte uns durch die Flure. Obwohl ich schon einige Male hier gewesen war, war ich froh, dass er mich lotste. Ich würde mir nie merken können, wo die zahlreichen Gänge und Türen hinführten.

»Was habt ihr hier zu suchen?«, fragte mich Kisin eindringlich. »Ist etwas passiert?«

Ich nickte, ging aber nicht genauer darauf ein. Für einen Wächter war er sehr neugierig, doch ich wusste, dass Baal ihn oft um Rat fragte und die Meinung des Jüngeren schätzte.

Endlich meinte ich, mich an den eichenvertäfelten Flur mit den schweren Holztüren erinnern zu können. An den Wänden hingen zahlreiche Landschaftsbilder, bei denen der Himmel der Unterwelt beinahe normal aussah. Ich war nie dazu gekommen, Dad zu fragen, ob das Bilder aus der Realität waren oder Bilder aus der Zeit, in der die Natur der Unterwelt noch geblüht hatte.

Kisin klopfte an die Bürotür meines Vaters und sobald das

»Herein« ertönte, zwängte ich mich in den kleinen, edel eingerichteten Raum. Derek folgte mir schüchtern.

Sofort erhob sich Baal von dem schweren Schreibtisch und sah mir erschüttert entgegen.

»Jill, was ist passiert?«

Er eilte um den Tisch herum auf mich zu. Erst, nachdem er sich vergewissert hatte, dass ich nicht verletzt war, begrüßte er Derek förmlich.

»Wir brauchen deine Hilfe«, sagte ich ohne Umschweife.

»Das habe ich mir beinahe gedacht. Wie seid ihr an Baghira vorbeigekommen?«, fragte er verwundert.

Ich hob die Augenbrauen. »Baghira? Soll das ein Scherz sein? Und seit wann lässt du solche Biester in deinem Schloss herumlaufen?«

Baal seufzte und hob die Achseln. »Schon immer. Das ist nur das erste Mal, dass du ohne Anmeldung auftauchst. Also, was ist passiert?«

Er bedeutete Kisin, sich zu entfernen. Ein missbilligendes Stirnrunzeln huschte über die Stirn des Wächters, als er die Tür hinter sich schloss.

Ich erzählte Baal im Schnelldurchlauf von den Geschehnissen in London, davon, dass Alissa von den Sidé vergiftet worden war und dass wir alles über die Feenkrieger herausfinden mussten.

Baal räusperte sich und ließ sich wieder an seinem Schreibtisch nieder.

»Das mit Alissa tut mir leid«, sagte er aufrichtig. »Sie war ein liebes Mädchen.«

»Rede nicht von ihr, als ob sie schon tot wäre«, knurrte ich warnend. Baal wedelte entschuldigend mit der Hand.

»Wie auch immer. Ich kann euch nicht weiterhelfen, ich weiß nichts über die Sidé.«

Nichts in seinem Blick deutete darauf hin, dass er log. Er sah mir fest in die Augen und bewahrte wie immer Haltung.

Und genau das war es, was mich misstrauisch machte. Er beobachtete mich so, als wolle er meine Reaktion abschätzen.

»Du weißt etwas«, entgegnete ich ruhig. »Aber ob du es uns nun sagst oder nicht, ich werde mich nicht davon abhalten lassen, diese Miststücke aufzuspüren. Mit oder ohne deine Hilfe.«

Baals Gesicht verdüsterte sich.

»Mit deiner Hilfe wäre es natürlich einfacher«, setzte ich mit einem Lächeln hinzu.

Baal seufzte resigniert und ich spürte einen kleinen Triumph in mir aufsteigen. Er wusste genau, dass er mich nicht würde abhalten können.

»Die Sidé sind gefährlich. Du weißt nicht, mit wem du dich anlegst«, versuchte er es dennoch. »Sie sind nicht einfach ein paar Hexen, die sich mit Magie bekämpfen lassen. Sie haben Magie ...«

»Von der wir keine Ahnung haben, jaja«, unterbrach ich ihn. »Ich hab's verstanden. Trotzdem, sie stürzen London ins Chaos und müssen aufgehalten werden.«

Baal ließ sich in die Lehne zurücksinken und dachte einige Augenblicke lang nach.

»Also schön«, sagte er schließlich. »Kommt zum Abendessen in den Speisesaal. Du und Derek seid herzlich an meinem Tisch eingeladen. Dann sage ich euch, was ich weiß.«

Ich lehnte mich auf seinen Schreibtisch. »Das ist zu spät! Wir müssen Ally so schnell wie möglich helfen.«

Baal funkelte uns an.

»Dann geht«, bellte er in befehlshaberischem Ton und ich zuckte zusammen. »Ich hab es geduldet, dass du einfach hier hereinplatzt und beinahe meine Wachen dazu gebracht hast, meine eigene Tochter anzugreifen. Und dass du mir aufmüpfig ein Ultimatum stellst, was die Informationen über die Sidé angeht. Aber falls du es nicht mitbekommen hast, ich habe ein ganzes Land zu führen und lasse die Fürsten, die soeben zu einer Konferenz eingetroffen sind, bereits seit zehn Minuten warten, um mit dir diese Diskussion zu führen. Entweder ihr wartet, bis ich Zeit habe, oder ihr könnt mit leeren Händen zurückkehren.«

Ich schnappte nach Luft, doch er sah mich unbarmherzig an. Baal wusste genau, dass ich nicht zum Spaß in die Unterwelt gekommen war und warten würde, bis er uns zu sich rufen ließ.

»Na schön«, sagte ich zerknirscht, obwohl sich auch ein schlechtes Gewissen bei mir bemerkbar machte, weil ich einfach davon ausgegangen war, dass er alles stehen und liegen lassen würde, um mir zu helfen, ohne daran zu denken, was für eine Bürde auf ihm lastete.

»Ich lasse euch zwei Zimmer herrichten«, sagte er und gab Kisin ein Zeichen, als dieser gerade wieder die Tür öffnete. Ich senkte den Blick und versuchte, mich zu beherrschen.

»Danke«, murmelte ich und zog Derek mit mir, der sich bei seiner Dankesbezeugung immer wieder verhaspelte.

Der Wächter führte uns zurück durch die Flure und warf mir neugierige Blicke zu.

»Wahnsinn«, hauchte Derek immer wieder. »Jill, ich kann meine eigene Prana sehen, wenn ich die Augen schließe. Sie ist weiß und glitzert und sieht aus wie flüssiges Silber. Sie ist wunderschön!« Er klang wie ein kleines Kind, das zum ersten Mal Schnee fallen sah.

»Das ist in der Unterwelt normal«, sagte ich ihm. »Die Welt besteht aus mitternachtsblauer Dämonenprana. Deine Energie ist hier fremd, weshalb du sie sehen kannst. Genauso geht es mir in der Realität. Sie besteht aus weißer Prana und sobald ich die Augen schließe, sehe ich die blauen Stränge vor meinem Auge schwirren. Ziemlich abgefahren, oder?«

Mit großen, runden Augen ließ Derek den Blick über die Gemälde an den Wänden wandern. Baals Gefolgsmann brachte uns zu meinem Zimmer. Hier hatte sich nichts verändert und obwohl es mehrere Jahre her war, dass ich für Wochen in Baals Schloss gelebt hatte, kam es mir fast schon heimisch vor. Das Gefühl verschwand, als ich durch die bodentiefen Fenster mit den roten Vorhängen sah und den Pranahimmel der Unterwelt erblickte. Düster und magisch waren die wohl passendsten Worte dafür.

Nein, ich würde mich nie in der Unterwelt zu Hause fühlen, egal, wie viel Zeit ich hier verbrachte. Trotzdem bot Baals Schloss ein gewisses Maß an Sicherheit und ließ einen schnell vergessen, was für Kreaturen draußen herumliefen. Außerdem war das Zimmer purer Luxus.

In dem Himmelbett hätte locker unsere ganze WG schlafen können, wenn man die zahlreichen Kissen beiseitelegte. Die blutrote Bettwäsche passte zu den Vorhängen vor den Fenstern, während der Baldachin aus leichtem, weißen Stoff war. Das Zimmer war riesig und enthielt neben einem deckenhohen Bücherregal auch einen edlen Flügel sowie zwei Polstersofas und einen Sessel, die in der Mitte auf einem flauschigen Teppich standen. An das Luxusappartement grenzte ein Marmorbad und ein begehbarer Kleiderschrank mit den schönsten Kleidern. Außerdem hatte ich einen traumhaften Blick auf den Garten, der im Gegensatz zu früher tatsächlich erblühte.

Ein Blick zu Derek sagte mir, dass das Zimmer ihn genauso überwältigte wie mich an meinem ersten Tag hier. Kisin raunte ihm höflich zu, dass sich sein Zimmer genau nebenan befand. Ich zweifelte nicht daran, dass es auch nur einen Millimeter kleiner war als meins. Derek sah mich Hilfe suchend an und seine Augen huschten immer wieder nervös zu dem Wächter. Ich vergaß manchmal, dass er es bei Weitem nicht so oft mit Dämonen zu tun hatte wie ich.

»Keine Sorge, ich komme nachher zu dir rüber«, beruhigte ich ihn und Derek nickte tapfer.

Als die beiden Männer den Raum verlassen hatten, ließ ich mich aufs Bett fallen und atmete laut aus. Die Bettwäsche glitt seidig über meine Haut und ließ mich trotz der schwülen Wärme frösteln. Wir waren gekommen, um wichtige Informationen über die Sidé zu erhalten. *Wir essen mit Baal zu Abend und verschwinden wieder. Keine Risiken, keine Gefahren.* Wieso nur hatte ich so ein mulmiges Gefühl?

Kapitel 19

Mir klebte schon jetzt die Kleidung am Leib. In der Unterwelt herrschte eine drückende, schwüle Hitze. Immer wieder ertappte ich mich dabei, dass ich die Wände nach Uhren absuchte, obwohl ich wusste, dass ich keine finden würde. Die Uhrzeit spielte hier nur eine geringe Rolle. Dämonen mussten so etwas wie eine innere Uhr besitzen, anders konnte ich mir ihren geregelten Tagesablauf nicht erklären. Hier gab es keine Sonne, nach deren Stand man sich hätte richten können. Hier herrschte ewige Nacht.

Ich beschloss, mich auf den Abend vorzubereiten. Es konnte nicht schaden, Baal milde zu stimmen, um alles aus ihm herauszukitzeln. Und ich wusste genau, wie ich das anstellen musste. Nach einer schnellen Dusche im Luxusbad drehte ich die Haare zu unschuldigen Locken ein, entschied mich aber dann doch für eine einfache Hochsteckfrisur. Unschuldig durfte ich auf keinen Fall wirken und Baal durfte keineswegs auf den Gedanken kommen, sein kleines Mädchen säße vor ihm. Schließlich wollte ich Sidé jagen.

Im Kleiderschrank befanden sich noch immer die langen Abendkleider meiner Mutter, obwohl Baal mittlerweile meine Garderobe aufgestockt hatte. Ich entschied mich gegen ein rückenfreies Kleid, da meine frischen Narben vermutlich nicht gerade von Kompetenz zeugten. Stattdessen wählte ich ein asiatisch angehauchtes, ärmelloses Kleid mit hohem Kragen. Der Stoff glänzte schwarz und am Saum schlängelten sich goldene Blütenranken nach oben. Es ließ mich reifer wirken.

Schlussendlich hielt ich es nicht mehr aus und klopfte nebenan bei Derek an die Tür. Er antwortete nach kurzem Zögern. Als ich eintrat, stand er am Fenster und blickte immer noch ungläubig in den Himmel. Hatte er die ganze Zeit hier gestanden?

Wie vermutet stand Dereks Unterkunft der meinen in nichts nach, nur dass die Bettwäsche und die Vorhänge der Fenster golden waren.

»Faszinierend, nicht wahr?«, murmelte ich und trat neben ihn. Die tiefblaue Prana hob sich von dem Schwarz des Himmels ab. Sie glänzte wie geheimnisvoller Nebel und tauchte die Welt in ein dämmriges Licht.

»Wie ist diese Welt entstanden?«, murmelte Derek vor sich hin, tief in Gedanken versunken. Ich räusperte mich.

»Ich bin sicher, Baal hat nichts dagegen einzuwenden, wenn wir ihn ein weiteres Mal besuchen. Aber heute sind wir aus einem anderen Grund hier.«

Derek zuckte zusammen und ich lächelte ihn nachsichtig an. Ganz der Wissenschaftler konnten ihn solche Phänomene schnell von allem anderen ablenken. Erst jetzt schien er meinen Aufzug zu bemerken und seine Augen weiteten sich.

»Ich bin völlig underdressed!« Panisch sah er an sich herab auf das schwarze Hemd und das leuchtende Tuch um seinen Hals, sein Markenzeichen. Ich musste unwillkürlich lachen und zog ihn zu dem Kleiderschrank.

»Ich bin mir sicher, Baal hat für solche Fälle vorgesorgt. Außerdem siehst du gut aus, so wie du bist.« Auch wenn Dereks Schrank nicht so gut bestückt war wie meiner, fand ich ein passendes Jackett und hängte es ihm über.

»Siehst du, das reicht doch schon.«

Aus Dereks Gesicht sprachen Zweifel, doch bevor das Ganze in einer Diskussion über Mode enden konnte, drängte ich ihn schon in den Flur.

»Wir sollten nachsehen, wie weit das Abendessen ist«, sagte ich schnell, obwohl ich wusste, dass uns Baals Diener gerufen hätten, wenn es an der Zeit wäre. Aber ich konnte einfach nicht mehr still sitzen und schließlich hatte Baal diesmal nicht *ausdrücklich* verboten, im Schloss herumzustreifen. Außerdem konnten wir die Zeit bis dahin vielleicht mit eigener Recherche überbrücken. Ich versuchte, Derek zur Bibliothek zu führen und tat, als wäre es beabsichtigt, dass ich dreimal falsch abbog und wir einen Flur zweimal durchquerten. Vermutlich hatte Derek vollkommen die Orientierung verloren und bekam es gar nicht mit. Nach einer Weile fand ich die große Doppeltür und öffnete das Tor zu Dereks ganz persönlichem Paradies.

»Kneif mich«, hauchte er. Baals Bibliothek war gewaltig. Bücherregale reichten bis an die drei Meter hohe Decke und weit in den Saal hinein. Der Boden war mit flauschigem Teppich ausgelegt und einige Polstermöbel luden zum Lesen ein. Derek ging sprachlos die Gänge mit den uralten Büchern ab, und zog ab und zu eines heraus. Viele von den Büchern hatten keinen Titel und das Leder, mit dem sie eingebunden waren, sah mehr als abgewetzt aus. Für Derek jedoch bedeuteten sie unglaubliche Schätze. Er war überwältigt.

»Sieh dir das an!«, sagte er und hielt mir ein Buch unter die Nase. Die Seite, die er aufgeschlagen hatte, zeigte die Anatomie eines ... *mit Knochen gepanzerten Bären?* Ich wusste es nicht und schüttelte mich bei dem Gedanken daran, diesem Monstrum draußen in den Wäldern zu begegnen. Ich setzte mich auf einen der Sessel und sah Derek dabei zu, wie er zwischen den Bücherregalen verschwand und mir nur ab und zu für ihn erstaunliche Entdeckungen zurief.

Nach einiger Zeit beschloss ich, nach Büchern über die Sidé Ausschau zu halten, doch es stellte sich als erfolgloses Unterfangen dar. Hier gab es Tausende Bücher und kein mir verständliches System, wie sie angeordnet waren. Ich suchte nach einem Katalog, einem Verzeichnis, irgendetwas, was auch nur annähernd Logik in das Bücherchaos brachte, wurde aber nicht fündig. Mir würde wohl nichts anderes übrig bleiben, als Baal zu fragen.

Wie auf Kommando öffnete sich die Tür zur Bibliothek und die nette Haushälterin meines Vaters steckte den ergrauten Kopf hindurch.

»Jenna!«, rief ich erfreut, eilte zu ihr und schloss die rundliche alte Frau in die Arme.

»Schön, Euch wiederzusehen, Prinzessin. Das Kleid steht Euch fabelhaft. Und wie erwachsen Ihr wirkt!« Sie ließ den Blick von oben bis unten über mich wandern. »Euer Vater sucht Euch bereits.«

Ich gab Derek ein Zeichen und ließ mich bereitwillig von Jenna zum Speisesaal begleiten. Vermutlich hätte ich ihn allein auch gar nicht gefunden.

Das Esszimmer war genauso prunkvoll wie der Rest vom Schloss. Die Kerzen in den Wandhaltern und auf dem Kronleuchter tauchten den kleinen Saal in schummriges Licht und ließen die vergoldeten Bilderrahmen glänzen. Ein weicher Orientteppich dämpfte unsere Schritte, doch Baal hob sofort den Kopf. Einmal mehr wurde mir bei seinem Anblick klar, wie ähnlich wir uns sahen. Die dunklen Locken fielen ihm lässig in die Stirn. Sein Anzug saß wie immer perfekt, auch wenn er die Krawatte abgelegt und den obersten Hemdknopf geöffnet hatte.

Baal warf einen anerkennenden Blick auf mein Kleid. Auch wenn ich die roten Haare meiner Mutter nicht geerbt hatte, hatte er mir dennoch versichert, dass ich ihn an sie erinnerte. Ob er noch oft an sie dachte?

Ich wurde aus meinen Gedanken gerissen, als er sich erhob und mir einen Kuss auf die Wange hauchte. Sofort fuhr ein Schauder über meinen Rücken, doch ich versuchte, es zu überspielen. Er schenkte Derek ein höfliches Lächeln und wechselte einige Worte mit ihm, bevor wir uns am Tisch niederließen. Sofort trugen einige Bedienstete die Vorspeise auf, einen liebevoll angeordneten Salatteller. Nachdem man uns Wein eingeschenkt hatte, begannen wir schweigend zu essen. Die Stimmung war angespannt, doch Baal schien keine Anstalten zu machen, das Gespräch zu eröffnen.

»Also«, begann ich schließlich und vermeinte einen Ausdruck des Bedauerns über Baals Gesicht huschen zu sehen. »Du wolltest uns erzählen, was du über die Sidé weißt.«

Baal legte langsam die Gabel beiseite und verschränkte die Hände unter dem Kinn.

»Zunächst einmal will ich, dass du weißt, dass ich euer Vorhaben als riskant und gefährlich einstufe«, antwortete er ernst.

»Sag uns bitte einfach, was uns helfen könnte«, entgegnete ich höflich, aber bestimmt. Wenn er dachte, er könne mich von irgendetwas abhalten, dann hatte er sich getäuscht. Es ging um Alissas Leben. Ich würde alles für sie tun. Baal schien das ebenfalls erkannt zu haben, denn er verschwendete keine weitere Zeit mit Diskussionen.

»Die Sidé sind ein uraltes Volk, das meines Erachtens ausgestorben sein sollte. Ich glaube euch jedoch, wenn ihr sagt, dass es ein paar von ihnen über die Jahrhunderte geschafft haben, sich versteckt zu halten. Die Feenkrieger sind Meister im Versteckspiel.«

Ich ertappte mich dabei, wie ich an seinen Lippen hing, und stocherte schnell in meinem Salat umher, um meine Neugier zu überspielen. Doch Baal schien es gar nicht zu bemerken, sein Blick war in die Ferne geschweift, als schwelge er in Erinnerungen.

»Es gab nie sehr viele von ihnen, was wohl auch der Grund ist, weshalb sie trotz ihrer Macht nie versucht haben, die Unterwelt oder die Realität zu beherrschen. Die Sidé sind so etwas wie der Adel unter den Feenwesen. Im Gegensatz zu ihren kleineren Verwandten haben sie keine Flügel, sind aber ebenso naturverbunden. Das Volk blieb unter sich, weshalb nicht viel über ihre Sitten und Bräuche bekannt ist. Manche sagen, sie tanzen nachts unter dem Vollmond, andere behaupten, sie können sich in Bäume verwandeln. Letzteres ist Humbug, wenn ihr mich fragt. Sie kennen die Natur wie ihre Westentasche, sie sind ein Teil von ihr und wissen sich zu tarnen, das ist alles. Die Sidé meiden den offenen Kampf, sie bevorzugen Gift und Hinterlistigkeit. Das soll aber nicht heißen, dass sie bei einem Angriff wehrlos sind. Ich weiß, dass sie eine exzellente Ausbildung genießen, die Männer ebenso wie die Frauen. Die Sidé sind schnell, leichtfüßig wie Tänzer und tödlich wie der Stachel eines Skorpions. Sie haben eine unglaubliche Körperbeherrschung und ihre Fähigkeiten beruhen nicht nur auf der Magie, sondern auch auf der Kampfkunst.«

Erstaunlicherweise sprach er fast schon mit einer respektvollen Bewunderung von den Sidé. Er blinzelte und war mit einem Mal wieder zurück in der Gegenwart. Sein Blick wanderte zu mir, musterte mich und ich konnte förmlich die Zweifel an unserem Vorhaben erkennen, als ihm bewusst wurde, dass seine Tochter kurz davor war, sich diesen Kriegern entgegenzustellen.

»Jill«, begann er und seine Stimme bekam etwas Flehentliches, doch ich unterbrach ihn.

»Ich weiß, was du sagen willst, aber ich habe meine Entscheidung getroffen. Ich werde Alissa helfen, koste es, was es wolle. Daher bitte ich dich, uns einfach so viel wie möglich über die Sidé zu verraten.«

»Lass mich euch begleiten«, sagte Baal plötzlich und

überraschte mich und Derek damit. Mein Herz machte einen kleinen Freudenhüpfer. Mit Baal an unserer Seite hatten wir eine größere Chance und mithilfe des Silax war es kein Problem für ihn, in die Realität zu wechseln. Er hatte mich bereits vor dem Tod bewahrt. Seine Kraft schien unendlich zu sein. Nicht umsonst war er einer der mächtigsten Fürsten der Unterwelt, dessen Führung sich ein ganzes Land unterworfen hatte. Plötzlich wurde mir bewusst, was es bedeutete, dass mein Vater mitkommen wollte. Baal wusste genau, was für ein Risiko wir eingingen, und er würde, ohne zu zögern, alles dafür tun, um Gefahren von mir abzuwenden. Er würde selbst sein Leben dafür aufs Spiel setzen.

Ich straffte die Schultern und räusperte mich.

»Nein«, sagte ich so vernünftig wie möglich. »Es ist nicht so, dass ich dir nicht vertraue«, beeilte ich mich zu sagen, da ich wusste, dass das sein erster Gedanke war. »Ich vertraue dir. Ich würde dir mein Leben anvertrauen. Aber genau das ist der springende Punkt. Du bist zu wichtig für diese Welt, so viele Dämonen sind auf dich angewiesen. Du bist auf einem guten Weg, die Unterwelt zu einem besseren Ort zu machen. Sie brauchen dich. Du bietest ihnen eine Zukunft. Und ich weiß, dass du all das wegwerfen würdest, um mir zur Seite zu stehen und auf mich aufzupassen. Das kann ich nicht mit meinem Gewissen vereinbaren. Das ist mein Kampf, nicht deiner.«

Baal musterte mich mit unergründlichem Blick.

»Niemand ist unersetzbar«, erwiderte er ruhig. »Es wird einen Nachfolger geben. Chaz ist auf dem besten Weg …«

»Nein«, sagte ich bestimmt. »Chaz wird vielleicht irgendwann deine Nachfolge übernehmen, aber er ist noch lange nicht so weit, und das weißt du so gut wie ich.«

Derek hatte den Kopf gesenkt und aß schweigend seinen Salat. Es schien ihm peinlich zu sein, unsere Familienangelegenheiten mit anzuhören. Baals Gesicht zuckte, als fechte er einen inneren Kampf aus.

»Ich weiß nicht, wie man die Sidé töten kann«, sagte er schließlich. »Es ist unmöglich, euer Kampf aussichtslos. Du stürzt dich kopfüber in den Tod!«

Die Resignation in seiner Stimme ließ mich ihm beinahe glauben.

»Kronos hat es geschafft«, gab ich zurück und war erstaunt über die Zornesfalte, die sich langsam zwischen den Augenbrauen meines Vaters bildete.

»Woher weißt du von Kronos?«, fragte er scharf. »Was hat Chaz dir über ihn erzählt?«

Etwas verblüfft darüber, dass er seine Besorgnis zu verbergen suchte, blinzelte ich ihn verwirrt an.

»Nicht viel, nur dass er es war, der die Sidé damals aufgespürt und ausgerottet hat. Und dass er ziemlich mächtig sein soll.«

Baal entspannte sich etwas, doch sein Blick war noch immer wachsam.

»Es stimmt«, gab er schließlich zu. »Kronos war derjenige, der für den Tod der Sidé verantwortlich war. Er hat sie abgeschlachtet.«

Seine letzten Worte hingen belastend im Raum und Derek und ich vergaßen gleichzeitig, weiterzuessen.

»Was ist?«, gab Baal bitter zurück. »Hast du gedacht, ein ganzes Volk auszulöschen wäre etwas Ehrenvolles gewesen? Dass er ihnen Gift verabreicht hat, das sie sanft in den Tod gleiten ließ? Er hat sie gejagt, gehetzt und einen nach dem anderen aufgespürt. Männer, Frauen, Kinder. Er hat sie umgebracht. Und das ist genau das, was auch du jetzt vorhast.«

Meine Kehle schnürte sich zu. Baal wusste genau, dass er mich damit an genau der richtigen Stelle erwischt hatte. Auch wenn es bereits unterschwellig an mir nagte, so verdrängte ich doch den Gedanken immer wieder, was es für mich bedeutete, herauszufinden, wie man die Sidé tötete. Es bedeutete, dass ich zur Mörderin werden würde. Es bedeutete, dass ich ein längst vergessenes Volk ausrotten würde, wenn die drei Feenwesen tatsächlich die letzten ihrer Art waren. Ich würde Kronos' Werk zu Ende bringen. Doch was hatte ich für eine andere Möglichkeit?

Natürlich hatte ich daran gedacht, mit den Sidé zu reden, sie vielleicht zur Vernunft bringen zu können. Aber was, wenn sie sich weigerten? Was, wenn sie nicht zuhörten? Ja, ich würde zur Mörderin werden, um Alissas Leben zu retten, wenn es nicht anders ginge. Ich hatte zu viel erlebt, zu viel mit angesehen, um einen Rückzieher zu machen. Früher hätte ich vielleicht anders gehandelt, aber ich war längst nicht mehr das kleine Mädchen von einst. Baal quittierte meine neue Entschlossenheit schweigend und mit missbilligendem Blick, doch die Sorge glänzte in seinen Augen. Derek rutschte unbehaglich auf seinem Stuhl umher.

»Ich habe meine Gründe, so zu handeln«, sagte ich schlicht und dachte daran, zu was für Monstern die Vampire durch das Gift der Sidé geworden waren. Jemand musste sie aufhalten.

»Das hat auch Kronos damals behauptet«, antwortete Baal unbeeindruckt. Ich schnappte nach Luft.

Die Türen öffneten sich und die Bediensteten traten erneut ein, um den Hauptgang zu servieren. Der Gemüseauflauf duftete köstlich, doch mir war der Hunger vergangen.

»Was ist damals passiert, Dad? Wieso hat er das getan?«

Baal wartete lange, bevor er mir antwortete. »Ich weiß es nicht«, gab er schließlich zu. »Die Sidé haben keine Bedrohung für Kronos dargestellt. Niemand weiß, wie er es geschafft hat, sie zu töten. Den Sidé kann keine Dämonenmagie etwas anhaben, kein Gift dieser Welt kann ihnen schaden ...«

»Und doch hat Kronos herausgefunden, wie man sie

tötet«, sagte ich und sah Baal fest in die Augen. »Es gibt eine Möglichkeit und du kennst sie.«

Baal schüttelte den Kopf und ich meinte so etwas wie Bedauern in seinem Blick sehen zu können.

»Es gibt Gerüchte, Spekulationen, Sagen. Eine Theorie haarsträubender als die andere. Ich kenne sie jedoch nicht.«

»Aber du weißt, wo wir sie finden, richtig?«, hakte ich nach und ließ meinen Vater nicht aus den Augen. Er wusste längst, dass er mir nichts vormachen konnte.

»Ich habe einige wertvolle Bücher, in denen ihr etwas finden könntet«, gab er schließlich zu. Er hob die Hand, als ich gerade aufspringen wollte.

»Sie sind nicht hier«, fügte er hinzu.

»Wo dann?«

Ich sah, wie es ihm widerstrebte, mir zu antworten, woraus ich schloss, dass er die Wahrheit sagte.

»Dad, wo hast du die Bücher versteckt?«, drängte ich ihn.

»In unserem Haus«, grummelte er. Derek wirkte verwirrt, doch ich wusste sofort, wovon er sprach. Neben Baals Schloss gab es in der Unterwelt noch ein kleines Haus, das meinem Elternhaus in der Realität glich. Baal hatte es meiner Mutter zuliebe gebaut, denn auch sie hatte das einfache Leben dem Luxus dieses Schlosses vorgezogen.

»Ich bringe euch morgen früh hin«, seufzte Baal.

»Das ist zu spät«, entgegnete ich hitzig, doch sein Blick wurde hart und seine Augen kalt.

»Ich sagte, ich bringe euch morgen früh hin. Auch wenn der Himmel es nicht verrät, bei uns herrscht in wenigen Stunden Nacht und es ist gefährlich, um diese Zeit draußen zu sein.«

Seine Stimme duldete keinen Widerspruch und ich biss auf die Zähne. Nur ein paar Stunden. Wir würden ein paar Stunden warten müssen.

»Ich kann euch nicht sagen, ob ihr in den Büchern findet, wonach ihr sucht. Für mich gab es nie einen Grund, mich mit den Sidé zu beschäftigen. Und für euch sollte es auch keinen geben.«

»Wir müssen es versuchen«, meldete sich Derek zu Wort. Seine Stimme klang seltsam dünn. Er hatte sich während des gesamten Essens nicht ein einziges Mal zu Wort gemeldet. Baal blickte ihn fast schon verwundert an, als hätte er Derek keinen solchen Mut zugetraut. Dann nickte er schweigend und aß lustlos weiter.

»Seit wann ist Kronos tot?«, fragte ich meinen Vater, aus Neugier und um das leidige Thema endlich zu beenden, bevor Baal es sich anders überlegen konnte. Er hob überrascht die Augenbrauen.

»Wie kommst du darauf, dass er tot ist?«

Ich zuckte mit den Achseln. »Na ja, wenn er so mächtig ist, wie du erzählst, dann würde er diese Welt vermutlich regieren, oder nicht? Also gehe ich davon aus, dass er tot ist.«

Baal lachte bitter auf. »Er ist nicht tot. Jedenfalls nicht, soweit ich das weiß.«

Ich runzelte die Stirn. »Wo ist er dann?«

Baal lehnte sich zurück und musterte mich, als überlege er, wie viel er mir erzählen sollte.

»Niemand weiß, wo Kronos sich aufhält. Und um deine Frage zu beantworten, ja, er würde diese Welt regieren. Er regiert sie auf gewisse Art und Weise bereits. Kronos ist kein normaler Dämon, er ist der Mächtigste von uns allen. Weit mächtiger als du, als ich, als jeder hier. Aber er mischt sich nicht ein. Wozu auch? Er könnte uns alle mit einem Fingerschnipsen vernichten. Ich glaube, er ist es leid geworden, das Schicksal zu beeinflussen. Er lehnt sich zurück und schaut dabei zu, was seine Schäfchen so treiben.« Baal biss die Zähne zusammen. »In gewisser Weise spielt er Gott.«

Ich wusste nicht, was ich darauf entgegnen sollte. Die Art

und Weise, wie bitter Baals Stimme geklungen hatte, als er von Kronos erzählte, ließ darauf schließen, dass da noch etwas anderes war. Etwas, was diesen angeblich so gottgleichen Dämon betraf. Aber es sollte mir egal sein. Was interessierte mich ein Dämon, von dem niemand wusste, ob er überhaupt noch existierte? Ich hatte weitaus wichtigere Probleme.

Eine seltsame Unruhe ergriff mich, was es mir schwer machte, auch die Nachspeise zu überstehen und dem höflichen Geplänkel von Baal und Derek zu lauschen, während ich das Erdbeereis auf meiner Zunge zergehen ließ.

Endlich war der Zeitpunkt gekommen, an dem wir den Tisch verlassen konnten, ohne unhöflich zu sein.

»Morgen früh«, erinnerte ich Baal, nachdem wir ihm eine gute Nacht gewünscht hatten. Ein Schatten huschte über das Gesicht meines Vaters, doch er fing sich sofort wieder.

»Wie Ihr wünscht, Prinzessin«, antwortete er und lächelte schelmisch, als ich mit den Augen rollte. »Gute Nacht.«

Als wir wieder durch die Flure streiften, fragte mich Derek aufgeregt, ob wir noch einen Blick in die Bibliothek werfen konnten.

»Nein«, antwortete ich schlicht und zog ihn mit in mein Zimmer, ohne auf sein enttäuschtes Gesicht zu achten. »Wir müssen uns vorbereiten.«

Derek wirkte verwirrt und ich bedeutete ihm, sich auf dem Polstersofa niederzulassen.

»Auf was denn vorbereiten?«, fragte er schließlich. »Wir haben noch bis morgen früh Zeit, bis Baal uns zum Haus deiner Eltern bringt.«

»Haben wir nicht«, gab ich zurück und strich die lästigen hohen Schuhe von meinen Füßen. Derek wirkte vollends aus dem Konzept gebracht, also nahm ich mir die Zeit, mich im Sessel neben ihm niederzulassen. »Verstehst du nicht?«, sagte ich und beugte mich vor. »Baal lässt uns absichtlich bis morgen schmoren. Wenn wir morgen mit ihm und ein paar Leuten in das Haus kommen, werden wir keine brauchbaren Bücher über die Sidé finden. Er wird sie vorher beseitigen lassen.«

Derek blieb der Mund offen stehen. »Das würde er nicht tun.«

Ich schnaubte ziemlich undamenhaft. »Ich kenne meinen Vater«, erklärte ich ihm. »Und ja, ich vertraue ihm, wenn es darum geht, mein Leben in seine Hände zu legen. Aber er hofft immer noch, uns von unserem Vorhaben abhalten zu können. Dass wir vernünftig werden, wenn wir keinen Weg finden, die Sidé zu töten.«

Derek stieß hörbar die Luft aus.

»Dann war es vollkommen umsonst, dass wir hergekommen sind und Zeit verschwendet haben«, sagte er bitter, doch ich lächelte ihn verschwörerisch an.

»War es nicht«, raunte ich.

Derek kniff die Augen zusammen. »Was hast du vor, Jillian Benett?«

Ich schluckte den Kloß in meinem Hals herunter.

»Wenn Baal morgen früh am Haus meiner Eltern eintrifft, werden wir die Bücher längst gelesen haben«, erklärte ich ihm. Derek wurde bleich.

»Du willst, dass wir heute Nacht abhauen und uns allein durch die Unterwelt schlagen?«

Ich wusste, wie riskant das war. Ich wusste, in was für eine Gefahr wir uns begeben würden.

»Ja«, sagte ich trocken. »Klingt doch gut, oder?«

Kapitel 20

Ein paar Stunden später hatte sich im Schloss nicht viel verändert. Der Himmel war noch genauso düster wie zuvor, die blaue Prana hatte nichts an Leuchtkraft verloren oder dazugewonnen. Einzig und allein die Ruhe im Schloss zeugte von der hereinbrechenden Nacht.

Während tagsüber immer wieder ein paar von Baals Wächtern zu sehen gewesen waren, die durch den Garten und die Flure streiften, war es nun beinahe totenstill. Der Hof lag in schummrigem Licht, man hatte den Großteil der Fackeln gelöscht. Ich sah zum Fenster herab auf den Garten, der dank meiner Hilfe neu erblüht war. Vor drei Jahren hatte ich die Elfen aus Baals Gewächshaus befreit und ihnen die Freiheit geschenkt. Wie erhofft hatten sie sich verteilt und unter anderem im Schlosshof niedergelassen. Er war wunderschön, auch wenn die Blumen ihre Leuchtkraft durch die Dunkelheit einbüßten. Der Garten war ein Labyrinth aus Hecken und sauber angelegten Beeten, das von steinernen Bänken und Marmorstatuen unterbrochen wurde.

»Es ist Zeit«, flüsterte ich heiser und wandte mich zu Derek, der ein undefinierbares Geräusch von sich gab. Er war angespannt, straffte jedoch die Schultern und wirkte entschlossen. Wir hatten in den Schränken schlichte, schwarze Kleidung für ihn gefunden, die ihn mit seinem feinen, blonden Haar nur noch bleicher wirken ließ. Ich hatte ihm angeboten, alleine zu gehen. Derek war kein Kämpfer, auch wenn er mutig war. Doch er hatte mich mit einem eisigen Blick zum Schweigen gebracht.

Ich bedeutete ihm, mir leise zu folgen. Wir huschten leise hinaus auf den Flur und lauschten auf jedes Geräusch, doch das Schloss schien wie ausgestorben. Nervös versuchte ich, mich an den Weg zu erinnern, der uns sicher hinausbringen würde. Wir hatten Glück, niemand begegnete uns und ich hatte den Wachmann, der im Untergeschoss am Fuße der Treppe stand, rechtzeitig bemerkt und verhindert, dass wir in sein Sichtfeld gelangten.

»Hier rein«, formte ich mit den Lippen und drückte eine zweiflügelige Tür auf. Sofort schlug die Stimmung um. Aus dem Knistern der Fackeln wurde das Geräusch plätschernden Wassers. Im Gewächshaus war es noch schwüler als im Schloss. Derek raunte etwas Unverständliches, doch die Bewunderung in seiner Stimme war deutlich herauszuhören.

Das Gewächshaus war gewaltig und lag im Dunkeln, da man die Fackeln gelöscht hatte. Große, jahrzehntealte Bäume bildeten einen kleinen Wald, über dem der Pranahimmel durch das Glasdach und die Blätterkrone schimmerte. Die Umrisse der Pflanzen waren in dem beruhigend dunkelblauen Licht gut zu erkennen und mit etwas Einbildung konnte man sich vorstellen, es wäre der Mond, der uns den Weg leuchtete.

Als die Bäume sich lichteten, kamen wir an Gemüsebeeten vorbei, an einzelnen reich beladenen Obstbäumen, und gelangten schließlich an die Quelle, die von einer blühenden Wiese umgeben war. Es dauerte nicht lange, da wurden wir von funkelnden Lichtern umschwirrt. Die Elfen hier waren die Anwesenheit von Dämonen gewohnt, doch sie spürten, dass Derek nicht dazugehörte. Neugierig ließen sie sich auf seinen Armen und seiner Schulter nieder, um ihn zu beschnuppern und an seinen Haaren zu ziehen. Ich lächelte, als die Flügel einer Elfe an meinem Hals kitzelten. Die kleinen Feen waren wunderschön. Die Libellenflügel summten und leuchteten in den schönsten Farben, während das kleine Wesen über meinen Arm lief. Ich hob es hoch und betrachtete es genauer. Die Elfe hatte orangene Haut und rote Haare. Eine blaue Elfe gesellte sich zu ihr und sie schwirrten in einem blau-orangenen Lichterwirbel davon. Unwillkürlich fragte ich mich, ob die Sidé ihnen ähnelten.

Ich hätte nichts dagegen gehabt, mich an der plätschernden Quelle niederzulassen und dem Treiben der Elfen zuzusehen, dabei ihren glockenhellen und piepsigen Stimmen zu lauschen, doch wir hatten eine Aufgabe. Sofort erschien das Bild von Alissa vor meinen Augen. Wie sie hilflos in Chaz' Armen gelegen hatte, dem Wahnsinn verfallen und mit Gefühlen überschwemmt, die ihr den Verstand raubten. Ich presste die Zähne aufeinander und blinzelte die aufsteigenden Tränen weg. Derek schien die Veränderung zu bemerken. Er nickte mir kaum merklich zu und wir schlichen weiter.

Im Gegensatz zu früher war die große Glastür, die auf den Hof führte, weit geöffnet, damit die geflügelten Wesen uneingeschränkt ein- und ausfliegen konnten. Bevor wir ins Freie traten, spähte ich vorsichtig zum Schloss hinauf. Die meisten Fenster lagen im Dunkeln, doch das hatte nichts zu bedeuten. Es musste nur einer der Dämonen zur falschen Zeit in den Garten blicken, um uns zu erspähen. Daher hielt ich mich so weit wie möglich im Schatten und huschte an der Mauer entlang zu den Ställen, dicht gefolgt von Derek. Ich presste mich an die Wand und hielt den Atem an, als ein Wächter um die Ecke bog, nur wenige Schritte von uns entfernt. Derek machte keinen Mucks, doch in diesem kurzen Schreckmoment war ich überzeugt davon, dass mein hämmerndes Herz uns verraten würde. Dann wäre unser Plan zunichtegemacht, unser Trip in die Unterwelt völlig umsonst.

Doch der Wächter sah stur geradeaus und seine wachen Augen erblickten uns nicht. Wir warteten mehrere Herzschläge ab, bevor wir stillschweigend weiterschlichen.

Ein Teil der Anspannung fiel von mir ab, als wir durch die Tür zu den Ställen schlüpften. Wenigstens konnte uns hier keiner sehen, doch hier begann auch der schwierigste Teil unseres Ausflugs. Ich versuchte, meine Nervosität zu überspielen, als wir an den großen Boxen vorbeikamen. Die Erinnerung an die dämonischen Pferde, die hier untergebracht waren, war mir noch allzu bewusst. Ich hielt Ausschau nach Lilly und entdeckte sie ein Stück weit entfernt. Die Stute war anmutig und gleichzeitig Furcht einflößend. Sie hatte die Größe von einem kleinen Elefanten, das seidige Fell schimmerte durch den Knochenpanzer. Als sie mich erkannte, stampften ihre gewaltigen Hufe unruhig auf dem Boden auf. Vermutlich hatte sie mich erkannt und sich an unseren letzten Ausflug erinnert. Auch ich hatte noch gut in Erinnerung, was für einen Höllenritt wir damals durchgemacht hatten.

»Keine Sorge«, beruhigte ich sie. »Dich nehme ich nur im Notfall.«

Derek war nun vollends eingeschüchtert und zuckte immer wieder zusammen, wenn eines der Pferde schnaubte.

»Sie sind zahm«, beruhigte ich ihn, doch ich hatte gleichzeitig das Gefühl, dass ich es mir ebenso einreden wollte.

Ein Vogelschrei aus dem hinteren Teil des Stalls ließ mein Herz freudig schlagen.

»Caladrius«, flüsterte ich erleichtert, als wir an die Box des Dämonenvogels kamen. Ich hatte gehofft, dass sie ihn hier untergebracht hatten, doch sicher war ich mir nicht gewesen. Vorsichtig trat ich näher und hielt ihm meine Hand unter den Schnabel.

»Jill«, krächzte Derek und panische Angst sprach aus seinen Augen. Ich konnte es ihm nicht verdenken, Caladrius war ein stattlicher Anblick. Der Vogel war doppelt so groß wie wir, sein spitzer Schnabel messerscharf und die ledernen Flügel mussten ausgebreitet eine Spannweite von mindestens vier Metern haben. Doch ein Blick aus Caladrius' tiefblauen Augen genügte, um Derek langsam näher treten zu lassen. Er strahlte keine Aggressivität aus, vielmehr neigte er neugierig den Kopf und schmiegte ihn an meine Hand, als er mich erkannte. Mittlerweile verstand ich, wieso Chaz so viel Begeisterung für diese Tiere an den Tag legte. Auch Caladrius' Brust war von einem schleimigen Knochenpanzer geschützt, doch es tat seiner Schönheit keinen Abbruch. Der Knochen schimmerte elfenbeinfarben, beinahe weiß, und passte sich damit dem weichen, hellweißen Federkleid an, das seinen Körper an einigen Stellen bedeckte. Die ledernen Flügel hatte er sorgfältig auf dem Rücken gefaltet.

Ich legte Caladrius die Zügel um den Hals und öffnete die Box. Ich hatte keine Ahnung, wie man diesen Vogel in den Lüften steuerte, denn das letzte Mal, als ich mit ihm geflogen war, war er bereitwillig Chaz gefolgt.

»Bring uns sicher nach Hause, okay?«, fragte ich ihn, obwohl ich keine Ahnung hatte, ob er mich verstehen konnte. Ich hoffte einfach, dass Caladrius die Strecke mittlerweile so oft geflogen war, dass er wusste, was ich von ihm wollte.

Wir führten Caladrius leise aus dem Stall. Draußen zögerte ich nicht lange und schwang ein Bein auf seinen Rücken, während ich mich an seinem Hals festklammerte. Wir durften keine Zeit verlieren. Caladrius' Federn schimmerten hell und nahmen eine bläuliche Farbe durch das Licht des Himmels an. Er war leicht von den Fenstern des Schlosses aus zu sehen.

»Komm schon«, drängte ich und hielt Derek die Hand hin. Nachdem er tief ein- und ausgeatmet hatte, ergriff er sie und ließ sich von mir aufhelfen.

»Du wirst es lieben«, raunte ich, als er sich von hinten an mir festklammerte. Ein leichter Druck mit den Füßen genügte, damit Caladrius Anlauf nahm. Er breitete die Flügel aus und hatte nach wenigen Metern abgehoben. Ich unterdrückte meinen Jubelruf, doch das Adrenalin, das durch meine Adern strömte, verursachte ein wohliges Kribbeln in der Bauchgegend.

Es war wundervoll. Ich liebte es, mit Caladrius durch die Lüfte zu segeln. Ich genoss den warmen Wind, der mir durch die Haare fuhr, und den Anblick des Schlosses, das unter uns immer kleiner und kleiner wurde. Meine Arme begannen unwillkürlich zu zittern und mein Pulsschlag beschleunigte sich, als wir uns in schwindelerregende Höhe begaben. Die Aussicht war grandios. Baals Schloss erinnerte an eine düstere Burg, bei der nur noch Fledermäuse um die vielen Zinnen und Türme hätten flattern müssen. Von oben sah ich eine Brüstung, die einen begehbaren Teil des Dachs abgrenzte. Irgendwann musste ich mal den Weg dorthin suchen. Es musste atemberaubend sein, hoch oben auf der Burg meines Vaters zu stehen und hinunter auf die Stadt zu blicken.

Auf Caladrius zu fliegen war eine riskante Sache, wenn man keine Übung darin hatte. Seine Flügel schlugen kräftig und mit jedem Schwung drohte es uns, von ihm herunterzurutschen. Ich umklammerte die Zügel, doch trotzdem kam ich nicht umhin, mir einzugestehen, dass ich den Nervenkitzel genoss. Nur ein falscher Griff, nur ein Moment der Unachtsamkeit, und wir würden in die Tiefe stürzen. Die Bäume waren kaum noch zu erkennen, alles verlor sich in der Dunkelheit und der Vogel drehte eine weitere Runde ums Schloss. Dann endlich hatte er seine neu gewonnene Freiheit genug ausgekostet und sank tiefer herab.

Ich lächelte, denn ich wusste, dass er dieses riskante Manöver ebenso genossen hatte wie ich. Fliegen war toll, es vermittelte einem das Gefühl von Freiheit und für kurze Zeit kam es mir vor, als wären auch meine Sorgen mit dem Wind, der uns um die Ohren pfiff, davongetragen worden. Still beschloss ich, dass es die wohl faszinierendste und aufregendste Fortbewegungsart war, die ich kannte. Außerdem war es die sicherste Methode, um in der Unterwelt zu reisen. Caladrius machte einen leichten Bogen um das Schloss, dann segelte er auf Ignis Tenebris zu. Die Dämonenstadt lag am Fuße des Bergs, auf dem sich Baals Zentrale befand. Ich hatte sie ewig nicht mehr besucht und war erstaunt darüber, dass die einst so zerfallene und zerstörte Stadt nicht wie erwartet im Dunkeln lag. Stattdessen war sie hell erleuchtet, überall brannten Fackeln in den Straßen und tauchten die Häuser in sanftes Licht.

Ich musste zugeben, dass Baal über die Jahre reife Arbeit geleistet hatte. Ignis Tenebris war einst eine der größten Dämonenstädte gewesen, bis Krieg und Zerstörung kaum mehr als ein paar zerfallene Ruinen übrig gelassen hatten. Sie war der Unterschlupf für Gesocks geworden. Leviathans Anhänger hatten dafür gesorgt, dass ein Ausflug in die Stadt gefährlich war und in den meisten Fällen tödlich endete. Doch nun herrschte wieder Leben auf den einst verlassenen und verstaubten Straßen. Hier und da fuhr eine von Pferden gezogene Kutsche, Dämonen eilten zwischen den Gebäuden umher und an einigen Stellen stieg Rauch aus den Schornsteinen der Häuser. Man hatte einen ganzen Teil der Stadt bereits restauriert.

»Sieh dir die Stadt an«, rief ich über die Schulter zu Derek, der mich fest umklammert hielt.

»Ich würde die Augen gerne weiter geschlossen halten«, kam es gedämpft von hinten zurück. Seine Stimme klang dünn und zittrig.

»Komm schon, so eine Gelegenheit bekommst du so schnell nicht wieder«, lachte ich.

»Na schön«, murmelte er und gleich darauf japste Derek nach Luft.

»Ich glaube, mir wird schlecht«, presste er hervor, doch ich spürte, wie er sich über meine Schulter hinwegbeugte und hinuntersah. Die Neugier war eben doch zu groß.

»Sieht gar nicht so unangenehm aus«, rief er, um den sausenden Wind zu übertönen.

»Glaub mir, du hättest die Stadt vor einigen Jahren sehen sollen«, gab ich zurück und schauderte. Doch bald schon sollte Derek eine Ahnung bekommen, wovon ich sprach. Die neu errichteten Gebäude wichen schon nach kurzer Zeit wieder den verfallenen Ruinen, da man erst den Hauptteil der Stadt wieder aufgebaut hatte.

Die Lichter wurden weniger, bis wir vollkommen in die Dunkelheit eingetaucht waren. Auch Derek war verstummt.

»Und jetzt siehst du das wahre Gesicht der Unterwelt«, sagte ich angespannt, doch ich wusste nicht, ob er mich gehört hatte.

Es konnte einen täuschen, wenn man nur den kleinen Abschnitt betrachtete, den Baal bereits wieder hatte herrichten lassen. Doch die Unterwelt war und blieb ein Ort, der von Krieg und Zerstörung gekennzeichnet war. Die Dämonen hatten sich über Jahrhunderte hinweg bekämpft. Übrig geblieben waren verlassene und vermooste Ruinen, die spärlicher wurden, je weiter wir uns von der Stadt entfernten. Obwohl Baal die Elfen wieder in die Natur entließ, zeichneten sich hier noch keine gravierenden Änderungen ab. Während in Ignis Tenebris und in unmittelbarer Umgebung wieder einige grüne Flecken zu finden waren, gab es hier draußen nichts, was der Trostlosigkeit entgegenwirkte. Das Gras war abgestorben und schwarz, es sah verbrannt aus und erklärte den Geruch nach Asche. Die Bäume waren knorrig, die wenigen verbliebenen Blätter verfault oder ausgetrocknet. Die vorherrschenden Farben waren Schwarz und Mitternachtsblau. Wie trostlos musste es sein, nie die Sonne zu erblicken? Nie zu sehen, wie sie die Farben der Blumen erstrahlen und den Himmel wie Feuer wirken ließ? Nie ihre Wärme zu spüren?

Trotz ihrer Hitze war diese Welt kalt und tot.

Caladrius flog vorsichtiger, je weiter wir in die Wildnis eindrangen. Alle meine Muskeln spannten sich an, während ich den Himmel über uns nach Feinden absuchte. Unter uns schlängelte sich ein trostloser Weg entlang, der immer wieder zwischen den Bäumen verschwand. Warmer Wind fuhr durch meine Haare, doch die Anspannung ließ mich den Flug nicht so genießen, wie ich es gerne gehabt hätte. Caladrius konnte uns zwar vor den Kreaturen am Boden bewahren, doch auch aus den Lüften drohte Gefahr.

Die Stille war unheimlich. Der Flügelschlag des Dämonenvogels kam mir viel zu laut vor. Ich biss mir auf die Lippe und klammerte mich fester an Caladrius' Hals. Hatte ich mich in Baal getäuscht? Vielleicht wäre es tatsächlich besser gewesen, auf seine Begleitung zu warten, als allein durch die Unterwelt zu streifen. Wenn er wirklich die Wahrheit gesagt hatte, dann bedeutete das, dass selbst er Respekt vor der Nacht hatte. Plötzlich kam mir meine Entscheidung unheimlich dumm vor. Es machte es auch nicht gerade besser, dass Derek sich von hinten an mich klammerte. In was für eine Gefahr hatte ich ihn gebracht?

Noch bevor ich vollends erfasst hatte, was für eine Dummheit wir begangen hatten, hörte ich das Kreischen aus der Luft. Ich versuchte, den Kopf zu drehen, um zu sehen, woher es kam, doch ein Ruck ließ mich die Hände sofort wieder um Caladrius' Hals schlingen. Der Vogel reagierte augenblicklich und ging in einen steilen Sinkflug über. Wir wurden angegriffen.

»Festhalten, jetzt wird es ungemütlich«, rief ich über die Schulter, doch Derek hatte bereits die Hände an mein Shirt gekrallt. Caladrius tauchte in die Wipfel der Bäume ein. Äste und Zweige schlugen uns entgegen, bevor wir aus dem Dickicht brachen und unter den Baumkronen entlangflogen. Entsetzt sah ich die Stämme der Bäume an uns vorbeirauschen und presste die Augen zu. Caladrius war riesig, jeden Moment würden wir vor einen Baum krachen oder an den tief hängenden Ästen hängen bleiben. Zu meiner Verwunderung blieb der vorausgeahnte Unfall aus.

Caladrius wusste, was er tat. Pfeilschnell bahnte er sich einen Weg durch den Wald, präzise und sicher. Nach einigen rasanten Metern beruhigte ich mich etwas. Plötzlich brach das Dickicht auf und ein schwarzer Dämonenvogel mit glühenden Augen schoss vor uns in die Tiefe. Caladrius bremste kreischend ab, setzte für einen Moment die messerscharfen Krallen auf dem Boden auf und stieß sich in die Höhe. Wir brachen aus den Baumwipfeln heraus, wieder in die offene Nacht, doch das todbringende Kreischen verfolgte uns weiter. Der Wind peitschte mir ins Gesicht, als Caladrius beschleunigte und zu fliehen versuchte.

Er war schnell, doch er hatte mit mir und Derek auch eine erhebliche Last auf dem Rücken. Neben uns tauchten die pechschwarzen Schwingen unseres Verfolgers auf. Er war um einiges größer als Caladrius. Sein Schnabel blitzte im schimmernden Licht des Himmels auf wie blankes Metall. Der Vogel schwenkte zur Seite und versuchte, nach Derek zu schnappen, doch Caladrius reagierte blitzschnell und ließ sich einige Meter absinken. Mir drehte sich der Magen um, doch ich hatte viel zu viel Angst, um darüber nachzudenken.

»Jill, tu etwas«, brüllte mich Derek von hinten an und ich zuckte zusammen. *Ach richtig, ich konnte ja hexen.*

Ich presste die Knie fester auf Caladrius' Rücken und versuchte, bei dem manöverreichen Flug den Halt zu bewahren. Mit der linken Hand klammerte ich mich an seinen Federn fest, die rechte streckte ich gerade rechtzeitig aus, um dem Angreifer bei seinem erneuten Versuch, uns zu töten, einen Magieblitz entgegenzuschleudern. Der Vogel wich gekonnt aus, doch er hatte seinen Schwung verloren und fiel etwas zurück. Ich versuchte es bei seinem zweiten Angriff mit einem Feuerball, der ihn ebenso verfehlte.

»Er ist zu schnell«, schrie ich, mehr zu mir selbst als zu Derek. Ich spürte, dass Caladrius bereits an seine Grenzen kam. Die weichen Federn fühlten sich feucht an und sein Flügelschlag ging immer schwerer. Die Angst um ihn und Derek brachte meine Entschlossenheit zurück. Ich biss die Zähne zusammen und konzentrierte mich mit aller Kraft darauf, einen Wind heraufzubeschwören. Eine Welle der Macht überschwemmte mich.

Plötzlich tauchte der Vogel seitlich von uns auf und seine Krallen erwischten Caladrius am Flügel. Dieser schrie auf und wir sackten wieder einige Meter nach unten. Von oben senkte sich der Schatten auf uns, während Caladrius ins Taumeln geriet. Ich krallte die Hände in die Zügel und ließ der Energie, die sich in mir angestaut hatte, freien Lauf. Ich spürte, wie sie zunächst in meiner Brust wirbelte, unbezähmbar und wild. Plötzlich erschien vor meinem inneren Auge ein helles Blitzen und kurz zeigte sich die kleine weiße Murmel, um die sich meine Pranastränge seit Neuestem sammelten, als würden sie magisch davon angezogen werden. Wo kam sie her? Ich wusste es nicht, doch etwas Bedrohliches ging von dieser schimmernden Murmel aus. Es war eine stille Warnung meines Körpers, als sich meine Nackenhaare aufstellten. Als sollte ich nicht weiterforschen, was diese Murmel zu bedeuten hatte. Gedanklich wandelte ich die Magie zur Aerokinese um. Plötzlich waren wir umgeben von einem tosenden Sturm, der den schwarzen Vogel mit sich riss. Um uns herum fegte der Wind, während wir im Zentrum des Sturms verschont blieben. Äste und Blätter wirbelten herum, als wir den Baumkronen näher kamen. Sie bildeten verschwommene schwarz-grüne Farben, die es mir unmöglich machten, irgendetwas zu erkennen. Der Aufprall kam unerwartet und dumpf, sodass meine Zähne aufeinanderschlugen.

Caladrius riss eine tiefe Furche in den Boden, bevor er zum Stehen kam. Ich zügelte meine Energie und versuchte mit aller Macht, den Wirbelsturm zu besänftigen. Nichts geschah. Kurz überschwemmte mich eine Welle der Panik. Die Energie in meiner Brust tobte, sie drohte mich zu ersticken, ich konnte sie nicht aufhalten. Die Bäume um uns schwankten bedrohlich. Äste wirbelten wie spitze Dolche durch die Gegend. Sie wurden zu tödlichen Geschossen, das Holz knackte und die Stämme drohten, jeden Moment nachzugeben.

Dereks Hand krallte sich in meinen Oberarm, seine sommergrasgrünen Augen hielten meinen Blick gefangen.

»Du kannst jetzt aufhören«, sagte er ruhig, auch wenn sein Auge nervös zuckte. »Du kannst es, Jill.«

Ich konzentrierte mich auf Derek, auf die Ruhe, die er ausstrahlte, die Zuneigung, die ich für ihn empfand. Der Wind ebbte ab.

»Was zur Hölle war das?«, fragte ich keuchend, als ich die Kontrolle über meine Stimme zurückerlangt hatte.

»Du hast vergessen, dass du in der Unterwelt bist. Hier ist deine Prana mächtiger als zu Hause. Es war etwas … zu viel des Guten.«

Sein Blick verriet etwas anderes und ich selbst wusste, dass er das nur sagte, um mich zu beruhigen. Was war gerade geschehen? Die Energie war geradezu aus mir herausgeschossen, ohne dass ich sie hatte bremsen können. Lag es daran, dass mir in der Unterwelt mehr Prana zur Verfügung stand? Und dass die Energie hier förmlich in der Luft lag? Ich versuchte, an dem Gedanken festzuhalten, mir einzureden, dass das der Grund für den Sturm in mir war. Doch in Wahrheit hatte ich die Kontrolle über meine Prana verloren. Ich hatte sie nicht stoppen können. Was zum Teufel war mit mir los?

»Vielleicht sollte ich das Hexen vorerst lassen, solange es nicht unbedingt notwendig ist«, murmelte ich.

Ich verdrängte den Gedanken und suchte fieberhaft den Himmel ab, suchte nach Anzeichen des Dämonenvogels, der jeden Moment durch die Wipfel brechen und sich auf uns stürzen konnte. Wir hatten dringlichere Probleme als meinen Wind, der aus Versehen zu einem Sturm mutiert war.

Als nichts geschah, wandte ich mich schwer atmend Caladrius zu. Der Vogel blutete am Flügel und hielt ihn in einem unnatürlichen Winkel von sich. Ich untersuchte die Wunde, ohne die Umgebung aus den Augen zu lassen. Er verlor zum Glück nicht allzu viel Blut, doch der Flügel schien gebrochen zu sein. Als ich mich vergewissert hatte, dass Caladrius nicht lebensgefährlich verletzt war, suchte ich Dereks Blick. Er war an einem Baumstamm herabgesackt und zitterte unkontrollierbar.

Eben noch hatte er eisige Ruhe ausgestrahlt, um mir zu helfen, doch nun schlugen seine eigenen Gefühle über ihm zusammen. Ich wusste, was er durchmachte. Genauso war es mir in meiner ersten Nacht in der Unterwelt ergangen. Ich hätte ihm gerne Zeit gegeben, sich zu fassen, doch vermutlich hatten wir bei unserer Verfolgungsjagd genügend Lärm gemacht, um Fressfeinde anzulocken.

»Wir müssen hier weg«, drängte ich und zog Derek auf die Beine. Für einen Moment sah es so aus, als wollten sie nachgeben und ihn zurücksacken lassen, doch er riss sich zusammen und folgte mir. Ich schnappte mir Caladrius' Zügel und zog daran.

»Wie es aussieht, müssen wir zu Fuß weitergehen«, sagte ich so unbeschwert wie möglich, doch ich konnte die Anspannung nicht aus meiner Stimme verbergen. Und was nützte es, Derek in falscher Sicherheit zu wiegen? Dass wir den Rest des Wegs laufen mussten, kostete uns nicht nur eine Menge Zeit, es war auch weitaus gefährlicher als die Luftreise. Wenn Derek dachte, ein Dämonenvogel wäre das Schlimmste, was uns passieren konnte, wollte ich ihn lieber nicht Bekanntschaft mit den Kreaturen auf dem Erdboden machen lassen. Ich erinnerte mich an die Zeit, die ich mit Chaz und einer dämonischen Jagdgesellschaft im Wald verbracht hatte. Wir waren auf Naga getroffen, gewaltige Schlangen von mehreren Metern Länge. Wir waren von Ebern angegriffen worden, die so groß wie Pferde waren; es gab Wildkatzen, deren Klauen die Größe eines Tellers hatten. Sie alle waren todbringend. *Und dann gab es noch …*

Ein donnerndes Grollen ließ die Erde erzittern. Derek stolperte vor Schreck und griff panisch nach meiner Hand. *Richtig, und dann gab es noch den Wächter.* Auf ihn waren wir im verlorenen Wald gestoßen, als wir die Quelle der Unterwelt entdeckt hatten. Nachdem diese mir beinahe alles Leben ausgesaugt und Baal mich gerettet hatte, waren wir dem Wächter begegnet. Das Monstrum hatte die Größe eines Bergs und ähnelte im Entferntesten einer Echse. Ich hatte meinen Freunden nie viel von der Begegnung erzählt und momentan war ich froh darüber. Derek wäre sonst keinen Meter mehr weitergelaufen.

»Keine Sorge, wir sind weit vom verlorenen Wald entfernt«, beruhigte ich ihn. »Das ist der Teil der Unterwelt, in dem wir uns wirklich Sorgen machen müssten.«

Tatsächlich war das Grollen und Brüllen des Wächters zwar deutlich hörbar und ich vermeinte selbst seine stampfenden Schritte in der zitternden Erde zu spüren, doch bis zum verlorenen Wald mussten es noch einige Kilometer sein. Für heute reichte mir die Bedrohung durch die dämonischen Bewohner des Waldes. Mit ihnen konnten wir fertigwerden, gegen den Wächter jedoch waren wir chancenlos.

Das Dickicht lichtete sich und ich atmete auf, als wir die dunkle Straße zwischen den Bäumen erreichten. Der Wind blies uns staubigen Sand entgegen. Ich rieb mir die Augen und ließ Caladrius entscheiden, in welche Richtung wir zu gehen hatten. Während des Flugs hatte ich vollends die Orientierung verloren und ich hoffte, dass der Vogel nicht die Schnauze voll hatte und zum Schloss zurückkehren würde.

Die Baumwipfel tauchten uns in Schatten und unsere Schuhe knirschten auf dem Sand der Allee. Caladrius schien sich sichtlich unwohl zu fühlen. Das Grollen aus weiter Ferne war verklungen. Derek und ich schwiegen, doch keiner hing seinen Gedanken nach. Viel zu sehr waren wir damit beschäftigt, die Umgebung im Auge zu behalten und auf jedes noch so kleine Geräusch zu hören.

Die Bäume rechts von uns lichteten sich nach einer Weile und neben uns erstreckte sich ein weites, abgestorbenes Feld. Das tote Gras wirkte wie ein schwarzes Meer und wellte sich sanft im Wind. Ich suchte nach blau glühenden Augen, die uns beobachteten, rechnete jeden Moment damit, dass wir angegriffen wurden und eine der scheußlichen Kreaturen sich auf uns stürzte. Doch nichts passierte. Alles blieb ruhig, was unsere Nerven nur noch weiter strapazierte. Keiner glaubte daran, dass wir diesen Ausflug heil überstehen und ungeschoren davonkommen würden.

Ich hatte keine Ahnung, wie viel des Wegs wir bereits zurückgelegt hatten, doch da mir die Allee bekannt vorkam, konnten wir nicht allzu weit vom Haus entfernt sein. Rechts und links erschienen immer mal wieder Gebäude, von denen nur noch lose Steine und zerfallene Mauern übrig waren, über die sich schwarzbläuliches Moos zog. Die Schatten darin bewegten sich.

Hier in der Wildnis hatte sich rein gar nichts verändert. Ich hatte gehofft, dass Baal es tatsächlich schaffen würde, diese Welt zu einem besseren, vielleicht sogar schönen Ort werden zu lassen. Immerhin hatte er einen guten Anfang damit gemacht, dass er für Frieden sorgte und die Elfen entlassen hatte, damit sie sich um die Natur kümmern konnten. Doch wie lange würde es dauern, bis auch hier wieder alles erblühte? Wie viele Jahrhunderte würden vergehen, bis es so weit war, dass die Unterwelt kein trostloser Ort mehr sein würde? Ich konnte es nicht sagen. Dämonen wurden ab einem bestimmten Alter nur kaum merklich älter, wie mir Baal erklärt hatte. Schließlich lebten sie in einer Welt aus purer Lebensenergie, sie befanden sich direkt in der Quelle. Baal selbst hatte mehrere Hundert Jahre auf dem Buckel. Die Tatsache, dass immer wieder Dämonen ihre Unsterblichkeit opferten, indem sie versuchten, in die Realität einzudringen, machte deutlich, wie scheußlich das Leben hier sein musste.

Die Straße zog sich endlos in die Länge. Plötzlich blieb Caladrius stehen. Er warf nervös den Kopf in den Nacken und weigerte sich, weiterzugehen. Derek legte ihm beruhigend die Hand auf den Hals.

»Was ist los, mein Guter?«, fragte er. Es war erstaunlich, wie schnell er sich an die Kreatur aus der Unterwelt gewöhnt hatte. Doch wenn man gerade gemeinsam dem Tod entgangen war, schweißte einen das unwillkürlich zusammen, egal ob Mensch oder Tier. Ich ging einige Schritte weiter und suchte die Umgebung ab.

»Da ist das Haus meiner Eltern«, sagte ich angespannt. Ich erkannte die Mauer und das schmiedeeiserne Tor. Dahinter sah man ein altes, zweistöckiges Gebäude, das sich von den restlichen trostlosen Ruinen abhob. Es waren noch fünfhundert Meter bis zum Haus, vielleicht auch mehr.

»Wieso geht er dann nicht weiter?«, fragte Derek stirnrunzelnd.

»Weil er Angst hat«, flüsterte ich. »Und weil wir beobachtet werden.«

Derek sog scharf die Luft ein. »Und jetzt?«

Ich schluckte schwer. »Bereite dich darauf vor, um dein Leben zu rennen.«

Kapitel 21

Caladrius verlagerte das Gewicht von einer Kralle auf die andere. Er fühlte sich augenscheinlich unwohl und ausgeliefert, jetzt, wo er nicht mehr in den Himmel flüchten konnte.

»Ich sehe nichts«, sagte Derek. Die Straße vor uns lag im Dämmerlicht, doch sie war frei und führte geradewegs zum Haus. Dahinter begann der Wald, der sich entlang der Straße zog. Rechts standen nur vereinzelte Bäume und man hatte freien Blick auf ein abgestorbenes Feld.

»Er spürt etwas«, hauchte ich und mein Herz begann, schneller zu schlagen. »Wir sollten uns auf seine Instinkte verlassen.«

Uns blieben genau drei Möglichkeiten. Der kürzeste Weg zum Haus führte direkt über die offene Straße, wir konnten aber ebenso gut einen Bogen durch den Wald schlagen oder auf der anderen Seite über das offene Feld laufen. Das Problem war, dass wir keine Ahnung hatten, wo die vermeintliche Gefahr lauerte. Waren wir zwischen den Bäumen des Waldes geschützt oder begaben wir uns dort direkt in eine Falle? War es besser, über das offene Feld zu laufen, wo Feinde sich nicht heranschleichen konnten? Caladrius war keine große Hilfe, denn der Vogel verweigerte jeglichen Dienst, selbst als ich bettelnd am Zügel zog.

Mittlerweile bekam ich es mit der Angst zu tun und warf immer wieder panische Blicke auf die Umgebung. Dann sah ich etwas aufblitzen. Das Feld neben uns war längst nicht so verlassen, wie ich geglaubt hatte. Das abgestorbene Gras stand hoch und bot genug Deckung, sodass sich selbst ein Zerberus darin verstecken konnte, wenn er sich flach auf den Bauch drückte. Es war mehr eine Ahnung, als dass ich es wirklich erkannt hatte, doch das Bild von blau flammenden Augen ging mir nicht mehr aus dem Kopf. Lauerten sie dort? Konnten wir es bis zum Haus schaffen?

Caladrius wurde immer nervöser. Plötzlich schrie der Vogel auf und rannte auf den Wald zu. Ich versuchte, seine Zügel zu packen, doch so schnell, wie er im Gebüsch verschwunden war, konnte ich nicht reagieren. Sofort wanderte mein Blick wieder zum Feld, doch kein Zerberus löste sich daraus und machte Anstalten, die Jagd aufzunehmen.

»Na toll, und was machen wir jetzt?«, hauchte Derek. Sämtliche Muskeln in meinem Körper waren angespannt.

»Wir sollten es riskieren, weiter auf der Straße zu bleiben«, sagte ich unsicher. »Ich glaube, ich habe dort hinten im Feld etwas gesehen, aber es war noch weit entfernt. Wenn wir uns nicht zu schnell bewegen, greift es vielleicht nicht sofort an und wir kommen dem Haus näher.«

Sicher war ich mir nicht. Doch was blieb uns anderes übrig?

»Vielleicht hätten wir gleich den Weg durch den Wald nehmen sollen«, murmelte ich, doch die Angst vor dem, was darin lauerte, hatte mich davon abgehalten. Aber was, wenn es nicht der Wald war, der die meisten Gefahren barg? Was, wenn die Straße die Gefahr war? Dann hatten wir definitiv ein Problem.

Das Kribbeln in meinem Nacken bestätigte meine Vermutung, bevor ich gänzlich erkannt hatte, dass wir den Schutz der Bäume hätten vorziehen sollen. *Oh, verflucht.*

»Derek?«, krächzte ich heiser und so leise wie möglich. Ich wagte es nicht, mich auch nur einen Millimeter zu rühren. »Komm jetzt ganz langsam zu mir rüber. Keine hastigen Bewegungen.«

Er musste die Panik in meiner Stimme gehört haben, denn er riss stumm die Augen auf, gehorchte aber sofort. Schritt für Schritt schob er sich näher an mich heran. Mittlerweile hatte sich meine Kehle zugeschnürt, die Angst drohte mich zu übermannen. Ich bekam keine Luft mehr. Es fühlte sich an, als hätte ich einen Felsbrocken auf meiner Lunge liegen. Kalter Schweiß lief mir den Rücken herab und ich ballte die Fäuste, um bei klarem Verstand zu bleiben.

Langsam, kaum wahrnehmbar, wanderten meine Augen nach oben in die Baumwipfel, die die Allee säumten und ein lockeres Dach über uns bildeten. Kein Laut entfuhr meiner Kehle, als ich die blau glühenden Augen auf uns herabstarren sah. Ein Dutzend? Zwei Dutzend? Ich wusste es nicht.

Ich war wie gelähmt und senkte die Lider so schnell wie möglich. Derek hatte von meiner Entdeckung nichts mitbekommen. Ich konnte nicht sagen, was uns da belauerte, denn ich hatte kaum etwas erkennen können. Sicher war, dass diese Kreaturen uns nicht wohlgesinnt waren und auf den richtigen Moment zum Angriff warteten.

Fieberhaft überlegte ich, wie wir uns aus dieser Situation retten konnten. Wie lange konnten wir noch verharren, ohne dass die Jäger die Geduld verloren und sich auf uns stürzten? Fest stand, dass sie uns angreifen würden, sollten wir uns auch nur ansatzweise vom Fleck rühren. Ich spürte kaum, dass Derek mir beinahe meine Hand zerquetschte. Er war stocksteif, das Gesicht zu einer angstverzerrten Grimasse verzogen. Mein Herz machte einen Sprung, als es in den Bäumen raschelte. Wir blickten stur geradeaus.

»Wir werden jetzt rennen«, flüsterte ich so leise wie möglich. »Hast du gehört, Derek? Egal was du hörst und egal was passiert, renn einfach immer weiter und halte nicht an, bevor du im Haus bist, hast du mich verstanden?«

Derek nickte kaum merklich. Ich sah es aus den Augenwinkeln.

»Bei drei, okay?«, hauchte ich. Wieder ein verängstigtes Nicken. Ein Ast über uns brach.

»Drei«, schrie ich und zerrte Derek mit mir. Gerade rechtzeitig, als das Getose über uns losging. Äste brachen, Blätter raschelten und Zweige fielen herab. Wir rannten, so schnell wir konnten. Ich hörte schwere Körper dumpf auf dem Boden hinter uns aufschlagen, doch ich wagte es nicht, mich umzublicken. Wir mussten unbedingt das Haus erreichen. Derek rannte wie von der Tarantel gestochen, ich folgte ihm dichtauf. Hinter uns hörte ich das laute Kreischen einiger Tiere, die die Verfolgung aufgenommen hatten. Die Jagd hatte begonnen.

»Schneller«, schrie ich überflüssigerweise. Derek gab alles. Er lief um sein Leben.

Die Geräusche hinter uns kamen näher, dumpf trafen Pfoten auf dem Boden auf. Es hörte sich wie gedämpfter Trommelwirbel an. Das Tor kam immer näher, es waren nur noch wenige Meter. Wir hatten es fast geschafft.

Eine Bewegung aus dem Feld ließ mich den Kopf herumreißen und innerlich aufstöhnen. Wir wurden nicht nur von den Kreaturen hinter uns verfolgt, nun zeigten sich auch zwei Zerberusse, die uns den Weg von der Seite her abzuschneiden versuchten.

Das Tor war beinahe greifbar, wir würden es vor ihnen erreichen. Wir mussten!

Ich betete, dass kein Zauber darauf lag, der uns den Eingang verwehren und die Haut verbrennen würde. Chaz war nicht zu Hause, der Schutzmechanismus durfte nicht aktiviert sein.

Ich hatte keine Zeit mehr, um Derek eine Warnung zuzurufen. Umso erleichterter schluchzte ich auf, als seine Hand auf die Klinke schlug und er sich mit seinem Gewicht gegen das schwere Tor warf. Es schwang auf, Derek schlüpfte hinein, dicht gefolgt von mir. Gemeinsam schlugen wir es zu und es fiel scheppernd ins Schloss, gerade, als der erste Zerberus mit seinem Gewicht dagegenkrachte. Sein Bellen dröhnte in unseren Ohren. Er fletschte die Zähne, wild und ungezähmt. Der Zerberus tobte und presste sich gegen die Eisenstäbe.

Plötzlich erreichten uns auch die anderen Verfolger. Mit aufgerissenen Augen stolperte ich einige Schritte zurück, als sich annähernd erkennen ließ, mit was wir es zu tun hatten. Die Kreaturen hatten die Größe von Gorillas und bewegten sich genauso fort. Meine Vermutung wurde bestätigt, als sie mit wenigen Sätzen auf die Mauer sprangen und das Tor erklommen. Gebannt und unfähig, mich zu bewegen, sah ich die ersten auf mich zurennen, als zwei starke Hände mich von hinten packten und herumrissen.

»Was tust du da?«, rief Derek und zerrte mich mit sich. Ich erwachte aus meiner Erstarrung und zögerte keine Sekunde mehr. Wir rannten über die Wiese, die Terrasse herauf, als mich etwas am Bein packte. Panisch trat ich nach hinten aus, immer wieder, bis ich meinen Knöchel freibekam. Derek stand bereits in der Haustür und hielt mir den ausgestreckten Arm hin. Ich ergriff seine Hand und ließ mich hineinziehen.

Krachend fiel die Tür ins Schloss und wir waren in vollkommene Dunkelheit gehüllt. Von außen dröhnten Schläge dagegen. Die Kreaturen kratzten am Holz. Schatten huschten an den Fenstern vorbei. Kurze Augenblicke später hörte ich die ersten Schritte auf dem Dach.

»In den Keller«, japste ich und übernahm wieder die Führung. Geistesgegenwärtig erschuf ich eine kleine Energiekugel, die uns den Weg leuchtete, doch ich hatte kaum einen

Blick übrig für die verstaubte Inneneinrichtung. Wir erreichten die mit Schlössern gesicherte Kellertür und ich stieß Derek ohne ein weiteres Wort herunter. Nachdem ich alle Schlösser hinter uns angebracht hatte, wagte ich es zum ersten Mal, tief durchzuatmen und meinen rasenden Herzschlag zu beruhigen. Meine Beine zitterten viel zu sehr, als dass ich die Treppe hätte hinunterlaufen können, doch als ich mich an Derek erinnerte, riss ich mich zusammen. Ich hatte ihn hierhergebracht. Ich hatte ihn dieser Gefahr ausgesetzt. Jetzt sollte ich wenigstens einen kühlen Kopf bewahren.

Um uns herum war es stockfinster. Nur meine Energiekugel beleuchtete die schmale Treppe, die nach unten führte. Das Dröhnen auf dem Dach und an den Türen war nur noch schwach zu hören, unser keuchender Atem dafür umso lauter.

»Hat man dir nicht beigebracht, wie man bis drei zählt?«, brach Derek schließlich das Schweigen, auch wenn seine Stimme dünn und humorlos klang. Ich konnte nicht anders, ein trockenes Kichern entfuhr meiner Kehle. Derek starrte mich an, als hätte ich den Verstand verloren, doch ich schüttelte nur den Kopf und versuchte, es nicht zu einem hysterischen Lachen ausarten zu lassen.

»Tut mir leid«, entschuldigte ich mich. »Ich bin einfach nur froh, dass wir es geschafft haben.«

Ein leiser Schluchzer entfuhr mir. Ich hatte nicht mehr daran geglaubt, heil hier anzukommen. Kurz fragte ich mich, wohin Caladrius geflüchtet war und hoffte, dass der Vogel sich rechtzeitig hatte in Sicherheit bringen können. Vielleicht hatte er es ins Gewächshaus geschafft, das ein gutes Stück hinter dem Haus im Wald lag.

Das Klirren von Fensterglas ließ mich zusammenzucken.

»Sie haben es ins Haus geschafft«, sagte ich und mein Gesicht wurde kalt. Das Tippeln von Pfoten wurde lauter. Es zerrte an den Nerven. »Lass uns nach unten gehen.«

Ich wollte nicht, dass Derek sich zu sehr auf seine Angst konzentrierte. Außerdem war ich selbst angespannt und wir hatten eine Aufgabe zu erledigen.

Die Treppe endete in einem weitläufigen Raum. In wenigen Augenblicken hatte ich die Kerzenhalter an den Wänden und auf dem Kronleuchter mit meiner Magie angezündet. Der Raum wurde in goldenes Licht getaucht, das einen antiken, verschnörkelten Teppich und eine Sitzgruppe mit cremeweißen Sofas und Sesseln preisgab.

Ich entzündete ein Feuer in dem steinernen Kamin. Hier unten hatte Chaz Alissa untergebracht, als Leviathan sie in die Unterwelt entführt und mein Bruder sie aus den Fängen des Dämonenfürsten befreit hatte. Doch nirgends waren Bücherregale zu sehen. Außer einem dunklen Esstisch mit edlen Schnitzereien und gepolsterten Stühlen zierten nur Wandteppiche den Keller.

Plötzlich wurde ich von einer unglaublichen Müdigkeit übermannt. Wann hatte ich zuletzt geschlafen? Der Weg hierher war grauenvoll gewesen und ich spürte die Auswirkungen in jedem Knochen. Zitternd ließ ich mich an der Wand herabsinken und lehnte den Kopf dagegen. Derek kam zu mir.

»Sieht so aus, als müssten wir warten, bis die da oben verschwunden sind«, murmelte ich. »Chaz muss die Bücher im Wohnzimmer verstaut haben.«

Eine Weile saßen wir schweigend nebeneinander und lauschten den dumpfen Schritten über uns. Es zehrte an den Nerven, dem Scharren der Krallen auf dem Holzfußboden zuzuhören. Tippeln, Kratzen, dumpfe Schläge. Immer wieder zuckten wir zusammen. Ich fragte mich, wie sicher die Kellertür war. Wussten sie, wo wir uns versteckt hatten? Suchten sie einen Weg hinein? Während ich die Anspannung zurückzudrängen versuchte, nestelte ich an einer Haarsträhne, die sich während des Flugs gelöst hatte, und steckte sie zurück in den Zopf. Ich konnte mich gerade noch davon abhalten, ungeduldig mit dem Fuß auf dem Boden zu wippen.

Der Lärm von oben wurde lauter. Man hörte Affen kreischen, dann ein lautes Krachen und das Grollen eines Zerberus'. Dass die Höllenhunde es nun auch ins Haus geschafft hatten, war nicht gerade beruhigend. Oben schien ein Kampf ausgebrochen zu sein.

»Vielleicht erledigen sie sich gegenseitig«, wisperte ich hoffnungsvoll und Derek drückte meine Hand. Während wir warteten, überlegte ich fieberhaft, wie wir Alissa helfen konnten. Es musste einen Weg geben!

»Was glaubst du, können wir sie retten?«, fragte Derek plötzlich in die Stille hinein. Ich drängte die aufsteigenden Tränen zurück.

»Ich hoffe es«, antwortete ich wahrheitsgemäß. »Alissa hat es nicht verdient, so zu leiden. Sie ist der wundervollste Mensch, den ich kenne. Ich brauche sie. Ohne Ally habe ich das Gefühl, den Halt zu verlieren.«

Ich war froh darüber, dass ich keine weiteren Erklärungen abgeben musste. Derek verstand mich. Auch er hing an Alissa und seine Sorge war unübersehbar.

»Was ist mit Ryan?«, fragte er mich neugierig und wie immer, wenn ich den Namen hörte, zog sich meine Brust schmerzhaft zusammen.

»Was soll mit ihm sein?« Ich blickte zur Seite, um Derek nicht ansehen zu müssen. Er seufzte.

»Komm schon, Jill. Ich weiß, dass das nicht spurlos an dir vorbeigeht. Was ist zwischen euch passiert? Du liebst ihn und er liebt dich, das ist unübersehbar.«

Ich presste die Lippen aufeinander, doch mit einem Mal wurde mir klar, dass ich tatsächlich darüber reden wollte, was ich fühlte. Und Derek war jemand, dem man sich anvertrauen konnte. Außerdem waren wir in einen Keller eingesperrt und hatten nichts zu tun, außer zu warten. Vielleicht sollte ich mich tatsächlich mal mit meinen Gefühlen auseinandersetzen.

»Ja, ich liebe ihn. Ich werde nie wieder jemanden so lieben können wie ihn. Und trotzdem scheint es, als passen wir einfach nicht zusammen.« Ich betrachtete eingehend meinen eingerissenen Daumennagel. »Derek, würdest du mir eine ehrliche Antwort geben, wenn ich dich etwas frage?«

Derek schenkte mir einen warmen Blick.

»Das weißt du doch«, gab er zurück.

Ich sah ihm in die grün schimmernden Augen. »Habe ich mich verändert?«

Er ließ den Blick zurück durch den Raum schweifen und dachte darüber nach.

»Na ja, wir alle haben uns verändert. Wir sind nicht mehr so unwissend wie früher, weil wir schon eine Menge durchgemacht haben. Du bist erwachsener geworden, reifer, wenn auch immer noch so draufgängerisch wie früher. Vielleicht auch ein bisschen ernster und verantwortungsbewusster, aber im Großen und Ganzen bist du derselbe Mensch wie vor sechs Jahren, als wir uns kennengelernt haben.«

Ich lehnte den Kopf zurück und schloss die Augen. »Wieso will er denn plötzlich, dass ich mich ändere?«

Derek griff nach meiner Hand und drückte sie beruhigend. »Ich glaube nicht, dass er das will. Ich denke, es hat viel mit ihm selbst zu tun. Du bist schon immer stark und selbstbewusst gewesen, doch in den letzten Jahren auch viel selbstständiger geworden. Diese Phase habe ich mit Don auch durchgemacht. Ryan hat Angst, dich zu verlieren. Er fürchtet sich davor, dass du irgendwann erkennst, dass du ohne ihn leben kannst. Und er hat Angst, dass er nicht ohne dich leben kann. Dass er dich mehr braucht als du ihn. Deshalb will er sich selbst beweisen, dass es nicht so ist.«

Das deckte sich in etwa mit dem, was Alissa mir gesagt hatte.

»Ich will mich nicht für jemand anderen ändern müssen«, gab ich schließlich zu. »Ich möchte nicht bei jedem Kampf, den ich austrage und gewinne, Angst haben müssen, welche Auswirkungen das auf Ryan hat. Ob er mich für zu stark und unabhängig hält. Ich habe genug Schwächen an mir! Es gehört zu meinem Job, stark zu sein und zu kämpfen, denn jeder kleinste Fehler kann verdammt noch mal zum Tod führen. Er weiß genauso gut wie ich, was wir bei unseren Einsätzen für ein Risiko eingehen, und ich dachte, das wäre in Ordnung für ihn. Aber ich möchte mich nicht zwischen meinem Job und meinem Freund entscheiden müssen, denn ich mache meine Arbeit gerne. Ich hab mir diese Kräfte nicht ausgesucht, aber wenn ich sie schon haben muss, dann will ich sie wenigstens für etwas Sinnvolles einsetzen. Ich möchte mich nicht dafür entschuldigen müssen, dass ich ein Dämon bin.«

Derek hörte mir aufmerksam zu. Diese Sicht schien ihm neu zu sein. »So habe ich das Ganze noch nie betrachtet. Ich finde es gut, was du machst. Du bist stark und hast dich in den letzten Jahren selbst verwirklicht. Das solltest du nicht aufgeben müssen. Die Frage ist, wie Ryan die Sache sieht. Habt ihr ein gemeinsames Ziel und unterstützt euch gegenseitig dabei, es zu erreichen, oder hat er die letzten Jahre damit verbracht, deine Ziele zu seinen eigenen zu machen?«

Verdutzt blickte ich ihn an. Hatte Ryan seine eigenen Träume und Wünsche zurückgestellt, um mich dabei zu unterstützen, die meinen zu erfüllen?

»Und wie lautet die Antwort auf die Frage?«, erkundigte ich mich bitter und Derek lachte leise auf.

»Die kenne weder ich noch du. Ryan muss es für sich selbst herausfinden. Ich glaube, es ist an der Zeit, dass er ergründet, was er eigentlich will.«

Ich verzog das Gesicht. In den letzten Tagen hatte ich immer wieder darüber nachgedacht, ob ich nicht doch noch einmal das Gespräch mit Ryan suchen sollte. Ich vermisste ihn, verdammt noch mal. Jetzt, wo auch noch Alissa weg war, kam ich mir unglaublich hilflos vor. Ich hasste dieses Gefühl.

»Du meinst, ich soll ihn gehen lassen?«

Derek neigte mitfühlend den Kopf. »Es tut mir leid, ich weiß, wie schwer das ist. Niemand kann voraussagen, wie lange er brauchen wird, um herauszufinden, wie er sich seine Zukunft vorstellt und ob du darin enthalten bist oder nicht. Das Einzige, was du tun kannst, ist ihm Zeit zu geben, sich über diese Dinge klar zu werden. Denn ich glaube nicht, dass es ihm darum ging, dich zu ändern. Ryan liebt dich so, wie du bist. Er liebt dich mit deiner Stärke und deinem Drang, andere Leben zu retten. Es würde ihn nicht glücklich machen, wenn du dich für ihn verstellst, auch wenn er im Moment noch in dem Glauben lebt.«

Mir schwirrte der Kopf. Wie lange sollte ich Ryan Zeit geben? Wie lange sollte ich auf ihn warten? Und wollte ich das überhaupt? Er hatte mich sitzen gelassen und ich hatte ihn gehen lassen. War es vielleicht besser, wenn wir getrennte Wege gingen? Warum tat es dann so schrecklich weh?

Derek war gedanklich schon wieder woanders. »Hörst du das?«

Ich lauschte mit angehaltenem Atem. Im Haus herrschte absolute Stille.

»Ob sie fort sind?«, fragte er hoffnungsvoll. Ich rappelte mich auf und klopfte mir den Staub von der Hose.

»Lass es uns herausfinden.«

Kapitel 22

Ich zog die Schubkästen der verzierten Holzkommode auf, bis ich das Besteck gefunden hatte. Das lange Silbermesser musste reichen. Ich hatte den Dolch, den ich auf unsere Reise mitgenommen hatte, irgendwo während des halsbrecherischen Flugs mit Caladrius verloren.

»Du bleibst hier«, befahl ich Derek. Er schluckte seinen Protest sichtbar herunter. »Ich bin gleich zurück.«

Oben an der Treppe öffnete ich die Schlösser so leise wie möglich. Die Tür knarrte ächzend und Staub wirbelte in dem schwachen Lichtschein, der von unten herausdrang. Ich schlüpfte leise durch die Tür und verharrte einen Moment in vollkommener Dunkelheit. Nichts rührte sich. Keine Schritte. Keine dämonischen Kreaturen. Lauerten sie irgendwo? So, wie sie uns auf der Allee aufgelauert hatten?

Ich holte tief Luft und erschuf eine blau glimmende Energiekugel, die kaum heller war als der Mondschein. Die Umrisse der Möbel waren nun klar erkennbar, wenn auch ihre Farben der Dunkelheit zum Opfer fielen. Im Wohnzimmer erkannte ich eine Couch mit passendem Tischchen, einen Kamin und Regale, auf denen Bilderrahmen von Staub bedeckt waren. Bei jedem meiner Schritte knarrten die Holzdielen leise. Als ich mich am Kaminsims vorbeischob, konnte ich nicht anders, als die Bilder darauf zu betrachten. Ich ließ die Kugel heller erleuchten und seufzte leise, als ich die Finger über das Glas gleiten ließ.

Zu mir herauf sahen meine Mutter und mein Vater in jungen Jahren. Mum hielt ein kleines Kind im Arm. Chaz.

Ich entdeckte weitere Bilder. Mum und Dad, die vor einem Tempel in China standen und sich umarmten, die in Ägypten auf Pyramiden zeigten und Mum, die im Garten vor dem Beet kniete und Unkraut zupfte. Auch von mir und Chaz gab es Kinderbilder. Das dicke Baby mit den Pausbacken und dem Doppelkinn hatte zumindest ansatzweise meine Gesichtszüge. Ich riss mich aus meiner Melancholie und nahm mir vor, das Haus irgendwann zu besuchen, wenn es keine wichtigeren Angelegenheiten zu regeln gab. Natürlich mit Baal zusammen. Allein würden mich keine zehn Pferde mehr in die Wildnis der Unterwelt bringen.

Das Bücherregal nahm eine ganze Wand ein und diente als Raumtrenner. Ich fuhr mit den Händen über die Einbände. Diese waren zumindest teilweise beschriftet. Ein Buch erregte meine Aufmerksamkeit. *Sagen und Legenden.* Hatte Baal nicht gesagt, die meisten Informationen über die Sidé beruhten auf Erzählungen? Der Einband war alt und verschlissen, das Leder fühlte sich brüchig an.

Ich zog das Buch mit einem scharrenden Geräusch aus dem Regal. Doch als es in meine Hand fiel, konnte ich durch das Bücherregal in den Raum dahinter spähen. Und ich blickte direkt in ein zusammengekniffenes, milchig blaues Auge, das mich anstarrte.

Reflexartig schrie ich auf und stolperte zurück, als die Kreatur verschwand. Ich hatte kaum eine Sekunde, um mich vorzubereiten, ehe das affenartige Wesen um die Ecke geschnellt kam. Bevor es zum Sprung ansetzen konnte, hatte ich das Messer in meiner Hand bereits geworfen. Es blieb in der Stirn des Biests stecken. Der Affe sackte im Sprung zusammen, rutschte über den Boden und machte kurz vor mir halt. Er bewegte sich nicht mehr. Ich stieß den Atem aus und betrachtete angewidert das Geschöpf. Im Licht funkelten spitze Zähne. Selbst im Tod bleckte es noch das Affenmaul.

Ich stieg über es hinweg. Je schneller ich in den sicheren Keller zurückkam, umso besser war es. Wahllos griff ich nach einigen Büchern, die vielversprechend aussahen. Bücher über Tiere und Kreaturen, die sie hier in der Unterwelt so nannten, aber auch einige Bände mit Kurzgeschichten, die nicht aus der Realität zu stammen schienen.

Mit dem Bücherstapel auf dem Arm wankte ich zurück. Derek lief nervös im Kellerraum auf und ab. Er stürzte mir sofort entgegen, um mir die Last abzunehmen.

»Alles in Ordnung?«, fragte er besorgt.

»Ja«, sagte ich und schaute weg. Derek war aufgewühlt genug.

»Dann lass uns mal an die Arbeit gehen.«

Circa zwei Stunden später hatten wir mehrere Geschichten über die Sidé gefunden. Aber genau dabei blieb es auch. Es waren Geschichten. In den Büchern, die sachliche Informationen enthielten, wurden die Sidé nicht einmal erwähnt. Nicht einmal in dem Geschichtsbuch, das ich gefunden hatte, waren sie aufgeführt. Es war, als hätte man ihre Existenz ein für alle Mal ausgelöscht. Als hätte es sie nie gegeben.

Trotzdem gab es ein paar Sagen, in denen die Sidé zwar nicht namentlich erwähnt wurden, aber in denen man von Elfenkriegern sprach. Man sagte ihnen unglaubliche Kräfte nach, die teilweise absolut absurd waren.

»Sieh dir das an«, schnaubte Derek und hielt mir ein Buch unter die Nase. »Hier ist von einer Taya die Rede, einer Elfenkriegerin, die sich in den Mond verliebte und ihn mit ihrer Magie einmal im Monat dazu brachte, sich vom Himmel zu lösen und in der Unterwelt für sie zu erscheinen.«

Ich seufzte auf. Das half uns nicht gerade weiter. Früher hatte man diesen Geschichten vielleicht geglaubt, doch heutzutage hatte die Wissenschaft Dinge belegt, die man einst noch für Zauberei gehalten hatte. Der Neumond war weder magisch noch hatten die Sidé Einfluss auf ihn.

Doch das Bild in dem Buch machte mich neugierig. Die Frau auf dem Gemälde war wunderschön. Ihre wallenden Haare schimmerten und sie hielt dem Mond elegant ihre Hand entgegen, als wolle sie ihn vom Himmel pflücken. Wir hatten mehrere Bilder gefunden, die die Sidé abbildeten. Manchmal wurden sie als elegante Krieger gezeigt, meist hochgewachsen und mit spitzen Ohren, aber wir hatten auch Bilder gefunden, auf denen sie mit hässlichen, wutverzerrten Gesichtern und Pfeil und Bogen auf der Jagd waren. Man hatte ihnen spitze Nasen und Zähne wie Zahnstocher verpasst. Ich sah ein letztes Mal skeptisch auf das Bild der schönen, jungen Frau.

Ich konnte mir einfach nicht vorstellen, dass dieser Schönheit eine solche Grausamkeit zugrunde lag, wie wir sie derzeit in London erlebten. Die Sidé hatten eine ganze Stadt in den Wahnsinn getrieben. Nicht ein einziger Grund wollte mir einfallen, der solches Vorgehen rechtfertigte. Keiner, außer absolute Skrupellosigkeit und Hass.

»Das hilft uns nicht weiter«, grummelte ich und schlug das Buch zu. »Mal abgesehen davon, dass wir uns auf keine der Informationen aus diesen Sagen verlassen können, haben wir auch noch nicht ein Detail darüber gefunden, wie man die Sidé töten kann.«

Auch Derek wurde immer missmutiger. »Wir müssen es einfach weiter versuchen. Uns bleibt sowieso nichts anderes übrig.«

Doch leider sollten wir kein Glück haben. Ich ging wieder

und wieder nach oben zum Bücherregal, bis wir beinahe alle Bücher durchblättert hatten. Ich wusste nicht, wie viel Zeit vergangen war, doch irgendwann mussten wir uns eingestehen, dass es zwecklos war. Besonders Derek traf es hart, dass rein gar nichts Brauchbares in seinen so geliebten Büchern zu finden war. Er wirkte vollkommen übermüdet. Sein Gesicht war staubbedeckt und die Brille rutschte ihm immer wieder von der schweißnassen Nase.

Unser anfänglicher Eifer wich mehr und mehr einem Trübsalblasen, während wir nur noch lustlos Seite für Seite umblätterten. Umso erschrockener waren wir, als ein dumpfes Rumpeln ertönte. Es kam aus dem Geheimgang, der vom Keller des Hauses hinaus ins Freie führte und den Chaz als Notausgang verwendete, wenn er hier war und bedroht wurde. Ich sprang auf und zog Derek mit mir, bereit zu fliehen. Wie hatten die Kreaturen den Geheimgang entdeckt?

Die versteckte Tür wurde aufgeschlagen und der Wandteppich, der sie bedeckte, fiel zu Boden. Baal stürmte mit angstverzerrtem Gesicht in den Keller. Nie zuvor hatte ich ihn so panisch erlebt.

»Jill!«, stieß er erleichtert aus und zog mich an sich. Ich bekam keine Luft mehr.

»Schon okay, es geht uns gut«, presste ich hervor und er hielt mich an den Armen ein Stück von sich weg.

»Seid ihr eigentlich vollkommen übergeschnappt?!«, fuhr er mich an und seine Erleichterung wich väterlicher Wut. Wir ließen seine Schimpftirade wortlos über uns ergehen. Ich hatte ihm nichts entgegenzusetzen, denn jedes Wort, das er sagte, hatte seine Berechtigung. Wir waren dumm gewesen. Wir hatten unüberlegt gehandelt und uns damit in Lebensgefahr gebracht.

»Es tut mir leid«, sagte ich kleinlaut, als er geendet hatte. »Ich hatte einfach so Angst um Alissa und ich dachte, du willst uns nur hinhalten, um …« Ich verstummte, als mir bewusst wurde, was ich beinahe gesagt hätte. Doch Baal hatte es bereits erraten.

»Weißt du, was am schlimmsten ist? Nicht, dass du dich aus dem Schloss geschlichen, Caladrius geklaut hast oder gegen meinen Willen durch die Unterwelt gestreift bist. Sondern dass du mir nicht vertraut hast.« Er sagte es mit einer solchen Enttäuschung in seiner Stimme, dass es mir beinahe das Herz zerriss.

»Ich vertraue dir«, sagte ich und griff nach seiner Hand, was ihn etwas besänftigte. »Ich vertraue dir mein Leben an, Dad. Aber manchmal habe ich das Gefühl, dass du mir Dinge verschweigst. Wichtige Dinge.«

Ich sah den Schmerz in seinem Blick, bevor er ihn zu Boden senkte.

»Ich verschweige dir Dinge«, gab er leise zu und ich ließ seine Hand los. »Wichtige Dinge. Aber ich tue es nicht, um dir irgendetwas vorzuenthalten, sondern um dich zu schützen. Du wirst von mir alles erfahren, aber erst, wenn die Zeit reif ist. Es gibt Dinge, die zu erfahren du einfach noch nicht so weit bist. Ich bitte dich nur darum, mir zu vertrauen.«

Ich hatte keine Ahnung, von was er redete, doch die Intensität, mit der er es hervorbrachte, ließ mich nicken.

»Und die Sidé?«, fragte ich dennoch.

Baal schüttelte den Kopf. »Ich weiß wirklich nicht mehr über sie, als ich dir verraten habe. Du musst wissen, dass die meisten Legenden mündlich überliefert wurden. Ich habe mich nie richtig für die Sidé interessiert. Wenn du hier in den Büchern nichts gefunden hast, weiß ich nicht, wie ich dir noch helfen kann.«

Ich sackte in mich zusammen.

»Dann war unsere Reise zwecklos«, sagte ich bitter. Baal blickte mich mitfühlend an.

»Es tut mir leid«, sagte er aufrichtig.

»Schon gut«, flüsterte ich und lehnte den Kopf an seine Schulter. »Dad? Bringst du uns bitte nach Hause?«

Die Hoffnungslosigkeit nagte an mir. Auch Derek sagte kaum ein Wort, als wir dem Geheimgang, durch den Baal gekommen war, aus dem Keller ins Freie folgten, wo eine ganze Gruppe von Baals Männern auf uns wartete. Ich war so ausgelaugt und entkräftet, dass mir meine Platzangst kaum zu schaffen machte.

Man brachte uns in Kutschen zurück, die von Dämonenpferden gezogen wurden. Im Schloss hielten wir uns nicht lange auf. Ich wollte so schnell wie möglich zu Alissa zurück, auch wenn mir davor graute, den anderen die schlechte Nachricht zu überbringen. Sie vertrauten darauf, dass wir eine Lösung finden würden. Wir hatten versagt.

Da wir nicht viel mitgenommen hatten, waren unsere Sachen schnell gepackt. Ein letztes Mal ließ ich den Blick durch das Zimmer schweifen, das in der Unterwelt zu dem meinen geworden war, und fühlte tatsächlich so etwas wie Bedauern, dass ich Baal schon wieder verlassen musste.

Es klopfte leise an der Zimmertür.

»Herein«, rief ich gedämpft und lächelte, als Jenna den ergrauten Kopf zur Tür hereinsteckte.

»Ich wollte mich von Euch verabschieden, Prinzessin«, sagte die rundliche Frau und schenkte mir ihr warmes Lächeln.

»Ach, Jenna«, sagte ich und umarmte sie. »Dich werde ich am meisten vermissen.«

Jenna war eine so liebenswerte Person, dass es kaum vorstellbar war, dass sie zu den Dämonen gehörte. Nach Mums Tod hatte sie den Haushalt geführt und sich um Chaz gekümmert. Sie war ihm so gut es ging ein Muttereratz gewesen, hatte ihn großgezogen, für ihn gekocht und gebacken, ihm Geschichten erzählt …

Ich verschluckte mich fast bei meiner eigenen Eingebung.

»Jenna«, keuchte ich, »wie alt bist du?«

Jenna schürzte missbilligend die Lippen.

»Das ist eine unhöfliche Frage, Prinzessin«, rügte sie mich.

»Tut mir leid«, beeilte ich mich zu sagen. »Ich meine nur, bist du älter als Dad?«

Die Haushälterin sah mich misstrauisch an, weil sie mir nicht folgen konnte. »Natürlich. Ich bin älter als jeder hier im Schloss. Sieht man das nicht?«

Nun ja, ehrlich gesagt zeugten die grauen strähnigen Haare nicht gerade von Jugend, doch ich hatte immer gedacht, Jenna verändere ihr Aussehen absichtlich mit der Biokinese. Wenn sie aber tatsächlich so alt war, wie sie aussah, und das, obwohl sie in der Unterwelt lebte, wo die Zeit kaum eine Rolle spielte, dann hatte sie schon einige Jahrhunderte auf dem Buckel.

»Ich brauche deine Hilfe«, sagte ich und zog sie aufs Sofa, wo sie sich unsicher niederließ. »Was weißt du über die Sidé?«

Jenna überlegte nicht lange. »Geschichten, Legenden, und einiges aus der Zeit, in der es sie noch gegeben hat.«

Mein Herz machte einen Hüpfer. »Du musst mir alles erzählen!«

Kapitel 23

Der Farbwirbel lichtete sich. Derek und ich landeten unsanft in dem Beschwörungskreis meines Zimmers, nachdem Baal uns zurückgeschickt hatte. Chaz wartete bereits mit angespanntem Blick.

»Ich wollte euch gerade zurückholen«, brummte er. »Ist etwas passiert? Geht es euch gut?«

»Es geht uns ... na ja, es ist jedenfalls nichts passiert«, antwortete ich und rappelte mich schwerfällig auf.

»Was habt ihr herausgefunden?«, drängte mein Bruder, doch ich bedeutete ihm, das Zimmer zu verlassen.

»Wir erzählen euch allen zusammen, was wir wissen«, antwortete Derek und wir folgten Chaz ins Wohnzimmer.

Alle waren versammelt. Durch die hohen Fenster konnte man den Himmel erkennen. Die Sonne musste gerade erst aufgegangen sein. Die Wolken erstrahlten in einem Wirbel aus Rottönen. Alissa lag unter einer blumigen Decke vergraben auf der weißen Couch. Ihre rostroten Locken verdeckten ihr Gesicht.

Ich ließ mich neben ihr nieder und strich ihr vorsichtig über die Stirn. Die bleiche Haut wirkte noch blasser als sonst. Ihre Lider flatterten, als wäre sie in ihrem ganz persönlichen Albtraum gefangen.

»Wie geht es ihr?«, flüsterte ich.

Don räusperte sich. »Sie steht unter Beruhigungsmitteln, aber ich weiß nicht, wie lange wir das noch fortführen können, ohne ihre Gesundheit zu belasten.«

Ich zwang mich dazu, den Blick von ihr zu reißen. Erst jetzt bemerkte ich, dass noch jemand im Wohnzimmer war, auch wenn er sich im Schatten aufhielt und in dem Sessel mit der größten Entfernung zu mir saß. Ich sprang unwillkürlich auf.

»Was tust du hier?«, fragte ich Ryan schärfer als beabsichtigt. Dass der Vampir hier war, brachte mich völlig aus dem Konzept.

»Er wird uns helfen«, antwortete Chaz mit einem warnenden Unterton, der mir bedeutete, dass Beziehungsdramen jetzt nicht hierhergehörten. Ryan wich meinem Blick aus und ich ballte die Hände zu Fäusten. Wieso war ich so zornig auf ihn? *Weil er mich verlassen hat.*

Ich stieß die Luft aus und ging in die Küche, um mir ein Glas Orangensaft einzugießen. Die anderen folgten mir. Ryan blieb im Türrahmen stehen, stumm und in sicherer Entfernung. Mied er mich?

Im Kurzdurchlauf erzählte ich meinen Freunden, was wir erlebt hatten. Ihre Gesichter wurden immer länger, als ich von unserer Erfolglosigkeit berichtete.

»Also haben wir keine Ahnung, wie wir gegen die Sidé vorgehen können?«, fragte Chaz entgeistert. »Dad konnte euch nicht helfen?«

Eine Welt schien für ihn in sich zusammenzufallen. Gebrochen ließ er sich auf einen der Barhocker am Tresen sinken und vergrub die Hände in den Haaren. Derek stellte mir wortlos eine Schüssel Cornflakes auf den Tisch und ich nahm sie dankbar entgegen.

»Nein, Dad konnte uns nicht helfen«, bestätigte ich. »Aber Jenna konnte es.«

Chaz riss den Kopf hoch und in seinen Augen leuchtete ein Funken Hoffnung.

»Jenna wusste mehr über die Sidé, als wir in allen Büchern zusammen hatten finden können. Sie bestätigte viel von dem, was wir schon wussten. Die Elfen sind Krieger mit exzellenter Nahkampfausbildung. Sie meiden jedoch den Zweikampf, ihre wichtigste Waffe ist Gift. Sie tränken ihre Pfeile und Speere damit, sie vergiften Wasser und Nahrungsmittel. Die Dämonen haben sie nicht ohne Grund ausgerottet, sondern erst nachdem immer mehr Dämonen am Gift der Sidé zugrunde gegangen sind. Die Tränke der Sidé bestehen aber nicht nur aus Gift. Sie sind mit Elfenmagie versetzt. Mit Aufnahme des Gifts und der Magie stehen die Betroffenen unter der Kontrolle der Elfen.«

Diese Ankündigung legte aufgebrachte Reaktionen an den Tag.

»Die Sidé haben die Dämonen zu Marionetten werden lassen?«, fragte Cox zornig und ich nickte.

»Sie haben es zumindest versucht.«

Don fuhr sich durch die Haare. Es war das erste Mal, dass seine Sturmlocke nicht perfekt saß.

»Das bedeutet, sie könnten alle, die sich in London infiziert haben, ihrem Willen unterwerfen! Wieso tun sie das? Wieso leben sie erst jahrhundertelang im Verborgenen und schlagen jetzt auf einmal zu?«

Ich zuckte hilflos mit den Achseln. »Ich weiß es nicht. Vielleicht, um sich auf ihre Rache an den Dämonen vorzubereiten oder die Realität zu übernehmen?«

»Wie können wir sie töten?« Als Ryans brummige Stimme ertönte, zuckte ich zusammen. Auch die anderen verstummten und sahen mich unbehaglich, aber mit unverhohlener Neugier an.

Ich griff wortlos zu dem Schwert, das ich am Gürtel trug. Die anderen waren den Anblick einer Waffe an mir so gewohnt, dass sie nicht weiter aufgefallen war. Jetzt glänzte der Stahl der makellosen Klinke auf dem Küchentisch.

Alle außer Derek und ich wichen einen Schritt zurück, als erwarteten sie, dass das Schwert jeden Moment zu glühen anfange. Aber es lag einfach nur da, wie jedes andere Schwert auch.

Cox war der Erste, der die Stirn runzelte und näher hüpfte.

»Ein stinknormales Schwert?«, fragte er skeptisch. Derek schob sich die Brille höher auf die Nase und räusperte sich.

»Die Magie der Sidé ist einzigartig. Wie auch bei uns befindet sie sich im Blut. Das Einzige, was den Sidé gefährlich werden kann, ist ihr eigenes Blut. Sie können nur mit ihren eigenen Waffen geschlagen werden.«

»Die Klinge ist mit Elfenblut getränkt«, ergänzte ich. Die Reaktionen darauf waren absehbar. Don und Chaz wirkten schockiert, Cox angewidert und zum ersten Mal sah mir Ryan direkt in die Augen. Forschend und ungläubig.

»Ihr habt Elfen damit getötet?«, kreischte Cox. »Unschuldige, geflügelte kleine Wesen, die den einzig wahren Zauber der Natur hervorbringen?«

Ich blickte kalt zurück. »Denkst du das wirklich von mir?«

Langsam zeigte sich die Erkenntnis auf seinem Gesicht. Cox schoss die Röte ins Gesicht.

»Nein ... es tut mir leid ... natürlich nicht!«

»Doch, tut er«, warf Ryan dazwischen. »Wir alle tun das. Alissa ist deine beste Freundin. Du bist bereit, für sie die Sidé zu töten. Was bedeutet da schon das Leben von ein paar unwichtigen Elfen?«

Ich schnappte nach Luft. Seine Worte trafen mich wie ein Messerstich, doch es war Derek, der sich an meine Seite stellte.

»Wir alle sind bereit, die Sidé zu töten«, sagte er entschlossen. »Nicht nur, um Alissas Leben zu retten. Die halbe Stadt ist vom Wahnsinn betroffen! Jill hat nicht im Traum daran gedacht, eine Elfe zu töten. Hör auf, dir einreden zu wollen, sie hätte sich zum Schlechten verändert, nur um zu rechtfertigen, dass du sie verlassen hast, weil du *Angst* hattest!«

Das saß. Ryans Augen verdunkelten sich zusehends, sein Kiefer war zusammengepresst. Doch Derek ließ sich nicht beeindrucken. Mir fiel gerade noch ein, wie man den Mund wieder schloss. Verborgen hinter dem Tresen drückte ich die Hand meines besten Freunds kurz, um ihm zu signalisieren, wie dankbar ich war, dass er sich für mich einsetzte. Derek mischte sich sonst nie in solche Dinge ein. Dass er Partei für mich ergriff, zeigte, wie ungerecht er Ryans Kommentar fand.

»Woher stammt die Klinge?«, fragte Chaz, um die angespannte Stimmung zu überspielen.

»Es ist ein einfaches Schwert aus Baals Sammlung«, erwiderte Derek, als wäre nichts gewesen. »Wir haben die Elfen um Hilfe gebeten. Sie haben uns jeweils einen Tropfen Blut gespendet, deshalb hat es so lange gedauert. Es waren winzige Mengen. Wir mussten viele von ihnen auftreiben und zunächst haben sie sich geweigert, eine Waffe herzustellen, die ihre Vorfahren tötet. Jill hat lange mit ihnen reden müssen und versichert, dass das Schwert nur als letzter Ausweg eingesetzt wird.«

Erleichtertes Aufatmen. Derek griff unverzüglich zum Handy.

»Wir sollten uns vorbereiten«, sagte er, während die Durchwahl hergestellt wurde. »Mr. Cole?«, sagte er dann in den Hörer. »Wir brauchen so viele Männer, wie Sie erübrigen können.« In kurzen Sätzen erklärte er, was wir herausgefunden hatten. Dann wurde er bleich. »Was soll das heißen, Sie können niemanden entbehren?«, fauchte er ins Telefon und erntete verwunderte Blicke von Don. Derek war normalerweise der ruhige Pol in unserer Runde. Das energische Auftreten war eine völlig neue Seite an ihm. Ich mochte sie.

Doch die schlechte Nachricht raubte mir das letzte bisschen Kraft. Ohne ein weiteres Wort verließ ich die Runde. Kaum einer bemerkte es, denn die anderen waren in hitzige Diskussionen vertieft.

Ich schloss die Zimmertür hinter mir und ließ mich auf mein Bett fallen. Die letzten Stunden waren einfach zu viel gewesen. Ich hatte nicht geschlafen, hatte kämpfen und mir den Mund fusselig reden müssen. Die Aufgabe, die vor uns lag, schien kaum lösbar, Alissas Leben hing davon ab und Ryan ... Ryan hatte mich ein weiteres Mal zutiefst verletzt.

Ich hatte nicht bemerkt, dass ich nicht mehr allein im Zimmer war, daher zuckte ich zusammen, als sein Umriss vor dem Fenster erschien.

»Was willst du?«, fragte ich matt. »Bist du hier, um mir weitere Grausamkeiten anzudichten oder willst du dich an meinem Versagen weiden?«

In seinem Gesicht zeichnete sich Überraschung ab, dann Verständnis und Beschämung.

»Ich wollte mich entschuldigen«, sagte er leise. »Ich weiß nicht, was ich mir eben dabei gedacht habe. Es ist nur ... Alissa liegt mir auch am Herzen, die ganze Stadt versinkt im Chaos und ich ... du ... es ist so kompliziert«, schloss er und strich sich über die Augen.

Ich richtete mich auf und schlang die Arme um meine Beine. »Das muss es nicht sein«, flüsterte ich. »Ich vermisse dich, Ryan, aber du musst mit mir reden! Sag mir, was los ist, und wir finden eine Lösung.«

Sein Blick verdüsterte sich. Er verschloss sich wieder.

»Derek sagt, du brauchst Zeit für dich. Um dich selbst zu finden, oder irgend so etwas.«

Er sah zur Seite. »Vielleicht.«

»Wieso, Ryan? Wieso passt es plötzlich nicht mehr zwischen uns? Was ist passiert?«

Ich sah, wie er mit sich rang.

»Ich bin nicht gut für dich.«

»Das ist totaler Quatsch, und das weißt du«, hielt ich dagegen. »Und das ist auch nicht der wahre Grund.« Was sollte dieses Gerede? Konnte er mir nicht einfach klipp und klar sagen, warum er nicht mehr an uns glaubte? »Sag mir die Wahrheit, Ryan. Bitte. Das bist du mir schuldig.«

Seine Hände ballten sich zu Fäusten und er presste den Kiefer zusammen. Die dunklen Augen glitten nervös durch das Zimmer, als suche er fieberhaft nach einem Ausweg.

»Vielleicht liebe ich dich einfach nicht mehr so, wie ich es mal getan habe.«

Seine Worte trafen mich härter als der Moment, in dem er mich verlassen hatte. Es war nicht nur ein Schmerz in meiner Brust, eine Leere, wie ich sie in den letzten Wochen verspürt hatte. Es war, als hätte er mir das Herz in Fetzen gerissen. Und dabei blickte er mir noch nicht einmal in die Augen. Ich rang mit mir selbst, kämpfte gegen die Tränen an.

»Das ist nicht wahr«, sagte ich heiser. Nicht, weil ich es ihm nicht glaubte, sondern um mich selbst zu überzeugen. Es durfte nicht wahr sein. Denn alles andere hätte man regeln können. Es gab keine Probleme, über die man nicht sprechen konnte, nichts, was man nicht überwinden konnte, wenn man sich nur liebte.

Dass er es nicht mehr tat, machte es endgültig. Es machte mich hilflos.

»Es tut mir leid«, sagte er und streckte für einen Moment die Hand aus, als er den Schmerz in meinem Gesicht sah, überlegte es sich aber dann anders.

»Geh jetzt bitte«, hauchte ich.

Er zögerte. Ich sah die Schatten über sein Gesicht huschen und kannte ihn gut genug, um zu wissen, was er fühlte. Er verabscheute sich selbst. Dann ging er und ließ mich zurück.

Panik drohte mich zu übermannen, wie am ersten Tag unserer Trennung. Ich wollte nicht wieder diese Schmerzen fühlen und zusammenbrechen. Wie viel konnte ein Mensch ertragen? Ich hatte genug Sorgen um Alissa. Ich hatte Angst, dass unsere Mission scheitern würde. Mal ehrlich, unser Plan war doch zum Scheitern verurteilt, selbst wenn wir die Sidé fanden. Was würde danach geschehen?

Ich konnte jetzt nicht versagen, weil ich unter einer Trennung litt. Wenn ich eins in den letzten Tagen gelernt hatte, dann war es, wie ich mit dem Schmerz umzugehen hatte. Ich würde ihn einfach nicht zulassen und mich später damit auseinandersetzen. Also drängte ich ihn zurück, verschloss ihn tief in mir und hüllte mich in Gleichgültigkeit. Das Ergebnis war erleichternd. Mein Körper wurde beinahe taub, denn ich erlaubte mir nicht mehr, zu fühlen. Fühlen bedeutete Schmerz und Schmerz lenkte mich von den wichtigen Dingen ab. Ich hatte Leben zu retten, da musste mein eigenes eben hintenanstehen.

Es war beinahe beängstigend, wie egal mir plötzlich alles war. Die Angst um Alissa, der Schmerz durch Ryan und die Sehnsucht nach ihm, nichts spielte mehr eine Rolle. Ich funktionierte nur noch.

Gefühle waren ein lästiges Hindernis. Ich brauchte sie nicht.

Mechanisch erhob ich mich, als die Zimmertür erneut aufging und Chaz eintrat.

»Wir sind auf uns allein gestellt«, seufzte er. »Mr. Cole hat alle Hände voll damit zu tun, die Dinge hier in London zu regeln.«

»Wir werden es schon schaffen.«

Er blickte mich mit unergründlichem Blick an.

»Ich werde nicht mitkommen, um die Sidé zu suchen«,

sagte er schließlich und das schlechte Gewissen war ihm deutlich anzusehen. Doch ich hatte bereits damit gerechnet. Jemand musste auf Alissa aufpassen und Chaz würde ihr nicht von der Seite weichen.

»Ich verstehe das«, versicherte ich ihm.

»Ryan wird euch dafür begleiten.«

Kurz wollte ich protestieren, doch ich ballte die Fäuste und nickte nur. Keine Gefühle, rief ich mir in Erinnerung.

»Er ist ein guter Kämpfer und ihr braucht jede Unterstützung, die ihr kriegen könnt«, fuhr Chaz dennoch fort, als hätte er fest damit gerechnet, dass ich ihm widersprechen würde. Tat ich aber nicht.

Etwas verwirrt versuchte er, den Faden wieder aufzunehmen. Die Ringe unter seinen Augen waren so dunkel, dass ich mich fragte, ob er überhaupt geschlafen hatte, seit er und Alissa wieder vom Ausflug aufs Land zurück waren.

»Wann brechen wir auf?«, erkundigte ich mich emotionslos.

»In vier Stunden. Don hat eine Stelle im Epping Forest eingegrenzt, wo er die Sidé vermutet, aber ihr alle seid ausgelaugt. Versuch, ein bisschen Schlaf zu bekommen, du wirst die Energie brauchen.« Dann schloss er mich unerwartet in die Arme. »Pass auf dich auf, versprich mir das, okay? Ich würde es nicht ertragen, dich auch noch zu verlieren.«

Kapitel 24

»Ab hier geht's zu Fuß weiter«, sagte Derek und schloss knallend die Tür des Audis. Er hatte uns so weit wie möglich im Epping Forest vorangebracht und der nagelneue Audi hatte einige Kratzer davongetragen, doch nun gab es kein Durchkommen mehr durch das dichte Gestrüpp. Wir schulterten unsere Rucksäcke und kämpften uns voran.

Ich war noch ganz benommen. Entgegen meiner eigenen Einschätzung, dass ich nie im Leben Schlaf finden würde, bei allem, was um uns herum passierte, hatte mich die Erschöpfung im Auto doch übermannt. Nun erwachten langsam meine Sinne. Es war bereits Nachmittag.

Die Vögel in den Baumkronen zwitscherten fröhlich, der Duft von Tannennadeln und Erde kitzelte meine Nase. Es war ein schöner Tag. Die Sonne hatte den Kampf gegen die Wolken gewonnen und ihre Strahlen bahnten sich einen Weg durch das Blätterdach. Der farnbedeckte Boden war golden gesprenkelt und Frühling lag in der Luft.

Es war solch ein friedliches Bild, dass die Ernsthaftigkeit unserer Mission beinahe in den Hintergrund rückte, wäre da nicht das Klirren der Waffen an meinem Gürtel gewesen. Cox hatte sich auf der Fahrt hierher auf meinem Schoß zusammengerollt und ebenfalls geschlafen. Danach hatte er sich auf meine Schulter gekauert. Doch nun erwachten seine Lebensgeister. Er schwang sich in die Bäume und tobte sich aus. Ich beobachtete ihn lächelnd dabei. Das Leben in der Stadt schränkte ihn stark ein.

Derek und Don steckten die Köpfe zusammen und studierten die Karte, auf der sie den Weg eingezeichnet hatten, der uns zu den Sidé führen sollte.

Ryan glitt lautlos durch das Unterholz und behielt die Umgebung im Auge.

Wir hatten uns auf mehrere Tage im Wald vorbereitet, auch wenn Don uns versichert hatte, dass wir den Aufenthaltsort der Sidé gegen Abend erreichen sollten. Aber man wusste nie, was dazwischenkam.

Die Zweige knackten unter meinen Füßen. Das Schwert, dessen Spitze wir mit Elfenblut benetzt hatten, lag ruhig und kühl an meinem Oberschenkel. Ich hoffte, dass ich es nicht würde einsetzen müssen. Aber ließen die Sidé mit sich reden? Was hatten sie für einen Grund, London anzugreifen? Um eine Armee von Verborgenen zu erschaffen, die ihnen hörig war? Ich konnte es mir nicht vorstellen. Selbst Jenna hatte zugeben müssen, dass die Sidé nie etwas Derartiges versucht hatten, selbst als es noch mehr von ihnen gab. Und wenn sie tatsächlich nur noch zu dritt waren, wovon wir ausgingen, wieso sollten sie jetzt, nach Jahren des Versteckens, das Risiko eingehen, entdeckt zu werden? Es musste etwas anderes dahinterstecken und ich beabsichtigte, es herauszufinden.

Der Marsch durch den Wald tat gut, denn er beanspruchte meine Muskeln auf eine gleichmäßige und angenehme Art. Die Stille war nicht vollkommen, im Gegenteil, das Rascheln der Blätter vermischte sich mit dem Säuseln des Windes, das die Vogelstimmen mit sich trug. Aber es war ein angenehmes Geräusch, das die Nerven beruhigte. Es erinnerte mich an die Ausbildung in der Winterfold Akademie, fernab von Londons lärmenden Straßen. Cox landete auf meiner Schulter.

»Was ist zwischen Reißzahn und dir passiert?«, fragte er neugierig. Ich wollte abstreiten, dass es überhaupt ein Gespräch zwischen uns gegeben hatte, doch dem kleinen Kobold blieb für gewöhnlich nichts verborgen. Er achtete stärker auf die Gefühle der Menschen, die ihm etwas bedeuteten, als man meinen sollte.

Ich sah mich verstohlen nach Ryan um, doch der war uns ein gutes Stück voraus.

»Er hat mir gesagt, dass er mich nicht mehr liebt«, sagte ich und spürte sofort den Kloß in meinem Hals. Die Mauer, die ich um mein Herz gezogen hatte, begann zu bröckeln. Bevor sie einstürzen konnte, drängte ich die aufkeimende Verzweiflung zurück. Langsam bekam ich wirklich Übung darin.

»Das kommt irgendwie unerwartet«, murmelte Cox. »Ich hätte nicht gedacht, dass das der Grund ist, warum er gegangen ist.«

Ich kletterte über einen umgestürzten Baumstamm. Das Unterholz wurde dichter und meine Haare verfingen sich in einigen Dornensträuchern. Cox kletterte auf meinen Kopf und half mir dabei, mich zu befreien.

»Wie auch immer, ich werde wohl nie herausfinden, ob das der wahre Grund ist«, sagte ich bedrückt und flocht mir die Haare beim Gehen zu einem dicken Zopf.

Cox sprang von meiner Schulter, direkt in meinen Weg, und zwang mich damit, anzuhalten.

»Es interessiert dich nicht?« Er kniff misstrauisch die Augen zusammen, doch ich schob mich an ihm vorbei und schlug mit dem Schwert in der Hand ein paar herabhängende Zweige zur Seite.

»Ich kann nicht ewig trauern, Cox. Und im Moment haben wir Wichtigeres zu tun.«

Ich spürte Conchobhars Blick im Nacken und hoffte, dass er mich in Ruhe lassen würde. Je mehr ich darüber redete, umso größer war die Gefahr, dass mich meine Gefühle doch noch übermannten. Ich wollte jetzt nicht leiden. Ich wollte nicht weinen oder mich schlecht fühlen. Dafür blieb später noch genug Zeit.

Obwohl es noch relativ kühl war, lief mir nach einigen Stunden Fußmarsch der Schweiß den Nacken herab. Auch Derek und Don hatten hochrote Köpfe, weshalb wir auf einer kleinen Lichtung haltmachten. Im Kreis sahen wir auf die Karte.

»Wir sind hier«, sagte Don und zeigte auf einen grünen Fleck, kurz hinter einem Bach, den wir gerade erst überquert hatten.

Derek runzelte die Stirn. »Das kann nicht sein, den Bach haben wir vor zwei Stunden schon überquert. Das hier muss ein anderer sein.«

Er suchte die Karte ab.

»Was ist los?«, fragte Ryan, der lautlos aus dem Gebüsch kam. Seine dunkle Stimme jagte Schauder über meinen Rücken und ich verfluchte die Tatsache, dass ich noch immer so auf ihn reagierte.

»Unsere Wissenschaftler hier haben Probleme, die Karte zu lesen«, gab Cox zurück und erntete einen bösen Blick von Derek. Ryan besah sie sich näher.

»Tja, ich würde sagen, wir sind im Kreis gelaufen.«

Ich blickte hinauf in den Himmel und auf den Stand der Sonne.

»Das kann nicht sein«, widersprach ich, ohne ihn anzusehen. »Wir hatten die Sonne nicht ein einziges Mal im Rücken. Vielleicht ist der Bach auf der Karte nur nicht eingezeichnet.«

Ich war mittlerweile so oft über Tage hinweg im Wald gewesen, um Mairas zu jagen, dass ich mir vollkommen sicher war. Nach einer kurzen Pause setzten wir den Weg fort. Immer beschwerlicher wurde es, sich durch den Wald zu kämpfen. Das Unterholz wurde dichter. Ich bezweifelte, dass es je ein Mensch bis hierher geschafft hatte. Hier war die Welt noch so, wie sie die Natur erschaffen hatte. Ich blieb an Dornenranken hängen, kletterte über jahrhundertealte Wurzeln und umrundete Stämme, die so breit waren, dass drei Menschen sie nicht würden umfassen können, wenn sie sich an den Händen hielten. Selbst auf der Mairajagd waren wir nie so weit in einen Wald vorgedrungen.

Die Insekten summten und das Blätterdach über uns wurde dichter. Mein Kampfanzug war die richtige Wahl gewesen. Der atmungsaktive Stoff wärmte und verhinderte gleichzeitig, dass sich Schweiß auf dem Rücken sammelte. Der einzige Nachteil war, dass ich die Gürtelschlaufen mit allen Waffen behängt hatte, die ich dort hatte unterbringen können. Ihr Gewicht wurde mit jedem Schritt schwerer, ebenso wie der Rucksack auf meinem Rücken.

Cox war schon eine ganze Zeit lang in den Baumwipfeln verschwunden, vermutlich, um einen Vogel zu jagen. Dennoch pfiff ich kurz durch die Zähne. Es dauerte nicht lange, da bewegten sich die Zweige über mir und der Kobold blickte auf mich herunter. Zwischen den grünen Blättern war er kaum auszumachen, obwohl er nicht unsichtbar war.

»Wir sollten uns nicht zu weit voneinander entfernen«, riet ich ihm. Irgendetwas sagte mir, dass wir nicht so sicher waren, wie wir uns fühlten. Außerdem hätten wir schon längst an dem Ort sein sollen, an dem wir die Sidé vermuteten. Derek und Don kämpften immer verzweifelter mit der Karte, bis sie schließlich zugeben mussten, dass sie keine Ahnung hatten, wo wir waren.

»Na super«, stöhnte ich verärgert. Ich wollte nicht unfair sein, aber Derek und Don waren nicht auf den Ausflug mitgekommen, weil ihre kämpferischen Fähigkeiten so unglaublich waren.

»Sie können nichts dafür«, sagte Cox nachdenklich und

sah immer wieder in die Baumkronen hinauf. »Der Wald verändert sich.«

»Natürlich verändert sich der Wald, es wird Frühling«, schnaubte ich. »Aber sie haben die Karte heute Morgen noch aus dem Internet gezogen und ausgedruckt, verdammt noch mal. Es hieß, sie wäre aktuell.«

Cox sprang auf meine Schulter.

»Das meine ich nicht«, flüsterte er mir ins Ohr. »In diesem Wald herrscht Magie, ich spüre es. Und sie verändert ihn. Ich glaube, wir werden in die Irre geführt.«

Er sah sich immer wieder verstohlen um.

»Du meinst, wir werden erwartet?«, hauchte ich zurück.

»Wohl kaum. Aber sie wissen, dass wir da sind. Siehst du die Blüten dort vorne an dem Busch? Die sollten nicht vor Juni blühen. Und ist dir aufgefallen, dass die Bäume bereits alle Blätter haben, obwohl der Frühling noch gar nicht richtig angefangen hat?«

Jetzt, wo er mich darauf aufmerksam gemacht hatte, fiel es auch mir auf.

»Dann werden wir sie nie finden, Cox! Was sollen wir tun?«

Der Kobold zuckte die Achseln. »Immer weitergehen, und zwar in die Richtung, die wir von Anfang an eingeschlagen haben. Sie versuchen, uns abzulenken, ob bewusst oder nicht.«

»Okay«, erwiderte ich. »Gib den anderen bitte auch Bescheid, bevor sich Derek und Don wegen der Karte noch die Köpfe einschlagen. Aber leise.«

Tatsächlich hörte man hinter uns wieder hitzige Diskussionen.

Einen halben Kilometer später beschlossen wir missmutig, unser Lager aufzuschlagen. Wir hatten uns vollkommen verirrt, unsere Handys hatten keinen Empfang und Derek und Don war anzusehen, dass sie am liebsten zusammenbrechen würden. Außerdem hatte Ryan Mairaspuren gefunden, wenn auch ziemlich weit entfernt und schon mehr als fünf Tage alt. Doch es kam nicht infrage, die ganze Nacht weiterzusuchen, sosehr wir auch vorankommen und Alissa endlich retten wollten.

»Wir werden im Morgengrauen anfangen und verschiedene Richtungen ablaufen«, sagte Ryan und ließ seinen Rucksack auf einer Lichtung fallen, die im untergehenden Sonnenlicht lag und relativ einladend aussah. Während unseres Marsches hatte er mir immer wieder verstohlene und besorgte Blicke zugeworfen, doch ich tat so, als hätte ich sie nicht bemerkt. Selbst Cox hatte sich nach einer Weile nicht mehr beschwert, dass ich kaum etwas sagte.

Ich war verbissen weitermarschiert, konzentriert darauf, auch das kleinste Anzeichen der Sidé zu finden. Nichts. Langsam fragte ich mich, ob wir überhaupt im richtigen Wald waren. Aber Don war sich zu hundert Prozent sicher gewesen. Er hatte ein Satellitenbild von dem Wald gesehen und eine Blumenwiese ausgemacht, die es zu dieser Jahreszeit eigentlich gar nicht geben dürfte. Es belastete mich schwer, dass wir die Suche abbrechen mussten, und ständig wanderten meine Gedanken zu Alissa. Wie viel Zeit verblieb ihr noch?

Der Platz, den Ryan für unser Lager ausgesucht hatte, war perfekt. Ein kleiner Felshang auf der einen Seite schützte uns vor dem Wind, das Gras bildete ein weiches Polster, als wir uns niederließen, und selbst die Sonne fand ihren Weg hierher. Nach einer kurzen Verschnaufpause lief alles wie gewöhnlich ab. Ryan und ich hatten schon oft einige Tage im Wald verbracht, wenn wir mit dem Team auf Mairajagd waren.

In einer stillen Absprache nutzte er den Vorteil seiner Vampirkräfte und hob mit bloßen Händen eine Feuerstelle aus, während ich nach trockenem Feuerholz suchte. Derek und Don versuchten derweil, unser Zelt aufzubauen. Cox sparte dabei nicht mit Ratschlägen. Es hatte beinahe etwas Friedliches, als wären wir lediglich auf einem Campingausflug mitten in der Wildnis. Doch der Hintergrund unseres Waldausflugs lastete schwer auf uns.

Als es dämmerte, hatte ich bereits ein Feuer entfacht, das Zelt stand hinter uns und Derek knetete Stockbrotteig.

»Wir sollten jeweils zu zweit Wache halten«, schlug ich vor und zückte einen Dolch, um einen Ast anzuspitzen. »Cox, möchtest du mit mir anfangen? Ich bin noch nicht müde.«

Ich wusste, dass der kleine Kobold stolz darauf war, dass ich ihn als vollwertige Person zum Schutz mit einbezog, und tatsächlich schien seine Brust etwas anzuschwellen.

»Klar«, antwortete er gespielt gleichgültig. »Ich kann auch noch die zweite Schicht übernehmen. Kobolde schlafen zwar gern, aber wir haben es nicht so nötig wie ihr Menschen.«

»Ich übernehme den Rest der Nacht«, warf Ryan ein. Es war das erste Mal seit Stunden, dass er das Wort an mich richtete. »Derek und Don sollten so viel Schlaf wie möglich bekommen, damit wir morgen etwas schneller vorankommen.«

Ich widersprach ihm nicht. Beide Jungen sahen abgekämpft aus, als sie sich zu uns ans Feuer setzten. Ich reichte Derek meinen angespitzten Stock und begann, den nächsten zu schnitzen.

Nach und nach senkte sich die Dunkelheit über uns und mit ihr auch eine unheimliche Stille. Ich behielt die Schatten rund um unser Lager im Auge. Nur das Säuseln der Blätter im Wind vermischte sich mit dem Knistern des Feuers. Niemandem war so recht nach Reden zumute. Derek und Don verabschiedeten sich relativ früh und zogen sich ins Zelt zurück.

»Du solltest auch ein bisschen schlafen«, sagte ich leise zu Ryan. Die Flammen des Lagerfeuers spiegelten sich in seinen schwarzen Augen, mit denen er mich anfunkelte.

»Ich komm schon klar«, antwortete er so schroff, dass ich zusammenzuckte.

»Das weiß ich«, zischte ich. »Ich hab es nur gut gemeint.«

Er sprang wortlos auf und verschwand im Wald. Kurz war noch das Rascheln der Blätter zu hören, dann war es still. Cox ließ sich neben mir vom Baum herabfallen und sah Ryan nachdenklich hinterher.

»Sag nichts«, bat ich ihn matt. Ich wollte nicht über Ryan reden. Es war so schon schwer genug, meine Gefühle unter Verschluss zu halten. Momentan war ich viel zu vielen Empfindungen ausgesetzt. Die Angst um Alissa, der Schmerz nach der Trennung von Ryan, die Hilflosigkeit, weil ich die Menschen der Stadt nicht vor diesem Übel bewahren konnte und die Scham, weil man mich selbst bei der VO nicht mehr ernst nahm und mir kaum noch etwas zutraute.

Ich hatte das Gefühl, dass mein Leben schleichend, aber unaufhaltsam den Bach herunterging.

»Ich hatte nicht vor, dich in eins dieser Gespräche zu verwickeln«, sagte Cox mit einem Schaudern. »Ich hab mich nur gefragt, was wirklich mit ihm los ist.«

Ich blickte zu ihm herab, unsicher, ob ich nachfragen sollte, oder nicht.

»Ich bitte dich, Hexe, kaufst du ihm das tatsächlich ab, dass er dich nicht mehr liebt?«, flüsterte er. Ich sah wieder ins Feuer und kämpfte gegen die aufwallenden Gefühle.

»Ja, tue ich.«

»Solltest du aber nicht.«

Ich zögerte und mein Blick wanderte immer wieder zu der Stelle, an der Ryan im Wald verschwunden war.

»Weißt du was, Cox?«, knurrte ich leise. »Ich werde es herausfinden. Halt die Stellung hier.«

Vermutlich war es eine schlechte Idee, Ryan zu folgen, da ich es endlich geschafft hatte, meine Gefühle unter Verschluss zu halten. Aber wenn ich diese Chance nicht nutzte, würde es keine weitere mehr geben, dessen war ich mir sicher. Er hatte mir noch immer keine richtige Antwort gegeben. *Vielleicht liebe ich dich nicht mehr* würde ich nicht akzeptieren. Entweder man liebte eine Person, oder eben nicht. Ein Vielleicht gab es nicht in dieser Sache.

Also riss ich mich zusammen und verließ die Lichtung. Das Laub der Bäume schluckte das schwache Licht der Sterne und hüllte mich in beruhigende und undurchdringliche Dunkelheit. Jetzt, wo meine Augen mehr oder weniger unbrauchbar waren, schärften sich die anderen Sinne. Ich hörte jedes einzelne Blatt rascheln, vernahm das Seufzen des Windes und spürte deutlich die Zweige und Tannennadeln unter meinen Schuhen. Die Rinde der Bäume kratzte über meine Handfläche, als ich nach den Stämmen tastete, und der Geruch des Waldes war intensiver, als ich es je erlebt hatte.

Mit dem Duft von Kiefernnadeln und feuchter Erde mischte sich nach einer Weile der mir so vertraute und düstere Geruch nach Vampir.

Ich spürte ihn ganz in der Nähe, auch wenn er mal wieder mit den Schatten verschmolzen war.

»Versteckst du dich vor mir oder vor dir selbst?«, fragte ich leise in die Finsternis hinein. Ich war mir beinahe sicher, dass Ryan nicht antworten würde.

»Beides, vermute ich«, sagte er schließlich und ich wandte den Kopf etwas nach rechts, wo ich seine Stimme ausgemacht hatte. Sie war so vertraut, dass es trotz der Mauer, hinter der ich meine Empfindungen verschlossen hatte, schmerzhaft in der Brust zog.

Plötzlich bereute ich, dass ich ihm hinterhergelaufen war. Was sollte ich sagen? Ihn fragen, ob er die Wahrheit gesagt hatte, als er mich wegstieß? Jetzt kam es mir lächerlich vor, die Gründe für etwas herauszufinden, das sowieso unabänderlich war. Trotzdem hielt mich das nicht von meinem nächsten Schritt ab. Ich würde es auf andere Weise herausfinden, ohne, dass ich ihn anbetteln musste.

Ryan verspürte in meiner Gegenwart keinen Blutdurst, weil ich meine Prana ständig einsatzbereit durch meine Adern gleiten ließ wie Strom. Es schreckte Vampire ab, sie mieden die Gefahrenquelle. In einem Anflug von Übermut löste ich die Energiestränge auf, sodass meine Prana wieder ruhig in meiner Brust dümpelte, zu nichts zu gebrauchen. Es war ein eigenartiges Gefühl. Ich kam mir schutzlos und ausgeliefert vor.

»Was tust du da?«, fragte Ryan scharf und ich lächelte grimmig. Er hatte es sofort gespürt.

»Das dürfte dich ja nicht mehr stören, oder?«, gab ich zurück. Blutdurst wurde von Leidenschaft angefacht. Ryan konnte mit dem normalen Blutdurst durchaus umgehen. Er hatte nicht das Bedürfnis, jedem Menschen sofort an die Kehle zu gehen. Doch bei einer Person, für die er etwas empfand und die es schaffte, seine Gefühle durcheinanderzubringen, war das weitaus schwieriger. Es war gemein, ihn so auf die Probe zu stellen, aber wenn er mir von selbst keine Antwort gab, würde ich sie mir eben so holen.

Plötzlich ging alles so schnell, dass sich die Welt einen Augenblick lang um mich drehte, dann fand ich mich mit dem Rücken an einen Baumstamm gepresst wieder, während Ryans Gewicht mich daran hinderte, mich zu bewegen.

»Lass das gefälligst!«, knurrte er drohend, doch ich war viel zu sehr damit beschäftigt, mich daran zu erinnern, wie man atmete. So nahe waren wir uns seit Wochen nicht gewesen und ich wurde von Empfindungen überwältigt. Er stand mir so nahe, dass ich seinen Herzschlag gegen meine Brust pochen spürte. Seine sonst so kalte Haut glühte und sein Duft hüllte mich ein, raubte mir die Sinne und machte mich bewegungsunfähig. Ich war wie erstarrt. Sein heißer Atem strich über meinen Hals, ein sanfter Hauch, der so viel versprach, so verführerisch war und mich um den Verstand brachte.

Ich wollte etwas sagen, ihn berühren und ihm das T-Shirt vom Leib reißen. Die Leidenschaft zwischen uns war greifbar, die Luft schien zu knistern und nichts spielte mehr eine Rolle. Ich blendete alles andere aus. Die Dunkelheit war wie fortgeblasen. Stattdessen schien sie sich in ihm selbst gesammelt zu haben. Sie ließ ihn zu einem Raubtier werden, gelenkt von Leidenschaft und Verlangen, unberechenbar und gefährlich. Ich hatte ihm Empfindungen entlocken wollen, und hier waren sie – nur dass sie mich ebenso in den Bann zogen wie ihn.

Ich rührte mich nicht, als er sich an mich presste und zu mir herunterlehnte. Sein Körper bebte und unser Atem ging keuchend. Der Abstand zwischen unseren Lippen reduzierte sich auf wenige Zentimeter – so greifbar nahe, und doch wagte ich es nicht, ihn zu küssen.

Er lehnte den Kopf zur Seite und strich mir sanft mit der Hand die Haare von der Schulter. Ich erschauderte, als seine Zähne über meinen Hals glitten. Plötzlich war mein Körper erfüllt von Adrenalin und Verlangen. Jeder Zentimeter meiner Haut kribbelte verheißungsvoll. Ich war ihm schutzlos ausgeliefert, nicht fähig, mich zu wehren. Fast schon rechnete ich damit, dass er seine Zähne in meinem Hals vergrub. Ich hätte ihn nicht davon abgehalten, ich wollte ihm alles geben, meinen Körper, mein Blut, mein Herz – Hauptsache, er blieb bei mir und verließ mich nicht wieder.

»Ist es das, was du wolltest?«, hauchte er und seine Stimme glitt über meine Haut wie Samt. Er raubte mir den letzten klaren Gedanken und machte mich willenlos. Ich wollte antworten, ihm um den Hals fallen und das letzte bisschen Abstand zwischen uns vertreiben, doch der letzte Funken Vernunft hielt mich davon ab, mich zu bewegen. Der Hunger hatte sich seiner bemächtigt. Er machte ihn unberechenbar und gefährlich.

»Wolltest du sehen, was du für eine Wirkung auf mich hast?«, fragte er leise. Seine Lippen glitten über meine Haut und hinterließen eine brennende Spur des Verlangens. »Da siehst du, wie ich auf dich reagiere«, raunte er. Seine Stimme war nicht mehr als ein sanfter Lufthauch. »Und was jetzt, Jill?« Seine Hände ruhten auf meinen Schultern, eisern und unnachgiebig. »Willst du, dass ich dich beiße?«

Mein Herz schlug beinahe schmerzhaft in der Brust und in meinem Blut tobte ein Sturm. Ich merkte, wie Ryan sich versteifte, wie er versuchte, seinem Verlangen zu widerstehen.

Wieso hatte ich ihn so weit gebracht? War es das wert?

»Oder willst du, dass ich dir die Kehle rausreiße?«

Ich versteifte mich bei seinen Worten und plötzlich war ich erfüllt von einer eisigen Kälte. Er krallte sich ein letztes Mal in meine Schulter, als müsse er sich zwingen, mich loszulassen, dann stieß er mich von sich. Noch bevor ich registriert hatte, dass ich den Atem angehalten hatte, noch bevor ich ihn verzweifelt ausstoßen konnte, war er in der Tiefe der Nacht verschwunden und hinterließ eine Kälte, die mich an seiner statt lähmte.

Nach und nach setzten meine Sinne wieder ein, das Rauschen der Blätter kehrte zurück, der Wind strich wieder durch meine Haare und die Geräusche des Waldes übertönten meinen rasenden Herzschlag. Ich starrte wie gebannt in die Dunkelheit, doch ich wusste, er würde nicht zurückkehren.

»Und jetzt sag mir noch mal, dass du nichts mehr für mich empfindest«, hauchte ich tonlos, obwohl er mich nicht mehr hören konnte. Er hätte nie so reagiert, wenn ich ihm egal gewesen wäre. Und doch hatte er mich von sich gestoßen.

Als ich es endlich schaffte, mich wieder zu bewegen und den Weg zum Lager zurückzugehen, wusste ich nicht, ob ich mich besser oder schlechter fühlen sollte als vorher. Denn eines war sicher: Egal was Ryan noch fühlen mochte, er kämpfte dagegen an und würde nicht wieder zurückkommen.

Als ich ans Lagerfeuer zurückkehrte, sah mich Cox wissend und mit undurchdringlichem Blick an. Ich senkte den Blick, unfähig, ihm zu berichten, was geschehen war. Ich wusste ja selbst nicht einmal, was ich davon halten sollte. Schweigend saßen wir beieinander, während jeder seinen Gedanken nachhing und die tanzenden Flammen des Lagerfeuers betrachtete. Ich nutzte die Zeit, um meine Gefühle wieder zu verschließen und den Gedanken daran zu verdrängen, dass ich den Vampir gerade ein weiteres Mal verloren hatte.

Nach einiger Zeit gelang es mir tatsächlich, meine Gedanken wieder auf das zu richten, was vor uns lag. Es war ein Fehler gewesen, herausfinden zu wollen, was Ryan noch für mich empfand. Wir hatten Wichtigeres zu tun. Was hatte ich mir nur dabei gedacht?

Ich griff nach dem letzten Teigklecks, der vom Abendessen übrig geblieben war, und wickelte ihn um die Spitze meines Stocks. Es war besser, so zu tun, als wäre nie etwas gewesen. Cox wurde bei dem aufsteigenden Geruch wieder ganz aufgeregt und ich ahnte, dass ich mein Essen mit ihm würde teilen müssen. Es war unglaublich, was so ein Kobold alles verputzen konnte.

»In der Nähe ist ein Weiher. Ich habe ihn eben gehört, als ich die Gegend erkundet habe. Vielleicht kann ich morgen ein paar Fische fangen, falls wir die Sidé wieder nicht finden«, schlug er vor.

»Wir werden sie finden«, antwortete ich bestimmt. »Aber falls nicht, ist es vielleicht keine gute Idee, diese Fische zu essen. Wer weiß, ob die Sidé auch den Weiher vergiftet haben, falls sie uns tatsächlich bereits bemerkt haben.«

Cox wurde bleich. »Meinst du, auch die Vögel, die ich heute gegessen habe, könnten verseucht gewesen sein?«

Ich sah ihn kurz verdutzt an, dann prustete ich los. »Gott behüte. Dann hätten wir einen kleinen, durchgedrehten Kobold. Das wäre der reinste Albtraum.«

Cox verschränkte empört die Arme. »Das ist nicht lustig!«

»Ich weiß«, entschuldigte ich mich. »War nur ein Spaß. Ein ziemlich mieser, zugegeben.«

Cox lächelte mich an und schmiegte seinen Kopf an meinen Arm.

»Dafür mag ich dich«, neckte er mich. »Für deinen schrecklichen Humor.«

Ich boxte ihm spielerisch auf die Schulter. Cox war vor vier Jahren zu mir gekommen und seitdem geblieben. Obwohl er immer darauf bestand, nicht als Haustier angesehen zu werden, hatte er nie Anstalten gemacht, seine eigenen Wege zu gehen. Ich betrachtete ihn auch nicht wie einen Hund oder eine Katze, sondern als Freund.

»Darf ich dich was fragen, Cox?«

Der Kobold runzelte die Stirn. »Nur, wenn es nichts Intimes ist.«

Ich rollte mit den Augen. »Wieso bist du bei uns geblieben?«

Conchobhars Ohren wackelten neugierig. »Wieso? Störe ich?«

Ich lachte leise und schüttelte den Kopf. »Natürlich nicht. Ich hab mich nur gefragt ... Hast du nie daran gedacht, eine Familie zu gründen? Und unter deinesgleichen zu leben?«

Cox' runde Kulleraugen senkten sich und er wurde ernst.

»Ich hatte eine Familie«, antwortet er gedämpft. »Und man hat sie mir genommen, vor langer Zeit.«

Ich wusste, dass Cox niemanden mehr hatte, doch ich wusste auch, dass er nicht darüber reden wollte. Er hatte mir nie gesagt, was passiert war. Ich bemerkte kaum, dass ich den Atem angehalten hatte.

»Seitdem lebe ich allein. Mal hier und mal dort habe ich mir jemanden ausgesucht, den ich eine Zeit lang zur Weißglut getrieben habe, weil es mir Spaß gemacht hat. Aber du bist die Erste, der ich mich über so lange Zeit angeschlossen habe.« Sein Blick verschwamm, als erinnere er sich an Dinge, die lange zurücklagen.

»Wieso?«

Er schnaubte unflätig. »Ich glaube, das lag an dem Gefühl, das ich am Tag unserer Begegnung hatte. Ich wusste nicht, was du warst, aber ich spürte, dass du anders bist. Mächtiger. Vermutlich habe ich gehofft, in dir jemanden zu finden, der nicht so schnell stirbt und mich allein lässt. Ich konnte ja nicht ahnen, dass du die Angewohnheit hast, ständig Dummheiten zu begehen und deinen Hals zu riskieren.«

Ich zog eine Augenbraue nach oben. »Ich dachte, du liebst das Risiko?«

Er errötete etwas und grinste. »Tu ich auch. Ich hätte nie gedacht, dass jemand so viel Chaos mit sich bringt wie du. Das gefällt mir.«

Ich brummte mürrisch, doch dann streckte ich den Arm zur Seite aus und zog ihn an mich.

»Danke, dass du geblieben bist«, flüsterte ich. Dazu gab es nichts weiter zu sagen. Jedes weitere Wort hätte diesen Moment zunichtegemacht. Schweigend saßen wir beieinander, bis Ryan mich ablöste und es vermied, mir in die Augen zu sehen.

Kapitel 25

Als ich am nächsten Morgen die Augen aufschlug, tanzten bereits die ersten Sonnenstrahlen durch die Zeltdecke. Draußen zwitscherten die Vögel ihr fröhliches Lied und ein Gefühl tiefster Zufriedenheit ließ mich selig lächeln. Verschlafen kroch ich aus dem Zelt, aus dem jetzt nur noch Cox' leises Schnarchen ertönte. Die drei Jungs standen am Waldrand und unterhielten sich angeregt.

»Guten Morgen«, gähnte ich und lächelte. Derek legte mir den Arm um die Schultern.

»Sieh dir das an, Jill. Ist das nicht wunderschön?«

Erst jetzt bemerkte ich die Ranken, die von den Bäumen hingen und mit wunderschönen, gelb-roten Blüten versehen waren. Wie ein Vorhang zogen sie sich um die Lichtung und ließen den Wald tausendmal zauberhafter wirken.

»Wo kommen die her?«, hauchte ich und ließ meine Finger darübergleiten. Ein blassblauer Schmetterling ließ sich auf meiner Hand nieder.

»Oh«, stieß ich entzückt aus.

Ein weiterer Schmetterling flatterte über mich hinweg und platzierte sich auf Dons Sturmlocke. Immer mehr kamen und umschwirrten uns, flatterten spielerisch auf und ab und ließen sich auf den Blüten nieder.

Ausgelassenes Kichern entfuhr meiner Kehle. Verwundert

blinzelte ich. Für einen kurzen Moment hatte ich das Gefühl gehabt, es wäre falsch, solch eine Reaktion an den Tag zu legen, doch bevor ich den Gedanken zu Ende gedacht hatte, war er wieder verschwunden. Es war so ein wunderschöner Tag, so ein wunderschöner Ort, dass ich es bereute, dass wir ihn erst jetzt gefunden hatten.

»Das ist noch nicht alles«, sagte Ryan, griff nach meiner Hand und zog mich mit sich. Die Schwerter an den Schlaufen meiner Kleidung klirrten. Ich warf einen missmutigen Blick an mir herab und zog die Waffen hervor. Sie gehörten nicht an solch einen friedlichen Ort. Achtlos ließ ich Schwerter und Dolche ins frische, grüne Gras fallen, während Ryan ungeduldig auf und ab wippte, nur um mich weiterzuziehen.

»Sieh mal«, gluckste er und zeigte auf einen Blumenhügel. Kurz blitzte die Erinnerung auf, dass es sich um den trostlosen, grauen Felsen handelte, der die Lichtung von einer Seite abgrenzte. Er sah aus wie verwandelt. Moose und Farne verliehen dem verwaschenen Stein einen grünen Glanz. Sie bedeckten ihn wie ein weicher, himmlischer Polsterteppich. Aus dem Moos heraus sprossen weiße Blüten, die wie kleine Schneetupfer aussahen. Bienen und Insekten summten fröhlich. Ryan zog mich mit sich, ein kleines Stück um den Felsen herum, an eine Stelle, die von der Sonne beschienen wurde. Hier hatte die Natur fast so etwas wie eine kleine Höhle geschaffen. Ein kleiner Felsvorsprung überdachte eine Kuhle, die gepolstert war mit weichem Moos und leuchtenden Blumen.

»Wie schön«, hauchte ich wieder.

Ryan hielt mich noch immer fest, als ich ihn ansah und ihm dafür danken wollte, dass er mir diesen schönen Ort gezeigt hatte. Doch wieder schrillten meine Alarmglocken und ich entzog ihm meine Hand. Das hier war nicht richtig. Auch wenn es sich vertraut anfühlte, wusste ich tief im

Inneren, dass es das nicht sollte und dass bis vor Kurzem noch ein anderes Gefühl diese Vertrautheit verdrängt hatte. Verletzt! Ich war verletzt und wütend, nicht glücklich. Aber wieso fühlte ich mich nicht mehr schlecht?

Ich suchte in Ryans Gesicht nach Antworten, doch sofort blieben meine Augen an den seinen hängen, verloren sich in den blauen Tiefen, die schimmerten wie der Ozean. Seine Pupille war kaum größer als ein Stecknadelkopf. Irgendwie störte mich das. Ich wollte ihn darauf ansprechen, herausfinden, was hier vor sich ging, doch ich war viel zu fasziniert von diesen veilchenblauen Augen, die mich verträumt musterten. Ryan strich zart über meine Wange und hinterließ ein leichtes Kribbeln.

Ich ließ es zu, dass er meine Hand wieder ergriff. Er trat einen Schritt näher und strich mir mit der freien Hand eine Strähne aus der Stirn.

»Du bist so wunderschön«, hauchte er. Immer wieder glitten seine Blicke über mein Gesicht. Bevor ich antworten konnte, streiften seine Lippen die meinen, hauchzart und doch mit so viel Gefühl, dass ich dahinzuschmelzen drohte. All die Bedenken, die mich bis dahin noch gepackt hatten, verflogen mit dem Anblick des Vampirs, in dessen Augen das Verlangen flackerte. Seine bleiche Haut war makellos, die Sonnenstrahlen ließen sie wie Elfenbein erstrahlen. Eine schwarze Locke fiel ihm in die Augen, doch er blinzelte sie mit den langen, dunklen Wimpern beiseite.

Meine Hände verschränkten sich automatisch in seinem Nacken und ich zog ihn zu mir herab. Viel zu lange hatte ich auf seine Nähe verzichten müssen. Umso wichtiger war es jetzt, ihn nie wieder loszulassen. Ich wollte ihn berühren, ihm zeigen, wie sehr er mir gefehlt hatte und all die negativen Gefühle, die mich in den letzten Wochen so erdrückt hatten, endlich vergessen. Als unsere Lippen sich ein weiteres Mal berührten, verlor ich mich vollends in dem Moment.

Ich wurde von einer solchen Welle der Leidenschaft überrollt, dass ich nach Luft schnappte. Ryans Kuss wurde fordernder, seine Lippen verschmolzen mit meinen, als wären sie nie getrennt gewesen.

Seine starken Finger wanderten an meinem Hals herab, über meine Schultern und meinen Rücken, wo sie wie von selbst den Reißverschluss des Kampfanzugs öffneten. Plötzlich wurde ich mit Vampirgeschwindigkeit nach hinten befördert und fand mich mit dem Rücken an den Felsen gepresst wieder, während Ryan seinen Körper an mich presste. Ich fuhr mit den Händen die Muskeln seiner Schulter entlang. Er war perfekt. Sein Körper war gestählt von den vielen Kämpfen und dem harten Training, und trotz der Leidenschaft ging er so sanft mit mir um, als sei ich zerbrechlich wie eine Feder.

Wir verloren uns in dem Kuss, erkundeten mit den Händen den Körper des jeweils anderen, erforschten jeden Zentimeter der Haut. Irgendwann fanden wir uns auf dem Blumenbett wieder, während die Sonne auf uns herabstrahlte und unsere Körper wärmte. Ein süßlicher Duft umhüllte uns. Er erinnerte mich an etwas. Nein, an jemanden! Ich blinzelte verwirrt, doch fast sofort wurden meine Zweifel von Ryans Küssen erstickt.

Woran hatte ich gerade gedacht? Es konnte nicht wichtig gewesen sein, denn nichts war wichtiger als diesen Moment in Ryans Armen zu genießen.

Das Sonnenlicht funkelte auf Ryans Haut. Ich gab mich seinen Berührungen hin und blendete alles Unwichtige aus. Seine Augen hefteten sich an mein Gesicht, als wolle er nie wieder etwas anderes sehen.

Die Finger des Vampires strichen immer wieder über meine Haare und an meiner Wange herab. Ich genoss das Gefühl der Wärme und Zufriedenheit. Ich war einfach glücklich.

Weit entfernt hörte ich aufgebrachte Rufe und kurz flackerte das Bild von Cox vor meinem inneren Auge auf, doch es verschwand augenblicklich wieder, als Ryan meine Hand nahm und sie an den Mund führte. Eng umschlungen lagen wir da und gaben uns dieser unglaublichen Zufriedenheit hin. Aus den Augenwinkeln sah ich einen grünen Fleck vorbeihuschen, doch ich konnte meinen Blick einfach nicht von den Augen des Vampirs lösen.

»Was zum Henker tut ihr da?!« Cox' Stimme war schrill und aufgeregt. Er störte die Ruhe, machte unser Glück zunichte.

»Verschwinde, Cox«, murmelte ich schläfrig.

»Habt ihr vergessen, dass wir Wichtigeres zu tun haben? Was ist mit euch los? Erst Derek und Don, und jetzt auch noch ihr?«

Mein Mund verzog sich widerwillig. Irgendetwas sagte mir, dass ich ihm zuhören sollte, doch ich war viel zu glücklich darüber, wieder mit Ryan vereint zu sein. Meine Lippen suchten automatisch wieder die des Vampirs und ich blendete die nervige Stimme des Kobolds aus. Sie war nur noch dumpf wahrnehmbar, kaum störend. So war es schon besser.

Irgendwann verklang das Schimpfen des Kobolds und er verschwand endlich, sodass ich wieder jeden Augenblick mit Ryan genießen konnte. Die Sonne ging unter und tauchte uns in die letzten rotgoldenen Strahlen, bevor sie der sternenklaren Nacht wich.

Ich wollte nie wieder etwas anderes fühlen als diese unglaubliche Zufriedenheit.

Wie viel Zeit war vergangen? Stunden? Tage? Wochen? Die Sonne war mehrmals über uns hinweggezogen, doch ich konnte mich kaum mehr erinnern. Nichts spielte mehr eine Rolle. Wir würden auf ewig hier liegen können, denn endlich war wieder alles so, wie es sein sollte. Ryan und ich gehörten zusammen.

Als der Himmel sich violett färbte und ein neuer Morgen anbrach, verlor ich mich ein weiteres Mal in seinen Küssen und drehte ihn auf den Rücken, sodass ich mich auf ihn setzen konnte. Meine Lippen fanden seinen Hals. Von dem Blumenbett stieg ein süßlicher, betörender Duft auf. Er erinnerte mich an etwas. An etwas, das ich liebte. Ich hielt inne und stutzte.

»Was ist los?«, fragte Ryan und strich mir über die Wange.

»Nichts«, sagte ich verwirrt darüber, dass ich aufgehört hatte, ihm meine volle Aufmerksamkeit zu schenken. Ich küsste ihn wieder, doch etwas nagte in der hintersten Ecke meines Kopfes. Dieser Duft. Er kam mir so seltsam vertraut vor. Ich kannte ihn irgendwoher, und ich mochte ihn. Ich liebte ihn.

»Alissa.«

Das Wort kam kaum hörbar aus meinem Mund und doch ließ es mich erstarren. Alissa roch nach Blumen. Ich blinzelte wieder und versuchte, einen klaren Gedanken zu fassen. *Ally.* Ich schnappte nach Luft und kroch von Ryan weg, während der Name mir immer wieder durch den Kopf ging. *Alissa. Ally.* Und plötzlich waren all die negativen Gefühle wieder da, allen voran die Angst um meine beste Freundin. Sie brauchte unsere Hilfe. Wir waren hier, um sie zu retten. Was taten wir hier?

Mit einem Schlag war der Zauber gebrochen und ich wieder bei klarem Verstand. Ich presste die Hand auf die Brust und sank auf die Knie herab, als der Schmerz in meinem Inneren ausbrach. Ich hatte die Mauer um mich herum niedergerissen, um Glück und Zufriedenheit zu verspüren. Jetzt, wo ich wieder ich selbst war, strömten all die Gefühle, die in den letzten Tagen wie weggeblasen waren, wieder auf mich ein.

Ich kämpfte gegen die Verzweiflung an, die mich zu übermannen drohte, und atmete mehrmals tief ein und aus, bevor ich mich halbwegs gefangen hatte.

Ryan hatte sich aufgerichtet und streckte die Hand nach mir aus.

»Was ist los? Komm zurück«, bat er mich. Die Sehnsucht in mir ließ mich taumeln. Wie gerne hätte ich mich wieder zu ihm gelegt und all das vergessen, was mich innerlich zu zerreißen drohte. Ich musste nur wieder zu ihm zurückgehen, dann konnte ich alles vergessen und mich meinem Glück hingeben. Aber es war nicht echt. Das hier war nicht real.

Ryan hatte mit mir Schluss gemacht. Alissa brauchte Hilfe. Ich stolperte einen weiteren Schritt nach hinten und je mehr ich mich von Ryan entfernte, umso klarer wurde mir, dass wir einen Fehler gemacht hatten.

Ich schnappte nach Luft, als ich mich umsah. War das die Lichtung, auf der wir uns niedergelassen hatten? Nein, wir waren an einem vollkommen anderen Ort. Oder nicht? Dort stand unser Zelt. Und daneben war unsere Feuerstelle, die Asche kalt, das aufgestapelte Holz daneben unbenutzt. Meine Waffen lagen unberührt im Gras. Als ich sie wieder bei mir trug, fühlte ich mich sofort sicherer.

»Derek? Don?«

Meine Stimme hörte sich zwischen dem Vogelgezwitscher und dem Rascheln der Blätter seltsam an. Plötzlich kam etwas von oben herabgefallen, eine grüne Kugel. Bevor ich richtig erkennen konnte, was es war, bekam ich einen Schwall eiskaltes Wasser ins Gesicht. Prustend schnappte ich nach Luft. Die nassen Haare hingen mir in den Augen und ich strich sie beiseite, um etwas erkennen zu können.

»Werd endlich wach!«, kreischte Cox. »Verdammt noch mal, ich hab die Schnauze voll, hört endlich auf mit diesem dämlichen Liebesgeflüster!«

»Cox«, unterbrach ich ihn und hielt ihn an den Schultern fest, weil er zornig auf- und abgesprungen war wie ein Flummi. »Schon gut, ich bin wieder ich.«

Der Kobold stoppte und sah mich prüfend mit seinen großen Kulleraugen an. »Du bist wieder du? Es hat funktioniert?«

Er deutete auf den geflochtenen Korb, der bis eben noch mit Wasser gefüllt gewesen war.

»Nein, hat es nicht«, sagte ich trocken. »Die Dusche hättest du mir ersparen können.«

Conchobhar stemmte die Hände an die Hüfte und funkelte mich zornig an. »Was zur Hölle war los mit euch? Ihr seid total durchgedreht. Derek und Don sind dort in dem Zelt verschwunden und haben die ganze Welt ausgeblendet, genauso wie du und Ryan. Ihr habt mich einfach ignoriert, verdammt noch mal!«

Ich verstand, dass er aufgebracht war. »Es tut mir so leid, Cox. Die Sidé müssen uns mit irgendeinem Zauber belegt haben. Aber was zur Hölle ist mit der Lichtung passiert?«

Ich deutete mit einer ausladenden Bewegung auf das, was einmal der Waldrand gewesen war. Dort, wo die Bäume des Waldes die Lichtung gesäumt hatten, war kein Durchkommen mehr. Armdicke grüne Ranken hingen von oben herab und hatten sich ineinander verflochten. Sie bildeten eine undurchdringliche Wand und schlossen uns in einer Blase ein, die nach oben offen war. Die Wiese war übersät von bunten Blumen und Schmetterlingen. Wir waren eingesperrt im Paradies.

»Was meinst du, wieso es so lange gedauert hat, bis ich zurück war? Ich wollte nur Wasser holen, um euch wieder ins Diesseits zu befördern, aber als ich wiederkam, war dieses Rankenzeug überall. Es hat ewig gedauert, mich da durchzukämpfen, und gleich danach ist das Loch wieder zugewachsen.«

Ich hockte mich hin und sah ihm auf Augenhöhe entgegen. »Wie lange waren wir weg, Cox?«

»Fast drei Tage.«

Ich stieß die Luft aus und ließ mich auf den Hintern fallen. *Drei Tage.* Drei Tage, die wir nicht genutzt hatten, um Alissa zu helfen.

»Wir müssen die anderen wieder zu sich bringen und dann so schnell wie möglich verschwinden.«

»Leichter gesagt als getan«, brummte Cox mit verzogenem Gesicht und deutete hinter mich. Ich drehte mich um und stöhnte innerlich auf. Ryan kam über die Wiese gelaufen, mit einem glückseligen Lächeln auf dem Gesicht.

»Wo bleibst du so lang, Prinzessin? Ich vermisse dich.« Seine Stimme klang, als spreche er mit einem Kleinkind.

»Oh. Mein. Gott«, murmelte ich und sprang auf. Das dort war Ryan?

Cox gab angewidert ein Geräusch von sich. Ich konnte es ihm nachfühlen.

»Und es ist dir die letzten Tage nicht komisch vorgekommen, dass dein düsterer, unheimlicher Vampirfreund Blümchen hustet?«, spottete der Kobold.

»Halt die Klappe, Cox! Wir müssen uns etwas einfallen lassen«, sagte ich und hob abwehrend die Hände, während Ryan weiter auf mich zutänzelte und ich zurückstolperte.

»Cox, tu etwas«, flehte ich und versuchte, hinter dem kleinen Kobold in Deckung zu gehen.

»Und was?«, blaffte Cox.

»Keine Ahnung, aber schaff mir diesen liebeskranken Vampir vom Hals!«

Conchobhar brummte, doch er sprang mit wenigen Sätzen zu Ryan, hielt sich an seiner Schulter fest und verpasste dem Vampir zwei schallende Ohrfeigen.

Ryan taumelte, dann verdüsterten sich seine Augen zusehends, bevor sie sich vor Bestürzung weiteten.

Kapitel 26

Ich spürte die Röte in meinem Gesicht aufsteigen und sah schnell weg.

»Na, wieder unter den Lebenden, Reißzahn?«, blaffte Cox. »Ich hab was gut bei dir, damit du das weißt.«

Ich wich dem Blick des Vampirs aus und beeilte mich, zum Zelt zu kommen.

»Schluss mit dem Schäferstündchen«, rief ich und klatschte auf die Zeltdecke. Von innen kam keine Reaktion. »Na schön, dann eben auf die harte Tour.«

Ich schloss die Augen und konzentrierte mich auf meine Prana. Sie wirbelte in meinem Inneren, als wäre sie aus einem ebenso tiefen Schlaf erwacht wie ich. Die blau glitzernden Schnüre tobten durcheinander. Mir wurde fast schwindelig bei dem Anblick, doch das war nichts gegen den Druck in meiner Brust. Ich hatte Mühe, die Kontrolle zu behalten. Schon lange hatte ich keinen solchen Ausbruch mehr gehabt. Ich schob es auf das Gefühlschaos, das in mir herrschte. Bisher hatte ich es noch nicht wieder geschafft, die Panik und Verzweiflung, die an mir nagten, gänzlich zurück hinter die Mauer in meinem Kopf zu sperren.

Verbissen zwang ich die Pranafäden dazu, sich zu einer leuchtenden Kugel zusammenzufügen und damit meine

Energiequelle zu bilden. Sie pulsierte bedrohlich und dieses ungewohnte Gefühl beunruhigte mich immens.

Schnell zwackte ich einen Teil der Energie ab und verstärkte damit meine Gedanken, die ich auf das Zelt richtete. Von der Mitte aus bildete sich eine dünne Reifschicht. Die glitzernden Eiskristalle breiteten sich zu den Seiten hin aus und umschlossen das Zelt.

»Was ... was ist denn hier los?«, ertönte Dereks Stimme und sein Zähneklappern war unüberhörbar. Es raschelte im Zelt, dann sprangen er und Don heraus und schlotterten am ganzen Körper. Dereks Gesicht war gerötet. Dons Haare, die sonst mit all dem Haarspray einem Wirbelsturm standgehalten hätten, waren in alle Richtungen verwuschelt, was ihn irgendwie noch niedlicher aussehen ließ.

»Was ist passiert?«, fragten beide wie aus einem Mund, doch ich überließ es Cox, ihnen zu antworten. Währenddessen untersuchte ich den undurchdringlichen Rankenvorhang, der uns von der Außenwelt trennte, genauer. Dabei vermied ich es tunlichst, in Ryans Richtung zu sehen. Trotzdem spürte ich seine Anwesenheit, als er hinter mich trat, deutlich genug, um zu schaudern.

»Jill«, begann er, doch ich schüttelte den Kopf, ohne mich zu ihm zu drehen. War das Bedauern in seiner Stimme?

»Schon gut, das warst nicht du. Ich versteh das. Wir alle standen unter einem Zauber.«

»Trotzdem, das ...«

»... ändert nichts an der Situation, ich weiß«, unterbrach ich ihn, auch wenn ich Mühe hatte, das Zittern aus meiner Stimme zu verbergen. Irgendwie schaffte ich es nicht mehr, mich in Gleichgültigkeit zu hüllen. Ich spürte die aufkeimenden Gefühle, die drohten, mich zusammenbrechen zu lassen.

»Es gibt keinen Grund, weiter darüber zu reden«, murmelte ich zwischen zusammengebissenen Zähnen. »Sag mir lieber, wie wir hier wieder rauskommen.«

Ryan trat in mein Sichtfeld, als er die Ranken ebenfalls betastete. Er sah erleichtert aus, was mir nur einen noch tieferen Stich versetzte.

Ich griff nach einem der Schwerter und rammte es in die Wand aus Ranken. Immer wieder schlug ich auf die grünen Seile ein, die wie Schlangen ineinander verkeilt waren und sich unter den Schlägen wanden. Doch immer, wenn ich einige von ihnen durchtrennt hatte, wuchsen andere nach. Es war unmöglich, einen Durchgang zu schaffen, durch den wir alle hindurchpassen würden. Die Wand musste mindestens einen Meter dick sein.

Mittlerweile hatten Derek und Don unsere Sachen zusammengepackt. Derek reichte mir einen Energieriegel und eine Flasche Wasser. Erst jetzt merkte ich, wie hungrig ich war.

»So wird das nichts«, seufzte ich und betrachtete kauend die Wand.

»Vielleicht können wir drüberklettern«, schlug Ryan vor und begann bereits, an den Ranken Halt zu suchen. Er war schnell, Vampire waren Meister im Klettern, doch bevor er auch nur drei Meter geschafft hatte, stürzte er ab und landete elegant wie eine Katze.

»Keine Chance«, brummte er. »Die Ranken entziehen sich meinem Griff, als würden sie leben.«

»Dann brenne ich dieses verfluchte Ding nieder«, knurrte ich. Mittlerweile hatte sich genug Wut auf die Sidé angestaut, dass ich am liebsten den ganzen Wald in Schutt und Asche gelegt hätte, um sie aufzuspüren. Wir hatten so viel Zeit vergeudet und niemand wusste, wie es Alissa ging oder ob sie überhaupt noch lebte.

»Nein, warte«, warf Don ein, als meine Haare bereits zu schweben begannen und die Luft um uns herum knisterte. Ich sah ihn fragend an.

»Die Sidé wiegen sich in Sicherheit, weil sie denken, sie

hätten uns außer Gefecht gesetzt. Wenn du jetzt ein Feuer verursachst, wissen sie, dass wir ihnen wieder auf den Fersen sind. Dann werden wir sie nie finden.«

Das klang logisch. Die Sidé mussten uns als Bedrohung ansehen und da sie offensichtlich einen direkten Kampf scheuten, lag unsere einzige Chance darin, sie zu überraschen.

»Was schlägst du vor?«, fragte ich Don, doch der konzentrierte sich bereits auf die Ranken. Erst schien es, als wären seine Bemühungen vergebens, doch ich staunte nicht schlecht, als sich vor uns ein winziges Loch auftat, das immer weiterwuchs. Natürlich, Don beherrschte die Umformung von Gegenständen. Ich hatte nicht einmal daran gedacht, die Makropsychokinese einzusetzen. Zum einen, weil ich sie nicht halb so gut beherrschte wie Don, und zum anderen, weil ... *weil ich lieber alles niederbrenne?* Der Gedanke machte mir Angst, aber ich kam nicht umhin, mir einzugestehen, dass ich die weitaus gefährlicheren Fähigkeiten öfter benutzte als ich sollte. Wurde ich am Ende doch immer mehr zu einem richtigen Dämon?

Es war immer meine Angst gewesen, nach und nach Opfer meiner eigenen Macht zu werden, ihr zu verfallen und sie auszunutzen, Grenzen zu überschreiten. So zu werden wie mein Vater.

Ich vertraute Baal, keine Frage, doch seine Hemmschwelle war deutlich kleiner als meine. Für ihn heiligte der Zweck alle Mittel.

War ich besser als er? Ich war kurz davor, die Sidé zu töten, um Alissa und all die anderen Menschen zu retten. Rechtfertigte das einen Mord?

»Komm schon, ich kann es nicht mehr lang offen halten!«, rief Don von der anderen Seite der Wand aus und ich stellte erschrocken fest, dass die anderen bereits bei ihm waren. Schnell schlüpfte ich hindurch, bevor sich das Loch hinter mir schloss. Die Ranken waren unverletzt und sahen genauso aus wie vorher. Vielleicht konnten wir unsere Befreiung tatsächlich noch etwas geheim halten. Ich warf noch einen letzten Blick zurück, als sich die Ranken zusammenzogen. Die Lichtung erblühte noch immer in den schönsten Farben und Schmetterlinge flatterten fröhlich über die Wiese. Es war so friedlich gewesen. Die Zufriedenheit, die ich an diesem Ort verspürt hatte, machte nur allzu deutlich, wie sehr mein Leben aus dem Ruder gelaufen war.

Dabei war ich in London eine Zeit lang wirklich glücklich gewesen. Erst jetzt wurde mir bewusst, dass es nicht die Stadt war, an der ich hing. Es waren die Menschen, die mich umgaben. Aber wie würde es weitergehen?

Ryan hatte offensichtlich nicht vor, weiter zu meinem Leben zu gehören. Und was aus Alissa wurde, wusste niemand zu sagen. Ich bezweifelte auch, dass Chaz ohne Alissa länger in London bleiben würde. Derek und Don waren viel auf Forschungsreisen. Blieben noch Cox und ich.

Der Kobold würde mir überallhin folgen, doch es war nicht dasselbe. London war der Ort, der uns alle zusammenhielt, genauso wie es einst die Winterfold Akademie getan hatte. Auch deshalb musste ich unbedingt alles wieder ins Reine bringen. Ich wollte mein altes Leben zurück!

Mit den schließenden Ranken wurde auch der Zauber dieses kleinen Ortes ausgeschlossen. Sehnsüchtig dachte ich daran zurück, wie Ryan und ich wieder zueinandergefunden hatten. Es hatte sich richtig angefühlt. Es war tröstend gewesen, meiner eigenen Welt eine Zeit lang zu entfliehen.

Dennoch beschäftigte mich immer wieder ein und derselbe Gedanke. Wieso hatte es Ryan und mich so erwischen können? Bestand der Zauber der Sidé darin, bestehende Gefühle zu verstärken? Schließlich hatten auch Don und Derek Zeit miteinander verbracht und keiner der beiden hatte sich mir oder Ryan an den Hals geworfen. Aber der Vampir hatte mir unmissverständlich klargemacht, dass von seiner Seite aus keine Gefühle mehr bestanden.

Und wieso hatte es Cox nicht getroffen? Waren Kobolde generell immun gegen die Magie der Elfen? Wie hatten die Sidé es überhaupt geschafft, uns dermaßen zu verzaubern? Worin bestand ihre Magie? Es war ausgeschlossen, dass sie uns etwas ins Essen oder Trinken gemischt hatten, denn wir hatten alle Vorräte von zu Hause mitgebracht. Und wie hatten sie es geschafft, die Lichtung zu verzaubern? Waren sie in unmittelbarer Nähe gewesen? Die Fragen spukten mir im Kopf umher, ohne dass ich eine Antwort darauf fand.

»Ich kann nicht glauben, dass wir uns so haben gehen lassen«, sagte Derek leise zu Don. Die beiden liefen vor mir und steckten die Köpfe zusammen. Dann blickte Don ihn von der Seite an und lächelte.

»Ich fand's schön. Wir hatten lange nicht mehr so viel Zeit füreinander. Auch wenn es der wohl ungünstigste Zeitpunkt überhaupt war.« Seine Hand griff nach Dereks und sie verhakten die Finger ineinander.

Ich lächelte verstohlen und ließ mich zurückfallen, um ihr Gespräch nicht zu belauschen. Ryan führte unseren Trupp an und Cox sprang in den Gipfeln der Bäume, einfach nur froh darüber, dass wir alle wieder wir selbst waren. Plötzlich hielt der Vampir an und wir schlossen zu ihm auf.

»Was ist los?«, fragte ich ihn, als er die Stirn runzelte. Er deutete nach vorne.

»Auf unserem gesamten Weg haben sich immer wieder Blumen gezeigt, die es zu dieser Jahreszeit noch gar nicht geben dürfte«, brummte er und deutete auf die Umgebung. Und tatsächlich sah hier alles aus wie im Spätfrühling. Selbst einige der Bäume blühten und immer wieder tanzten Blütenblätter in dem warmen Wind.

»Dann scheinen wir auf dem richtigen Weg zu sein«,

mutmaßte Derek. Ryans Blick suchte meinen und ich verstand sofort.

»Oder auch nicht«, sagte ich auf seine stumme Frage hin. Die beiden Hexer sahen mich ratlos an.

»Kommt euch das nicht etwas komisch vor?«, fragte ich sie. »Die Sidé setzen alles daran, dass wir sie nicht aufspüren, und dann hinterlassen sie eine Spur des Frühlings, die uns wie ein Wegweiser direkt zu ihnen führt?«

»Sie führen uns in die Irre«, stimmte Ryan mir zu. »Wir sollten eine Richtung einschlagen, die von hier wegführt.«

Cox schwang sich wieder in die Bäume. »Wird verdammt noch mal auch Zeit, dass wir dieses blumige Liebesgeflüster endlich hinter uns lassen«, brummte er. »Mir wird ganz schlecht davon.«

Mit jedem Schritt, den wir uns weiter von dem Zauber der Elfen entfernten, bekam der Wald sein altes Erscheinungsbild zurück. Selbst die Sonne versteckte sich wieder hinter den Wolken und es wurde zusehends kühler. Die Bäume waren wieder an den richtigen Stellen kahl. Der Boden war weich und matschig. Immer wieder versanken meine Stiefel im Schlamm, der sich unter dem halb verwelkten Laub gesammelt hatte.

»Kann sich einer von euch daran erinnern, dass es auf der Lichtung geregnet hat?«, fragte ich in die Runde und begutachtete die Regentropfen auf den Blättern eines Strauchs.

»Nein«, antwortete Don und ich stieß die Luft aus.

»Die Magie der Sidé muss unglaublich sein, wenn sie stellenweise sogar das Wetter beeinflussen können. Sie haben auf der Lichtung die Sonne scheinen lassen, während es hier stundenlang geregnet haben muss«, gab ich zu bedenken. Automatisch wanderte meine Hand an den Knauf des Schwerts, dessen Klinge wir mit Elfenblut getränkt hatten. Zum ersten Mal bekam ich Zweifel an unserem Vorhaben. Hatten wir überhaupt eine Chance? Wer waren wir schon?

Ein Vampir ohne magische Kräfte, ein halb ausgebildeter Dämon und zwei Hexer, die für gewöhnlich jeden offenen Kampf scheuten.

»Wenn wir sie finden, müssen wir uns etwas einfallen lassen«, entschloss ich, als ich die Wurzel eines umgestürzten Baums umrundete. »Wir müssen sie überlisten, sie irgendwie in eine Situation bringen, in der sie gezwungen sind, uns zuzuhören.«

Ich sah die Bewegung erst, als es zu spät war. Der Schatten schien sich aus der Rinde des Baums selbst zu lösen und nahm eine menschliche Gestalt an. Von hinten legte sich ein Arm in eisernem Griff um meinen Hals, bevor ich überhaupt daran denken konnte, zu meinen Waffen zu greifen.

Eine kalte Klinge ritzte in die Haut meiner Kehle. Ich sah auf die Hand, die mich festhielt. Die Haut änderte gerade ihre Farbe und ähnelte nach und nach der eines Menschen, nicht der Rinde einer Eiche. Lange, dürre Finger mit schmutzigen Fingernägeln umklammerten den Dolch, der mich daran hinderte, auch nur eine winzig kleine Bewegung zu machen.

»Du meinst, in solch eine Situation?«, zischte eine unbekannte, weibliche Stimme an meinem Ohr. Es war genauso gekommen, wie ich es nicht geplant hatte. Nicht wir hatten die Sidé gefunden. Sie hatten uns gefunden.

Kapitel 27

Schwere, dicke Ranken schlängelten sich um meinen Körper wie Würgeschlangen. Sie hinderten mich daran, auch nur den kleinen Finger zu rühren. Angestrengt drehte ich den Kopf zur Seite, doch ich konnte nur Derek und Don erkennen, denen es keinen Deut besser ging als mir. Sie lehnten am Baumstamm und sahen mit schreckgeweiteten Augen hinter mich. Ich hörte Kampfgeräusche, dann Ryans Stöhnen und wie sein Körper dumpf auf dem Boden aufschlug. Cox war verschwunden.

Ich versuchte, den Kopf ein Stück weiterzudrehen, und endlich bekam ich die Sidé ins Blickfeld. Ich hatte alles erwartet, nur das nicht. Alle drei Frauen waren die schönsten Gestalten, die ich je zu Gesicht bekommen hatte. Ihre Haut war alabasterfarben und makellos. Alle drei waren schlank und hochgewachsen. Sie hatten dieselben anmutigen Gesichtszüge mit hohen Wangenknochen und trugen kurze Kleider aus Leder, die ihre schlanken Beine entblößten. Lediglich in der Farbe der langen, wallenden Haare unterschieden sie sich. Nicht einmal die Zornesfalte zwischen ihren Brauen konnte die hübschen Gesichter mit den violetten Augen entstellen.

Es ist nur ein Zauber, ging es mir durch den Kopf. *Sie blenden uns.*

»Ihr hättet aufgeben sollen. War euch die Lichtung nicht Warnung genug?«, fragte die Blonde verächtlich und gab mir einen unsanften Stoß, um mir zu bedeuten, vorauszugehen. Die Elfe mit den ebenholzschwarzen Haaren packte Derek und Don am Kragen und zog sie mit Leichtigkeit auf die Beine, die Rothaarige warf sich den bewusstlosen Ryan über die Schulter.

»Wo bringt ihr uns hin?«, fragte ich, doch ich erntete nur einen erneuten Stoß in den Rücken.

»Ruhe«, blaffte mich die blonde Sid an. Ich überlegte fieberhaft, wie ich mit ihr zu einer Einigung kommen konnte. Dass sie uns nicht auf der Stelle getötet hatten, wertete ich als gutes Zeichen, auch wenn die Fesseln nicht gerade dafürsprachen. Sie führten uns durch den Wald. Mir fiel auf, dass jede Stelle, auf der ihre Füße den Boden berührten, sofort das Wachstum von wunderschönen Blüten nach sich zog, sodass sie einen farbenfrohen Teppich auf der Erde hinterließen. Nach einer Weile erreichten wir einen Bogen aus geflochtenen Blütenranken, auf dessen anderer Seite sich der Zauber fortsetzte, den wir schon auf der Lichtung kennengelernt hatten.

Es sah aus wie im Märchen. Die Bäume um uns herum standen in voller Blüte und auch hier hingen blumenbesetzte Ranken herab. In der Mitte der kleinen Lichtung stand ein Häuschen, bei dem es mich nicht gewundert hätte, wenn die Pfefferkuchenhexe den Kopf aus dem Fenster gestreckt hätte. Es sah so ungefährlich aus, dass ich beinahe laut aufgelacht hätte. Eine Holzhütte mitten im Wald, mit gepflegten Blumenkästen vor den Fenstern und einem Schornstein, aus dem sich ein dünner Rauchfaden schlängelte.

»Lockt ihr kleine Kinder hierher und fresst sie dann?«, spottete ich unwillkürlich und erntete einen Tritt von hinten in die Kniekehlen. Ich stöhnte auf und fiel zu Boden.

Plötzlich wurde ich nach hinten gerissen und fand mich kurz darauf an einen Baum gefesselt zwischen Derek, Don und Ryan wieder.

Die blonde Elfe kam zu mir und ihre violetten Augen zogen mich in ihren Bann. Wortlos griff sie an meine Hüfte und zog das Schwert aus der Scheide.

»Sieh an«, säuselte sie und betrachtete neugierig die Klinge, an der zwar kein Elfenblut mehr zu sehen war, die aber immer noch tödlich für die Sidé sein musste. »Da hat jemand seine Hausaufgaben gemacht.«

»Nein«, rief ich aus, doch ich musste hilflos mit ansehen, wie die Klinge, unsere einzige Waffe gegen die Sidé, vor meinen Augen schmolz und als flüssiges Metall auf den Boden tropfte. Die blonde Elfe blinzelte mich unter den langen, dunklen Wimpern an.

»Oh, habe ich dein kleines Spielzeug kaputt gemacht? Das tut mir leid!«

»Fahr zur Hölle, Talia«, fauchte ich.

Sie stutzte, also ging ich davon aus, dass ich richtig geraten hatte. Sie war die Anführerin des Trios.

»Du kennst meinen Namen?«, fragte sie ehrlich neugierig.

»Talia, Morena und Sara«, antwortete ich widerwillig und nickte in Richtung der anderen beiden Elfen, die einen sicheren Abstand zu uns hielten.

Talia schürzte die Lippen.

»Ich gebe zu, ich bin beeindruckt. Was wollt ihr hier?«, fragte sie schließlich und stemmte anmutig eine Hand an die Hüfte. Ihr langes, goldenes Haar funkelte in der Sonne.

»Wir sind hier, weil ihr London mit euerm Gift ins Chaos gestürzt habt! Wieso habt ihr das getan?«

Sie sah mich mit unergründlichem Blick an. »Von diesen Dingen verstehst du nichts. Es war notwendig.«

Ich verstand tatsächlich nicht. »Wieso? Ihr habt jahrelang alle in dem Glauben gelassen, eure Art wäre ausgestorben. Wieso riskiert ihr, dass man euch findet?«

Ein Schatten huschte über Talias Gesicht und es verdüsterte sich zusehends. »Genug jetzt. Ihr seid umsonst gekommen.«

Ich wurde wütend, wie immer, wenn man mir sagte, dass ich verloren hatte. Und das hatte ich. Die Klinge war zerstört. Wir hatten keine Möglichkeit, die Sidé aufzuhalten, und sie waren nicht gerade kooperativ. Wir hatten auf ganzer Linie versagt. Alissa und alle anderen würden sterben.

»Weißt du, ich lasse mich nicht so gerne fesseln«, knurrte ich und im Bruchteil einer Sekunde hatte ich meine Energiequelle in der Brust aufgebaut. Meine Haare begannen zu schweben und ich leitete die Energie in enorme Hitze um, die aus jeder meiner Poren drang. Die Ranken, die meine Brust zerquetschten, lockerten sich und begannen zusehends zu welken, bis Rauch von ihnen aufstieg.

»Du bist ein Dämon!«, zischte die blonde Elfe hasserfüllt und wich einige Schritte zurück.

»Gut erkannt«, presste ich zwischen zusammengebissenen Zähnen hervor, doch plötzlich bekamen die Fesseln ihre grüne Farbe wieder und zogen sich enger zusammen.

»Hör auf, dich zu wehren«, blaffte Talia. »Du kannst nichts tun, deine Magie wirkt gegen uns nicht. Wir sind mächtiger, als du es dir jemals träumen lassen würdest.«

Sie hob zur Demonstration einen Arm in die Höhe. Aus dem Boden schoss wie auf Kommando ein Geflecht aus Blütenranken, das sich um ihre Beine schlängelte und einen Weg nach oben bahnte. Die Flechten setzten sich zu einem schimmernden, smaragdgrünen Kleid zusammen, das die Schultern freiließ und wie angegossen passte.

In Talias Haaren bildete sich eine weiße Lotusblüte, die sie noch schöner aussehen ließ. Ohne dass ich es bemerkt hatte, waren dieselben Flechten auch an meinem Körper heraufgewachsen. Ich konnte kaum noch atmen. Die Flechten waren wie ein Kokon, der mich umschloss.

»Unsere Magie ist die Kraft der Natur«, erklärte Talia. »Wir sind ein Teil von ihr, wir beherrschen sie. Du kannst absolut nichts gegen uns ausrichten. Du bist wehrlos.«

»Ach ja?«, sagte ich leise. »Wieso bist du dann vor mir zurückgewichen?«

Talia funkelte mich an. »Es reicht. Du hast meine Zeit viel zu lang verschwendet.«

Ich wusste, dass sie soeben meinen Tod besiegelt hatte.

»Er ist zurück«, durchbrach die Stimme der Rothaarigen den hasserfüllten Moment. Ihre Worte brachten Talia offensichtlich aus dem Konzept. Ihr Blick wanderte zu der kleinen Holzhütte.

Ich versuchte, an ihr vorbeizuspähen. Da war ein Schatten am Fenster, doch er war gleich wieder verschwunden.

»Wer ist das?«, stieß ich aus, ohne auf eine Antwort zu hoffen. Talia schenkte mir einen verächtlichen Blick, dann wedelte sie erneut mit den Händen. Plötzlich war ich umgeben von Nebel, der meine Sinne betäubte.

Alles um mich herum war flauschig weich. Ich saß auf einem Grasteppich, der sich wie ein samtiges Polster anfühlte. Um mich herum war dichter Nebel, der mir die Sicht nahm. Wo war ich? Aber war das nicht egal? Ich fühlte mich wie im Traum. Alles war unwirklich und doch schien alles seltsam friedlich zu sein. Ich spürte keine Gefahr, keine Angst. War ich tot?

Ich hoffte, dass es nicht das Ende war. Den Tod hatte ich mir nicht so vorgestellt, dass ich bis in die Ewigkeit im Nebel waberte. Irgendwie hatte ich mir etwas Spektakuläreres erhofft.

Es musste der Zauber der Sidé sein.

Sofort war der Gedanke wieder verflogen. Es war ähnlich

wie auf der Lichtung. Ich war eine Gefangene meiner selbst, eingeschlossen im eigenen Kopf. Ich fühlte mich eigenartig leicht und schwerelos. Dieser Zustand war gar nicht so übel. Ich verspürte weder Hunger noch Schmerzen, auch keine Müdigkeit. Aber ein klitzekleiner Teil meiner Gedanken blieb mir erhalten und erinnerte mich unentwegt daran, wieso ich hier war. Ich wollte Alissa helfen.

Doch wie sollte ich das machen? Um mich herum war nichts, vollkommene Leere. Es gab keinen Himmel, nur das Gras unter mir und mich selbst. Neugierig tippte ich mir auf den Arm. Es hätte mich nicht gewundert, wenn ich selbst nur aus Nebel bestanden hätte. Wo war ich? Hatte man mich an einen fremden Ort gebracht oder war ich in meinem Kopf eingesperrt wie in einem Traum?

Ich driftete immer wieder weg und ertappte mich dann dabei, wie ich gedankenlos in den Nebel starrte oder vor mich hin lächelte. Doch wenn ich mich konzentrierte, blieb ich bei der Sache. Ich musste einen Weg hier rausfinden.

Widerwillig erhob ich mich und ging in den Nebel hinein. Vielleicht gab es hier noch etwas anderes außer weichem Gras – etwas, das mir hier raushalf. Ich lief einfach immer weiter geradeaus. Der Vorteil dieser Welt bestand schließlich darin, dass mich keine Erschöpfung zu bremsen vermochte.

Doch je weiter ich lief, umso mutloser wurde ich. Nichts veränderte sich, nichts tauchte vor mir auf. Überall nur dieser verfluchte Nebel, so weit das Auge reichte.

Nach gefühlten Stunden stieß ich einen frustrierten Ruf aus und ließ mich im Schneidersitz auf dem Gras nieder. So vergeudete ich lediglich Zeit, aber es würde mich sicher nicht wieder erwachen lassen. Ich hatte das Gefühl, mich kaum von der Stelle bewegt zu haben. War das dort neben mir nicht der Abdruck der Stelle, auf der ich zuvor gesessen hatte?

Aber wenn es keine Tür oder einen Ausweg gab, wie konnte ich mich dann aus dieser Traumwelt, in die mich die Sidé manövriert hatten, befreien? Diese Welt stank nach Elfenmagie, die den Verstand angriff und die Sinne benebelte. Ich musste aus meinem eigenen Kopf herauskommen. Vielleicht sollte ich den Ausgang in meinen Gedanken suchen.

Ich legte die Hände auf die Knie und schloss die Augen. Meditieren war nie mein Ding gewesen, dazu war ich viel zu unruhig und bewegungsfreudig, doch Alissa schwor darauf und behauptete steif und fest, es helfe ihr, ihren eigenen Geist zu beruhigen und klarer zu denken. Na schön, einen Versuch war es wert. Es war ja auch nicht so, als verpasse ich hier irgendetwas außer langweiligem Nebel.

Sobald ich die Augen schloss, wurde ich von Müdigkeit übermannt, doch ich zwang mich dazu, wach zu bleiben und mich auf meine Aufgabe zu konzentrieren. Vor meinem inneren Auge zeichnete sich wie üblich meine Energiequelle ab, ein Wirrwarr aus kurzen, flüssigen Pranasträngen. Doch diesmal waren sie nicht allein.

»Ha!«, entfuhr es mir und ich zuckte unwillkürlich bei dem Klang meiner eigenen Stimme zusammen, bis mir einfiel, dass ich ja alleine war. Aber meine Entdeckung ließ mein Herz schneller schlagen. Zwischen den üblichen Fäden aus knisternder Energie hatten sich weitere dazugesellt, die in schimmerndem Violett leuchteten.

Elfenmagie! Sie sah kaum anders aus als die blauen Pranastränge, die zu mir gehörten, und doch konnte ich sie klar von meiner Dämonenmagie unterscheiden. Die violetten und blauen Stränge wirbelten durcheinander. Und mittendrin schwebte die kleine, weiße Murmel, die mir schon einmal aufgefallen war, als ich aufgewühlt gewesen war. Zum ersten Mal sah ich sie richtig deutlich. War das der Mittelpunkt meiner Magie? Ein Kern, der meine Prana anzog? Ich hatte noch nie zuvor von so etwas gehört. Normalerweise bestand eine Energiequelle nur aus Pranasträngen, die sich zusammenfügten. Die weiße Murmel erinnerte mich an den Vollmond und schwebte ruhig und lautlos in der Mitte.

Ich konzentrierte mich darauf, meine Pranastränge zu einer Energiequelle zusammenfließen zu lassen. Sie würden sich wie üblich zusammenfügen, um die weiße Murmel, wie ich jetzt wusste, versammeln, und zusammen mit ihr eine leuchtende Quelle bilden, die meinen Körper mit Macht füllte.

Doch sosehr ich mich anstrengte, meine Pranafäden wollten mir nicht gehorchen. Sie versuchten, sich zu sammeln und zusammenzufügen, wurden jedoch immer wieder von den violetten Strängen, die nicht in meinen Körper gehörten, gezwungen, die Richtung zu wechseln.

Ich war machtlos und das machte mich panisch. Was ging hier vor sich? Ich hatte noch nie auf meine Magie verzichten müssen. Ich verließ mich darauf, dass sie funktionierte.

Sosehr ich mich auch anstrengte, ich bekam keine Kontrolle über die fremde Magie. Die Kräfte waren zu ausgeglichen. Weder die Elfenmagie noch meine Prana schienen die Oberhand gewinnen zu können. Wie sollte ich ohne magische Fähigkeiten etwas bewirken? Ohne sie war ich nichts weiter als ein Normalsterblicher. Die Sidé hatten mir meine Magie genommen und mich in meiner Gedankenwelt eingesperrt!

Nachdem ich es noch eine Weile versucht hatte, merkte ich, wie sehr mich die Anstrengung geistig auslaugte. Dennoch wusste ich, dass die Elfenmagie der Schlüssel zum Ausgang war. Sie sorgte dafür, dass ich in meinem Kopf eingesperrt blieb. Ich musste sie irgendwie aus meinem Körper bringen.

Doch sosehr ich auch versuchte, sie dazu zu bewegen,

meinen Körper zu verlassen, sie gehorchte mir nicht. Es musste einen anderen Weg geben! Daher widmete ich mich zum ersten Mal der kleinen weißen Murmel, die ich als den Kern meiner Energiequelle ausmachte. Die Pranafäden wurden von ihr angezogen, als wäre sie magnetisch.

Ich versuchte, mehr zu erkennen und den Kern vor meinem inneren Auge zu vergrößern. Zu meiner Freude funktionierte es. Das war also der Mittelpunkt meiner Magiequelle. Er war wunderschön, reinweiß und schimmernd, als wäre die Oberfläche aus Glas. Umso mehr erschrak ich, als ich kleine Risse darin entdeckte, je näher ich den Kern holte und je größer er wurde.

Ja, die Oberfläche zeigte viele Haarrisse, manche größer, manche kleiner. Und aus einem drang, kaum wahrnehmbar, ein Tropfen blauer Dämonenmagie. Ich war so verblüfft, dass ich die Konzentration verlor und die Murmel wieder in der Dunkelheit meines Bewusstseins verschwand. Irritiert öffnete ich die Augen, erschrocken darüber, wie es in meinem Inneren aussah. Nicht nur, dass sich neben meiner eigenen Magie auch noch Elfenmagie in meiner Brust breitgemacht hatte, der Kern meiner Quelle lief aus. Er leckte, verlor Energie. Ich hatte keine Ahnung, was das zu bedeuten hatte.

War das der Grund dafür, dass ich meine Magie in letzter Zeit so schlecht unter Kontrolle hatte? War das Gleichgewicht durcheinandergebracht? Oder produzierte der Kern regelmäßig neue Energie, um meinen Energiehaushalt wieder aufzufüllen, wenn ich sie verbraucht hatte?

Irgendetwas sagte mir, dass es nicht normal war, dass der Kern meiner Energiequelle Risse hatte und aussah, als würde er bald in tausend Scherben zerbrechen. Aber was würde passieren, wenn es diesen Kern nicht mehr gab? Würde ich sterben?

Ich hatte immer ein mulmiges Gefühl gehabt, wenn ich

den Kern vor meinem inneren Auge gesehen hatte, als sei darin etwas Gefährliches eingeschlossen, das nicht ausbrechen sollte. Als sei darin eine Bestie gefangen, die ich nie würde kontrollieren können. Mein Instinkt warnte mich, dass ich viel zu weit in unerforschtes Gebiet vorgedrungen war, dass es besser war, hier haltzumachen und aufzuhören, weiter den Kern meiner Lebensenergie zu erforschen.

Doch gleichzeitig ebnete mir meine Entdeckung neue Wege, aus dieser Welt herauszufinden. Ich hatte nicht vor, den porzellanartigen Energiekern zu zerstören, dafür hatte ich viel zu viel Angst vor den Konsequenzen. Aber um hier herauszukommen, musste meine eigene Prana die Oberhand gewinnen. Was, wenn ich einen der Risse im Kern etwas erweiterte, damit mehr Prana aus dem Inneren sickern konnte? Würde meine Dämonenmagie die Oberhand über die Magie der Elfen gewinnen?

Es war die einzige Chance, die ich hatte, auch wenn ich mir eingestehen musste, dass diese Idee leichtfertig und gefährlich war. Aber immerhin besser, als für den Rest meines vielleicht nur noch sehr kurzen Lebens hier in meinem Kopf eingesperrt zu sein. Wer wusste, was die Sidé in der Zeit mit meinem Körper anstellten?

Hin- und hergerissen wägte ich das Für und Wider ab, doch der Gedanke an Alissa und all die anderen Menschen in der Stadt, die unter dem Gift der Sidé litten, war ausschlaggebend. Ich musste so schnell wie möglich versuchen, die Elfen zur Vernunft zu bringen, egal, ob es mir schadete oder nicht.

Ein weiteres Mal schloss ich die Augen und sah wieder die tanzenden Fäden der Dämonen- und Elfenmagie. Nach kurzem Suchen entdeckte ich auch wieder den mondartigen Kern meiner Energiequelle.

Ich holte ihn so nah wie möglich heran, bis ich die kleinen, feinen Risse wieder erkennen konnte. Ich hatte keine

Ahnung, was ich anstellen sollte, schließlich konnte ich nicht einfach die Hände ausstrecken und die Murmel berühren. Also pickte ich mir gedanklich einen Pranastrang heraus und zwang ihn dazu, gegen einen Riss im Kern zu stoßen. Nach dem dritten Anlauf hatte ich das Gefühl, der Riss habe sich vergrößert. Ich biss die Zähne zusammen, weil mir die Konzentration immer schwererfiel, doch ich zwang den Pranastrang ein weiteres Mal dazu, gegen den Kern zu hämmern.

Und endlich bekam die glasartige Oberfläche ein kleines Loch, das groß genug war, dass weitere Energie aus ihm herausfloss wie aus einem tropfenden Wasserhahn. Immer mehr Pranastränge bildeten sich und gesellten sich zu den anderen, um die violette Magie der Elfen zu bekämpfen. Fasziniert sah ich dabei zu, feuerte meine eigene Magie gedanklich an und half ihr dabei, sich zusammenzufügen. Nach einer Weile gelang es endlich: Die Pranafäden umschlossen den Kern und bildeten wieder eine leuchtende Kugel, die immer mehr der einzelnen violetten Stränge absorbierte.

Ich schlug die Augen auf und grinste diebisch, als ich nicht mehr nur Nebel um mich herum erkannte und die Realität sich langsam wieder um mich herum materialisierte.

»Ich bin wieder zurück im Spiel«, hauchte ich und ballte die Fäuste, bereit dazu, mein Leben zu riskieren, um die Sidé zu besiegen.

Kapitel 28

Sie hatten uns in einen Käfig aus dicken Ästen eingesperrt. Er war groß genug, dass wir zu viert darin Platz hatten und einige Schritte aufrecht gehen konnten. Derek und Don lagen nebeneinander, die Augen geschlossen, als schliefen sie tief und fest. Vermutlich waren sie in derselben Traumwelt gefangen wie ich zuvor. Ryan saß aufrecht in der Ecke. Seine Augen waren zwar offen, doch er starrte ins Leere.

Ich rüttelte an jedem der Jungen, redete auf sie ein, verpasste ihnen Ohrfeigen, doch keiner reagierte. Ich war auf mich allein gestellt. Das Gitter des Gefängnisses sah nicht sehr stabil aus, doch schon mein erster Befreiungsversuch endete damit, dass ich mir die Hände verbrannte, als hätte ich einen Stromschlag bekommen. Die Sidé hatten das Holz mit ihrer Magie belegt. Ich versuchte, etwas zu erkennen. Die Sonne stand hoch am Himmel und beleuchtete die kleine Lichtung, doch niemand war zu sehen. Da öffnete sich die Tür des kleinen Häuschens und Talia trat heraus.

Sie warf einen beiläufigen Blick auf den Käfig und ihre Augen weiteten sich.

»Das ist nicht möglich«, spie sie aus, als sie sah, wie ich sie direkt anfunkelte.

»Scheinbar doch«, knurrte ich. »Deine Magie kann mir nichts mehr anhaben, Talia.«

Die Elfenkriegerin hatte sich schnell wieder im Griff und schürzte die Lippen, als sie näher kam.

»Es spielt keine Rolle«, sagte sie hochmütig. »Du kommst niemals aus diesem Käfig heraus, solange ich es nicht will.«

Ich strich mir über die Stirn und versuchte, mich zu beruhigen.

»Was soll das, Talia? Was versprecht ihr euch davon, euer Gift in Umlauf zu bringen? Die Menschen leiden, sie haben euch nichts getan!«

Talia kniff die Augen zusammen. »Es geht nicht um die Menschen, sie sind uns egal. Sie sind nur Mittel zum Zweck.«

»Was für ein Zweck?«, fragte ich verzweifelt. »Wer bringt euch dazu, diese Dinge zu tun?«

»Du verstehst das nicht«, keifte sie. »Es geht um viel mehr als nur ein paar Menschenopfer. Später wirst du mir dankbar dafür sein …« Sie musterte mich verächtlich. »Obwohl, *du* vielleicht nicht. Aber die anderen werden es.«

Ich verstand absolut nicht, wovon sie redete.

»Nichts rechtfertigt das Opfern von Menschen«, gab ich zurück und es war das erste Mal, dass Talia die Fassung verlor.

»Ach ja? Und was tust du? Du bist mit der Absicht gekommen, uns zu töten. Sage mir doch, kleiner Dämon, inwiefern dich das zu einem besseren Lebewesen macht als uns?«

»Ich will euch nicht töten«, sagte ich leise. »Ich hatte gehofft, dass wir zu einer Einigung kommen. Ihr müsst das nicht machen, Talia. Ihr könnt einfach damit aufhören und uns gehen lassen. Ich verspreche dir, dass wir euch in Ruhe lassen.«

Talia spuckte auf den Boden und ihr langes, blondes Haar schwang elegant zur Seite. »Das Wort eines Dämons ist nichts wert.«

Ich seufzte und versuchte es ein letztes Mal. »Ich will

euch nicht bekämpfen. Aber ihr lasst mir keine andere Wahl.«

Die Elfe schnaubte arrogant. »Du glaubst immer noch, du könntest gegen uns etwas ausrichten? Die Dämonen hatten noch nie eine Chance gegen uns.«

Ich sah ihr tief in die violetten Augen.

»Kronos hatte eine«, gab ich ruhig zurück. Die Augen der Kriegerin weiteten sich. Zum ersten Mal sah ich so etwas wie Angst darin, doch sie fasste sich schnell.

»Aber du bist nicht Kronos. Du bist nichts weiter als ein niederer Dämon, weil du zur Hälfte eine Hexe bist. Ich muss mir nicht einmal selbst die Finger schmutzig machen, um dich zu töten.«

Das Lächeln auf ihrem Gesicht jagte mir einen Schauder über den Rücken.

»Ich glaube, die Vorstellung wird mir gefallen«, säuselte sie gerade, als sich von hinten ein starker Griff um meinen Hals legte und mir die Luft abschnürte.

Ryans düsterer Vampirgeruch, vermischt mit einem Hauch von Honig, stahl sich in meine Nase. Ich rang nach Luft, doch der Vampir drückte nur noch unerbittlicher zu. Geistesgegenwärtig erinnerte ich mich an die vielen Trainingsstunden bei der VO und rammte ihm meinen Ellenbogen in den Magen. Der Griff lockerte sich so weit, dass ich mein Kinn nach unten drücken und meine Zähne in seiner Hand vergraben konnte. Der Vampir ließ ab und ich schaffte es, mich zu befreien. Als wir uns in Kampfhaltung gegenüberstanden, wusste ich, was Talia gemeint hatte.

»Oh, Ryan, bitte nicht«, stöhnte ich auf. Ryan war nicht er selbst. Talia hatte ihn mit einem Zauber belegt und nun die vollkommene Kontrolle über ihn.

»Wie schnell doch aus Liebe Hass werden kann«, sagte sie kalt, doch ich war viel zu sehr damit beschäftigt, Ryans Angriffen auszuweichen, um ihr zuzuhören. Der Vampir bleckte die messerscharfen Zähne, seine Muskeln waren bis zum Bersten angespannt. Mal abgesehen davon, dass wir auf engstem Raum eingesperrt waren, war Ryan kein leichtzunehmender Gegner. Er hatte die Schnelligkeit und Stärke eines Vampirs, gepaart mit jahrelangem Training und einer exzellenten Ausbildung im Kampf. Ich war ebenfalls ausgebildet worden, doch Ryans körperlichen Fähigkeiten hatte ich nichts entgegenzusetzen.

Entsetzt wurde mir klar, dass mir nichts anderes übrig blieb, als ihn außer Gefecht zu setzen. Doch alles in mir sträubte sich, dem Vampir eine Ladung meiner Magie zu verpassen, denn irgendetwas sagte mir, dass das auch das letzte bisschen unserer Beziehung zerstören würde. Ich brachte es nicht übers Herz, ihn damit zu verletzen und zu demütigen, dass ich ihn auch noch vor sich selbst rettete. Er musste selbst einen Ausweg finden, er musste sich gegen die Sidé wehren. Wir hatten es auf der Lichtung schon einmal geschafft, den Zauber der Elfen zu brechen. Das Problem war nur, es ihm verständlich zu machen.

»Ryan«, versuchte ich es, doch bevor ich weiterreden konnte, hatte er sich erneut auf mich geworfen. Ich krachte mit dem Rücken gegen die Gitterstäbe und schrie auf. Es fühlte sich an, als würde er verbrennen. Ich griff unter Ryans Arm durch und konnte somit die richtige Haltung einnehmen, um mich aus seinem Griff zu wenden und freizukämpfen. Ryans nächster Angriff ließ nicht lange auf sich warten, doch ich war vorbereitet. Blitzschnell ließ ich mich auf den Boden sinken und versuchte, ihm mit einer Drehung die Beine wegzukicken, doch Ryan war schnell und sprang einfach über meinen Fuß hinweg. Ich rollte mich zur Seite, doch er erwischte mich an der Hand. Ich spürte, wie zwei meiner Finger brachen.

»Verdammt noch mal, hör endlich auf damit«, schrie ich ihn an, als ich mich auf die Beine gekämpft und seinen nächsten Tritt mit den Armen geblockt hatte. Ryan zögerte kaum merklich, dann duckte er sich wieder angriffslustig.

»Ryan, ich bin es«, flehte ich. Ein Blinzeln, nicht mehr, denn seine Instinkte hatten die Überhand zurückgewonnen. Vampire waren Raubtiere. Einmal in den Kampfmodus übergegangen, war es schwer, sie zu bremsen. Also blieb mir nur eine Sache, die ich tun konnte. Ich richtete mich auf, ließ die Arme sinken und verharrte reglos. Die Wucht seines Angriffs traf mich so hart, dass mir die Luft aus den Lungen gepresst wurde. Anstatt mich zu wehren, krallte ich mich in seinem schwarzen T-Shirt fest. Seine Hände legten sich wieder um meinen Hals, doch er stand mir so nah, dass ich ihm direkt in die tiefschwarzen Augen blicken konnte. Ein leichter, violetter Schimmer lag darin.

Seine Finger drückten stark und unerbittlich zu, doch seine Augen sahen mich direkt an.

»Du kannst das, Ryan«, krächzte ich. »Lass mich jetzt nicht im Stich.«

Sein Griff lockerte sich nicht, doch immerhin drückte er auch nicht fester zu. Seine Stirn runzelte sich kaum merklich.

»Ich liebe dich, Ryan«, brachte ich mit Mühe hervor. »Und ich werde dir nicht wehtun. Du musst diesen Kampf allein gewinnen. Kämpf, Ryan!«

Das Sprechen hatte mir eine solche Mühe bereitet, dass ich krampfhaft versuchte, nach Luft zu schnappen. Mein Körper brauchte den Sauerstoff, denn mein Sichtfeld verschwamm bereits.

»Bitte«, flehte ich mit letzter Kraft, als sich sein Griff endlich etwas lockerte.

Ich japste und legte automatisch meine Hände an seine Handgelenke. Es war nur ein sanfter Druck nötig, damit er meinen Hals losließ. In seinem Gesicht spiegelte sich die größte Verwirrung wider. Ich konnte sehen, wie er innerlich gegen die Gedanken ankämpfte, die ihn in den Zauber der Elfen zurückholen wollten.

Sein Blick suchte meinen, seine Augen hefteten sich an den meinen fest, als suche er Rettung in ihnen.

»Du kannst das«, flüsterte ich und endlich war der violette Schleier aus seinen Pupillen verschwunden. Er wich mit Vampirgeschwindigkeit so schnell wie möglich vor mir zurück. Eben hatte er noch direkt vor mir gestanden, jetzt presste er sich in die hinterste Ecke des Käfigs. Die Gitterstäbe summten bedrohlich.

Talia gab einen zornigen und frustrierten Laut von sich.

»Genug mit den Spielchen. Ich habe den Befehl, dich am Leben zu lassen, aber für deine Freunde gilt das nicht«, schrie sie. Mein Gesicht wurde kalt.

»Nein«, rief ich und versuchte, mich vor Derek, Don und Ryan zu stellen.

Plötzlich schoss etwas von oben aus den Bäumen herab, ein grüner Schleier. Etwas Metallenes blitzte auf und Talias Schrei erfüllte die Lichtung. Auf ihrem Rücken saß Cox. Das Heft des Dolchs lag noch immer in seiner Hand, während sich die Klinge in den Rücken der Elfe gebohrt hatte. Talias Augen weiteten sich. Ihr Mund öffnete sich zu einem stummen Schrei. Conchobhars Augen sprühten vor Wut und Entschlossenheit, als Talias Körper sich veränderte. Ihre Haut wurde leichenblass, dann schien sie sich vom Fleisch zu lösen. Mit aufgerissenen Augen sah ich mit an, wie sie in sich zusammensank. Es blieb nichts zurück als ein Haufen Asche, aus dem eine wunderschöne, lila Lilie herauswuchs.

Fassungslos starrte ich die Blume an und bemerkte dabei kaum, dass Derek und Don erwachten und sich verwirrt neben mich stellten.

»Cox«, flüsterte ich, immer noch überwältigt. Ich war noch nie so froh gewesen, ihn zu sehen, wie in diesem Augenblick.

»Talias Zauber ist gebrochen«, gab der kleine Kobold zurück und versuchte, das Zittern seiner Hände zu verbergen. »Sie war diejenige, die das Teufelskorn hergestellt und das Wasser Londons damit versetzt hat. Ich habe sie im Haus darüber reden hören.«

Ich rüttelte vorsichtig an den hölzernen Stäben des Käfigs, doch auch dieser Zauber schien von Talia ausgegangen zu sein, denn kein Stromschlag erreichte mich.

Mit zwei kräftigen Tritten brach das Holz und ich hatte uns befreit. Wir hatten es geschafft!

Ohne zu zögern, schloss ich Cox in die Arme.

»Wie?«, war das Einzige, was ich herausbrachte.

Der kleine Kobold sah völlig fertig aus, doch er hielt stolz den Dolch in die Höhe.

»Hat eine Weile gedauert, bis ich eine Elfenmulde im Wald gefunden habe. Und dann war es auch nicht gerade leicht, die Elfen davon zu überzeugen, mir ihr Blut zu spenden.«

Derek und Don kamen ebenfalls zu uns und umarmten mich und Cox.

»Ich bin so verdammt stolz auf dich«, flüsterte ich dem Kobold zu. »Du hast uns allen das Leben gerettet, einschließlich Alissa.«

Ryan kam zu uns und gab Cox ein High Five.

»Gut gemacht, Kobold«, kommentierte er und rang sich sogar ein Lächeln ab, obwohl er immer noch reichlich verstört wirkte. »Aber wir sollten hier verschwinden, bevor die anderen beiden Weiber zurückkehren.«

Wir verloren keine Zeit und verließen die Lichtung. Ich warf einen letzten Blick zurück auf das Häuschen und fragte mich, wie Morena und Sara wohl auf den Tod ihrer Schwester reagieren würden. Ich hoffte inständig, dass wir uns damit nicht noch mehr Probleme gemacht hatten.

Kaum einer sagte etwas, als wir uns durch das Dickicht kämpften, um so schnell wie möglich aus dem Wald zu kommen. Alle waren viel zu müde. Besonders Derek und Don litten unter den Strapazen unserer Reise, weil ihnen das nötige Training fehlte.

Daher wunderte es mich, dass ich mich seltsam energiegeladen fühlte. Lag es daran, dass ich zusätzliche Magie in mir freigesetzt hatte? Es kam mir vor, als stünde ich unter Strom, was mich seltsam nervös werden ließ. Mit anderen Worten, ich hätte Bäume ausreißen können. Cox hatte sich auf meiner Schulter niedergelassen. Ich warf ihm immer wieder besorgte Seitenblicke zu, doch sein Gesichtsausdruck ließ nicht darauf schließen, was er dachte.

»Es war notwendig«, sagte ich leise zu ihm. »Sie wollte gerade die Jungs töten. Du hast richtig gehandelt.«

Das grüne Gesicht des Kobolds spannte sich an.

»Ich weiß«, gab er lediglich zurück. »Und ich würde es wieder tun.«

Ich nickte, weil mir klar war, dass es nichts gab, was ich sagen konnte, um ihm ein besseres Gefühl zu geben. Ich sah ihm an, dass er einerseits stolz darauf war, uns gerettet zu haben, es ihn aber auch belastete, dass er dafür hatte töten müssen. Und dann plagte mich das schlechte Gewissen, weil ich insgeheim froh darüber war, dass nicht ich es war, die Talia umgebracht hatte. Es war nicht fair, diese Last auf den kleinen Kobold abzuwälzen, auch wenn ich nichts daran hatte ändern können.

Auf dem Rückweg kamen wir schneller voran als gedacht. Scheinbar hatten uns die Sidé bei unserer Ankunft relativ früh bemerkt und uns von Anfang an in die Irre geführt. Schon nach wenigen Stunden waren wir der Zivilisation so nahe gekommen, dass wir wieder Handynetz hatten. Derek und Don fanden auch wieder unseren Standpunkt auf der Karte. Leider waren wir ziemlich weit vom Auto entfernt.

»Wisst ihr was«, murrte ich und zog mein Handy aus der Tasche, während ich mich auf den Boden plumpsen ließ, »für heute reicht es wirklich.«

Die Sonne stand bereits sehr tief und tauchte die Baumwipfel in rotgoldenes Licht.

Ich hatte Hunger und obwohl mir warm war, fühlte sich meine Haut eiskalt an. Außerdem pochten meine beiden gebrochenen Finger schmerzhaft. Ich versuchte, die Verletzung so gut wie möglich zu verstecken, um Ryan kein schlechtes Gewissen zu machen. Er hatte auf unserem Rückweg kaum etwas gesagt und sich ziemlich weit hinter uns gehalten. Als ich versucht hatte, das Gespräch mit ihm zu suchen, hatte er sofort abgeblockt und gemeint, er wolle nicht darüber reden. Scheinbar hatten uns auch die Erlebnisse der letzten Tage nicht wieder zusammengeschweißt. Ich wählte auf dem Handy eine mir sehr bekannte Nummer. Nach kurzem Klingeln wurde abgehoben.

»Ich habe keine Ahnung, wie ihr das geschafft habt, aber ihr habt verdammt noch mal was gut bei mir«, begrüßte mich Henry Cole am Telefon.

Ich atmete erleichtert auf.

»Das bedeutet wohl, dass wieder alles normal ist?«, erkundigte ich mich.

Die Erleichterung war Henry anzuhören. »Mehr oder weniger. Die Infizierten sind wieder bei klarem Verstand. Aber wir müssen uns etwas einfallen lassen, was die Ereignisse der letzten Tage erklärt, ohne dass wir den Normalsterblichen von unserer Existenz erzählen müssen.«

Ich brummte verständnisvoll, doch es war Gott sei Dank nicht mein Problem, welche Ausrede sie sich dafür würden einfallen lassen. Wir hatten unseren Teil erfüllt.

»Wo seid ihr gerade?«, fragte Henry.

»Deshalb rufe ich dich an«, gab ich zurück. »Hattest du nicht erwähnt, wir hätten etwas gut bei dir? Ich habe hier zwei verdammt mutige Wissenschaftler, die an die Grenzen ihrer Kräfte gekommen sind. Unser Auto steht mindestens zwanzig Kilometer entfernt und wir müssen so schnell wie möglich aus dem Wald raus, bevor ...«

Ja, bevor was eigentlich? Wollte ich Henry tatsächlich erzählen, dass zwei der Sidé noch am Leben waren? Ich hoffte insgeheim, dass Morena und Sara zur Vernunft kamen und die Gelegenheit nutzten, um wieder abzutauchen. Sie konnten es nicht gebrauchen, dass die VO sich irgendwann auf die Suche nach ihnen begeben würde.

»Sagen wir einfach, wir müssen so schnell wie möglich weg«, fügte ich hinzu und hoffte, dass Henry nicht weiter nachhaken würde. Zu meiner Erleichterung stimmte er sofort zu.

»Gebt mir eure Position durch, ich schicke einen Hubschrauber.«

Beeindruckt zog ich die Augenbrauen in die Höhe und reichte Derek das Handy weiter, damit er mit Henry den Treffpunkt ausmachen konnte.

»Von hier aus ist es nicht mehr weit«, sagte er erleichtert, als er das Gespräch beendete. Auch ich sehnte endlich ein Ende des Ausflugs herbei, daher sprang ich sofort auf und übernahm die Führung.

Der Treffpunkt war gut gewählt. Hinter uns lag der Wald und vor uns erstreckte sich eine große Wiese, auf der der Hubschrauber bequem landen konnte. Nach nicht einmal einer halben Stunde hörten wir das Geräusch der Rotorblätter und der Hubschrauber erschien über den Baumwipfeln. Als er landete, bog sich das Gras nach unten und ich drückte mit den Händen auf meine Haare, um sie zu bändigen. Aus dem Hubschrauber stieg der Leiter der Verborgenenorganisation persönlich.

Henry breitete lächelnd die Arme aus, um uns zu begrüßen. Er sah wie immer perfekt aus in seinem maßgeschneiderten Anzug, auch wenn ihn die letzten Tage stark gekennzeichnet und Spuren in Form von Augenringen und zerzausten Haaren hinterlassen hatten.

»Ihr müsst mir alles erzählen«, rief er über den Lärm des Hubschraubers hinweg.

»Später«, antwortete ich und bedeutete den anderen, schon mal einzusteigen.

Plötzlich sah Henry über meine Schulter hinweg. Er runzelte die Stirn.

»Willst du mir erklären, wer das dort oben ist, oder will ich es lieber nicht wissen?«, fragte er mich. Seine Stimme klang seltsam angespannt und fasziniert. Ich versteifte mich auf der Stelle und drehte mich langsam um, um seinem Blick zu folgen. Mein Herz setzte einen Moment aus, als ich Morena und Sara erkannte.

Die beiden Kriegerinnen kamen den kleinen Hang zu uns herunter, die Gesichter verzerrt vor Hass und Rachegedanken.

Kapitel 29

»Steig sofort in den Hubschrauber!«, schrie ich Henry an und gab ihm einen Schubs. Die anderen saßen bereits darin und hatten noch nicht mitbekommen, dass wir ein riesiges Problem hatten.

Henry riss die Augen auf und gehorchte sofort. Er war kein Kämpfer, er war Geschäftsmann.

»Pass auf!«, rief Cox von meiner Schulter aus und instinktiv duckte ich mich zur Seite, genau rechtzeitig, denn ich spürte die Magie der Elfen an meinem linken Ohr vorbeisirren wie einen Pfeil. Der Zauber schlug irgendwo hinter mir auf dem Boden ein und ließ ihn erzittern.

Morena und Sara kamen auf uns zugerannt wie zwei Rachegöttinnen. Mit jedem Schritt, den sie machten, verloren sie mehr von ihrer Schönheit. Wo vorher noch zwei schlanke Frauen mit Porzellanhaut und wallenden roten und schwarzen Haaren gestanden hatten, kamen nun zwei Furien auf uns zu. Ihre Gesichter veränderten sich zusehends. Verzerrt vor Hass erinnerten sie mich an Krähen, deren violette Augen vor Zorn sprühten. Wir hatten ein Problem.

Es war ausgeschlossen, dass wir es bis zum Hubschrauber schafften, und selbst wenn, würden die Sidé niemals Ruhe geben, bevor sie uns nicht aufgesucht und getötet hatten. Sie hatten gerade ihre Schwester verloren, ihre Anführerin, und waren scheinbar nicht bereit, uns das zu verzeihen.

Ich drehte mich blitzschnell um und bedeutete dem Piloten des Hubschraubers, abzuheben. Die anderen mussten so schnell wie möglich hier weg. Was aus mir und Cox wurde, würde sich herausstellen, doch ich malte uns keine allzu guten Chancen aus. Zu meiner Erleichterung hob der Hubschrauber vom Boden ab, während Henry dem Piloten Befehle erteilte. Derek, Don und Ryan klebten an der Scheibe. Sie sahen aus, als wären sie am liebsten abgesprungen und uns zu Hilfe geeilt. Ich war Henry dankbar dafür, dass er sie in Sicherheit brachte.

Auf der offenen Wiese standen Cox und ich wie auf dem Präsentierteller. Es gab nichts, wo wir uns hätten verstecken oder in Deckung gehen können.

»Sieht aus, als wären wir auf uns allein gestellt«, sagte ich angespannt. Die Sidé kamen weiter auf uns zu. Ihre wuterfüllten Schreie übertönten selbst den Lärm des Hubschraubers.

Cox drückte die Klauen fest in meine Schulter, um mir zu bedeuten, dass er bereit war.

»Auf in den Kampf«, spottete er und ich hatte das Gefühl, als freue er sich beinahe darauf. Wir hatten sowieso keine Möglichkeit zu fliehen. Also tat ich das Einzige, was mir in dieser Situation sinnvoll erschien, ich rannte den Elfenkriegerinnen entgegen und schoss dabei ebenso viel Energie ab wie die beiden.

Die Lichtung war erfüllt von blauen und violetten Magieblitzen, die todbringend zischten und kleine Krater auf dem Boden hinterließen. Ich musste näher heran, musste Morena und Sara irgendwie erreichen und Cox die Möglichkeit geben, erneut seinen Dolch einzusetzen, denn meine Dämonenmagie würde sie nicht töten.

Die Kriegerinnen waren ein eingespieltes Team. Immer,

wenn ich es schaffte, während des Laufens einen Pranablitz abzuschießen, wichen sie elegant aus, als würden sie nichts anderes als Gymnastikübungen machen. Frustriert warf ich mich ungalant zur Seite, als Morena, die Schwarzhaarige, ihre Blitze direkt auf mich zuschickte.

Noch im Flug erkannte ich meinen Fehler, sah voraus, was geschehen würde, doch es war zu spät, um noch etwas daran zu ändern. Sara hatte meine Bewegung vorausgeahnt und ebenfalls blitzschnell reagiert. Ihr Blitz leuchtete auf und kam direkt auf mich zu, noch bevor ich auf dem Boden landete.

»Nimm den Dolch«, war das Einzige, was Cox noch rufen konnte, bevor die Magie ihn mitten in der Brust traf und von meiner Schulter schleuderte. Der Dolch flog durch die Luft und landete direkt in meiner Hand.

»Nein!«, schrie ich auf, als ich den Kobold wie in Zeitlupe auf dem Gras aufschlagen sah, bewegungslos und mit geschlossenen Augen. Plötzlich schien die Zeit stillzustehen. Der Schock lähmte mich.

»Nein«, wisperte ich wieder, hoffte, dass er wieder aufstehen würde, doch der kleine zerbrechliche Körper des Kobolds rührte sich nicht mehr, während ich fassungslos auf ihn herabstarrte. Sie hatten ihn umgebracht. Nicht mir hatte ihre Rache gegolten, sondern Conchobhar, der ihre Schwester auf dem Gewissen hatte. Und jetzt war er tot!

Sara stieß einen siegessicheren Schrei aus. Ihre roten Haare wehten im Wind und umrahmten ihr Gesicht wie Feuer. Sie hatten ihn getötet. Ich realisierte kaum, was es bedeutete, doch der Dolch lag sicher in meiner Hand. In einem Anflug von Verzweiflung warf ich ihn und er durchschnitt die Luft mit einem sirrenden Geräusch.

Der Dolch traf Sara an der Schulter und bohrte sich in ihr Fleisch. Noch mit dem Lächeln im Gesicht begann ihre Haut, sich abzulösen, und der violette Schein ihrer Augen verschwand.

Ich fühlte keine Genugtuung oder Freude. Mein ganzer Körper schien von innen heraus zerrissen zu werden.

Cox war tot. Sie hatten ihn mir genommen, ihn einfach aus dem Leben gerissen. Der Schmerz war unerträglich und übermannte mich. Ich schaffte es nicht, ihn zurückzudrängen und mich wieder in Gleichgültigkeit zu hüllen. Dafür hatte ich zu viel erlebt, zu viel durchgemacht und zu viel verloren. Tränen der Verzweiflung stiegen in mir auf, Fassungslosigkeit raubte mir den Verstand. Meine Beine knickten ein und ich sank auf die Knie, während sich immer wieder heiße Schluchzer meine Kehle hinaufstahlen. Ich würde an dem Schmerz zugrunde gehen, dessen war ich mir sicher. Diesen Verlust konnte ich nicht unbeschadet überleben, nicht ohne Cox an meiner Seite, der mir der treueste Freund gewesen war.

Ich konnte es nicht ertragen, ich wollte es nicht ertragen. Ich erstickte an der Verzweiflung, die mir die Brust zuschnürte und mich zu überwältigen drohte. Es brachte mich um den Verstand, ihn so daliegen zu sehen, ohne einen Atemzug, der über seine Lippen kam.

Dann wallte etwas in mir auf, ganz schwach, aber ich klammerte mich an das Gefühl, das mir wie ein Rettungsanker vorkam. Es war die Wut. Sie zu verspüren war das Einzige, das es mir möglich machte, meine innere Zerissenheit, meine Trauer und meinen Schmerz zu verdrängen.

Ich wandelte all meine Verzweiflung in Wut um. Es ging so einfach, als hätte ich nur einen kleinen Stein anschubsen müssen, der eine Kettenreaktion auslöste. Die Wut überrollte mich wie eine Lawine, angefächert von der Prana in meinem Inneren, die wie tosende Wellen aufbrandete. Erst da bemerkte ich meinen Fehler, viel zu spät, um ihn wieder rückgängig zu machen. Ich hätte den Schmerz ertragen sollen, doch feige wie ich war, hatte ich zugelassen, dass meine dunkelste Seite das Licht der Welt erblickte. Ich spürte sie so deutlich, als wäre sie schon immer da gewesen und hätte nur darauf gewartet, freigelassen zu werden. Es war das Gefühl, vor dem ich immer Angst gehabt hatte – es war der Drang, etwas zu zerstören.

Doch es gab kein Zurück mehr, selbst als ich einen lächerlichen Versuch machte, den Zorn in mir aufzuhalten. Ich war machtlos und hatte absolut keine Kontrolle mehr darüber, was ich fühlte.

In meiner Brust tobte die Prana schlimmer, als sie es je zuvor vermocht hatte. Sie schoss durch meinen Körper, füllte mich mit Magie und kämpfte gegen den Schmerz an, der noch immer deutlich zu spüren war.

Machtlos sah ich dabei zu, wie all meine menschlichen Gefühle verdrängt wurden, jede Vernunft, die mir noch geblieben war. Stattdessen übernahm meine Prana die Leitung, sie fächerte meine Wut an und zehrte von ihr, um zu wachsen. Meine Magie glitt in funkelnden Strömen über die Haut meiner Hände und tropfte zischend auf das Gras. Nach und nach wurde sie dunkler, das Türkis verblasste und wich dem dämonischen Mitternachtsblau.

Nur ein Gedanke blieb mir: Cox war tot und die Sidé waren schuld daran. Ich blendete alle Vernunft aus und verwischte jeden Gedanken an Gerechtigkeit und Gnade. Das Einzige, was mich noch lenkte, war purer Hass.

Ich sah, wie Morena fassungslos bei den Überresten ihrer Schwester kniete. Ihre Tränen tropften auf die Blüte, die aus einem Häufchen Asche herausragte, und ihre Schreie vermischten sich mit dem Wind, der die Klagen davontrug.

Ich hatte kein Mitleid mit ihr. Sie hatten die Möglichkeit gehabt, zu fliehen, alles hinter sich zu lassen und von vorne zu beginnen. Stattdessen hatten sie Cox getötet. Morena sah auf, mit geröteten Augen und fleckigem Gesicht. Wie hatte ich sie jemals für schön halten können?

Als sie die Wut in meinen Augen sah und realisierte,

was ich vorhatte, sprang sie auf und stellte sich mir entgegen.

»Ich werde dich umbringen«, schrie sie mich an. »Dich und alle, die du liebst!«

Ich wusste, dass ich ohne den Dolch keine Chance gegen sie hatte. Aber es war mir egal. Alles, was zählte, war der Hass, den ich nicht mehr zu kontrollieren vermochte. Sie hatten Conchobhar getötet, ihn mir genommen. Ich wollte, dass Morena dafür büßte, selbst wenn es mich das Leben kostete. Meine Energie brannte in mir, stärker, als ich es jemals erlebt hatte.

Morena hob die Hände, um mich mit einem Zauber zu belegen, doch ich war schneller. Das Tosen in meiner Brust war so intensiv und so mächtig, dass ich es nicht zurückhalten konnte, selbst wenn ich es gewollt hätte. Mit zusammengekniffenen Augen verstärkte ich meine Gedanken. Vor Morena schoss eine Feuerwand in die Höhe, die sie zurücktaumeln ließ.

»Jetzt wirst du herausfinden, zu was Dämonenmagie fähig ist«, knurrte ich und spürte eine heiße Träne auf meiner Wange. Ich hatte die Elfe fast erreicht. Der Gedanke an Rache beherrschte mich voll und ganz. Die Wut hatte meine Prana entfacht, sie erfüllte jede Zelle meines Körpers und drängte nach draußen. Meine Haare schwebten und ein glitzernder Film blauer Magie zog sich über meine Haut. Die Prana tropfte aus meinen Fingerspitzen und versengte das Gras, auf dem sie aufkam.

Morena sah mich mit schreckgeweiteten Augen an und hob die Hände zu einem weiteren Angriff, während um sie herum noch immer die Feuerwand loderte. Sie griff mich abermals an. Ich wusste nicht, ob ihre Angst daran schuld war, doch ihre Magie verfehlte mich um Haaresbreite, sodass ich nur einen winzigen Schritt zur Seite machen musste.

Als ich sie erreichte und am Hals packte, sah ich Zorn

und Angst in ihren Augen. Sie krallte sich mit den Händen in meine Schultern. Die Stellen, die sie berührte, brannten wie Feuer. Ich spürte, wie fremde Magie versuchte, in meinen Körper zu dringen, um mich von innen heraus zu verbrennen.

»Du wirst nie wieder jemanden töten, der mir etwas bedeutet«, presste ich hervor. »Das werde ich nicht zulassen.«

Morena leitete ihre Elfenmagie in mich hinein, aber ich war stärker. Ich wusste es in dem Augenblick, als meine eigene Prana die Elfenmagie zurückdrängte und die Vorherrschaft in meinem Körper behielt.

Morena schrie auf, als ich sie mit ihren eigenen Waffen schlug. Ich brachte meine Prana dazu, aus meinen Händen zu treten und in ihren Körper zu fließen, spürte, wie sie sich dagegen wehrte.

»Das wirst du bereuen«, schrie sie, doch ich drückte fester zu und ihre Worte wandelten sich zu einem Krächzen.

»Ihr hättet nicht zurückkommen dürfen«, hauchte ich und verstärkte den Pranafluss, der unaufhaltsam von meinem in ihren Körper überging. Ein Schrei entglitt ihren Lippen, als ihr Widerstand nachgab. Die Dämonenmagie drang weiter in sie ein, verbrannte sie von innen heraus und nahm ihr das Leben. Etwas in mir schrie, dass ich aufhören und gegen die Wut in mir ankämpfen musste. Doch die Stimme der Vernunft wurde schwächer und schwächer. Die Sidé hatten Cox getötet. Und Morena wollte weitere Menschen töten, die mir etwas bedeuteten. Ich dachte an Alissa, an Chaz, an Derek und Don. Das durfte ich nicht zulassen, selbst wenn ich mich selbst dafür hassen würde, dass ich meine Menschlichkeit gegen meine dämonische Seite eintauschte.

Morena wäre in die Knie gesunken, wenn ich sie nicht aufrecht gehalten hätte. Sie starb, kaum dass sie den innerlichen Kampf gegen mich verloren hatte. Mein Griff verlor den Halt, als sie sich auflöste und ihre Überreste herabrieselten. Es war zu früh! In mir brodelte noch immer dieser Hass, meine Wut war längst nicht besänftigt. Der Gedanke daran, dass Morena als leuchtende und wunderschöne Blume wiederkehren würde, ließ mich nur noch zorniger werden. Die Wut verdrängte sogar mein Entsetzen darüber, dass ich gerade die letzte Elfenkriegerin ausgelöscht hatte.

Aufgewühlt trat ich einen Schritt zurück und hob die Hand. Eine Feuersäule schoss in den Himmel. Ihre Hitze verbrannte mir die Haut, doch es interessierte mich nicht.

Endlich hatte ich das Gefühl, der Druck in meiner Brust ginge zurück, wenn auch nur allmählich. Ich würde notfalls die ganze Nacht hier verbringen.

Die Feuersäule schoss weit in den Himmel hinauf, wie ein Turm aus lodernden Flammen, der den Wald erleuchtete.

Eine Hand riss mich zurück und brachte mich aus dem Gleichgewicht. Mit einem Zornesschrei wandte ich mich um, um zu sehen, wer mich unterbrochen hatte. Ich wollte zuschlagen, doch im letzten Augenblick bremste ich mich, als ich in Dereks Gesicht blickte.

»Sie ist tot, Jill«, sagte er eindringlich. »Du kannst jetzt aufhören.«

Ich war verwirrt, blinzelte immer wieder. Warum war ich dann noch so wütend? Ich musste mich doch rächen. Warum blieb Derek so ruhig? Und wieso sah er so besorgt aus? Der Zorn in mir verebbte nur langsam. Nach und nach strömte die Realität wieder auf mich ein. Mein Blick heftete sich an Dereks Gesicht, suchte Halt in seinen sanftmütigen Augen, während er mich weiter an den Schultern hielt und zwang, stillzuhalten.

Was hatte ich getan? Allmählich beruhigte ich mich und ließ mich in seine Umarmung ziehen. Über Dereks Schulter sah ich Henry Cole, der mich entsetzt musterte. Mein Herz raste, als wäre ich tagelang gerannt. Noch immer war ich wütend, doch allmählich wurde mir bewusst, was ich angerichtet hatte. Und was *sie* getan hatten. Die restliche Wut verschwand und wich Entsetzen und größter Verzweiflung. Die Trauer war nicht auszuhalten, es war so viel verlockender, wütend zu sein. Aber auf wen? Die Sidé waren tot. An was sollte ich mich nun klammern?

»Cox«, schluchzte ich und löste mich von Derek. Schwankend stolperte ich auf die Stelle zu, an der Cox angegriffen worden war. Es tat so weh, als all die Schmerzen und all die Verzweiflung wieder auf mich einströmten. Ich sah den kleinen grünen Kobold ein ganzes Stück entfernt auf dem Boden liegen. Ryan war in stiller Trauer über ihn gebeugt. Sein Rücken bebte, er weinte und murmelte immer wieder etwas vor sich hin.

Ich blinzelte. Ryan weinte? Nein. Sein Rücken bebte nicht, er bewegte sich rhythmisch. Er bewegte sich, weil Ryan immer wieder die Hände auf Conchobhars Brust presste und eine Herzmassage vollzog. Er weinte nicht; er versuchte, ihn zu retten. Jetzt beugte er sich herab und blies dem Kobold Sauerstoff in die Lungen.

Der Hoffnungsschimmer, wenn auch winzig klein, verdrängte das letzte bisschen Wut, das sich wieder aufzubäumen versuchte. Ich rannte zu ihnen und ließ mich auf Cox' anderer Seite nieder.

»Was tust du da?«, fragte ich Ryan, dessen Gesicht sich entschlossen verzerrt hatte.

»Er ist nicht tot«, zischte der Vampir und blies ein weiteres Mal in den Mund des Kobolds. »Sein Herz beginnt immer mal wieder zu schlagen, dann setzt es wieder aus. Komm schon!«

Ich wagte es nicht, zu hoffen, und doch zog sich meine Brust schmerzhaft zusammen. Es war noch nicht alles verloren. Es bestand noch Hoffnung!

»Lass mich mal«, sagte ich entschlossen und stieß Ryan

zur Seite. »So leicht kommst du mir nicht davon, Kobold!« Ich drückte den Finger auf seine Brust und verpasste ihm mithilfe meiner Magie einen Stromschlag. Sein Körper zuckte zusammen, doch er blieb reglos.

»Kämpf gefälligst!«, rief ich ihm zu und ein weiterer Stromschlag schüttelte seinen Körper. Plötzlich bäumte Cox sich auf und schnappte nach Luft. Seine Kulleraugen öffneten sich schreckgeweitet und er hustete stark. Aber er atmete. Er lebte!

Tränen der Erleichterung strömten an meiner Wange herab, als ich ihn an mich zog und nie wieder loslassen wollte.

»Willst du mich ein zweites Mal umbringen oder lässt du auch mal wieder locker?«, krächzte Cox in meine Schulter hinein. Seine Stimme klang rau und schwach, doch er war wieder ganz er selbst. Ich lachte schluchzend. Auch die anderen kamen und die Erleichterung stand ihnen ins Gesicht geschrieben. Es war vorbei. Wir hatten es geschafft. Und trotzdem spürte ich deutlich die besorgten Blicke, die Henry mir zuwarf.

Kapitel 30

Der Hyde Park war voller Menschen, die den hereinbrechenden Frühling genossen und die ersten wärmenden Sonnenstrahlen auf ihrer Haut begrüßten.

Nichts deutete mehr darauf hin, dass zuvor noch das reinste Chaos geherrscht hatte, obwohl es nicht einmal eine Woche her war. Es war beinahe erschreckend, wie schnell die Menschen wieder zum Alltag übergingen, als wäre nie etwas gewesen. Sie verdrängten das Geschehene. Es half auch mir, wieder zur Normalität zurückzufinden.

In der Luft lag der markante Geruch von frisch gemähtem Gras, an den Bäumen sprießten die ersten Knospen und Vogelgesang begleitete die fast schon absurd friedliche Szene. Wir hatten es uns auf einer Picknickdecke gemütlich gemacht und genossen unseren freien Tag.

Nur Derek hatte nichts für den Frühling übrig. Seine Nase war bereits gerötet und die grünen Augen tränten. Je wärmer es draußen wurde und je mehr die Blumen und Bäume blühten, umso schlimmer würde sein Heuschnupfen werden. Gerade wieder schnäuzte er lautstark in ein Taschentuch, was Don aufschreckte, der neben ihm lag und kurz weggedämmert war.

Cox war zwar unsichtbar, doch ich sah immer mal wieder die Äste der Bäume vibrieren. Der kleine Kobold liebte es, von oben die Menschen zu beobachten oder Vögel zu erschrecken. Er hatte noch einige Tage nach dem Angriff gebraucht, um sich vollständig zu erholen, doch nun war er stolz auf seinen Beitrag zur Rettung der Stadt. Ich vermutete, dass es sein Gewissen über den Mord an Talia erheblich erleichterte, dass ihre Schwestern ihn beinahe getötet hatten. Außerdem hatte er in mir eine Leidensgefährtin gefunden. Gemeinsam war es leichter, mit unseren Taten umzugehen. Cox und ich hatten vermutlich die letzten noch lebenden Sidé ausgerottet, unseretwegen waren sie nun ausgestorben. Auch wenn wir kaum eine andere Wahl gehabt hatten, war es nicht unbedingt einfach, mit diesem Gedanken umzugehen. Das brachte mich zu der zweiten Frage, die mich immer wieder quälte. Hatten wir tatsächlich keine andere Wahl gehabt?

Cox definitiv nicht. Hätte er Talia nicht getötet, müsste er sich mit dem Gedanken zurechtfinden, seine Freunde für die Elfe geopfert zu haben. Aber was war mit mir?

Sara und Morena hatten uns verfolgt und Cox angegriffen, sodass ich dachte, er sei tot. Daraufhin hatte ich sie beide getötet. Ich versuchte, mir immer wieder einzureden, dass ihr Tod notwendig gewesen war, dass sie nie aufgehört hätten, uns zu verfolgen und im richtigen Moment zugeschlagen hätten, um ihre Schwester zu rächen. Aber lag ich damit tatsächlich richtig? Oder redete ich mir das Ganze nur schön, um besser damit zurechtzukommen?

Ich verdrängte den Gedanken, wie schon so oft in den letzten Tagen. Ich würde mich nicht heute mit dieser Frage beschäftigen. Nicht hier und jetzt, wo wir einen der seltenen Momente genießen konnten, in denen wir alle zusammen waren.

Chaz saß im Schneidersitz und blickte gedankenverloren auf den See. Alissa hatte den Kopf in seinen Schoß gebettet. Sie sah mich an und lächelte so warmherzig, dass mir das Herz aufging.

Man sah ihr immer noch an, wie sehr sie gelitten hatte. Ihre Wangen waren hohl, das Gesicht ausgemergelt und sie wirkte noch zarter und zerbrechlicher als zuvor, doch langsam stahl sich wieder etwas Farbe in ihr Gesicht.

Chaz' Finger glitten immer wieder durch ihre Ringellocken. In den letzten Tagen hatte er sie kaum aus den Augen gelassen, was verständlich war, nachdem er sie beinahe verloren hatte. Alissa war mehr und mehr dem Wahnsinn verfallen, während wir weg gewesen waren. Erst litt sie unter Wahnvorstellungen und Halluzinationen, dann hatte sie Chaz kaum mehr erkannt und ihn mehrmals angegriffen. Er hatte unerschütterlich an ihrer Seite gestanden, sie vor sich selbst geschützt und dafür gekämpft, es ihr so leicht wie möglich zu machen.

Doch irgendwann waren die Schmerzen dazugekommen. Chaz hatte es nicht mehr geschafft, sie zum Trinken oder Essen zu bewegen. Er hatte sie sogar in die Unterwelt mitgenommen, in der Hoffnung, es würde die Situation bessern oder Baal hätte ein Heilmittel für das Gift, mit dem die Elfen das Leitungswasser versetzt hatten. Doch es stellte sich heraus, dass die fremde Umgebung nicht nur Alissas Wahnvorstellungen und Schmerzen verschlimmerte, es gab auch noch das Zeitproblem. In der Unterwelt hätte sie mehr als doppelt so lange leiden müssen, bis wir die Sidé besiegt hatten, da dort ein vollkommen anderer Zeitverlauf herrschte. Also hatte er weiter allein in unserer Wohnung an ihrer Seite gewacht, ihre Hand gehalten und ihr stumm beigestanden.

Während ich die beiden betrachtete, wurde mir klar, wie sehr ich mich für sie freute. Alissa und Chaz hatten sich gesucht und gefunden. Sie gehörten zusammen und hatten mittlerweile so viel gemeinsam durchgestanden, dass ich mir sicher war, dass nichts und niemand ihre Liebe würde erschüttern können. Das erinnert mich wieder daran, wie es in meinem eigenen Liebesleben aussah.

Nachdem wir zurückgeflogen waren, hatten sich Ryans und meine Wege getrennt. Er war noch einmal kurz bei uns zu Hause aufgetaucht, um nach Ally und Cox zu schauen und sich zu vergewissern, dass es den beiden gut ging. Sein Blick hatte meinen getroffen und die Spannung zwischen uns war beinahe greifbar gewesen. In diesem Augenblick hatte ich die Sehnsucht gespürt, die Anziehung, die seit dem Tag, an dem ich ihn kennengelernt hatte, zwischen uns herrschte. Doch er hatte sich abgewandt und war gegangen.

Ich hatte immer gedacht, Ryan und ich gehörten zusammen. Wir hatten uns nie davon stören lassen, dass wir zwei verschiedenen Spezies angehörten. Wir hatten einen Weg gefunden, seinen Blutdurst in den Griff zu bekommen und uns nahe zu sein, wir hatten Seite an Seite gekämpft, immer wieder. Wir waren ein eingespieltes Team und brauchten keine Worte, um uns zu verständigen. Ich ahnte seine Bewegungen im Voraus, genau wie er die meinen. Ich kannte seine Gedanken, ohne dass er sie laut aussprach. Gemeinsam waren wir beinahe unbesiegbar. Die Leidenschaft zwischen uns hatte über die Jahre hinweg kaum an Kraft verloren, bis es plötzlich nur noch bergab ging.

Ich konnte nicht glauben, dass er nichts mehr für mich empfand. Der Gedanke daran schmerzte zu sehr. Besonders, wenn man bedachte, dass es für mich nie wieder jemanden geben würde wie Ryan. Mein Herz würde auf ewig ihm gehören. Umso frustrierter fühlte ich mich, wenn ich daran dachte, dass er sein Leben ohne mich weiterlebte. Dass er sich vielleicht neu verlieben würde und für diejenige genauso fühlen würde wie ich für ihn. Ich wünschte ihm natürlich, dass er glücklich wurde, aber noch mehr wünschte ich mir, dass ich Teil dieses Glücks sein konnte.

Doch es ließ sich nichts an der Situation ändern. Ryan hatte seine Entscheidung getroffen und mich aus seiner Zukunft gestrichen. Und ich würde es akzeptieren. Ich würde ihm nicht im Weg stehen. Ich würde mich nicht an ihn klammern und ihn anflehen, zurückzukommen. Ich würde lernen, damit umzugehen und mich an die anderen Sachen zu halten, die mich glücklich machten: Die gemeinsame Zeit mit meinen Freunden und meine Arbeit. So unwahrscheinlich mir der Gedanke auch erschien, es würde weitergehen.

Ein leises Klingeln vom Weg hinter uns riss mich aus den Gedanken. Auch die anderen öffneten blinzelnd die Augen, hoben die Köpfe und grinsten.

»Wer hat Lust auf ein Eis?«, fragte ich überflüssigerweise, denn wir hatten schon seit Anfang der Woche Ausschau nach dem bärtigen Mann mit dem Eiswagen gehalten, sobald wir den Park betreten hatten.

»Erdbeer«, kam es sofort von Alissa. »Stracciatella und Zitrone«, gab Chaz hinzu.

»Banane«, sagte eine Stimme neben meinem Ohr und ich zuckte zusammen, weil ich nicht bemerkt hatte, dass Cox sich vom Baum hatte fallen lassen. Aber natürlich würde er nie im Leben auf ein Eis verzichten.

Derek und Don bestellten jeweils Nuss- und Schokoladeneis. Ich versuchte, die Bestellungen im Kopf zu behalten und sprang auf, um dem Wagen hinterherzueilen, an dem sich schon eine kleine Schlange gebildet hatte. Es war zwar immer noch kühl, doch Hugo verkaufte das wohl beste Eis der Stadt und niemand wollte es sich entgehen lassen.

Ich stellte mich hinter einen Mann mit kräftigem, muskulösen Rücken und sah erstaunt auf, als er sich umdrehte und mir zulächelte.

»Hallo, Zed«, sagte ich überrascht, »ich hab dich bis eben gar nicht gesehen.«

Der Vampir zwinkerte mir zu und kleine Grübchen bildeten sich in seinen Wangen, als sein Lächeln sich vertiefte. Mit einer lässigen Bewegung deutete er auf die Wiese auf der anderen Seite des Wegs, wo einige junge Männer Fußball spielten. Unter ihnen war auch Jeremy, der Werwolf. Ich freute mich, dass er die Vergiftung der Sidé überstanden hatte, auch wenn er mir wohl auf ewig unsympathisch bleiben würde.

»Wir sind schon eine ganze Zeit lang hier«, erklärte er mir. Seine Augen strahlten warm. »Schön, dass ich dich hier treffe. Ich hab gehört, was du und die anderen geleistet habt«, fügte er hinzu, »und ich wollte dir danken. Mein Bruder war ebenfalls dem Wahnsinn verfallen. Ohne euch hätte ich ihn vermutlich verloren und wir sind die Einzigen, die aus unserer Familie verblieben sind.«

»Oh«, sagte ich überrascht und spürte, wie mir die Hitze in die Wangen stieg. »Keine Ursache.« Gott, wieso wurde ich in solchen Momenten immer verlegen?

»Nein, im Ernst«, setzte er hinzu. »Du kannst stolz auf dich sein.«

Ein Lächeln breitete sich auf meinem Gesicht aus.

»Danke«, sagte ich aufrichtig. Es fühlte sich gut an, mit Zed zu reden. Wir plauderten noch ein bisschen, bis sich die Schlange vor dem Eiswagen merklich verkürzt hatte.

Der Vampir war sympathisch und er verstand es, die Leute für sich einzunehmen, was nicht zuletzt an seinem guten Aussehen lag. Ich erinnerte mich daran, wie er mich gefragt hatte, ob ich einmal mit ihm ausgehen würde. Und immer wieder ertappte ich mich bei der Vorstellung, wie es wohl sein würde, ihn besser kennenzulernen.

Vielleicht war ich ja doch nicht für immer dazu verdammt, alleine zu bleiben. Momentan kam es nicht infrage, die Trennung von Ryan war noch viel zu frisch und schmerzhaft. Außerdem hatte es Zed nicht verdient, als Lückenbüßer eingesetzt zu werden. Aber wer wusste schon, was die Zukunft brachte? Vielleicht würde ich beim nächsten Mal tatsächlich Ja sagen, falls er mich noch einmal fragen sollte.

Zed tätigte seine Bestellung und zwinkerte mir noch einmal spitzbübisch zu, während er in jeder Hand vier Eiswaffeln zwischen den Fingern balancierte.

»War schön, dich wiederzusehen«, sagte er lächelnd und ich winkte ihm zum Abschied zu. Hugo wartete ungeduldig darauf, dass ich ihm die Eissorten nannte, die ich haben wollte. Währenddessen kam Chaz von hinten an, um mir beim Tragen zu helfen.

»Wenigstens einer von dem faulen Haufen dort drüben, der mitdenkt«, freute ich mich und reichte Hugo das Geld für unser Eis. Ich hatte noch immer eine Schiene an den gebrochenen Fingern und die machte das Tragen nicht gerade einfach.

Zusammen schlenderten wir wieder zurück zur Picknickdecke, doch auf halbem Weg verlangsamte ich meine Schritte. Chaz blieb stehen und sah mich fragend an. Es war das erste Mal seit Tagen, dass ich ihn allein erwischte. Auch jetzt war ich mir nicht sicher, wie ich überhaupt anfangen sollte.

»Was belastet dich, Schwesterchen?«, fragte Chaz schließlich und lächelte schief.

»Wie kommst du darauf, dass mich etwas belastet?«, wich ich aus.

Er rollte mit den Augen. »Weil du seit Tagen jeden meiner Schritte verfolgst und aussiehst, als würdest du mir am liebsten hinterherlaufen, es dir aber dann doch anders überlegst. Irgendetwas liegt dir auf dem Herzen.«

Ich biss mir auf die Lippe und leckte dann schnell an meinem Himbeereis, um meine Antwort hinauszuzögern.

»Es geht um die Sidé, richtig?«, riet Chaz und ich sah ihn überrascht an. »Du hast ein schlechtes Gewissen, stimmt's?«

Er sah nicht unbedingt aus, als könne er das verstehen, doch Chaz war unter Dämonen aufgewachsen und die hatten bekanntlicherweise andere Ansichten, was das Töten von Feinden anging. Meine Güte, die meisten von ihnen töteten sogar aus Spaß.

»Nein, es geht nicht um mein Gewissen«, sagte ich schließlich. »Nicht direkt jedenfalls. Ich ... ich wollte dich nur etwas fragen.«

»Bin ganz Ohr«, gab mein Bruder zurück, während auch er begann, sein Eis zu schlecken.

»Hast du jemals die Kontrolle über dich selbst verloren?«, fragte ich ihn direkt heraus. Chaz hielt inne und runzelte die Stirn.

»Wie meinst du das?«

Ich wusste nicht direkt, wie ich es erklären sollte. »Ich meine, warst du jemals so wütend oder traurig, dass du dich nicht mehr beherrschen konntest? Dass du Dinge getan hast, für die du dich selbst verabscheust?«

Chaz blinzelte, als wisse er nicht ganz, was ich ihm damit sagen wollte. Schließlich dämmerte es ihm.

»Jill, wir hatten das Gespräch doch schon einmal. Dass du von einem Dämon abstammst, bedeutet nicht zwangsläufig, dass du irgendwann böse wirst. Es gibt Ausnahmen, sieh mich oder Baal an.«

Ja, wir hatten schon oft darüber geredet. Dämonen waren von Natur aus grausam und rachsüchtig. Selbst Baal und Chaz hatten eine weitaus geringere Hemmschwelle als ich, was das Töten von anderen Lebewesen anging. Doch auch wenn Chaz mir immer wieder versichert hatte, dass es die freie Entscheidung der Dämonen war, wie sie mit ihrer Macht umgingen, fragte ich mich doch, ob vielleicht auch die Veranlagung an ihrer Skrupellosigkeit schuld war. Ob es ihnen vorherbestimmt war, Monster zu sein.

»Aber um deine Frage zu beantworten, nein, ich habe bisher nie vollkommen die Kontrolle verloren, auch wenn es vielleicht nicht die Antwort ist, die du hören willst.«

Ich nickte und biss mir ein weiteres Mal auf die Lippe, um

zu verhindern, dass sie zitterte. Aber ich musste endlich mit jemandem reden und wenn nicht mit meinem eigenen Bruder, mit wem dann? Ally und Derek waren meine besten Freunde, doch sie waren beide reinblütige Hexen. Sie würden es nicht verstehen.

»Es war eine solche Wut, Chaz!«, platzte ich schließlich heraus. »Als ich dachte, sie hätten Cox getötet, war ich so von Sinnen, dass ich mich selbst nicht wiedererkannt habe. Und meine Prana, sie spielt vollkommen verrückt. Ich habe das Gefühl, sie kaum noch bändigen zu können. Was bedeutet das, Chaz? Was, wenn ich den Verstand verliere?« Ich schluckte schwer. »Was, wenn ich böse werde?«, setzte ich leise hinzu.

Zu meiner Überraschung lachte Chaz und nahm mich in den Arm. »Du wirst nicht böse, Jill, das kannst du mir glauben. Und wenn, werde ich dir früh genug Bescheid sagen. Es ist nur eine Phase. Du hast erst mit siebzehn herausgefunden, dass du überhaupt Magie verwenden kannst. Dir fehlt mehr als ein Jahrzehnt Vorbereitung, um mit der Prana umzugehen. Es ist keine Schande, dass du nicht immer hundertprozentige Kontrolle über dich hast. Den besten Hexen geht es so, nur dass es bei uns Dämonen eben verheerendere Auswirkungen hat. Und jetzt hör auf, dir Sorgen zu machen. Lass uns zu den anderen gehen, bevor das Eis geschmolzen ist.«

Eigenartigerweise beruhigten mich seine Worte tatsächlich. Vielleicht machte ich mir viel zu viele Gedanken darüber, wer ich war und wer ich sein wollte. In letzter Zeit war viel passiert, vielleicht hatte mich das einfach etwas aus dem Konzept gebracht.

Trotzdem gab es einen Unterschied, ob man nur kurz die Kontrolle über seine Magie verlor, oder für eine Zeit lang zu einem komplett anderen Menschen wurde. Einem rachsüchtigen, hasserfüllten Menschen. Außerdem gab es noch so viele Fragen, die ungeklärt waren. Wieso hatten die Sidé die Stadtbewohner vergiftet? Wer hatte mit ihnen zusammengearbeitet und was für ein höheres Ziel steckte dahinter? Und hatten die Zerberusse in der Realität auch mit ihnen zu tun?

Als Chaz und ich uns wieder zu unseren Freunden setzten, fühlte ich mich nur geringfügig besser. Aber jetzt war nicht die Zeit, sich über solche Dinge Gedanken zu machen. Wir waren hier, wir waren zusammen und am Leben.

Ich hatte gesehen, wie schnell diese wenigen friedlichen Augenblicke zerstört werden konnten. Wie schnell einer von uns aus unserer Mitte gerissen werden konnte. Nach solchen Momenten wurde einem bewusst, wie kostbar die Zeit war, die wir gemeinsam verbrachten.

Ich würde diese Zeit bis ins kleinste Detail genießen. Und doch konnte ich eine Sache nicht gänzlich abstellen: Die Angst, die mich befiel, wenn ich daran dachte, was die Zukunft für mich bereithalten mochte.

Epilog

Henry Coles Hand zitterte, als er das Feuerzeug an die Kerzen hielt und sie entzündete. Alles war vorbereitet, der Beschwörungskreis mit Blut gezogen und die Kräuter verströmten einen angenehmen, würzigen Duft. Er hatte dafür gesorgt, dass ihn niemand stören würde. Draußen vor dem Bürofenster herrschte finstere Nacht, nur der sanfte Schein der Straßenlaternen vermischte sich mit dem goldenen Schimmer der Kerzen. Auf dem Platz vor der Verborgenenorganisation war es ruhig, kaum einer war noch auf den Straßen.

Das zerfledderte, alte Buch mit den Beschwörungsformeln lag aufgeschlagen neben ihm. Alles war bereit. Trotzdem nahm Henry sich die Zeit, den Anzug geradezurücken und tief durchzuatmen. Sollte er sich hinter seinen Schreibtisch setzen? Aber würde das nicht so wirken, als hielte er Abstand? Als habe er Angst? Er beschloss, mit gestrafften Schultern direkt neben dem Kreis stehen zu bleiben. Er würde nicht zurückweichen. Das hier würde ein ganz normales Gespräch zwischen zwei Geschäftsmännern werden, nichts weiter. Er versuchte, sich selber einzureden, dass es ungefährlich war. Und es war notwendig.

Seine Stimme hallte sanft wie der Wind durch die Stille, als er die lateinische Beschwörungsformel murmelte. Noch bevor er endete, erschien ein Rauchfaden im Beschwörungskreis, der sich immer weiter ausbreitete und zu einer undurchdringlichen Qualmwolke wurde. Sie veränderte die Form und Henry sah fasziniert zu, als sich eine Gestalt herausbildete. Unwillkürlich trat er einen Schritt zurück und ärgerte sich über sich selbst, aber man beschwor einen Dämon schließlich nicht alle Tage.

Er rief sich in Erinnerung, dass der Dämonenfürst ihm nichts anhaben konnte. Schließlich hatte er keinen Silax bei sich, der der Kreatur den Übertritt in die Realität ermöglichte.

Professionell verschränkte er die Hände vor sich und wartete schweigend ab, bis die Beschwörung vollzogen war. Sein Mund fühlte sich unglaublich trocken an, als ein großer Mann mit dunklen Haaren, die ihm bis auf die Schulter reichten, vor ihm stand und ihn mit blau glühenden Augen musterte. Er trug einen ebensolchen Anzug wie er selbst, wenn auch etwas altmodischer.

Henrys Hände waren schweißnass. Es war das erste Mal, dass er alleine eine Beschwörung vollzog, wenn auch nicht das erste Mal, dass er mit gerade diesem Dämon redete. Üblicherweise überließ er das einer ausgewählten Handvoll Mitarbeitern, die sich mit Dämonenbeschwörungen auskannten, doch diese Angelegenheit erforderte zunächst einmal Verschwiegenheit.

»Ich muss zugeben, ich bin etwas überrascht«, sagte Baal und neigte höflich den Kopf. Henry räusperte sich.

»Es tut mir leid, dass ich Euch ohne Vorwarnung zu mir rufe«, entschuldigte er sich und war ganz der professionelle Geschäftsmann, der ihm die Position als Leiter der Verborgenenorganisation beschafft hatte. Es ärgerte ihn, dass er sich gegenüber des Dämons so unsicher fühlte. Normalerweise war er berüchtigt für seine Entschlossenheit und sein Durchsetzungsvermögen.

Baal verschränkte die Hände hinter dem Rücken und lächelte nachsichtig. »Ich bin sicher, Ihr habt einen triftigen Grund, und natürlich macht mich das neugierig.«

Henry verlagerte das Gewicht auf seinen anderen Fuß und versuchte, es nicht so wirken zu lassen, als wäre er nervös.

»Den gibt es tatsächlich«, seufzte er. »Es geht um Eure Tochter.«

Im Gesicht des Dämonenfürsten spiegelte sich Überraschung wider, dann unverhohlene Besorgnis.

»Was ist mit ihr?«, fragte er sofort und Henry kamen zum ersten Mal Zweifel daran, ob es richtig gewesen war, den momentanen Herrscher der Unterwelt einzuweihen. Außerdem hätte er nicht gedacht, dass dem Dämon tatsächlich etwas an jemand anderem liegen könne.

Er machte eine längere Pause, um die nächsten Worte abzuwägen.

»Können Dämonen – böse werden? Die Kontrolle über sich selbst verlieren?«, fragte er schließlich, ohne um den heißen Brei herumzureden. Das konnte er sich hier vermutlich sparen, schließlich ging es um die Tochter des Dämons.

Tatsächlich sog Baal zischend die Luft zwischen den Zähnen ein. »Für gewöhnlich nicht, nein.«

Henry ließ erleichtert die Schultern herabsacken.

»Allerdings ist Jill kein Dämon«, setzte Baal hinzu und Henry versteifte sich wieder. »Sie ist ein Halbdämon.«

»Was bedeutet das?«, fragte Henry, doch Baal wedelte ungeduldig mit der Hand.

»Erst will ich wissen, was passiert ist.«

In wenigen Sätzen berichtete Henry, was am Waldrand vorgefallen war. Wie Jill die Sidé ermordet hatte und eine Rachsucht an den Tag gelegt hatte, die er ihr nie zugetraut hätte. Es war das erste Mal, dass er Angst vor ihren Fähigkeiten bekommen hatte. Er kannte Jill seit Jahren, sie war eine seiner verlässlichsten Mitarbeiter, mit reinem Herzen und Verantwortungsbewusstsein. Umso verstörender war es gewesen, sie bei diesem Ausbruch zu beobachten, die Wut in ihrem Gesicht zu sehen und wie sie um Beherrschung rang.

Das schlechte Gewissen stand ihr förmlich auf die Stirn geschrieben, als sie sich wieder in den Griff bekommen hatte, was Henry nur noch mehr darin bestärkte, dass etwas gehörig aus dem Ruder gelaufen war.

»Ich kenne Eure Tochter«, schloss er schließlich. »Sie tötet niemanden ohne Grund. Aber selbst wenn das Töten der letzte Ausweg ist, hinterlässt sie dabei sonst niemals so eine Zerstörung.«

Baals Gesicht spannte sich etwas an, doch ansonsten ließ sich nicht erkennen, was er dachte.

»Ihr hättet anders gehandelt?«, fragte er Henry vorsichtig, als wäre er nicht sicher, ob Jills Reaktion tatsächlich so verwerflich war.

»Ich weiß es nicht«, gab der Leiter der Verborgenenorganisation zu. »Die Sidé haben unsere Stadt ins Chaos gestürzt, sie sind verantwortlich für den Tod zahlreicher Unschuldiger. Sie mussten aufgehalten werden. Aber ich bin nicht Jill.« Nun ging er doch zu seinem Schreibtisch und ließ sich in den Sessel dahinter fallen. »Ich mache ihr keinen Vorwurf. Vermutlich hätte uns die letzte verbliebene Elfe aus Rache das Leben zur Hölle gemacht und dann würden wir wieder ganz am Anfang stehen. Es ist nur diese Wut, die Jillian an den Tag gelegt hat. Sie mag aufbrausend und temperamentvoll sein, aber sie ist keine eiskalte Mörderin. Es war, als hätte jemand anders von ihr Besitz ergriffen.«

Er warf ratlos die Hände in die Luft. Selbst in seinen Ohren hörte sich das Ganze lächerlich an.

»Dann ist es also so weit«, sagte Baal jedoch zu seiner Überraschung und Henry sah auf. Die Stimme des Dämonenfürsten klang bitter, als hätte er gehofft, dass es nie dazu käme.

»Was ist so weit?«, fragte Henry nach, doch ihm schwante nichts Gutes. Baals Gesicht hatte sich sichtlich verdüstert. Er schien zu überlegen, wie viel er dem Leiter der Verborgenenorganisation anvertrauen konnte.

»Uns Dämonen ist eine größere Macht gegeben, als ihr Hexen es euch jemals vorstellen könnt. Wir sind dafür ausgelegt, mit dieser Macht umzugehen und sie zu kontrollieren. Dazu kommt, dass Jill nicht nur von irgendeinem Dämon abstammt, sondern zu der Blutlinie der wohl mächtigsten Dämonen der Unterwelt zählt. Jill jedoch ... Jill ist die exakte Mischung aus Dämon und Hexe. Ihr Geist ist nicht dafür gemacht, mit so viel Kraft umzugehen. Zudem ist ihr eine Macht mit in die Wiege gelegt worden, die zerstörerisch und schon für einen richtigen Dämon beinahe unkontrollierbar ist.«

Henry hörte gespannt zu, doch er konnte sich kaum einen Reim darauf machen. Es hörte sich jedoch nicht gut an, was der Dämon da von sich gab.

»Ihr wollt mir damit also sagen, dass Jillian zu einem der mächtigsten Dämonen wird, aber nicht die Veranlagung dazu hat, diese Macht zu kontrollieren?«

Baal nickte düster. »Ich habe versucht, sie davor zu schützen. Schon bei ihrer Geburt war klar, was für ein Potenzial in ihr steckt. Ich habe einen Großteil ihrer Macht unerreichbar für sie in ihr eingeschlossen, in der Hoffnung, dass es ausreicht, um sie vor sich selbst zu schützen.«

Henry strich sich über das Kinn und ärgerte sich über die Bartstoppeln, die ihn kratzten.

»Was können wir tun?«

»Jill muss versuchen, die Kontrolle über sich selbst zu behalten. Es wird ein harter Kampf, bei dem nicht sicher ist, ob sie ihn gewinnt.«

»Dann ist sie eine potenzielle Gefahr für uns alle«, gab Henry zu bedenken. Baal nickte ernst.

»Ja, das ist sie.«

Henry lehnte sich zurück und strich sich über die Augen. »Ich kann das nicht verantworten. Keiner weiß, was zu tun ist, wenn sie sich gegen uns stellt. Niemand kann sie stoppen.«

Baal räusperte sich galant.

»Niemand von Euch kann sie stoppen«, sagte er sachlich. Henry verstand, in welche Richtung sich das Gespräch entwickelte, doch er schwieg vorerst dazu. »Ihr hattet mittlerweile genug Zeit, über mein Anliegen nachzudenken«, gab Baal zu verstehen. »Die Integration vereinzelter Dämonen in die Realität steht noch immer zur Debatte.«

Henry knurrte unwillkürlich. »Nicht für mich. Dass Jill und ihre Freunde den Dämonen vertrauen, bedeutet nicht, dass ich es auch tue.«

Baal lächelte nachsichtig. »Ich habe Euch die Vorteile aufgezeigt. Ihr könnt viel von uns lernen und unsere Magie zu Euren Gunsten einsetzen. Zum Beispiel dazu, eine der Euren vor sich selbst zu schützen.«

Henry presste die Lippen aufeinander und schwieg.

»Ich rede nicht davon, sofort alle Tore der Unterwelt zu öffnen«, gab Baal zu verstehen. »Die Integration würde Jahre dauern und nur Dämonen gewährt sein, die ihre Zuverlässigkeit und den guten Willen unter Beweis gestellt haben. Aber es wäre sicher ein guter Anfang, Jill zunächst einen Mentor an ihre Seite zu stellen. Jemand, der ihr dabei hilft, ihre Kräfte zu kontrollieren. Jemand, von dem ich Euch versichere, dass er mein absolutes Vertrauen genießt.«

Henry gefiel es ganz und gar nicht, was er dort hörte, doch was blieb ihm anderes übrig?

»Nehmt sie mit in die Unterwelt«, schlug er vor. »Nur so lange, bis sie sich unter Kontrolle hat.«

Baal schüttelte den Kopf. »Auf längere Zeit wird sie in der Unterwelt zugrunde gehen. Die Unterwelt besteht aus reiner Dämonenprana, wie Ihr Euch sicher erinnern könnt. Dieses System hat zu viel Einfluss auf sie, es ist eine zu große Last und würde ihre Macht zu schnell und zu intensiv verstärken, sodass sie keine Chance hätte, jemals die Kontrolle zu erlangen.«

Henry seufzte wieder. Woher sollte er wissen, dass der Dämonenfürst die Wahrheit sagte? Aber hatte er eine andere Wahl?

»*Ein* Dämon«, wiederholte er und zeigte mit dem Zeigefinger in die Luft. »Nicht mehr. Und wir werden ihn im Auge behalten. Ich werde so schon genügend Probleme damit haben, meine Leute davon zu überzeugen, dass es die richtige Entscheidung war, ohne dass wir Jills Probleme an die große Glocke hängen müssen.«

Baal ließ sich seine Zufriedenheit nicht ansehen.

»Ihr schätzt uns vollkommen falsch ein«, sagte er schließlich, fast schon bedauernd. »Ich dachte, meine Tochter hätte Euch eines Besseren belehrt, was Eure Vorurteile gegenüber uns Dämonen angeht.«

Henry schnaubte. »Jill ist nicht in der Unterwelt aufgewachsen. Außerdem ist es kein allzu guter Zeitpunkt, mich von ihren guten Absichten zu überzeugen, da sie momentan einer tickenden Zeitbombe gleicht.«

»Selbstverständlich«, erwiderte Baal. Er hatte wieder das übliche Lächeln aufgesetzt, dem Henry so misstraute. Doch dann rief Henry sich in Erinnerung, dass sie durch Baals Hilfe den Dämon Leviathan besiegt hatten, als der in die Realität gedrungen war, um sie zu übernehmen. Außerdem hatte Baal Jill und Derek dabei geholfen, die nötigen Informationen über die Sidé zu erhalten. Vielleicht schätzte Henry diesen Dämon ja doch falsch ein.

»Wie kann das alles passieren, Baal? Wieso verliert sie

plötzlich die Kontrolle über sich selbst, wenn du ihre Magie eingeschlossen hast?«, fragte er und ging automatisch zum Du über. Den Dämon schien es nicht zu stören.

»Die Kapsel, in die ich die Magie eingeschlossen habe, scheint Risse zu bekommen.«

»Was bedeutet das?«

Der Dämon räusperte sich unangenehm berührt. »Das bedeutet, dass sie mittlerweile mächtiger ist als ich.«

Henry hielt den Atem an. Baal war doch angeblich einer der mächtigsten Dämonenfürsten.

»Ihre Magie kämpft gegen die meine an. Und wenn sie nicht lernt, diese Macht zu kontrollieren ...«

»Was dann?«

»Dann möge euch und eurer Welt das Schicksal beistehen.«